Silvesterkuss

Ein Liebesroman

ANN I. NOLL

Silvesterkuss

ISBN: 978-3-948245-01-6

1. Auflage Mai 2019
LeLes Lesen
Alter Kirchhainer Weg, 35039 Marburg

Kontakt:
anninoll@lesbischlesen.de
www.lesbischlesen.de

Coverdesign: MiMo
Bildrechte: pixabay.de
Korrektorat: Liselotte Herrmann

WIDMUNG

Für meine Frau, meinen Anker, mein Zuhause.

SILVESTERKUSS

1. KAPITEL

„New York? Wirklich?“, jauchzte Caro begeistert und fiel ihrem Verlobten stürmisch um den Hals.

„Ja. Es haben alle zugesagt und offenbar konnten deine Freundinnen wirklich mal die Klappe halten“, Alexander lachte vergnügt und gab seiner Freundin, die ihn immer noch eng umschlang, ein Küsschen auf den Mund. Zum bevorstehenden Jungesellinnen-Abschied hatte sich Alexander tatsächlich nicht lumpen lassen. Er hatte in den letzten Wochen bereits angedeutet, dass da was Größeres im Gange war. Damit hatte Caro allerdings dann doch nicht gerechnet. Zwar stand die Hochzeit erst im kommenden Sommer an, aber ein Junggesellinnen-Abschied an Silvester in New York, das war der Wahnsinn. Caro hatte sich schon lange eine Reise in die USA gewünscht und New York stand auf ihrer Wunschliste ganz oben. Nun sollte dieser Traum wahr werden. Und nicht nur das. Ihre beiden besten Freundinnen waren mit von der Partie. Besser konnte das alte Jahr nicht ausklingen. Caro hatte das dringende Bedürfnis, irgendjemanden von dieser tollen Neuigkeit zu erzählen. Sie nahm das Handy und wollte gerade Nadjas Nummer wählen, da fiel ihr wieder ein, dass die ja schon lange informiert war. Caro rümpfte die Nase. Den Anruf bei Tamara konnte sie sich dann wohl ebenfalls sparen. Aber ihre Uroma würde sie gleich anrufen. Denn sie war sicher, dass sie sich mindestens so sehr darüber freute, wie Caro selbst. Zuerst ging sie aber nun in die Küche, um das Frühstück vorzubereiten.

„Du und deine Jungs, ihr kommt dann also auch mit?“, rief sie ins Wohnzimmer, denn in der Aufregung hatte sie vorhin nicht ganz zugehört.

„Ja. Wir machen ebenfalls eine Tour. Was wir genau vorhaben, das weiß ich noch gar nicht. Kai hat alles organisiert. Ich weiß nur, dass wir uns wohl kurz vor Mitternacht wieder alle an einem Ort einfinden werden. Ich will doch mit meinem Schatz das neue Jahr begrüßen“,

Alexander war ihr in die Küche gefolgt und umarmte sie liebevoll von hinten. Dann griff er nach einem Stück Banane, das sich Caro für ihr Müsli vorbereitet hatte.

„Hey, Finger weg. Mach dir dein eigenes Müsli", schimpfte Caro und schlug ihrem Freund ermahnend auf die Finger.

„Du willst doch ständig, dass ich mehr Obst esse", verteidigte er sich und hob unschuldig beide Hände nach oben.

„Ja, das stimmt. Du sollst aber nicht mein Obst essen. Ich mache gern auch ein Müsli für dich", Caro hatte sich zu ihrem Freund umgedreht, die Arme verschränkt und sah ihn herausfordernd an. Alexander verzog das Gesicht, denn Müsli war so überhaupt nicht sein Ding. Sobald eine Mahlzeit kein Fleisch enthielt, war es für Alexander auch keine richtige Mahlzeit. Fleisch war sein Lebenselixier und sein heißgeliebter Grill sein heiliger Schrein, den außer ihm und seinem besten Kumpel Kai, niemand berühren durfte. Caro dagegen bemühte sich, weitestgehend auf Fleisch zu verzichten, aber sie störte sich auch nicht besonders an seinem Fleischkonsum. Das war einer von vielen Gegensätzen des im Grunde sehr ungleichen Paares. Doch genau das, so glaubte Caro, machte ihre Beziehung aus und war der Grund, warum es mit Alexander nie langweilig wurde. Drei Jahre waren sie nun zusammen. Sie dachte an ihr gemeinsames Kennenlernen, damals als sie in seiner Firma ihr Praktikum begann. Sie, die damals eher schüchterne, junge Frau mit dem blonden Pferdeschwanz und den, wie er immer sagte, rehbraunen Augen. Und er, der großgewachsene Mann mit seinen stahlblauen Augen und den kurzen pechschwarzen Haaren, bei denen Caro von Beginn an das unbändige Bedürfnis hatte, mit den Händen durchzufahren. Auch heute noch konnte sie die Finger nicht von seinen Haaren lassen und es war ihr auch völlig egal, ob er sie, so wie auch heute, minutenlang im Bad gestylt hatte. Sie peilte rabaukenhaft seinen Haarschopf an und langte blitzartig und ohne jede Vorwarnung mit ihren Händen hinein. Alexander machte einen reflexartigen Schritt zurück und besah sie mit einem finsteren Blick.

„Oh man, Caro. Ich habe gleich einen Termin“, seine Verärgerung war nicht gespielt, das erkannte Caro sofort. Er eilte hektisch in Richtung Badezimmer.

„Jetzt hab dich nicht so. Du bist doch der Chef von dem Laden“, rief sie ihm hinterher.

„Ja, das stimmt zwar, aber sowas interessiert meinen potentiellen Kunden überhaupt nicht, wenn er auf mich warten muss“, hörte sie ihn aus dem Bad schimpfen.

Caro war hingegen viel zu gut drauf, um sich von ihrem Freund die Laune verderben zu lassen. Sie schnappte sich ihre Müslischüssel, nahm auf ihrem Lieblingsstuhl am Esstisch Platz und angelte nach ihrem Tablet. Dann tippte sie den Suchbegriff „New York“ in das Suchfeld des Browsers ein. Freiheitsstatue, Central Park, Empire State Building waren die ersten angebotenen Reisetipps, die ihr vorgeschlagen wurden. Als dann noch das Museum of Modern Art auf dem Bildschirm erschien, machte ihr Kunstgeschichtsherz einen freudigen Hüpfer. Wie viele Filme hatte sie gesehen, die in New York spielten? Jedes Mal hatte sie sich gefragt, ob es sich dort tatsächlich so anfühlte, wie Caro es sich immer ausgemalt hatte. Bald würde sie es erfahren. Und obwohl sie sich auch ein wenig vor einer Enttäuschung fürchtete, überwog die stetig anwachsende Vorfreude auf diese tolle Stadt. Alexander hatte erwähnt, dass Kai die Junggesellen-Tour ihres Verlobten geplant hatte. Aber wer würde Caros Jungesellinnen-Abschied leiten? Nadja und Tamara kannten sich in New York ebenso gut, oder vielmehr schlecht aus, wie sie selbst.

„Alex“, rief sie in Richtung Badezimmer, „Woher weiß ich, was ich mit meinen Mädels in New York machen soll?“

Ein frisch gestylter Alexander betrat das Wohnzimmer. Der Ärger schien inzwischen wieder verraucht zu sein, denn er schenkte seiner Freundin nun wieder ein Lächeln.

„Meine Schwester kommt doch mit“, sagte er, als sei das völlig selbstverständlich, dann überlegte er kurz, „Ach ja, stimmt. Das hatte ich vergessen zu erwähnen."

„Katharina kommt auch mit?", Caro sah ihn freudestrahlend an, „Das wird ja immer besser."

„Oh, und was mir in dem Zusammenhang auch gerade einfällt...", er griff in die Innentasche seines Jacketts und zum Vorschein kam ein Flugticket, „Dein Flug geht bereits heute Abend"

„Heute! Heute Abend?", wiederholte Caro ungläubig.

„Ja. Eigentlich sollten Nadja und Tamara auch schon direkt mitkommen. Ich hätte Nadja auch frei gegeben, aber sie bestand darauf, ihr Projekt noch in diesem Jahr abzuschließen. Und Tamara hat wohl erst ab morgen einen Hundesitter. Katharina hat aber Zeit. Also dachte ich, es sei ganz nett für euch, wenn ihr zwei vorher ausgiebig shoppen geht. Wir anderen kommen am nächsten Tag am frühen Abend an."

„Schatz, du bist großartig", sie stand auf und gab ihm einen Schmatzer auf die Wange, dann sah sie hoch zu seinen Haaren, „Und sorry wegen eben."

„Ist schon gut. Ich muss nun dringend los. Wahrscheinlich werden wir uns dann heute nicht mehr sehen. Habt einen guten Flug und melde dich, wenn ihr angekommen seid, ja?", Alexander gab Caro noch einen flüchtigen Abschiedskuss und machte sich anschließend auf den Weg.

Noch immer verdutzt, hielt Caro ihr Flugticket mit beiden Händen vor sich. In etwa vierundzwanzig Stunden wäre sie bereits in Amerika. So richtig glauben konnte sie das nicht. Wie oft hatte sie sich als kleines Kind zusammen mit ihrer Uroma vorgestellt, irgendwann gemeinsam nach Amerika zu reisen. Sie hatten sich dann die Küchenstühle nebeneinandergestellt und so getan, als würde sie im Flugzeug sitzen. Damals stand für Caro völlig außer Frage, dass sie, wenn sie groß war, diese Reise mit ihrer geliebten Omi antreten würde. Sie war zu klein, um zu bedenken, dass die damals Neunundsechzigjährige dann viel zu alt sein würde. Omi Mira war inzwischen neunundachtzig. Caro war froh, dass sie geistig noch gut beieinander war. Sie vergaß manchmal, wo sie ihre Brille hatte liegen lassen. Aber das passierte Caros Mutter mindestens genauso oft. Körperlich stand es um ihre Uroma allerdings nicht mehr ganz so zum Besten. Laufen konnte sie nur noch mit Unterstützung, aber das war für eine Frau in dem Alter schließlich nicht ungewöhnlich. Caro ließ es lange Klingeln. Das kannte sie schon. Sie stellte sich vor, wie ihre Omi gerade mit ihrem Rollator auf das schellende Telefon zusteuerte. Dann hob sie ab.

„Frohmann?", erklang die Stimme der alten Dame.

„Omi, ich bin`s, Caro", rief sie laut in den Hörer.

„Caro, wie schön", freute sich die alte Dame, „Wir haben gerade von dir gesprochen. Margot ist gerade zu Besuch, musst du wissen."

Margot war Caros Oma. Auch zu ihr hatte Caro ein gutes Verhältnis, jedoch stand sie Uroma Mira näher.

„Ich hoffe, ihr redet gut über mich", scherzte Caro.

„Mein liebes Kind, was sollte es je Schlechtes über dich zu sagen geben?", lachte Omi Mira.

„Ich will dich nicht lange stören. Aber es gibt tolle Neuigkeiten. Ich fliege noch heute nach New York. Kannst du das glauben?", Caros Stimme überschlug sich beinahe.

„Das ist ja großartig. Ich freue mich sehr für dich, Kind. Schickst du mir eine Postkarte?", wollte Omi Mira wissen.

„Aber natürlich. Und ich besuche dich, sobald ich zurück bin und dann werde ich dir alles erzählen. Ok?"

„Und dazu trinken wir Kaffee und essen einen Donut. So nennt man es doch, oder?", fragte Caros Oma. Caro lachte: „Ja Omi, ich bringe dann welche mit. So, ich muss gleich mal meinen Koffer packen. Grüß Oma Margot von mir."

„Das werde ich. Mach es gut, Kind. Habe einen schönen Flug", Omi Mira verabschiedete ihre Urenkelin und sie legten auf. Bevor sie sich um den Koffer kümmerte, wollte sie erstmal Alexanders Schwester Katharina anrufen. Auch sie hatte Caro gegenüber kein Sterbenswörtchen verraten und das, obwohl sie gestern noch gemeinsam bei Caros zukünftigen Schwiegereltern bei Kaffee und Kuchen gesessen hatten.

„Er hat es dir gesagt, richtig?“, tönte Katharinas freudig klingende Stimme aus dem Hörer.

„Verraten? Was?“, flunkerte Caro grinsend. Den Spaß musste sie sich einfach gönnen.

„Ähem. Also, Alex, hat er nicht...?“, stammelte Katharina nun. Caro brach daraufhin in schallendes Gelächter aus und erntete von Katharina einige halbernst gemeinte Flüche.

„Ok, das habe ich wohl verdient“, gab Katharina zu, nachdem sich beide wieder einigermaßen eingekriegt hatten, „Ich jedenfalls freue mich auf diesen kleinen Trip mit meiner zukünftigen Schwägerin.“

„Oh, und ich erst. Ich bin noch immer ganz überrumpelt. Vermutlich sollte ich bald mal mit Kofferpacken beginnen“, überlegte Caro.

„Das habe ich schon erledigt. Ich muss allerdings meinen lieben Sohnemann nach dem Schwimmen noch zu seinem Vater bringen. Bei Papa ist es ja eh viel cooler, wenn er an Silvester die großen Böller anzündet. Aber mir soll es in dem Fall recht sein. Ich kann danach, wenn du magst, schon zu dir kommen“, schlug Katharina vor.

„Das klingt prima“, fand Caro, „Dann sehen wir uns gleich“

Als Katharina eintraf, war es bereits früher Nachmittag. Caro hatte die Zeit genutzt und ihre wichtigsten Habseligkeiten im Koffer verstaut. Kurzzeitig war sie in eine mittelschwere Panik verfallen, weil sich ihr Reisepass nicht an der erwarteten Stelle befand und sie bereits im Begriff war, die halbe Wohnung auf Links zu drehen. Bis ihr dann einfiel, dass sich dieser noch von ihrer letzten Reise im Rucksack, in einem kleinen Zwischenfach, befand. Wäre Alexander gerade zuhause gewesen, hätte sie sich wieder einen Vortrag über Ordnung und über das ordentliche

Wegsortieren wichtiger Unterlagen anhören müssen. Denn auch da könnten die beiden nicht verschiedener sein. Alex hasste Unordnung, insbesondere wichtige Dokumente gehörten alphabetisch sortiert in einen Ordner, fand er. Caro widersprach ihm da ja auch gar nicht, aber sie tat es schlicht nicht wie er. Sie hatte eine eigene Art von Ordnung. Briefe und alles, was sonst aus Papier war und nicht in den Müll gehörte, kamen in eine Kiste. Fertig. Die Kiste hatte Alexander ihr vor zwei Jahren geschenkt, als eine Art Arrangement zwischen ihnen. Denn vor der Anschaffung der Kiste verteilte Caro ihre Papiere in der gesamten Wohnung, was Alexander beinahe in den Wahnsinn getrieben hatte. Also existierte seither diese Kiste. Aber wie sich Caro eingestehen musste, nutzte sie diese eben trotzdem nicht immer in aller Konsequenz.

„Hast du alles zusammen?“, erkundigte sich Katharina, die Caro dabei zusah, wie sie das Chaos, das während der Reisepasssuche entstanden war, wieder zu beseitigen.

„Ja, ich denke schon. Und falls nicht, dann sind wir ja dort am richtigen Ort. Vermutlich gibt es nichts, was man in New York nicht kaufen kann“, nahm Caro an.

„Da hast du völlig Recht. Ich war ja schon oft in New York und bislang habe ich immer gefunden, was ich gesucht habe. Allerdings bin ich nicht jedes Mal zum Shoppen da“, erwiderte Katharina.

„Diesmal aber schon. Wobei, ganz stimmt das nicht. Shoppen, Sightseeing und Party“, lachte Caro.

„Ja, ich habe mir schon ein paar schöne Stationen für unsere Tour überlegt“, grinste Katharina. Sie sah auf die Uhr: „Oh, langsam sollten wir uns auf den Weg machen. Ich schlage vor, zum Flughafen nehmen wir ein Taxi, ok?“

2. KAPITEL

Der Flieger setzte sich pünktlich um neunzehn Uhr dreißig deutscher Ortszeit in Bewegung. Auf Caros Monitor wurde eine voraussichtliche Ankunftszeit von einundzwanzig Uhr Ortszeit angegeben. Die Nacht würde also mit ihnen reisen. Um diese Jahreszeit machte das kaum einen Unterschied, denn in der Zeit um den Jahreswechsel, ließ sich das Tageslicht ohnehin kaum blicken. In zwei Tagen würde ein neues Jahr anbrechen. Caro griff gedankenverloren nach dem Ring, den sie seit dem Sommerurlaub an ihrer linken Hand trug. Trotz des spärlichen Lichts funkelte ihr der kleine Diamant verheißungsvoll entgegen und gab einen Ausblick auf das bevorstehende Ereignis im kommenden Jahr. Alexanders Antrag kam unerwartet. Zwar hatten die beiden immer Mal wieder über ihre Zukunft gesprochen, hatten geklärt, dass sie sich beide Kinder wünschten, vielleicht irgendwo auf dem Land leben wollten. Dass aber Alexander so schnell Nägel mit Köpfen machen würde, hatte Caro doch überrascht. Zumal ihm, was Frauen anbelangte, kein ganz so vertrauenswürdiger Ruf vorauseilte. Lebemann oder Partylöwe waren Bezeichnungen, die mit ihm, auch unter seinen Angestellten, in Verbindung gebracht wurden. Deshalb war Caro zuerst nicht auf seine Avancen eingegangen, was ihn aber besonders beeindruckt und zusätzlich motiviert hatte, ihr Herz zu erobern. Erst im Anschluss an das sechsmonatige Praktikum hatte sie sich auf eine Verabredung mit ihm eingelassen. Er war charmant, galant und gut situiert, womit er die damals Dreiundzwanzigjährige durchaus beeindrucken konnte. Mit ihm an ihrer Seite hatte sie sich das erste Mal so richtig erwachsen gefühlt. Die Jungs, mit denen sie davor ausgegangen war, konnten mit Alexander einfach nicht mithalten. Hals über Kopf hatte sie sich dann doch in ihn verliebt. Und in der Phase maximaler Verliebtheit hatte er sie überredet, bei ihm einzuziehen, weil das eine sinnvolle

Entscheidung war und natürlich auch, weil er sie gerne bei sich haben wollte. So oder so hätte Caro nach dem Praktikum ihr Kunstgeschichtsstudium wieder aufgenommen, denn ein Job mit Zahlen, das hatte das Praktikum gezeigt, war dann doch nichts für sie. Alexander bot ihr zudem ein sehr komfortables Leben, was sie zu schätzen wusste, aber nicht ausnutzte. Sie jobbte nach wie vor stundenweise in einem kleinen Bioladen und beglich damit alle eigenen Rechnungen. Alexander passte das nicht, er wollte, dass sie sich voll und ganz auf ihr Studium konzentrierte. Das Geld war wohl der größte Streitpunkt zwischen ihnen. Er hatte sich vehement dagegen gewehrt von Caro Miete anzunehmen. Ihm gehörte die Wohnung und er fand es falsch, dafür Geld von seiner Freundin zu nehmen. Am Ende hatte er sich durchgesetzt, allerdings führte sie seither ein heimliches Konto, auf das sie trotzdem jeden Monat eine Art Miete einzahlte. Sicher ist sicher. Die Reise konnte Caro aber als Geschenk durchaus annehmen. Sie wusste, dass er ihr damit eine Freude machen wollte und somit ebenfalls etwas davon hatte. Und so saß sie nun voller Vorfreude an der Seite seiner Schwester im Flieger nach New York.

„Caro, wir landen“, hörte sie Katharinas Stimme an ihrem Ohr. Caro schlug die Augen auf.

„Ist es schon soweit? Ich bin doch nur kurz eingedöst“, erwiderte sie mit einem herzhaften Gähnen.

„Ja stimmt. Kurz im Sinne von vier Stunden“, kicherte Katharina.

„Ach verdammt. Ich wollte doch durchhalten, damit ich nachher schlafen kann“, ärgerte sich Caro.

„Keine Sorge, wir gehen noch in eine schöne Kneipe, trinken noch ein oder zwei Gläser und anschließend schlafen wir wie die Murmeltiere“, versprach Katharina.

Der Flieger landete sanft und pünktlich auf der Landebahn des John F. Kennedy Flughafens und rollte nun behäbig auf das Gate zu. Als der Flieger seine Halteposition erreicht hatte, begann der Trubel und das Ergattern der eigenen Habseligkeiten aus den Gepäckfächern, um anschließend möglichst zügig das Kofferband zu erreichen.

„Wo kommen wir eigentlich unter?", Caro hatte sich die Frage bislang gar nicht gestellt.

„Alex hat Zimmer im Marriott gebucht. Direkt am Central Park, der alte Angeber", grinste Katharina, die gerade ihren Koffer vom Gepäckband schnappte.

„Wow. Wenn er so weitermacht, heirate ich eine arme Kirchenmaus", lachte Caro, „Mir gefällt die Idee, ihn ausnahmsweise durchfüttern zu können"

Nachdem sie ihr Gepäck beisammen hatten, bestiegen sie eines der gelben Taxis, wie sie typischerweise in New York herumfuhren. Caro grinste wie ein Honigkuchenpferd, denn sie kam sich ein bisschen wie in ihrem eigenen Hollywoodstreifen vor. Überhaupt kam ihr das alles gar nicht real vor. Staunend blickte sie aus der Seitenscheibe und sog die neuen Eindrücke in sich auf. Um diese Jahreszeit leuchte die Stadt durch die vielen Lichterketten heller als zu jeder anderen Jahreszeit und Caro war erleichtert, dass es sich, zumindest im Moment, wirklich genauso anfühlte, wie sie es erhofft hatte.

„Das ist wirklich alles so aufregend", Caro trommelte begeistert auf Katharinas rechtem Oberschenkel. Katharina erfreute sich an Caros Begeisterung und schenkte ihr ein zufriedenes Lächeln.

„Und ich habe später sogar noch eine Überraschung für dich. Ich hoffe es jedenfalls", murmelte Katharina geheimnisvoll.

„Tatsächlich? Was denn?", hakte Caro nach.

„Dann ist es aber doch keine Überraschung mehr", Katharina legte einen Finger über ihren Mund.

„Ach komm schon, wenigstens einen Hinweis?", bettelte Caro nun.

„Na schön. Wenn ich dich raten ließe, würdest du niemals darauf kommen. Aber du erkennst die

Überraschung, wenn du sie siehst", Katharina musste bei ihrer eigenen Umschreibung schmunzeln. Und ihre Mundwinkel schoben sich ein weiteres Stück nach oben als sie in das fragende Gesicht von Caro blickte.

„Ok, vielleicht frage ich besser nicht weiter nach. Ich hoffe nur, dass du mich nicht in eine Karaokebar zwingst. Du weißt, ich kann ganze Hallen leer singen. Erinnere dich an das gemeinsame Weihnachtssingen von vor ein paar Tagen", Caro hob ermahnend den Zeigefinger.

„Daran musst du mich nicht erinnern. Ich bin immer noch erstaunt, dass es die Weingläser überlebt haben", lachte Katharina, „aber von unserer Gesangskunst stehen wir beide uns wohl in nichts nach"

Das Taxi kam vor dem imposanten Eingangsbereich des Marriotts zum Stehen. Der Taxifahrer stieg mit den beiden Frauen aus und half ihnen, das Gepäck aus dem Kofferraum zu hieven. Anschließend drückte Katharina ihm ein paar Scheine in die Hand und die Frauen bedankten sich für die Fahrt. Im Hotel nahm sie sofort ein Concierge in Empfang und begleitete sie, nach dem Einchecken, zu ihren Zimmern. Caro, die Katharina alles Nötige regeln ließ, blickte sich derweil in der noblen Unterkunft um und fand, dass Alexander es wirklich ein wenig übertrieben hatte. Natürlich war das alles sehr eindrucksvoll, aber insgeheim hatte sie auf etwas Heimeligeres, Individuelleres gehofft.

„Ich schlage vor, wir machen uns ein wenig frisch und suchen danach irgendwo was Leckeres zu Essen, bevor wir zum gemütlichen Teil des Abends übergehen. Was meinst du?", fragte Katharina, nachdem der Concierge verschwunden war.

„Ok. Ich werde schnell duschen und Alexander Bescheid geben, dass wir gut angekommen sind. Gib mir eine halbe Stunde", erwiderte Caro.

Die heiße Dusche tat Caro gut. Eigentlich hatte sie sich bis zur Ankunft am Hotel relativ fit gefühlt, doch das warme Wasser ließ sie die Anstrengung der langen Reise spüren. Sie war jedoch nicht hergekommen, um jetzt in einem völlig überteuerten Hotel ihre Zeit mit Schlafen zu vergeuden. Mit einem umgewickelten Handtuch trat sie aus dem Bad heraus, nahm sich ihr Handy und wählte Alexanders Nummer. Es klingelte mehrmals, während sie von oben auf den laternenbeleuchteten Central Park blickte. Dann nahm Alexander ab.

„Schatz, seid ihr gut angekommen?", ertönte Alexanders schlaftrunkene Stimme.

„Ja, gerade eben. Und du hast es mit dem Hotel maßlos übertrieben", rüffelte sie ihren Freund, der mit sowas wohl schon gerechnet hatte, denn sie hörte ihn am anderen Ende lachen.

„Wusstest du, dass sogar schon Franklin Roosevelt und Richard Nixon dort übernachtet haben? Auch Bob Marley hatte sich dort häufig eingemietet. Ist das nicht irgendwie cool?", wollte Alexander von ihr wissen.

„Ja, ok. Das ist wirklich ziemlich cool", musste Caro zugeben. Und dennoch.

„Hör mal, ich muss auch schon wieder auflegen. Ich gehe mit deiner Schwester gleich noch was essen", Caro hatte auf die Uhr geblickt und festgestellt, dass sie im Bad bereits zwanzig Minuten vertrödelt hatte.

„Euch viel Vergnügen. Und feiert heute nicht zu heftig. Denk dran, morgen erst beginnt der eigentliche Spaß", die beiden verabschiedeten sich und legten auf. Caro schlüpfte schnell in ihr Outfit, das sie sich schon zurechtgelegt hatte, richtete schnell ihre kurzen, blonden Haare und legte etwas Make-up auf. Sie griff gerade nach ihrem Mantel und ihrer Handtasche, da klopfte es bereits.

„Ich komme", rief sie und eilte an die Tür.

„Ah, siehst gut aus", merkte Katharina an.

„Du auch. So können wir uns in der Stadt der Städte sehen lassen", fand Caro.

„Dann mal los".

Gestärkt hatten sie sich in einem veganen Restaurant,

ganz in der Nähe des Hotels. Wenn Caro schon mal die Chance hatte, in ein fleischloses Restaurant zu gehen, hatte sie die Gelegenheit nicht verstreichen lassen wollen. Selbst Katharina war von den Speisen ganz begeistert, obwohl auch sie einem Steak meistens den Vorzug gab.

„Danke, dass du mich dazu überredet hast. Ich glaube, ich werde dieses Restaurant in meine Top fünf Liste aufnehmen“, merkte Katharina auf dem Weg zu der Kneipe an.

„Gern geschehen. Wer weiß, was ich hier in New York noch so alles entdecken werde“, grinste Caro.

„Komm, ab hier nehmen wir die U-Bahn“, Katharina deutete auf das blaue Schild, das neben einer in den Untergrund führenden Treppe aufgebaut war. Katharina schien sich in New York sehr gut zurecht zu finden, deshalb überließ Caro ihr die Führung und beschäftigte sich lieber mit den vielen so unterschiedlich aussehenden Menschen, die sie an jeder Ecke entdeckte. Obwohl Frankfurt auch als internationale Stadt galt, wirkte sie im Vergleich zu New York doch eher farblos, ja beinahe bieder. Sie fragte sich, ob sie hier leben könnte und bislang stand der Zeiger eindeutig auf ja. Das stimmte zwar so überhaupt nicht mit ihren Zukunftsplänen überein, aber ihre Gedanken waren ja auch nur rein hypothetisch und ganz und gar nicht realistisch. Nach etwa zwanzig Minuten Fahrt kündigte Katharina an, bei der nächsten Station aussteigen zu müssen. Mit ihnen verließen eine ganze Reihe an Menschen die U-Bahn und Caro hatte schon jetzt keinerlei Orientierung mehr.

„Ist nicht mehr weit. Noch zwei Straßen, dann sind wir da.“, erklärte Katharina fröhlich.

„Das muss eine echt tolle Kneipe sein, wenn wir eine solche Anfahrt in Kauf nehmen“, merkte Caro skeptisch an.

„Na, es ist eine Mischung zwischen Kneipe und Club, du wirst schon sehen“, druckste Katharina.

„Ein Club? Gehen wir jetzt tanzen? Ich dachte, wir gehen morgen...“, wollte Caro fragen, als sie von Katharina unterbrochen wurde.

„Keine Sorge, heute wird nicht getanzt. Wir sind aus einem anderen Grund hier. Übrigens sind wir da“, sie deutete auf die Schrift oberhalb der Eingangstür.

„Olivia O'Sullivan bar & girl“ stand mit großen Buchstaben auf einer roten Markise. Ansonsten wirkte die Bar von außen recht unscheinbar. Ein Blick durch die großen Fenster verriet, dass der Laden bereits ziemlich gut besucht, um nicht zu sagen, proppenvoll war. Noch immer konnte Caro nicht nachvollziehen, warum Katharina sie ausgerechnet in einen überfüllten Schuppen, fernab von ihrem Hotel, geschleppt hatte. Bloß um sich dort ein Feierabendbierchen zu gönnen. Doch sie erinnerte sich an die ausstehende Überraschung, über die sich Katharina beinahe mehr zu freuen schien, als Caro.

„Also hinein mit dir“, Katharina ließ Caro den Vortritt. Neben dröhnender Musik strömte ihr stickige, alkoholgeschwängerte Luft entgegen. Paradoxerweise veranlasste sie das nicht zur Flucht, sondern steigerte eher das Verlangen nach einem kühlen, alkoholischen Getränk. Allerdings hätten sie es sich in ihrer Vorstellung lieber in einer kleinen, ungestörten Nische gemütlich gemacht. An einen freien Sitzplatz war hier nicht ansatzweise zu denken. Die wenigen Stühle und Bänke hatten sich die ersten Gäste wahrscheinlich schon vor Stunden unter den Nagel gerissen und hüteten sie jetzt wie ihre eigene Brut. Als sich Caro bewusster umsah fiel ihr auf, dass hier beinahe nur Frauen zu sehen waren. Nein, genau genommen konnte sie keinen einzigen Mann ausmachen.

„Sag mal, Katharina. Sind wir hier in einer Lesbenbar?“, rief sie Katharina gerade nur so laut ins Ohr, dass nur sie Caro hören konnte. Katharina lachte belustigt auf.

„Ja, das hast du sehr scharfsinnig erkannt“, antwortete sie. Caro stutzte, denn sie verstand nun überhaupt nicht mehr, was sie in dieser Bar wollten. Dann kam ihr ein unerwarteter Gedanke, bei dem sie Katharina genau musterte. Diese registrierte ihren prüfenden Blick im Augenwinkel und sah sie nun fragend an: „Was?“

„Sind wir hier, weil du…ich meine bist du…?“, murmelte Caro verwirrt.

„Ich?“, Katharina musste herzhaft lachen, „Nein. Schön wärs. Dann wäre mir vielleicht mein blöder Exmann erspart geblieben.“

Katharina drückte sich zielgerichtet weiter durch die Menge. Caro folgte ihr, ohne so recht zu wissen, was ihr Ziel eigentlich war.

„Ah, da ist ja unser Tisch“, Katharina machte eine Kopfbewegung, die Caros Blick auf einen leeren Tisch direkt neben der Bar lenkte. Warum mieden die Gäste ausgerechnet diesen Tisch? Irgendwas konnte mit dieser Sitzmöglichkeit nicht stimmen. Anders konnte sich Caro nicht erklären, warum es niemand wagte, ihn in Beschlag zu nehmen. Als sie sich ihm näherten, fand Caro ihre Erklärung in Form eines kleinen Tischaufstellers auf dem „Reserviert für VIP-Gäste“ geschrieben stand.

„Bist du sicher, dass wir damit gemeint sind?“, Caro nahm nur zögerlich Platz. Katharina hingegen ließ keinen Zweifel aufkommen und schob das Schild selbstsicher zur Seite. Dann blickte sie sich suchend um, fand aber offenbar nicht, wonach sie Ausschau hielt. Schulterzuckend wandte sie sich also wieder Caro zu, die allmählich ungeduldig wurde.

„Nun rück schon mit der Sprache raus. Was wollen wir hier?“, wollte sie endlich wissen.

„Gedulde dich noch einen Moment“, versuchte Katharina sie zu beschwichtigen. Sie nahm ihr Handy zur Hand und tippte eine kurze Nachricht ein.

„Soll ich wenigstens mal was zu trinken holen? Mein Hals ist schon ganz trocken“, schlug Caro vor.

„Oh, ich glaube, das wird nicht nötig sein. Da kommt schon unsere Bedienung“, grinste Katharina und blickte über Caros Schulter hinweg. Caro folgte unwillkürlich ihrem Blick und was sie nun sah, ließ sie vor Schreck beinahe erstarren. Sie sah Alexander. Nein, nicht Alexander, eher eine Alexandra. Caro musste ein paar Mal blinzeln, denn sie war sich nicht sicher, ob ihre Augen ihr einen Streich spielten. Die Frau, die geradewegs auf ihren Tisch zuhielt, trug pechschwarze, kurze Haare und hatte saphirblaue Augen, die von kleinen Lachfältchen umspielt wurden. Es war unfassbar, wie sehr sie die Frau an ihren Verlobten erinnerte. Eine der wesentlichen Abweichungen waren allerdings die weiblichen, vollen Lippen, die sich deutlich von Alexanders eher schmaleren Lippen unterschieden. Und ein weiteres unübersehbares Merkmal ließ keinen Zweifel daran, dass es sich hier eindeutig nicht um Alexander handelte. Die schlanke Frau war von ihren Handgelenken bis zu ihrem Hals nahtlos verziert mit bunten Tattoos. Caro vermutete, dass die Tätowiernadel auch nicht vor ihren restlichen Körperteilen Halt gemacht hatte, doch mehr Haut gab ihr Outfit gerade nicht Preis. Meistens gefielen ihr flächendeckende Tätowierungen nicht sonderlich. Insbesondere, wenn die Motive und Bilder wild und ohne Konzept zusammengewürfelt waren. Aber die Tätowierungen der Unbekannten wirkten ästhetisch und durchdacht. Dieses Gesamtkunstwerk unterstrich das besondere Aussehen der hübschen Frau. Ihr makelloses Gesicht hatte sie allerdings unberührt gelassen. Was, wie Caro fand, eine überaus gute Entscheidung war.

„Darf ich euch einander vorstellen? Elisabeth, das ist Caro, Alexanders Verlobte“, Katharina deutete mit einer Geste auf Caro, „Und Elisabeth ist, wie du es sicherlich schon erkannt hast, unsere Schwester“

Caro wusste, dass Alexander eine zweite Schwester hatte. Auch, dass sie in Amerika wohnte, hatte Caro mal bei einem Gespräch zwischen Alexanders Eltern aufgeschnappt. Alexander ließ allerdings nie ein Wort über sie fallen. Sie war für ihn ein Tabuthema. Niemand, nicht mal Katharina, sprach in seiner Gegenwart über Elisabeth.

„Nenn mich einfach Liz“, mit einem strahlenden Lächeln, das ihre Lachfältchen deutlich betonte, streckte sie Caro ihre Hand entgegen. Caro erhob sich von ihrer Sitzbank und griff nach Liz' Hand: „Freut mich sehr, dich endlich mal kennenzulernen"

„Oh, dann hat Alexander tatsächlich meine Existenz nicht verschwiegen?", sie klang ehrlich überrascht, Caro vernahm dabei aber keinerlei Groll in ihrer Stimme. Scheinbar ging der Kontaktabbruch weniger von Liz', sondern vielmehr von Alexander aus. Es wäre wirklich interessant zu erfahren, was zwischen ihnen vorgefallen war. Aber vielleicht würde das Caro ja bald schon herausfinden.

„Sagen wir es so, ich wusste, dass es da noch eine Schwester gibt", versuchte Caro möglichst diplomatisch zu antworten. Liz nahm das nickend zur Kenntnis und begrüßte nun ihre Schwester.

„Hallo Schwesterherz, es ist schön, dich wieder mal hier zu haben", die beiden Frauen umarmten sich herzlich und gaben sich einen dicken Schmatzer auf die Wange. Sie wirkten sehr vertraut miteinander und Caro konnte sich gerade keinen Grund vorstellen, warum man diese sympathische Frau aus seinem Leben ausschließen wollte.

„Was darf ich euch zu trinken bringen? Bier, Wein oder vielleicht einen Cocktail?", bot Liz an.

„Och, gegen einen Cocktail habe ich nichts einzuwenden", grinste Caro begeistert.

„Ich auch nicht. Dann nehmen wir doch deinen berühmten LuckyLizzy", schlug Katharina vor. Caro stimmte schulterzuckend zu und vertraute einfach darauf, dass es sich dabei um ein Getränk nach ihrem Geschmack handelte. Liz' verließ die beiden und machte sich auf den Weg zur Theke.

„Das ist also eure Schwester", Caro sah Liz' gedankenverloren hinterher, während sie zu Katharina sprach, „Wow."

„Wow?", hakte Katharina nach.

„Ähm, ja. Sie sieht...also für eine Frau ist sie......echt schön, oder nicht?", schwärmte Caro, ohne über ihre Worte nachzudenken.

„Hörst du dir gerade zu?", Katharina konnte sich ein Grinsen nicht verkneifen, „Für eine Frau ist sie schön? Was soll das heißen? Dass Frauen üblicherweise hässlich sind, oder wie? Danke für die Blumen"

„Nein, natürlich nicht. So meine ich das nicht. Ich meine...also...", nun fiel Caro auf, dass sie tatsächlich nicht genau wusste, wie sie es meinte, „Naja, du weißt schon. Ich achte halt sonst nicht auf diese Weise darauf."

„Diese Weise, so, so", murmelte Katharina und musterte Caro skeptisch, „Lass das bloß nicht Alexander hören."

Bevor Caro darauf reagieren konnte, tauchte Liz bereits mit den Getränken auf. In den bauchigen Gläsern befanden sich diverse Flüssigkeiten, die sich regenbogenfarbig übereinander schichteten. Die Übergänge waren dabei so klar voneinander abgetrennt, dass der Cocktail beinahe unecht wirkte und bei Instagram wahrscheinlich als Fake durchgefallen wäre.

„Das ist ja ein wahres Kunstwerk. Ich traue mich gar nicht, ihn zu trinken", Caro betrachtete das Getränk noch immer ganz fasziniert von allen Seiten.

„Trau dich ruhig. Wie ich gehört habe, traust du dich in ein paar Wochen noch was ganz anderes", spielte Liz auf die bevorstehende Hochzeit an. Die Hochzeit. Für einen Moment hatte Caro vergessen, warum sie eigentlich hier in New York war. Das Leben als ungebundene Frau würde sie schon bald und endgültig an den Nagel hängen. Alexander würde der letzte Mann in ihrem Leben sein, bis dass der Tod die beiden schiede. Für einen kurzen Augenblick kam ihr dieser Gedanke schrecklich beängstigend vor. Wollte sie das? Jetzt schon? Sie atmete einmal tief durch und schüttelte den verwirrenden Gedanken ab. Sie zog an ihrem Strohhalm und nahm einen großen Zug ihres Getränks. Liz, die mittlerweile neben Caro Platz genommen hatte, sah sie erwartungsvoll an: „Und? Hält der Geschmack, was die Optik verspricht?"

Caro sah sie irritiert an, bis sie begriff, dass Liz den Cocktail gemeint hatte. Irgendwie fühlte sich Caro durch Liz' selbstbewusstes Auftreten verunsichert. Sie hatte so eine gewisse Ausstrahlung, wie Caro es bislang selten erlebt hatte. Alexander besaß ebenfalls dieses Charisma, an dem man automatisch haften blieb. Aber selbst er hatte sie bei ihrem ersten Kennenlernen nicht derart verunsichert.

„Der Cocktail schmeckt großartig“, Caro nahm durch den Strohhalm einen weiteren geräuschvollen Zug zur Bestätigung.

„Und ihr habt schon ein Hotel gefunden, oder darf ich euch zu mir einladen?“, richtete Liz ihre Frage nun an beide.

„Alexander hat uns, großzügig wie er nun mal ist, ein bescheidenes Zimmer im Marriott gebucht“, erklärte Katharina mit einem ironischen Unterton. Liz nickte nur, ging aber auf die Stichelei gegen ihren Bruder nicht ein. Caro musste sich eingestehen, dass sie zu gern Liz` Wohnung in Augenschein genommen und dafür auf das Hotelzimmer verzichtet hätte. Ein Mensch, der so viel Wert auf Körperästetik legte, hatte bestimmt auch eine interessante Wohnung.

„Wie läuft das Studio? Seid ihr mit dem Umbau schon fertig?“, erkundigte sich Katharina. Dann fiel ihr auf, dass Caro über zu wenig Informationen verfügte, um dem Gespräch folgen zu können: „Liz besitzt ein Tattoo Studio im East Village und ist, auch wenn sie das selbst so nicht sieht, inzwischen ein richtiger Star in der Szene.“

Liz winkte bescheiden ab, aber Caro war sich sicher, dass Katharina nicht übertrieb. Sie hatte zwar nicht besonders viel Ahnung von dieser Art von Körperkunst, aber ihr waren Liz‘ Kunstwerke ja bereits aufgefallen, bevor sie wusste, dass sie damit sogar ihr Geld verdiente.

„Der Umbau ist so gut wie abgeschlossen. Anfang Januar wird die Wiedereröffnung, wie geplant, stattfinden können. Aber hätte ich vorher gewusst, worauf ich mich einlasse, hätte ich den Laden so gelassen, wie er war“, antwortete Liz und griff sich dabei an die Stirn.

„Das glaube ich dir. Aber bist du mit dem Ergebnis zufrieden?“, wollte Katharina wissen.

„Absolut. Wenn ihr wollt, dann kann ich euch den Laden noch zeigen“, schlug Liz vor, „Also, falls ihr von dem

Flug nicht allzu müde seid."

„Was meinst du dazu?", überließ Katharina Caro die Entscheidung.

„Ja, auf jeden Fall", kam es ihr, zu ihrer eigenen Überraschung, ein wenig zu enthusiastisch über die Lippen.

„Prima", freute sich Liz, „Dann überlasse ich euch erstmal wieder euren Cocktails. Ich muss mit Jenny noch etwas besprechen. Gebt mir Signal, wenn ihr aufbrechen wollt."

Liz erhob sich und bahnte sich nun ihren Weg durch die inzwischen tanzende Menge. Caro sah ihr nach, bevor Liz schließlich im Getümmel verschwunden war.

„Das ist also Alexanders zweite Schwester", sprach Caro ihren Gedanken laut aus.

„Ja, kaum zu glauben, oder? Obwohl sie sich so ähnlich sehen, sind sie ansonsten grundverschieden", erwiderte Katharina.

„Warum reden die beiden nicht mehr miteinander?", Caro wusste, dass Katharina nicht gern darüber sprechen würde, aber sie wollte es auf einen Versuch ankommen lassen. Katharina seufzte schwer. Ihr ging das Thema ganz offensichtlich nahe und in ihrem Blick spiegelte sich Ratlosigkeit wider.

„Ehrlich gesagt, weiß ich das gar nicht so genau. Sowohl Liz, als auch Alex reden mit niemanden in der Familie darüber. Es gibt da wohl mehrere Streitpunkte zwischen ihnen. Dabei waren die beiden vorher immer ein Herz und eine Seele. Ich erinnere mich aber, dass Liz unmittelbar nach dem Streit nach New York abgehauen ist. Das war vor ungefähr fünf Jahren", berichtete Katharina.

Es können keine Kleinigkeiten gewesen sein, die die Geschwister entzweit hatten. Soviel stand also fest. Alexander war an sich kein besonders streitsüchtiger Mensch, allerdings konnte er eine Sturheit an den Tag legen, gegen die auch Caro keine Chance hatte. Da sie selbst ein ausgeprägtes Bedürfnis nach Harmonie hatte, lenkte Caro bei ihren Streitigkeiten häufig zuerst ein. Ihr machte das nichts aus, denn sie wusste, dass ihr Konflikt Alexander schon während des Streits leidtat, er aber nicht über seinen Schatten springen konnte. Doch was zwischen Liz und ihm stand, war definitiv eine Nummer größer. So stur konnte selbst Alexander wegen etwaiger Kleinigkeiten nicht bleiben.

„Hat es nie einen Versöhnungsversuch gegeben?", wollte Caro wissen.

„Oh, glaub mir. Ich habe nicht nur einmal versucht, die beiden dazu zu bringen. Liz hätte sich, wenn auch mit viel Widerstreben, darauf eingelassen. Sie wäre deshalb sogar nach Deutschland geflogen. Aber Alexander wollte davon nichts wissen", Katharina machte die Situation zwischen ihren Geschwistern offenbar wirklich schwer zu schaffen.

„Das ist wirklich schade. Ich glaube, sie ist eine tolle Frau", Caros Hintergedanken waren nicht uneigennützig. Liz wirkte interessant, nicht nur, weil sie Alexander optisch so sehr ähnelte. Sie war ein Teil seiner Familie und somit auch unweigerlich ein Teil von Alexander, der ihr bislang verwehrt geblieben war. Wenn allerdings ihr zukünftiger Ehemann keinen Kontakt zu seiner Schwester haben wollte, bliebe Caro der Kontakt ebenfalls versagt. Zwar ließ sie sich von ihm nicht vorschreiben, mit wem sie befreundet war, von Caros aufgedrehter Freundin Tamara war er auch nicht gerade begeistert, aber eine Freundschaft zwischen ihr und Liz könnte er sicher nicht akzeptieren. Warum machte sie sich überhaupt diese unnötigen Gedanken? Die Frau lebte hier in New York, also weit, weit weg von Caro. Vermutlich würden sich die beiden Frauen nach ihrer Reise nie wieder über den Weg laufen. Und bestimmt war sie gar nicht an einer Freundschaft mit Alexanders Angetrauter interessiert.

„Sie ist eine großartige Schwester, ja. Und ich bin froh, dass wir uns wenigstens einmal im Jahr sehen können. Meistens fliege ich zu ihr. Ganz selten kommt sie nach Deutschland", erklärte Katharina.

„Ich nehme an, ich sollte Alex von dem Treffen besser nichts erzählen, oder?", Caro kannte die Antwort bereits, wollte aber dennoch Katharinas Meinung hören.

„Wenn du keinen Streit vom Zaun brechen willst, dann wäre dir das anzuraten, ja. Andererseits dürfte es ihn nicht überraschen, wenn er hört, dass ich dir unsere Schwester vorgestellt habe. Er weiß schließlich, dass ich Kontakt zu Liz habe“, antwortete Katharina.

Caro hatte noch nicht entschieden, was sie Alexander sagen wollte, deshalb schwieg sie und zog stattdessen an ihrem Strohhalm. Der Cocktail war stark. Caro spürte, wie sich die alkoholgetriebene Wärme in ihrem Körper angenehm ausbreitete. Sie hätte gut noch einen zweiten vertragen, doch war sie auch neugierig auf Liz‘ Laden. Deshalb verzichtete sie auf Nachschub und teilte sich den Rest ihres Getränks ein.

„Arbeitet Liz noch nebenbei hier in der Bar?“, die Frage fand Caro naheliegend, schließlich hatte sie Zutritt zur Theke.

„Sie hat einen Anteil an der Bar. Als sie nach New York kam, hatte sie hier ihren ersten Job gefunden. Später, als sie mit ihrem eigenen Geschäft genug Geld verdient hatte und hier ein finanzieller Engpass bestand, hat sie sich eingekauft und den Laden damit über Wasser gehalten. In der Zeit ist auch ihr zu Ehren der LuckyLizzy entstanden“, erzählte Katharina.

„Ist Liz auch eine…also, ist sie auch…“, Caro wusste nicht recht, wie sie die Frage stellen sollte.

„Ob sie lesbisch ist, willst du wissen?“, Katharina amüsierte sich über Caros hilfloses Gestammel, „Ja, das ist sie. Wobei das mit ihr und den Frauen nicht so ganz einfach ist“, den letzten Satz murmelte Katharina kaum hörbar, doch Caro verstand jedes Wort und wurde hellhörig.

„Wieso, was ist denn mit den Frauen?“, hakte sie sofort nach. Katharina schien sich über ihre unachtsame Aussage zu ärgern. Offenbar ging das zu sehr in Liz` Privatsphäre.

„Ach, das ist ihre Sache. Sie ist halt ein sehr freiheitsliebender Mensch“, druckste Katharina rum.

Caro konnte nicht viel mit dieser Aussage anfangen,

wagte aber nicht, ein zweites Mal nachzufragen. Liz' stand also auf Frauen. Caro musste zugeben, dass sie eine andere Antwort überrascht, wenn nicht sogar etwas enttäuscht hätte. Enttäuscht? Warum sollte sie es enttäuschen, wenn Alexanders Schwester auf Männer stehen würde? Der Alkohol und der Jetlag ließen ihr Gehirn scheinbar wirres Zeug denken.

„Wollen wir langsam aufbrechen?", Katharina riss sie aus ihren Gedanken, worüber Caro ganz dankbar war.

„Ja, gern", antwortete sie nur knapp.

„Ok, ich schau mal, ob ich Liz irgendwo entdecke. Ich wollte eh nochmal kurz zur Toilette, vielleicht laufe ich ihr ja über den Weg", Katharina stand auf und verschwand, wie Liz zuvor, in der Menge. Da saß Caro nun, inmitten gutgelaunter, partywütiger Frauen und kam sich ein wenig fehl am Platz vor. Direkt zwei Tische weiter war wohl soeben das Feuer der spontanen Liebe ausgebrochen, denn die zwei Frauen, die sich vorhin noch ganz gesittet gegenübersaßen, als würden sie sich heute zum ersten Mal sehen, fielen gerade ungehemmt übereinander her. Caro hatte Mühe wegzusehen und sie fragte sich, wie weit sie gehen könnten, bevor sie aufgefordert wurden, sich einen anderen Ort für ihr Liebesspiel aufzusuchen. Ihr Blick wanderte weiter und sie fand es überaus faszinierend, wie unterschiedlich die Frauen hier aussahen. Es gab die sportlichen, die überaus femininen und eben auch die sehr maskulin wirkenden Frauen. Es schien aber keine Regel zu geben, nach der sie Paare bildeten. Unwillkürlich fragte sie sich, welcher Typ Frau auf sie anspringen würde. Mit ihren kurzen, blonden Haaren und dem dezenten Make-up sortierte sie sich am ehesten zu den sportlichen Frauen. Ganz sicher war sie sich über ihre Außenwirkung aber nicht. Es schien, als sollte sich ihre Frage sogleich von selbst beantworten, denn ihr zielloser Blick traf nun auf ein Augenpaar, das direkt auf Caro gerichtet war. Das dazugehörige Gesicht lächelte sie auffordernd an, was Caro völlig aus der Fassung brachte. Sie wollte wegsehen, stattdessen formten sich ihre Lippen zu einem Grinsen. Und weil sie vehement gegen dieses Grinsen ankämpfte, verformte sich ihre Mundpartie, das spürte sie, zu einer dämlichen Grimasse. Der dunkelhaarigen Frau mit dem hellen Teint gefiel scheinbar trotzdem, was sie sah, denn sie prostete Caro mit ihrem Getränk zu.

„Wie ich sehe, kostest du deine letzten Tage in Freiheit noch ausgiebig aus“, Liz war ganz unerwartet neben ihr aufgetaucht und grinste sie belustigt an. Caro wäre vor Scham am liebsten im Boden versunken.

„Nein, ich wollte nicht...also ich habe gar nichts…“, stotterte Caro und hätte sich für ihr wenig souveränes Verhalten ohrfeigen können. Die Frau hatte jetzt, da Liz neben Caro Platz genommen hatte, von ihr abgelassen.

„Keine Sorge. Maria flirtet einfach gern und sehr wahrscheinlich bist du hier gerade die einzige im Raum, bei der sie noch keinen Flirtversuch unternommen hat“, grinste Liz.

„Ich bin Frischfleisch!“, erkannte Caro nüchtern. Jetzt musste Liz laut auflachen: „Ganz recht. Das bist du. Sieh es einfach als Kompliment. Und man kann es ihr doch kaum verübeln. Warum sollte sie nicht probieren, mit einer attraktiven Frau in Kontakt zu kommen?“, fügte Liz lächelnd hinzu. Erneut wusste Caro nicht, was sie sagen sollte. Hatte Liz sie gerade als attraktiv bezeichnet? Und war das etwa auch ein Flirt oder einfach nur ein harmloses, nett gemeintes Kompliment? Wie dem auch sei, Caro wusste auf Liz` Aussage einfach nichts zu erwidern und starrte daher peinlich berührt auf ihr leeres Glas. Zu ihrer Erleichterung tauchte Katharina gerade wieder auf und unterbrach die Stille zwischen den beiden Frauen.

„Ah, da bist du ja“, sagte sie zu Liz, „Ich glaube, wir können los“

3. KAPITEL

Sie standen vor dem Schaufenster auf dem der Schriftzug „Hautkunst“ prangte und dessen Innenseite mit Zeitungspapier beklebt war. Um diese Uhrzeit war die Straße beinahe wie ausgestorben. Die wenigen Autos, die vorbeifuhren, waren zumeist Taxis. Es war für Caro schwer auszumachen, ob sie sich in einem wohlhabenden oder sozial schwachen Viertel befanden. Links neben Liz‘ Laden befand sich ein vietnamesisches Restaurant, aus dem gerade zwei Gäste heraustraten. Auf der rechten Seite erkannte Caro ein kleines Lebensmittelgeschäft mit Bioprodukten.

„Lasst uns reingehen. Ist viel zu kalt hier draußen“, Liz schloss die Eingangstür auf und bot den beiden den Vortritt an. Das spärliche Licht verriet zunächst nichts über die Einrichtung des Ladens. Erst, als Liz das Deckenlicht einschaltete, kam die beeindruckende Einrichtung zum Vorschein. Die alten Industrielampen, die in einer Vielzahl von der Decke hingen, beleuchteten jetzt jeden Winkel der imposanten Räumlichkeiten. An den unverputzten Ziegelsteinwänden hingen große Glasbilderrahmen mit Schwarz-Weiß-Fotografien, auf denen nackte, tätowierte Körper zu erkennen waren. An einem der Bilder blieb Caros Blick haften. Es zeigte den nackten Oberkörper einer Frau, die ihren Kopf in den Nacken gelegt hatte, so dass man ihr Gesicht nicht erkennen konnte. Ihre Brüste hielt sie mit ihren Händen bedeckt. Die Tattoos, die ihre Arme zierten, kamen Caro verdächtig bekannt vor. Sie warf einen prüfenden Blick auf Liz, die sich, zu Caros Überraschung, peinlich berührt mit einer Hand über ihren Nacken fuhr.

„Ja, das bin dann wohl ich. Es war nicht meine Idee, ehrlich nicht. Die Fotografin hat darauf bestanden, es hier zu platzieren, sonst hätte sie auch die anderen Bilder nicht gemacht“, versuchte sich Liz zu rechtfertigen. Caro musste schmunzeln. Diese verlegene Seite stand ihr auch nicht gerade schlecht. Eben in der Bar, hatte sie Caro mit ihrem Kompliment verunsichert und nun stand sie selbst peinlich berührt vor Caro. Diese Situation wollte Caro nicht zu schnell aufgeben. Sie trat jetzt noch näher an die Fotografie heran und begann damit, jedes Detail ihrer verzierten Haut zu studieren. Katharina räusperte sich, doch sie ignorierte sie. Caro betrachtete die kunstvolle Körperbemalung, die sich durch den Schwarz-Weiß-Kontrast auf dem Foto noch deutlicher zeigte. Zwischen den filigranen Blumenornamenten entdeckte Caro abstrakte Motive und Symbole, deren Bedeutungen sich Caro nicht erschlossen. Kein Element, da war sich Caro sicher, war zufällig an seinem Ort, jedes Zeichen schien seinen Sinn zu haben. Die Vermutung, dass sich Liz nicht nur die Arme hatte verzieren lassen, bestätigte sich auf dem Bild sehr anschaulich. Auch ihr schlanker Oberkörper war stellenweise tätowiert, wenngleich ihre Brüste, soweit die verdeckenden Hände es erkennen ließen, naturbelassen waren. Man hätte annehmen können, dass ihre weiblichen Rundungen durch die vielen umliegenden Tattoos an Präsenz verlören. Doch im Gegenteil. Sie stachen in ihrer reinen Nacktheit sogar ganz besonders hervor und ließen beim Betrachter den Wunsch aufkommen, sie ohne die schützenden Hände sehen zu wollen. Zumindest kam Caro dieser Wunsch gerade in den Sinn. Als sie sich ihrer Gedanken bewusst wurde, hielt sie erschrocken inne.

„Das Bild gibt es auch noch ohne die Hände“, begann Liz plötzlich zu sagen. Caro wandte ertappt ihren Blick von dem Bild ab. Hatte sie ihren Wunsch etwa laut ausgesprochen? Doch als sie Liz im Augenwinkel sah, erkannte sie, dass das Wort gar nicht an sie, sondern an Liz‘ Schwester gerichtet war.

„Das war mir aber dann wirklich etwas zu provokant“, schob Liz hinterher.

„Es scheint auch so seine Wirkung nicht zu verfehlen“, erwiderte Katharina, die mit angehobener Augenbraue Caro nachdenklich musterte. Caro drehte sich kopferrötend von den beiden weg und tat schnell so, als sehe sie sich nun die anderen Fotografien an.

„Darf ich euch noch etwas zu trinken anbieten?“, überging Liz Katharinas Anmerkung und tat damit, unbewusst oder möglicherweise auch bewusst, Caro einen großen Gefallen.

„Dank dir, Liebes. Aber ich merke gerade, wie mich die Müdigkeit überkommt“, antwortete Katharina, „Ich glaube, so allmählich sollten wir uns auf den Weg zurück ins Hotel machen. Oder was denkst du, Caro?“

Caro hatte den Eindruck, als sollte sie Katharina gerade nicht widersprechen. Und obwohl ihr der peinliche Moment von gerade noch ein wenig nachhing, wäre sie doch gern noch ein wenig länger geblieben. Sie hatte Alexanders geheime Schwester doch gerade erst kennengelernt und nun sollte sie sich schon wieder verabschieden? So schnell würde sich keine weitere Gelegenheit bieten, denn der Flieger zurück nach Deutschland war bereits für den Tag nach dem Junggesellinnenabschied gebucht.

„Bist du morgen auch dabei?“, überkam Caro die Frage, die sie nun auch bereits laut ausgesprochen hatte.

„Oh, also ich weiß nicht, ob…“, Liz, die von der Bitte ebenso überrumpelt schien, sah Katharina fragend an. Katharina reagierte äußert zögerlich, traf aber dann eine Entscheidung.

„Ja klar, warum nicht. Du kennst dich von uns ja schließlich am besten in New York aus“, erwiderte sie lächelnd, „Ich schreibe dir, wo und wann wir uns treffen. Für Caro soll es eine Überraschung sein, deshalb kann ich es dir jetzt nicht verraten.“

Caro grinste zufrieden. Mit einer echten New Yorkerin um die Häuser zu ziehen, empfand sie als zusätzliches Highlight auf ihrer ohnehin schon aufregenden Reise. Als das gerufene Taxi einige Minuten später vorfuhr, verabschiedeten sich die beiden Frauen von Liz.

„Gut, dann sehen wir uns ja bereits morgen wieder“, richtete Liz das Wort an Caro.

„Ja, ich freue mich“, erwiderte Caro begeistert, „Bleibst du jetzt noch in deinem Laden, oder können wir dich noch ein Stück mitnehmen?“

„Oh, danke“, lachte Liz, „Aber ich wohne direkt über dem Geschäft.“ Sie deutete mit dem Finger nach oben.

„Ach so“, rief Caro erstaunt, „Dann haben wir das Interessanteste ja nun glatt verpasst.“

Erneut spiegelte sich in Liz‘ Gesicht ein leichter Anflug von amüsierter Verlegenheit wider.

„Betrachte es als aufgeschoben“, Liz grinste Caro an, bevor sie sie nun zum Abschied umarmte. Der herbe Duft mit der zart blumigen Note, wie Caro ihn bereits auf der Hinfahrt an Liz registriert hatte, stieg in Caros Nase. Der Geruch kam Caro so seltsam vertraut vor, obwohl ihr sonst niemand einfiel, der diesen Duft an sich trug.

„So, Leute. Das Taxi wartet nicht ewig auf uns“, drängte Katharina nun zur Eile.

Die beiden Schwestern umarmten sich kurz und ehe sich's Caro versah, fuhr sie mit ihrer Schwägerin in spe davon. Eine ganze Weile saßen sie schweigend nebeneinander, bis Katharina schließlich das Wort ergriff.

„Du liebst Alexander, oder?“ fragte sie. Caro sah verdutzt auf. Die Frage kam ihr absurd überflüssig vor.

„Ja natürlich. Wir werden doch heiraten. Was soll die Frage?“ erwiderte Caro.

„Nein, ok, ich wollte es einfach wissen“, Katharina machte erneut eine lange Pause, „Ich hoffe, du weißt, dass du mich mit der Einladung von eben etwas in die Bredouille bringst?“

„Du meinst, weil Alexander wütend werden könnte?“, schlussfolgerte Caro. Katharina nickte.

„Das weiß ich. Aber ich hoffe, dass die beiden eventuell jetzt, wo doch seine Hochzeit bevorsteht, nochmal einen Versöhnungsversuch starten werden. Im schlimmsten Falle bleibt der Status quo erhalten, oder?“, erklärte Caro. Katharina dachte einen Moment über ihre Worte nach.

„Ich bin mir nur nicht sicher, ob Alexander sich gern derart überrumpeln lässt“, gab Katharina zu bedenken. Diesmal war es Caro, die überlegen musste.

„Du hast Recht. Ich werde vorher nochmal mit ihm sprechen“, stimmte Caro schließlich zu.

Kurze Zeit später lag Caro in ihrem bequemen Kingsize Bett und ließ die vergangenen Stunden Revue passieren. Heute Morgen noch saß sie mit Alexander am Frühstückstisch, aber es kam ihr vor, als sei das eine halbe Ewigkeit her. In der Zwischenzeit war sie um den halben Erdball geflogen, mit einem Taxi durch New York gefahren, hatte einen Cocktail in einer Lesbenbar getrunken und…und sie hatte Liz kennengelernt. Sie war völlig anders, als sie sich Alexanders verstoßene Schwester vorgestellt hatte. Dabei wusste Caro schon jetzt gar nicht mehr, welche Vorstellung sie vor ihrem Aufeinandertreffen hatte. Liz ähnelte optisch ihrem Bruder auf verblüffende Weise, aber charakterlich konnte Caro bislang wenig Parallelen erkennen. Alexander war charmant und geizte, wenn sich die Gelegenheit bot und er sein Ego aufpolieren wollte, nicht mit seinem Charme. Auch Liz war sich ihrer Ausstrahlung sicherlich bewusst, aber sie schien, im Vergleich zu ihrem Bruder, ein eher zurückhaltender Mensch zu sein. Wobei Caro natürlich bewusst war, dass Liz ihre Verführungskünste wohl eher nicht Caro gegenüber zur Schau stellen würde. Schließlich war Caro mit Alexander liiert und stand außerdem ja gar nicht auf Frauen. Auf welchen Typ Frau Liz wohl stand? Vermutlich durfte bei Liz‘ Traumfrau das ein oder andere Tattoo nicht fehlen. Ein Tattoo war ja nicht nur Körperkunst, sondern war selbst in der heutigen Zeit noch immer ein Statement. Ein Zeichen, sich dem konservativen Teil der Gesellschaft zu widersetzen und nach eigenen Regeln zu leben. Caro besaß kein einziges Tattoo. Dabei wollte sie schon immer eins haben. Damals, als sie das erste Mal über eine Tätowierung nachgedacht hatte, war sie noch nicht volljährig gewesen. Und ihre Mutter hätte sie lieber bis zu ihrem achtzehnten Lebensjahr in ihr Zimmer gesperrt, bevor sie ihr erlaubt hätte, ihren Körper „zu verunstalten“. Als sie es endlich hätte tun können, fehlte ihr die Idee für ein schönes Motiv. Und dann war sie auch schon mit Alexander zusammen. Sie hatten nie richtig über ihre Einstellung zu diesem Thema gesprochen. Caro wusste nur, dass er sich ein kleines Tattoo auf dem Oberarm hatte weglasern lassen. Die feine Narbe war immer noch zu sehen. Als sie ihn darauf angesprochen hatte, erwiderte er nur knapp, es hatte sich dabei um eine kleine Jugendsünde gehandelt. Und er sei ja jetzt erwachsen und brauche solche Kindereien nicht an seinem Körper. Damit war auch für Caro die Idee einer eigenen Tätowierung gestorben. So wichtig war ihr die Körperverzierung dann eben doch nicht. Für Liz hatten Tattoos natürlich einen ganz anderen Stellenwert. Für sie waren sie nicht nur eine Lebenseinstellung, Liz verdiente mit ihnen sogar ihr Geld. Mehr noch, sie verkaufte Kunst. Auf höchstem Niveau. Wenn Caro sich also irgendwann doch mal tätowieren ließe, dann von niemand anderem als Liz. Unwillkürlich dachte sie über ein mögliches Motiv nach. Es wäre etwas Kleines, an einer unscheinbaren Stelle. Vielleicht irgendein Tier? Oder doch lieber eine Pflanze? Womöglich sollte sie Liz einfach kreativ werden lassen. Noch während sie darüber nachdachte, fielen ihr die Augen zu und sie dämmerte dahin, bis sie schließlich tief und fest schlief.

4. KAPITEL

„Wohin geht's zuerst?", Caro tänzelte aufgeregt vor Katharina hin und her, während die beiden den Empfang des Hotels durchquerten.

„Geduld, meine Liebe", schmunzelte Katharina, „Ich schlage vor, dass wir zuerst unsere kleine Shoppingtour machen, bevor wir uns anschließend die ein oder andere Sehenswürdigkeit ansehen."

Caro war mit dem Vorschlag einverstanden und die beiden Frauen traten durch den Eingang des Hotels ins Freie. Über Nacht war die Kälte über die Ostküste eingebrochen. Sofort peitschte ihnen ein frostiger Windstoß ins Gesicht und kroch durch jede undichte Stelle ihrer Kleidung.

„Uh, Väterchen Frost hat wohl entschieden, seinen Jahreswechsel auch in New York zu verbringen", Caro schob den Kragen ihres Mantels ein Stück höher, „In welche Richtung müssen wir denn?"

„Wir gehen am besten zur gleichen U-Bahn-Station wie gestern", schlug Katharina vor.

Kaum hatten sie ihren Weg angetreten, ertönte hinter ihnen eine männliche Stimme.

„Miss Kramer?"

Ganz automatisch drehte sich Caro zu dem Mann um, der sie soeben bei ihrem Nachnamen genannt hatte. Er trug eine dunkle Uniform mit einer zweireihigen Knopfleiste und einem kurzen Stehkragen. Außerdem befand sich auf seinem Kopf eine Mütze mit Schild, die ihn eindeutig als Chauffeur identifizierte. Er stand auf der Beifahrerseite einer schicken, schwarzen Limousine und war im Begriff, mit der einen Hand die hintere Tür zu öffnen und mit der anderen eine einladende Handbewegung zu machen.

„Ich verstehe nicht ganz", Caro sah abwechselnd Katharina und den Fahrer an. Doch auch Katharina zuckte nur ratlos mit den Schultern, während der Fahrer sie freundlich anlächelte.

„Ich bin Paul. Ihr Mann hat mich gebeten, sie heute zu begleiten und sie an jeden von Ihnen gewünschten Ort zu fahren", klärte er die beiden schließlich auf.

„Mein Mann", murmelte Caro schmunzelnd, „Wie sich das anhört. Noch ist es nicht soweit."

„Auf jeden Fall setzt er wohl alles daran, dass du es dir auch nicht noch anders überlegst", lachte Katharina.

Die Frauen folgten Pauls Einladung und bestiegen die Rückbank der Limousine. Caro blickte sich im Innenraum des Wagens staunend um. Sie musste zugeben, das Interieur hielt, was die Außenansicht versprach. Die edlen Lederbezüge waren derart bequem, dass Caro am liebsten nie wieder aufgestanden wäre. Vor ihnen, in der Mittelkonsole, stand eine Flasche gekühlter Champagner mit zwei Gläsern für sie bereit. Außerdem sahen sie auf zwei gegenüberliegende Sitzplätze, zwischen denen ein großer Monitor platziert war. Gerade zeigte er ihren aktuellen Standort auf einer Straßenkarte an. Paul machte sie darauf aufmerksam, dass sie mithilfe einiger Sprachbefehle jederzeit auf einen beliebigen TV Sender umschalten könnten.

„Wenn Alexander die Messlatte noch höher schraubt, dann muss er dich für den Rest deines Lebens auf Händen tragen, um dem noch gerecht zu werden", auch Katharina blickte sich beeindruckt um.

„Muss er nicht. Ich finde das hier…", Caro überlegte noch einen Moment, was sie von Alexanders Aufmerksamkeit hielt, „Es ist wirklich süß von ihm und sicher beschert er uns damit einen wirklich entspannten Tag. Aber so ganz ist das nicht meine Welt. Wird es auch nie sein, denke ich."

„Ja, verstehe. Dann sieh dich doch einfach als Prinzessin für einen Tag", schlug Katharina vor.

„Wobei", überlegte Katharina, „An deinem Hochzeitstag wird es sich nicht vermeiden lassen, dass du ein zweites Mal in diese Rolle schlüpfst."

Damit hatte sie wahrlich Recht. Das Hochzeitskleid

hatte sich Caro schon vor etwa einem Monat ausgesucht. Ein Traum in perlweiß. Schulterfrei mit feiner Spitze und langer Schleppe. Caro trug selten Kleider, höchstens im Sommer, wenn es für Hosen einfach viel zu warm war. Doch bei der Wahl des Brautkleides gab es für sie keine Kompromisse. Klassisch musste es sein und wenn sie ansonsten eher eine Frau fürs Pferdestehlen war, so wollte sie es an ihrem Hochzeitstag ganz traditionell halten. Sie dachte an die alten Hochzeitsfotos ihrer Uroma, die so lange Caro denken konnte, schon im Flur, direkt neben der Eingangstür hingen und die sie sich als Kind so gern angesehen hatte. Am liebsten hätte sie dieses wundervolle Kleid von damals getragen, aber leider gab es das Kleid nicht mehr. Allerdings sah ihr eigenes diesem sehr ähnlich und es gefiel auch Omi Mira, die es bereits auf einem Foto begutachtet hatte.

„Fahren Sie uns zur 5th Avenue. Zum Saks, bitte“, wies Katharina Paul an. Caro, die gerade gedankenversunken aus dem Fenster sah, bekam ihr Ziel nur am Rande mit. Sie verließ sich ganz auf ihre New-York-erfahrene Reisebegleitung und genoss viel lieber die Eindrücke der Stadt. Trotz der Kälte herrschte inzwischen reges Treiben auf den Straßen. Der dichte Verkehr ließ sie nur schleppend vorankommen, aber das störte die zwei Frauen nicht. Katharina zeigte alles Sehenswerte, das ihnen unterwegs unter die Augen kam und Caro hörte interessiert zu. Zwar wären sie mit der U-Bahn höchstwahrscheinlich schneller gewesen, aber Caro hätte dafür weniger vom überirdischen New York mitbekommen.

„Wow, ist das das Museum of Modern Art?“, Caro drückte sich die Nase an der Scheibe platt, um möglichst viel erkennen zu können. Katharina musste sich selbst kurz orientieren und beugte sich zu Caro rüber: „Ja, stimmt. Das ist es. Zu schade, dass wir so wenig Zeit haben. Ich denke, das werden wir heute nicht schaffen. Du musst also wenigstens ein zweites Mal mit nach New York kommen.“

Caro grinste. Ein weiterer Besuch würde sie sicher

keinerlei Überwindung kosten. Zwar bedauerte sie es, das Museum bei diesem Besuch auslassen zu müssen, aber es gab ihr auch einen guten Grund, Alexander nach der Hochzeit zu einem zweiten Flug zu überreden.

„Die Damen? Saks, 5th Avenue zu ihrer Linken", sagte Paul, nachdem er den Wagen in zweiter Reihe geparkt hatte. Caro wagte einen Blick durch die Beifahrerscheibe. Von außen sah das Gebäude gepflegt, aber ansonsten recht unscheinbar aus. Das ließ nur den Schluss zu, dass es sich um einen kostspieligen Laden handelte, der es nicht nötig hatte, Kundschaft mit neonbeleuchteter Schrift anzulocken.

„Vielen Dank, Paul. Wir werden sicher einen Moment brauchen. Wir rufen Sie an, falls wir eine entferntere Station ansteuern wollen. Spätestens aber, wenn wir unsere Shopping-Tour beendet haben", ließ Katharina Paul wissen. Dieser nickte freundlich und fuhr anschließend mit der Limousine davon.

„Na, dann mal los", gab Caro den Startschuss für ihren Einkaufstrip.

So schön und aufregend es war, durch die Geschäfte zu streifen, so anstrengend fand Caro den Ausflug auch. Katharina ging es kaum anders. Caro hatte, wie sie es versprochen hatte, ihrer Omi Mira eine Postkarte gekauft und wollte sie nun eben bei einem Kaffee schreiben, damit sie so schnell wie möglich in Deutschland ankam. Katharina war dankbar für die kleine Pause, in der sie ihre vollen Tüten für einen Moment abstellen konnte.

„Es hat wirklich Spaß gemacht, aber ich bin irgendwie auch froh, dieses Jahr keinen Laden mehr betreten zu müssen", lachte Katharina.

„Da gebe ich dir Recht. Aber es hat sich gelohnt. Ich glaube, ich bin für diesen Abend gut ausgestattet", Caro ging in Gedanken die erworbenen Teile durch und kam zu dem Schluss, sich ein geeignetes Silvester-Outfit zusammengestellt zu haben.

„Ja, du hast wirklich schöne Sachen gefunden. Und ich

habe, entgegen meinem Vorsatz, mehr Geld ausgegeben, als ich es sollte", Katharina beäugte kritisch ihre Einkaufstüten.

„Ach, du darfst dir ruhig was gönnen. Schließlich arbeitest du hart für dein Geld", fand Caro.

„Wohl wahr. So hart, dass mein Ex-Mann nicht einen müden Cent an meinen Sohn zahlen muss", merkte Katharina zynisch an, „Aber ich will mich darüber nicht beschweren. Ich kann ja froh sein, dass wir nicht auf ihn angewiesen sind."

Katharina verdiente als Immobilienmaklerin gutes Geld, musste aber auch häufig an den Wochenenden arbeiten. Was zunächst als kleine Nebentätigkeit begonnen hatte, war inzwischen ein lukrativer Job, für den Katharina ihren Beruf als Fremdsprachensekretärin aufgegeben hatte. Ihr Ex-Mann hatte sich anfangs über den Erfolg seiner Frau gefreut, kam am Ende aber doch nicht damit zurecht, deutlich weniger als seine Frau zu verdienen. Auf seine Bitte, ihre Arbeit etwas herunterzufahren, ging Katharina allerdings nicht ein. Sie hatte kein Verständnis dafür, dass sich ein Mann in der heutigen Zeit noch immer über die Höhe seines Verdienstes definieren musste. Also hatten sie sich Anfang des Jahres endgültig getrennt, nachdem sie es noch zwei Jahre miteinander versucht hatten. Seitdem war Katharina wie ausgewechselt. Sie war wieder aufgeblüht, hatte Spaß im Leben, tat, was ihr guttat und genoss ihre Freiheit. Caro fragte sich, ob Alexander mit einer besserverdienenden Frau zurechtkäme. Zwar sah es im Moment ganz und gar nicht so aus, als würde sie je mehr Geld als er verdienen können. Aber wer weiß, vielleicht würde sie mit ihrer Kunst, die im Moment auf Eis lag, irgendwann doch noch erfolgreich sein. Ihres Erfolges wegen würde Alexander sie jedenfalls nicht heiraten. Sie, die Studentin, mit ihrem kleinen Nebenjob. Was sah Alexander eigentlich in ihr? Sie erinnerte sich vage daran, dass er sie mal als gute zukünftige Mutter bezeichnet hatte. Das war vielleicht nicht das charmanteste Kompliment, aber sie verstand, wie er es meinte. Er sah in ihr eine Frau, mit der er sich Kinder vorstellte. Und Mutter zu sein, bedeutete ja auch nicht automatisch, seine restliche Identität völlig über Bord zu werfen. Katharina bot ein gutes Beispiel dafür. Caro wünschte sich Kinder, sie wollte mindestens zwei, aber das hatte noch Zeit. Eine Hochzeit bedeutete nicht, anschließend direkt schwanger zu werden. Jetzt war sie erstmal hier, in New York, am Puls des Geschehens. Sie würde jetzt Erinnerungen für später schaffen. Erinnerungen, die sie ihren Kindern erzählen konnte.

„Wollen wir uns gleich noch den Broadway ansehen?“, Katharina riss Caro aus ihren Gedanken.

„Oh, klar. Wenn ich es richtig gesehen habe, sind wir ja ganz in der Nähe“, Caro hatte einen Stadtplan vor sich ausgebreitet, um sich einen besseren Überblick zu verschaffen.

„Danach können wir uns noch das Empire State Building ansehen und, wenn du dann noch Lust hast, dann schauen wir uns noch die Freiheitsstatue an“, schlug Katharina außerdem vor.

„Das mit der Freiheitsstatue könnte vielleicht ein bisschen knapp werden, denkst du nicht?“, Caro deutete auf die Uhr an der Wand.

„Oh, du hast Recht. Also nur noch Broadway und Empire State Building?“, wollte sich Katharina noch einmal vergewissern. Caro nickte und beide machten sich auf den Weg.

Der Broadway war bunt und schrill, wie Caro es von Filmen und Bildern kannte. Dennoch fehlte es ihm durch das trübe Dezemberwetter etwas an Flair. Sie war kein großer Musicalfan, aber in ihren Gedanken setzte sie einen Musicalbesuch für die nächste Reise auf ihre Liste. Den Weg zu ihrer letzten Station wollten sie nicht zu Fuß zurücklegen, sondern ihren exklusiven Fahrdienst nutzen. Kaum hatten sie Paul verständigt, rollte, wie von Zauberhand, die Limousine vor. Ganz so, als hätte er gewusst, wo er die zwei Frauen zu erwarten hatte.

„Fahren Sie uns bitte zum Empire State Building“, bat

Caro ihren Fahrer und das Auto setzte sich unverzüglich in Bewegung.

Jetzt, da sie sich auf dem Plateau des Empire State Buildings befanden, war sich Caro sicher, mit ihrer Wahl die richtige Entscheidung getroffen zu haben. Der Ausblick war, trotz des leicht wolkenverhangenen Himmels, fantastisch. Da die Sonne bereits wieder hinter dem Horizont verschwunden war, konnten sie New York bei Dunkelheit bestaunen. Dabei war es gerade mal kurz nach fünf. Die Lichter reichten bis zur südlichen Spitze von Manhattan. Dort, wo der East- uns Hudson-River ineinander verschmolzen und in den New Yorker Hafen mündeten. Die gesamte Kulisse war derart imposant, dass Caro beinahe überfordert war, ihre Eindrücke zu verarbeiten. Es brauchte wesentlich mehr Zeit und Ruhe, sich dieser beeindruckenden Stadt anzunehmen. Das wurde ihr einmal mehr bewusst. Bei einem zweiten Besuch würde sie wesentlich mehr Zeit einplanen, um New Yorks Skyline zu studieren.

„Soll ich dir etwas gestehen?“, Katharina schien ebenfalls von der ihr zu Füßen liegenden Stadt etwas ergriffen zu sein, „Ich war jetzt schon unzählige Male in dieser Stadt, aber noch kein einziges Mal hier oben. Kannst du dir das vorstellen?“

„Dann ist es mir eine besondere Ehre, diesen Moment mit dir teilen zu dürfen“, antwortete Caro gerührt, während beide Frauen weiterhin auf die Silhouette der Stadt blickten. Der Augenblick wurde schließlich vom Brummen des Handys unterbrochen, das in Caros Mantelinnentasche steckte. Umständlich versuchte sie, es zu fassen zu bekommen, bis sie es dann erfolgreich in den Händen hielt. Alexanders Name stand im Display und sie hob ab.

„Hey, seid ihr etwa schon angekommen?“, fragte sie direkt.

„Ja, das sind wir. Gerade haben wir im Hotel eingecheckt. Unser Zimmer ist ja wirklich klasse“, freute

Alexander sich, „Wann darf ich denn meine Frau hier erwarten?"

„Deine Frau? Du bist also bereits verheiratet? Wer ist sie?", zischte Caro gespielt.

„Moment mal...Caro? Bist du das etwa? Ich dachte, ich hätte...", er überlegte kurz, „Chantal am Apparat. Ich komme mit den ganzen Frauen immer so durcheinander."

Caro lachte über seinen Scherz, obwohl er ihn nicht zum ersten Mal machte, denn jedes Mal ließ er sich einen neuen Frauennamen einfallen.

„Apropos Mädels. Wie geht's denn meinen zwei Mädels? Hat Nadja den Flug einigermaßen überstanden?", erkundigte sich Caro.

Alexander lachte gehässig: „Nun ja. Lass es mich so sagen, ihre Gesichtsfarbe schwankte zwischen kalkweiß und guacamolegrün. Aber ich habe mich, so gut es ging, um sie gekümmert und habe versucht, sie abzulenken."

„So gehört es sich auch für einen guten Chef, wenn er sie schon bis zum letzten Tag des Jahres durcharbeiten lässt", erwiderte Caro spitzzüngig.

„Hey, ich habe ihr angeboten, dass...", versuchte Alexander sich zu rechtfertigen.

„Weiß ich doch. Pass auf. Wir stehen hier gerade auf dem Empire State Building. Siehst du mich winken?", Caro behauptete nur zu winken, tat es aber nicht.

„Ja, die mit der roten Mütze, richtig?", ging Alexander auf ihr Spiel ein.

„Genau", lachte Caro, „Wir fahren jetzt gleich zurück ins Hotel. Ich kann den Verkehr nicht einschätzen, aber rechne mal frühestens in einer Stunde mit uns."

Die zwei verabschiedeten sich und Caro informierte Katharina über den neuesten Stand der Dinge.

„Dann lass uns mal den Rückweg antreten", beschloss Katharina und nahm mit Caro den nächsten freien Aufzug nach unten.

„Hallo Paul, da sind wir schon wieder", begrüßte Caro ihren Fahrer heute zum erneuten Male, „Bitte bringen Sie uns zurück zum Hotel."

„Sehr wohl", er lächelte sie durch den Rückspiegel an und griff zum Gruß an seine Mütze.

Caro lag mit ihrer Einschätzung richtig. Der Verkehr ließ sie wieder nur langsam vorankommen. An den großen Kreuzungen kamen sie in jeder Grünphase nur einige Meter vorwärts. Caro störte es nicht. Sie beobachtete die Menschen, die zu Fuß sogar schneller als sie unterwegs waren und blickte in die Schaufenster, die sich ihr gerade darboten.

„Oh, schau mal. Ein Antiquitätengeschäft", rief sie begeistert. Katharina beugte sich zu ihr rüber, um etwas erkennen zu können.

„Meinst du, die haben noch auf? Ich wollte doch noch was für meine Omi besorgen. Vielleicht findet sich hier etwas?", fiel Caro ein.

„Paul, können sie hier kurz halten?", wies Katharina rasch ihren Chauffeur an. Die beiden Frauen stiegen aus und steuerten auf das Geschäft zu. Caro wollte die Eingangstür öffnen und obwohl das Open-Schild durch die Glasscheibe zu erkennen war, blieb die Tür verriegelt.

„Mist. Schon zu", Caro rümpfte enttäuscht die Nase. Trotzdem wollte sie wenigstens einen genaueren Blick durch das Schaufenster werfen. Vielleicht, um darauf zu hoffen, nur Ramsch vorzufinden und ihre Enttäuschung damit zu mildern. Tatsächlich fand sich im Schaufenster allerhand Krimskrams vor, bei dem sich Caro nicht vorstellen konnte, dass es sich hierbei um echte Antiquitäten handelte. Einige Silberkelche und vergoldetes Geschirr werteten das Gesamtbild wieder einigermaßen auf, doch nichts davon hätte Caro ihrer Omi mitbringen wollen. Sie wollte ihren Blick gerade schon vom Schaufenster abwenden, da fiel ihr in einer schlecht beleuchteten Ecke doch noch etwas Interessantes ins Auge. Ein altes Kartenspiel lugte unter einem Stapel vergilbter Klaviernoten hervor. Das Kartendeck war zu einem Drittel davon bedeckt und bei ordentlicher Beleuchtung hätte es Caro gereicht, um eine grobe Einschätzung über den Zustand und das Alter vorzunehmen.

„Ich brauche Licht“, Caro nahm ihr Handy, schaltete die Taschenlampe ein und leuchtete ins Schaufenster, „Verdammt.“

„Was ist?“, Katharina sah sie fragend an.

„Es ist ein wirklich altes Kartendeck. Und ein solches hat meine Omi noch nicht. Meine Omi und ich, wir sammeln doch alte Kartenspiele, weißt du?“, erklärte Caro.

„Oh, echt? Nein, das wusste ich nicht“, Katharina sah sie überrascht an. Während die beiden noch angestrengt ins Schaufenster starrten, übersahen sie den alten Mann, der soeben aus dem Geschäft heraustrat und im Begriff war, die Tür von außen abzuschließen.

„Was machen sie da?“, rief er zu den Frauen herüber.

„Gehört Ihnen der Laden?“, fragte Caro hastig, „Ich interessiere mich sehr für das Kartenspiel in ihrem Schaufenster.“

Der alte Mann lachte herzlich und entblößte dabei seine unvollständige Zahnreihe: „Da haben Sie sich den einzigen Artikel ausgesucht, der unverkäuflich ist.“

„Aber wieso liegt er denn dann im Schaufenster?“, fragte Caro irritiert.

„Gute Frage. Meine Frau hat die Karten wohl wieder dort hineingelegt, obwohl ich ihr schon zigmal gesagt habe, dass sie da nicht hingehören. Sie gehörten meinem Großvater, müssen Sie wissen. Und ich werde sie ebenfalls weitervererben, falls mein undankbarer Sohn sie dann auch annimmt“, er räusperte sich und schüttelte den Kopf, als ärgere er sich bereits im Vorfeld über die Reaktion seines Sohns.

„Aber wenn sie der Meinung sind, dass ihr Sohn die Karten gar nicht haben möchte…ist es dann nicht vielleicht besser, wenn sie sie an jemanden weitergeben, der sie auch zu schätzen weiß?“, mischte Katharina sich nun ein. Caro fand das Argument gut, bloß der Mann hatte nur ein müdes

Lächeln für die beiden Frauen übrig.

„Mag sein, dass sie Recht haben. Vielleicht aber auch nicht. Menschen verändern sich. Ich habe meinen Sohn jetzt seit zwanzig Jahren nicht mehr gesehen. Vielleicht bedeuten ihm nach meinem Tod die wenigen Dinge, die er von seinem alten Herrn überlassen bekommt, doch etwas. Tut mir leid. Ich kann nichts für Sie tun. Kommen Sie gut ins neue Jahr," der alte Mann kehrte ihnen, ohne eine Antwort abzuwarten, den Rücken zu und verschwand in einer kleinen Seitengasse. Caro ging ihm, nach kurzem Zögern, noch einige Schritte hinterher, doch, bis auf ein bunt beleuchtetes Zelt, das völlig deplatziert inmitten der engen Gasse stand, war nichts und niemand zu sehen.

„Ganz schön flink für sein Alter", murmelte Caro verdutzt. Sie wollte gerade den Rückweg antreten, da ertönte eine krächzende, tiefe Frauenstimme hinter ihr.

„Ah, du hast einen langen Weg hinter dich gebracht, um genau jetzt an diesem Ort zu sein."

Caro zuckte erschrocken zusammen und drehte sich hastig nach der Stimme um. Kurz glaubte sie, in einer Filmkulisse gelandet zu sein. Vor ihr stand eine alte, buckelige Frau, die mehr Falten im Gesicht trug, als Caro es bei einem Menschen für möglich gehalten hatte. Sie war alt, Caro schätzte sie auf Ende achtzig, aber ihre Augen wirkten lebendig und ihr Lächeln strahlte eine sanftmütige Güte aus. Sie trug ein lilafarbenes Samtgewand, das aus mehreren undefinierbaren Schichten bestand. Um ihren Hals trug sie großgliedrige silberne und goldene Ketten, die in ihrer Vielzahl so schwer sein mussten, dass sich der Buckel der Frau allein dadurch erklären ließ. Ihre gekrümmten, ledrigen Finger hatte sie mit übergroßen, bunt funkelnden Ringen geschmückt, so dass sich Caro fragte, ob die greise Frau ihre Hände damit überhaupt noch benutzen konnte.

„Komm, ich habe dir einiges über dich zu erzählen", wies sie Caro unmissverständlich an, mit in ihr Zelt zu kommen. Caro aber besah sie, trotz ihrer harmlosen Erscheinung, mit einem skeptischen Blick. Sie würde wohl kaum einer wildfremden und reichlich seltsamen Frau in ein Zelt folgen, das sich noch dazu in einer finsteren Seitengasse befand.

„Nichts für ungut, aber ich denke, ich sollte besser gehen", lehnte Caro ihr Angebot möglichst freundlich ab.

„Eine Reisende will ich nicht aufhalten. Ich glaubte allerdings, es würde dich interessieren, wie der Abschied deines Jungesellinnen-Daseins womöglich verlaufen wird."

Caro stutzte: „Woher wissen Sie...?"

„Mein Kind, ich weiß so vieles, doch beeinflussen kann ich es nicht. Meine bescheidene Gabe vermag dich höchstens in eine glückliche Richtung zu lenken", murmelte die alte Frau geheimnisvoll, „Und nun folge mir." Ohne sich ein weiteres Mal zu Caro umzusehen, verschwand sie in ihrem Zelt. Caro sah sich unwillkürlich nach versteckten Kameras um. Zwar traute sie etwas derart Verrücktes ihrem Verlobten dann doch nicht zu, aber er hatte sich mit der Reiseplanung ja bereits selbst übertroffen. Und eine andere Erklärung als die eines aufwändigen Scherzes, wollte ihr nicht einfallen. Doch es gab keine Kameras, da war bloß diese Frau und ihr Zelt. Erfolglos gegen ihre Neugier ankämpfend, näherte sie sich vorsichtig dem Zelteingang. Warme, würzige Luft strömte ihr entgegen. Sie musste ihren Kopf senken, um durch den niedrigen Eingang ins Innere des Zeltes blicken zu können. Die alte Frau hatte auf einem gemütlichen, abgewetzten Ledersessel Platz genommen. Der Boden war mit Teppichen und Fellen ausgelegt und für Beleuchtung sorgten unzählige, farbige Kerzen und bunte Lampen, die von der Decke des spitzen Zeltes herunter ragten. Vor der alten Dame lag ein Sitzkissen als einzige weitere Sitzmöglichkeit. Caro verstand, dass dieser Platz für sie bestimmt war. Die Situation war so skurril, dass Caro schließlich nicht anders konnte und eintrat.

„Werden Sie gleich noch eine leuchtende Glaskugel hervorzaubern?", Caro neigte zu Scherzen, wenn sie sich unsicher fühlte.

„Die sind schon lange außer Mode", antwortete die Frau

mit einem verschmitzten Lächeln. Dennoch war sich Caro nicht sicher, wie ernst die Frau diese Antwort meinte.

„Setz dich und lass uns über dich und deine Zukunft sprechen", forderte sie Caro zum Sitzen auf.

„Denken sie wirklich, dass meine Zukunft so viel Unerwartetes bereithält, dass wir darüber sprechen sollten?", Caro achtete darauf, der Frau keine persönlichen Informationen zu geben, die sie ihr anschließend als Wahrsagerei verkaufen konnte. Das mit dem Junggesellinnen-Abschied könnte ein Glückstreffer gewesen sein. Vielleicht hatte die Frau sie im Laufe des Tages bereits irgendwo gesehen und bei einem Gespräch belauscht. Alles war wahrscheinlicher, als an wahrhafte Hellsehkunst zu glauben. Aber die Frau, das musste Caro sich eingestehen, hatte ihr Interesse geweckt. Nun sollte sie Caro davon überzeugen, dass sie ihre Kunst wirklich beherrschte. Caro fiel auf, dass sich die alte Frau noch gar nicht vorgestellt hatte. Bestimmt trug sie einen ausgefallenen Namen, wie Esmeralda.

„Sicher willst du meinen Namen erfahren", war die gruselige Antwort auf die Frage, die Caro nicht laut ausgesprochen hatte, „Ich heiße Rose."

„Hallo Rose, ich bin…", Caro stoppte ihren Satz, „Moment, Sie dürften meinen Namen längst kennen, habe ich Recht?"

„Mein Kind, ich verstehe, dass du mich einer Prüfung unterziehen möchtest. Doch leider funktioniert das nicht auf diese Weise. Dein Name ist deinem Schicksal ganz gleich. Und wenn ich ehrlich bin, mir ebenso", war die wenig zufriedenstellende Antwort.

„Na gut. Dann erzählen Sie mir, was Sie wissen. Ich möchte nicht unhöflich erscheinen, aber eine Freundin wartet draußen auf mich. Vermutlich sucht sie mich bereits", Caro bemühte sich, ihre Ungeduld nicht in Unhöflichkeit umschlagen zu lassen.

„Deine Begleitung scheint mir wesentlich mehr als eine Freundin zu sein. Ich denke vielmehr, sie gehört zu deiner

Familie", Rose schloss kurz die Augen und schien sich zu konzentrieren, „Nein, Moment. Noch ist es nicht soweit."

Caro musste schlucken. Sie wusste nicht, wie Rose das machte, aber bislang hatte sie durchweg Treffer gelandet, wenngleich die Aussagen noch nicht besonders konkret waren.

„Übrigens kann ich dich beruhigen, sie wartet noch nicht derart lange, dass es ihr Sorgen bereitet", fügte Rose gelassen hinzu.

„Ich muss zugeben, das was Sie bislang erzählen, ist nicht falsch. Und das beeindruckt mich durchaus. Doch bislang haben Sie mir nichts erzählt, was ich nicht bereits weiß", Caro wollte Rose nun unbedingt mehr entlocken.

„Ah, sehr gut. Nun zeigt dein Blick in die richtige Richtung", die Frau kicherte, was bei ihrer rauen Stimme jedoch eher einem heiseren Krächzen glich, „Nun. Deine bislang so geradlinig verlaufenden Pfade könnten schon sehr bald sehr holprig und verworren erscheinen. Dabei ist das Ziel doch so ganz offensichtlich."

Die Frau schüttelte müde den Kopf, als könne sie nicht verstehen, warum Caro es nicht sah. Dann beugte sie sich zu Caro vor und sprach flüsternd weiter: „Mein Kind, lass mich dir folgendes sagen. Dein Gefühl wird im kommenden Jahr mit deinem Verstand nicht immer in Einklang sein. Es liegt an dir, welchen Teil davon du entscheiden lässt. Sicher ist aber, dass am Ende des nächsten Jahres dein Schicksal für immer besiegelt sein wird."

Allmählich bildete sich in Caros Hals ein Kloß. Dabei waren es nicht Rose' Worte, die Caro berührten, sondern die Ernsthaftigkeit, mit der die Frau zu ihr sprach. Sie konnte es sich nicht erklären, aber sie glaubte der Frau, dass es ihr wichtig war, Caro diese Botschaft an die Hand zu geben. Natürlich meinte sie mit dem, was sie sagte, die anstehende Hochzeit. Dessen war sich Caro sicher. Und gelegentliche Zweifel bei einem so bedeutenden Schritt zu hegen, fand Caro auch nicht ungewöhnlich, sondern zeugte eher von einem guten Menschenverstand.

„Ich sehe in deinen Augen, dass du aus meinen Worten nicht die richtigen Schlüsse ziehst. Aber ich sehe es dir nach. Es ist einfach noch zu früh“, Rose griff in ihr Gewand und suchte nach etwas, „Ah, da ist sie ja.“

Nun hielt sie eine Pfeife in der Hand und klemmte das Mundstück zwischen ihre Lippen. Wie von Zauberhand hielt sie in der anderen Hand plötzlich ein brennendes Streichholz, mit dem sie die Pfeife anzündete. Die süßlich herben Rauschschwaden, die Caro an irgendetwas erinnerten, verteilten sich unter der Zeltdecke und ließen diesen Ort nun noch mysteriöser erscheinen. Caro hätte am liebsten laut losgelacht, sie kam sich in dieser Kulisse ja so fehl am Platz vor. Doch ihr Innerstes ließ es nicht zu, einfach aufzustehen und zu gehen.

„Einen allerletzten Ratschlag kann ich dir noch auf den Weg geben, meine Liebe. Mehr erlaubt mir das Schicksal nicht, es war für seine Verhältnisse schon äußerst großzügig. Vermutlich, weil du ein besonders schwerer Fall zu sein scheinst“, wieder lachte die alte Frau über ihren eigenen Witz, „Hör mir also gut zu. Heute, genau um Mitternacht und keine Sekunde später sollst du das Glück küssen. Tust du es nicht, wird es dir im kommenden Jahr nicht gerade hold sein.“

„Vielleicht kommt es dir sogar für den Rest deines Daseins abhanden, wer weiß“, die Frau zuckte ungerührt mit den Schultern.

„Ah, und bevor ich es vergesse“, wieder kramte sie in ihrem Gewand, „Das Kartenspiel des ollen Griesgrams kann ich dir nicht besorgen, aber ich gebe dir eine meiner Karten. Vielleicht hilft sie dir irgendwann.“

Sie reichte Caro eine Karte mit einem Symbol, das Caro irgendwie bekannt vorkam, es aber nichts zuordnen konnte. Caro war wirklich baff. Wenn die Frau keine Hellseherin war, dann hatte sie aber verdammt gute Ohren. Caro konnte sich nicht erinnern, während des Gesprächs mit dem Antiquitätenhändler Zuhörer gehabt zu haben.

„Ähm, ja also. Vielen Dank“, Caro war nicht sicher, ob

nun Zeit war zu gehen, „Sicher verlangen Sie noch etwas für ihre Worte. Was schulde ich Ihnen?“

„Ich lebe davon, Gutes zu bewirken. Wenn du mir also einen Gefallen tun möchtest, dann, indem du meine Worte beherzigst“, war die überraschende Antwort von Rose, „Also gehe nun, aber verärgere das Schicksal nicht und erzähle vorerst niemanden von unserer Begegnung.“

„Na gut, ich werde es versuchen“, antwortete Caro. Sie ging zum Zeltausgang und drehte sich zum Abschied noch einmal um: „Machen Sie es gut, Rose. Und vielen Dank“

„Du auch, meine liebe Carolina“, erwiderte Rose, sah aber über sie hinweg und deutete nach draußen, „Oh sieh, es hat zu schneien begonnen.“

Automatisch blickte Caro nach draußen. Und tatsächlich tanzten die ersten kleinen Flocken gemächlich zu Boden, um sich dort unmittelbar in Wasser zu verwandeln. Jetzt erst stutzte Caro. Hatte Rose sie gerade bei ihrem vollen Namen genannt? Carolina. So nannte sie höchstens ihre Mutter. Sie war sich nicht sicher, ob Katharina ihren vollen Namen überhaupt kannte. Daher konnte Rose in unmöglich aufgeschnappt haben. Die meisten glaubten sogar, sie heiße Caroline mit einem E am Ende.

„Woher wissen Sie...“, erneut wandte Caro sich zu der geheimnisvollen Frau um. Doch Rose war...weg. Verschwunden. Auf einem silbernen Tablett lag noch die qualmende Pfeife, die als einzige davon zeugte, dass die Frau soeben noch an dieser Stelle gesessen hatte. Es war einfach verrückt. Sicher wollte sie sich nicht finden lassen, also sparte Caro sich die Mühe einer Suche. Stattdessen sollte sie dringend zu Katharina zurückkehren. Inzwischen machte sie sich bestimmt wirklich Sorgen. Caro trat aus der Seitengasse und um ein Haar wäre sie mit Katharina zusammengestoßen.

„Langsam, langsam“, Katharina fing Caro mit ihren Armen auf, „Wieso bist du so schnell zurück? Hast du den Mann nicht mehr erwischt?“

„So schnell?“, wunderte sich Caro. Sie musste

mindestens zehn Minuten weg gewesen sein.

„Ja, ich wollte gerade hinter dir her", erklärte Katharina.

„Wieviel Zeit ist vergangen, seitdem ich weg war?", wollte es Caro jetzt genauer wissen.

„Ich weiß nicht genau. Eine Minute, höchstens. Wieso?", Katharina blickte sie skeptisch an.

„Erzähle vorerst niemandem von unserer Begegnung", hallte es in Caros Kopf nach. Sollte sie sich vielleicht besser daran halten?

„Ach, schon gut", Caro entschied sich zu schweigen, „Der Mann war nicht mehr zu sehen."

Es fiel Caro schwer, neben Katharina auf der Rückbank zu sitzen und ihr nichts von dem, was ihr gerade widerfahren war, zu erwähnen. Immer wieder ließ sie sich die Worte der alten Frau durch den Kopf gehen. Doch einen Sinn fand sie in ihnen noch immer nicht. Das Glück sollte sie küssen, um Mitternacht. Sie würde Alexander küssen, vermutlich meinte Rose das. Als gutes Omen für die Hochzeit im nächsten Jahr. Aber warum hatte Rose das so deutlich betont? Es entsprach ja ohnehin Caros Plänen an diesem Abend. Vielleicht sollte sie sich nicht allzu viele Gedanken über die Worte der alten Frau machen. Andererseits wollte sie das Schicksal natürlich auch nicht unnötig herausfordern. Sie beschloss, die Weissagung im Hinterkopf zu behalten, ohne sich von ihr beeinflussen zu lassen. Und da sie sowieso niemandem davon erzählen sollte, schob sie die Gedanken daran vorerst beiseite.

5. KAPITEL

„Hallo Süße, da bist du ja. Wie ich sehe, scheint eure Shoppingtour ja ein Erfolg gewesen zu sein“, begrüßte Alexander seine Verlobte, als sie sich, bepackt mit unzähligen Tüten, durch die Tür des Hotelzimmers drückte.

„Hallo Schatz. Und du hast es dir offenbar schon gemütlich gemacht“, Alex lag, mit einem Handtuch um die Hüften, auf dem Bett und lud Caro dazu ein, sich neben ihn zu legen. Sie nahm auf der anderen Bettseite Platz und gab ihm einen kurzen Schmatzer auf den Mund.

„Ist das etwa schon alles?“, schmollte Alexander und versuchte vergeblich, sie an sich heranzuziehen.

„Für den Moment ja. Wir sind in einer halben Stunde mit den anderen zum Essen verabredet. Und ich will unbedingt vorher duschen“, erklärte sie, sprang auch schon wieder vom Bett auf und ging in Richtung Bad.

„Dir ist aber schon klar, dass wir dann heute keine Zeit mehr füreinander haben werden?“, rief er ihr hinterher.

„Ja, aber dafür sind wir ja auch gar nicht hier. Sonst könnten wir ja direkt gemeinsam feiern gehen“, flötete Caros Stimme aus dem Bad, bevor das Plätschern der Dusche ertönte.

Caro und Alexander waren die letzten, die am verabredeten Treffpunkt im Foyer des Hotels ankamen. Nachdem sich die Freunde begrüßt hatten, begaben sie sich gemeinsam ins hoteleigene Restaurant. Katharina hatte am Morgen bereits dafür gesorgt, dass ein Tisch für acht Personen reserviert wurde. Neben Caros besten Freundinnen Nadja und Tamara, waren auch Alexanders engste Kumpel Kai und Sören, sowie sein Cousin Samuel angereist.

„Ich bin schon sehr gespannt, wie Caro unsere Abendgestaltung finden wird“, begann Tamara das Gespräch, „Und vor allem hoffe ich, dass wir nicht direkt in der zweiten Bar auf die Jungs treffen.“

„Keine Sorge, Samuel und ich haben uns schon miteinander abgestimmt. Wir sehen die Herren erst kurz vor Mitternacht wieder. So ist zumindest der Plan“, erklärte Katharina.

„Ich sehe, ihr seid gut vorbereitet. Aber mal sehen, wer an diesem Abend den meisten Spaß haben wird“, stichelte Alexander, der generell glaubte, dass niemand so feiern konnte, wie er und seine Jungs.

„Wenn es am Ende nur um die Promille geht, dann überlassen wir euch den Sieg freiwillig“, konterte Nadja, „Entscheidend ist doch, wie viele Promille man am Ende eines Abends hat, ohne einen müden Cent ausgegeben zu haben.“

„Oh, die Herausforderung klingt tatsächlich viel interessanter. Wie sieht es aus, Jungs?“, Tamara grinste die Jungs erwartungsvoll an.

„Pah, das ist unfair. Ihr mit euren aufreizenden sekundären Geschlechtsmerkmalen. Wie sollen wir da mithalten?“, Sören war so furchtbar steif, wenn er nüchtern war. Kaum hatte er jedoch zwei bis drei Bier intus, verwandelte er sich zum Partylöwen. Wenn er ohne Alkohol nicht so furchtbar schüchtern wäre, hätte Tamara ihn als echten Kandidaten für was Ernsteres in Betracht gezogen. Doch so blieb es zwischen ihnen bei dem ein oder anderen Partyflirt oder, wenn es passte, auch für eine gemeinsame wilde Nacht. Kai war ebenfalls Single und schon seit langem heimlich in Nadja verliebt. Allerdings war das einzig heimliche an dieser Tatsache, dass er nicht wusste, dass alle, inklusive Nadja, längst darüber Bescheid wussten. Nadja war dagegen seit einigen Jahren in festen Händen. Alle hatten erwartet, dass sie als erste von den drei Freundinnen zum Traualtar geführt würde. Doch aus einem unbekannten Grund war der Heiratsantrag von ihrem Freund bislang ausgeblieben.

„So, Leute, wann geht es los?“, fragte Kai, nachdem die leeren Teller abgeräumt wurden.

„Meinetwegen können wir direkt los“, schlug Alexander

vor und seine Jungs stimmten ihm zu.

„Wir Mädels müssen uns, glaube ich, noch etwas zurecht machen. Habe ich Recht?“, Katharina warf einen fragenden Blick in die Runde.

„Ja, ich muss mich ja noch umziehen“, stimmte Caro zu, „Ich wollte mich fürs Abendessen noch nicht so auftakeln.“

„Aha, auftakeln willst du dich also? Du willst wohl in deiner letzten freien Nacht den Männern noch schöne Augen machen“, flüsterte Alexander ihr ins Ohr. Caro grinste und gab ihm einen liebevollen Klaps auf seine Schulter: „Du musst gerade reden. Ich will gar nicht wissen, wie viele nackte Brüste du heute Nacht in euren diversen Strip Clubs zu sehen bekommst.“

„Na, ich hoffe jede Menge“, mischte sich Samuel herzhaft lachend in ihr Gespräch ein.

„Nun gut, dann lasst uns mal aufbrechen“, Alexander und sein Trupp erhoben sich, „Habt viel Spaß, Mädels. Wir sehen uns kurz vor zwölf wieder.“

„Und wir vier brezeln und jetzt erstmal so richtig auf“, freute sich Nadja und klatschte aufgeregt in die Hände.

Einige Zeit später saßen die vier aufgehübschten Damen in Pauls Limousine und stießen mit einem Champagner gemeinsam an.

„Auf einen unvergesslichen Abend“, Katharina erhob ihr Glas und die anderen taten es ihr nach, „Zum Wohl!“

„Wohin geht's zuerst?“, wollte Caro wissen.

„Das siehst du noch früh genug“, grinste Tamara verschmitzt, „Für die erste Station bin übrigens ich verantwortlich.“

„Oh, na dann habe ich bereits eine leise Ahnung“, lachte Caro. Tamara war ein absoluter Fan der Chippendales und Caro würde einen Besen fressen, wenn die Limousine nicht gleich vor einem entsprechenden Strip Club halten würde.

„Was ist eigentlich mit Liz?“, flüsterte Caro Katharina leise zu. Sie hatte sich schon den ganzen Abend gefragt, ob Alexanders Schwester tatsächlich Wort hielt und ihre

Einladung wahrnehmen würde.

„Ich habe ihr vorhin eine Nachricht geschickt. Noch habe ich keine Antwort bekommen. Aber ich denke, wenn sie nicht käme, hätte sie mir längst Bescheid gegeben“, antwortete Katharina. Leichte Enttäuschung breitete sich in Caro aus. Zwar behauptete Katharina, dass sich Liz im Falle einer Absage bereits gemeldet hätte, aber vielleicht hatte sie die Einladung nicht ernst genommen und deshalb gar nicht erst geantwortet. Caro hatte sich wirklich auf ein Wiedersehen mit ihrer zukünftigen Schwägerin gefreut, doch stellte sie sich gedanklich bereits darauf ein, dass sie an dem Abend zu viert bleiben würden.

„Ist mit dir alles in Ordnung?“, Tamara musterte Caro, die gedankenverloren aus dem Fenster blickte und sie gar nicht wahrnahm, „Caro?“

Jetzt erst reagierte sie mit einem schreckhaften Zucken: „Was? Hast du was gesagt?“

„Bist du in deinen Gedanken etwa schon bei deiner Hochzeit?“, unkte Tamara.

„Hochzeit? Ähm, ja genau“, antwortete Caro lächelnd, obwohl es nicht stimmte.

„Oh, da ist es schon“, rief Nadja. Automatisch streckten die anderen Frauen den Kopf in Richtung Beifahrerseite, um ebenfalls etwas erkennen zu können. Caro hatte mit ihrer Vermutung also Recht gehabt. Bei dieser Location war sich Caro sicher, dass sie Alexander und seinen Jungs nicht über den Weg laufen würden.

„Paul, rechnen Sie damit, dass wir in etwa zwei Stunden unsere Tour fortsetzen“, informierte Katharina ihn, bevor die Frauen ausstiegen und sich auf den Weg zum Eingang der Strip Bar machten.

„Wow, wenn die Männer wirklich so aussehen wie auf den Bildern, dann könnte das ein schöner Auftakt für einen wundervollen Abend werden“, Nadja begutachtete die Plakate mit lüsternem Blick, was Caro zum Schmunzeln brachte. Nadjas Freund war das komplette Gegenteil von dem was auf den Plakaten zu sehen war. Er war ein schmächtiger Computer-Freak, dessen trainierteste Muskeln sich höchstwahrscheinlich in seinen Fingern befanden. Die Tickets hatte Katharina bereits im Vorfeld besorgt, so dass die Gruppe auf direktem Wege die Bar betreten konnten. Caro bekam am Rande mit, dass sie ein weiteres Ticket, vermutlich für Liz, an der Kasse hatte hinterlegen lassen. Die Bar war bereits gut gefüllt und ganz offensichtlich waren sie nicht die einzige Jungesellinnen-Gruppe im Raum, denn einige Frauen trugen auffällige Kostüme oder identische T-Shirts mit der Aufschrift Team und darunter dem Namen der entsprechenden Bachelorette. Caro war froh, dass Katharina auf eine derartige Verkleidung verzichtet hatte. Zwischen den Damen entdeckte Caro auch einige Männer, die wohl deshalb da saßen, weil sie dem eigenen Geschlecht zugetan waren. Einen anderen Grund konnte sich Caro beim besten Willen nicht vorstellen. Sie dachte an Liz. Auch sie wäre an diesem Ort

vermutlich etwas fehl am Platz. Andererseits würde sich Caro eine solche Show auch mit Frauen ansehen und dabei Spaß haben können. Leider stellte sich die Frage, ob Liz auch einem Männerstriptease etwas abgewinnen konnte, nicht. Sie war nicht gekommen und würde es wohl auch jetzt nicht mehr. Inzwischen waren die meisten Gäste an ihren Tischen angekommen. Die flinke Bedienung hatte sie bereits mit Getränken versorgt und Caro bemerkte, wie Musik und Beleuchtung herunterfuhren, bis es auf einmal mucksmäuschenstill im Saal war.

„Mädels, es geht los“, flüsterte Tamara und grinste über beide Ohren, „Ich hoffe, da ist auch ein schnuckeliger Channing Tatum dabei.“

Caro konnte über Tamaras kindliche Freude nur grinsen, war aber nun ebenso darauf gespannt, was nun folgte. Und dann begann die Show. Wie aus dem Nichts tauchten die ersten Muskelpakete auf der Bühne auf. Die Musik dröhnte und die schmucken Kerle ließen die Hüften geschmeidig kreisen. Das Publikum ging ebenfalls sofort mit. Jauchzen und Gekreische übertönten mühelos die hämmernden Bässe und dabei hatte die Show ja gerade erst angefangen. Caro fand die Jungs wirklich gut. Trotz ihrer Muskelmasse bewegten die Männer ihre Körper geschmeidig zu einer anspruchsvollen Choreografie. Caros Blick war so fasziniert auf die Bühne gerichtet, dass sie nicht merkte, wie jemand schräg hinter ihr still und heimlich Platz genommen hatte. Nachdem die erste Tanzeinlage vorbei war und die Tänzer die Bühne vorerst verließen, ertönte hinter Caro eine sanfte Frauenstimme: „So, so. Darauf stehst du also."

Caro fuhr herum. Sie hatte die Stimme natürlich sofort erkannt.

„Liz, du bist also wirklich gekommen", freudig fiel sie Alexanders Schwester um den Hals und drückte sie fest an sich. Nicht nur Liz schien von Caros Euphorie überrascht, auch Tamara und Nadja sahen sie irritiert an.

„Leute, das ist Alexanders zweite Schwester", klärte sie die beiden auf, „Sie lebt hier in New York und wird uns heute begleiten."

„Wow, die Ähnlichkeit mit Alexander ist wirklich verblüffend. Die Augen und auch die Haare. Wahnsinn. Seid ihr auch gleich groß?", Nadja kam aus dem Staunen nicht mehr raus und übersah, wie Caro versuchte, ihr mit Gesten zu verstehen zu geben, dass dieses Thema eventuell etwas unglücklich war. Liz aber ließ sich nichts anmerken, lächelte freundlich und bestellte sich bei der vorbeieilenden Bedienung ein Bier. Jetzt auch folgte bereits der nächste Auftritt der durchtrainierten Männer, wodurch Nadja automatisch von Liz abließ und ihre Augen wieder gen Bühne richtete. Diesmal legten die Jungs noch eine Schippe drauf und rissen sich synchron ihre Muskelshirts von ihren Oberkörpern, was ihnen ein begeistertes Aufschreien des Publikums einbrachte. Caro amüsierte sich prächtig. Die Show war wirklich gut, auch wenn sie, im Gegensatz zu ihren Freundinnen, nicht das Bedürfnis hatte, einen der Typen direkt anzuspringen. Gelegentlich blickte sie Liz an, die ebenfalls ihren Spaß zu haben schien. Nach dieser deutlich längeren Tanzeinlage verschwanden die Männer nun wieder hinter der Bühne und gaben den Gästen die Gelegenheit, ihre Körpertemperaturen wieder auf ein gesundes Maß zu senken.

„Puh, soviel Testosteron. Ob ich eine weitere Runde verkrafte?“, lachte Katharina und bestellte sich einen weiteren Cocktail, „Wird übrigens mal Zeit für eine Runde Schnaps, findet ihr nicht? Bringen Sie uns fünf Tequila.“

Caro keuchte. Schnaps vertrug sie überhaupt nicht. Sicher wusste Katharina das nicht. Und selbst wenn sie es wüsste, würden Nadja und Tamara bestimmt trotzdem darauf bestehen. Schließlich war das ja ihr Junggesellinnen-Abschied und da machte man sowas. Trinken. Und feiern, als gäbe es kein Morgen.

„Auf die baldige Braut“, brachte diesmal Liz den Toast aus und erhob ihr Glas. Ein kurzer Biss in die Zitrone, dann schnell hinein mit der brennenden Flüssigkeit und anschließend über den salzbestreuten Handrücken lecken. Warum tat sich Caro das an? Sie verzog angewidert das Gesicht.

„Ist wohl nicht gerade dein Lieblingsgetränk“, Liz grinste sie belustigt an.

„Wie kann man dieses Zeug bloß gern trinken?“, schimpfte Caro, was ihr weitere Lacher in der Runde einbrachte.

„Und das wird heute Abend nicht der letzte Schnaps sein“, vermutlich sollten Nadjas Worte Caro auf eine verdrehte Art ermuntern. Sie fasste diese Ankündigung aber eher als Drohung auf.

Eine Moderatorenstimme kündigte durch die Lautsprecher nun den finalen Showdown an: „Liebe Damen, liebe Herren, machen Sie sich gefasst auf das großartige Finale unserer knackigen Jungs, die jetzt nochmal alles zeigen werden.“

Der Sprecher betonte das Wort „alles“ so deutlich, dass auch der letzte Gast die Doppeldeutigkeit dieser Aussage verstand. Tamaras und Nadjas Augen begannen bei dieser

Vorankündigung an zu leuchten. Und auch Katharina konnte ein verzücktes Grinsen nicht unterdrücken. Caro fragte sich unweigerlich, ob die Damen gerade an akutem Notstand litten. Sie selbst war nicht besonders versessen darauf, einen derart detaillierten Einblick zu bekommen. Sie schielte zu Liz herüber. Auch sie schien von der Ansage nicht sonderlich beeindruckt, was aber auch nicht anders zu erwarten war. Und da tauchte auch schon der erste Mann auf der Bühne auf. Er trug lediglich eine Jeans und eine Krawatte, die beim Tanzen auf seinem freien Oberkörper mitschwang. Während er seine Hüften kreisen ließ, fixierte er abwechselnd die Frauen im Publikum. Auch Caro erwischte es und im Unterschied zu ihren Vorgängerinnen, blieben seine Augen an ihr haften. Er tanzte sich immer näher an sie heran. Langsam wurde es Caro unangenehm und sie blickte verschämt zu Boden. Doch da war er bereits so nahe, dass er ihr Kinn mit dem Zeigefinger wieder nach oben schob und sie damit zwang, direkt auf seine muskulöse Brust zu schauen. Dem Publikum gefiel, dass sich Caro etwas zierte. Sie spornten den Tänzer an, weiterzumachen. Besonders ihre besten Freundinnen grölten bis zur Heiserkeit. Jetzt griff er nach ihren Händen und führte sie an seinem Sixpack entlang. Nadja jauchzte neidisch, aber Caro wäre am liebsten im Boden versunken. Hilfesuchend sah sie sich um und fand Liz' belustigtes Grinsen, das ihr zu verstehen gab, ihr nicht aus der Situation heraushelfen zu wollen. Jetzt wandte der Mann Caro den Rücken zu. Sie wollte gerade erleichtert aufatmen, da riss er mit einem Handgriff die Jeans von seinem Körper und entblößte vor ihr seinen blanken Po, der lediglich von einem dünnen String bedeckt war. Er ging tanzend immer weiter in die Knie, so dass er nun mit seinem Hinterteil bereits ihren Schoß berührte. Caro zog erschrocken die Arme hoch, damit nicht auch noch ihre Finger ihn berührten. Der Tänzer nahm das zum Anlass und griff erneut nach ihren Händen, schlang sie um sich herum und führte sie nun an seinen Oberschenkeln herauf. Caro hielt die Luft an. Sie hatte das Gefühl, keinerlei Einfluss mehr auf das Geschehen zu haben. Kurz bevor ihre Finger seine intimste Stelle berühren würden, stoppte der Stripper allerdings in seiner Bewegung. Er sprang auf, griff noch nach seiner Jeans und hüpfte wieder auf die Bühne. Die Gäste klatschten und jubelten über die gelungene Vorstellung. Mit einem Nicken dankte er seinem Publikum und überließ die Bühne nun seinen Kollegen, die sich mit ihm die Klinke in die Hand gaben.

„Wow. Er hat dich ja ganz schön aus der Fassung gebracht“, Nadja zwinkerte der noch immer leicht konsterniert dreinschauenden Caro zu.

„Ärgere sie nicht“, ermahnte Tamara ihre Freundin, legte dann aber selbst nochmal nach, „Sie ist so viel Sexappeal von ihrem Alexander halt nicht gewohnt.“

Caro, die zwar wusste, dass ihre Freundinnen es nicht böse meinten, hatte plötzlich das dringende Bedürfnis, mal kurz allein durchatmen zu müssen. Allerdings wollte sie um sich auch kein großes Aufhebens machen und den anderen die Laune verderben.

„Ich brauch mal einen Moment für mich“, murmelte sie daher so leise, dass vermutlich niemand sie gehört hatte. Sie stand auf und machte sich auf den Weg zu den Damentoiletten. Zu ihrem Glück fand sie dort einen leeren Raum vor. Sie wusste eigentlich gar nicht genau, was sie gerade so verstört hatte und wovor sie so unvermittelt die Flucht ergriffen hatte. Vielleicht setzte ihr der Alkohol ein wenig zu, sie könnte jetzt eine Abkühlung vertragen. Also drehte Sie den Hahn des Waschbeckens auf und benetzte mit dem kalten Wasser ihr Gesicht. Mit verschlossenen Augen stand sie nun vor dem großen Wandspiegel des Waschbeckens und genoss diesen Moment der Ruhe, bis völlig unerwartet eine Stimme hinter ihr erklang.

„Alles in Ordnung mit dir?“, Liz klang ernsthaft um sie besorgt, „Ich weiß, du sagtest, dass du einen Moment für dich brauchst. Ich wollte trotzdem kurz nach dir sehen.“

„Danke, das ist wirklich nett“, fand Caro tatsächlich,

„Ich...ich weiß auch nicht. Das eben war mir einfach alles zu viel. Obwohl ja nichts davon wirklich schlimm war. Du weißt schon...das mit dem Stripper und so.“

Caro hatte sich jetzt zu Liz umgedreht und rieb sich mit der linken Hand an ihrem rechten Arm. Das tat sie immer, wenn sie verunsichert war.

„Du hältst mich jetzt sicher für total prüde, oder?“, so empfand sich Caro zumindest selbst.

„Spielt das denn eine Rolle?“, folgte Liz' Gegenfrage. Spielte es das? Irgendwie ja. Caro wollte auf Liz nicht so wirken. Liz war so selbstsicher und damit auch irgendwie cool. Bei diesem Gedanken kam sich Caro noch dämlicher vor. Sie war doch keine Teenagerin, die der großen Schwester ihres Freundes hinterhereiferte.

„Ich halte dich nicht für prüde. Ich glaube, dass du einfach nicht so auf dieses Striptease-Ding stehst“, fügte Liz hinzu, nachdem Caro keine Antwort gegeben hatte.

„Kann sein“, ein erleichtertes Lächeln huschte über Caros Lippen, „Aber, was zum Teufel stimmt denn dann nicht mit mir?“

Liz lachte laut auf: „Ich weiß nicht. Aber wenn mit dir etwas nicht stimmt, dann mit mir auch nicht. Ich bin auch kein großer Fan davon“

„Nur mit dem Unterschied, dass du ja auch nicht auf Mä...“, Caro stockte mitten im Satz. Was redete sie denn da? Vielleicht war sie geradewegs in einen großen Fettnapf getreten.

„Du meinst, weil ich nicht auf Männer stehe?“, Liz grinste als sie Caros Satz vervollständigte, „Das stimmt zwar. Aber ich gehe auch nicht gern in weibliche Striptease-Bars.“

„Komischerweise würde ich mir das sogar mal ansehen“, sprach Caro ihren Gedanken, ohne nachzudenken, laut aus, „Also, verstehe mich nicht falsch. Ich bin nicht...also bei mir ist es nicht so, dass... „

Caro merkte selbst, dass sie aus dieser unangenehmen Nummer nicht mehr rauskam und schwieg peinlich berührt.

Liz dagegen bekam sich vor Lachen kaum noch ein.

„Tut mir leid“, krächzte Liz, nachdem sie wieder halbwegs Luft bekam, „Es ist süß mit anzusehen, wenn du versuchst, dich rauszureden.“

„Ja, sehr lustig“, Caro schmollte und verschränkte ihre Arme. Sie kam sich in Gegenwart der lässigen New Yorkerin vor wie ein blödes Landei.

„Nochmal. Tut mir leid“, Liz bemühte sich um einen ernsten Ton und legte nun den Arm um Caros Schulter, „Du bist weder prüde, noch lesbisch. Und beides ist total in Ordnung. Und ich glaube, ich kann dich ziemlich gut leiden. Und das, obwohl du mit meinem sturen Bruder verlobt bist.“

Caro hatte nicht erwartet, dass Liz von sich aus ihren Bruder erwähnen würde. Und in ihren Worten schwangen weder Wut noch sonst ein negativer Unterton mit. Vielleicht war es eine gute Gelegenheit, jetzt nochmal genauer nachzuhaken.

„Was ist eigentlich zwischen euch vorgefallen?“, fragte Caro vorsichtig.

Liz seufzte: „In erster Linie Missverständnisse würde ich sagen. Er ist nach wie vor der Meinung, ich hätte ihm damals zugesagt, Geld in sein Unternehmen zu investieren. Für mich war das höchstens eine Möglichkeit, für die ich mich aber nie verbindlich entschieden hatte. Wir haben wohl aneinander vorbeigeredet. Und außerdem...“, Liz Augen bekamen plötzlich einen traurigen Ausdruck, „...war da noch die Sache mit...“

Liz räusperte sich und brach den Satz schließlich ab. An ihrem Blick erkannte Caro, dass sie es mit ihrer Fragerei nun besser gut sein lassen sollte. Aber immerhin kannte Caro nun den wahren Grund ihres Zwists. Zumindest einen Teil davon. Und dieser wirkte nicht so gravierend, dass man den Streit nicht doch beilegen könnte. Liz war in Bezug auf eine Versöhnung, wie Caro von Katharina wusste, auch nicht das Problem. Vielleicht konnte Caro Alexander irgendwann in die entscheidende Richtung bewegen.

„Meinst du, wir sollten mal wieder zu den anderen gehen?“, schlug Liz vor.

„Ja, du hast Recht“, nickte Caro.

Als sie die Toilettentür öffnete, wäre Caro beinahe in die Arme ihres Strippers gestolpert, der gerade dabei war, den Flur zu passieren.

„Oh, entschuldige“, rief Caro erschrocken.

„Dave, nun lauere doch nicht noch deinen Gästen vor den Toiletten auf“, spöttelte Liz amüsiert.

„Du kennst ihn?“, wunderte sich Caro.

„Ob Liz mich kennt? Sie musste meinen nackten Hintern wohl häufiger sehen, als alle Gäste zusammen“, grinste er und gab Liz einen Schmatzer auf die Wange. Caro sah beide fragend an.

„Er ist mein ehemaliger Mitbewohner und hat mich für den erstbesten Kerl einfach allein in meiner damaligen Wohnung sitzen lassen“, jammerte Liz.

„Erstbester Kerl, pah. Dieser Kerl ist bis heute auch der einzige geblieben. Mit wie vielen Damen hast du dich in der Zwischenzeit amüsiert?“, konterte Dave zynisch.

„Verbreite keine schlechten Gerüchte über mich“, ermahnte sie ihn schelmisch grinsend.

„Oh, ich will dir hier keine Nummer versauen“, Dave hob entschuldigend beide Hände hoch.

„Dafür ist es jetzt wohl etwas zu spät, oder?“, versuchte sie ihm ein schlechtes Gewissen zu machen. Dave sah beide an und wirkte tatsächlich etwas zerknirscht. Offenbar nahm er ihr die Flunkerei ab.

„Du triffst dich also noch mit anderen Frauen?“, spielte Caro jetzt die entsetzte Eifersüchtige. Liz war kurz irritiert, aber auch ziemlich beeindruckt. Sofort sprang sie auf den Zug auf: „Süße, er hat nur einen Spaß gemacht. Ich würde mich niemals mit anderen Frauen treffen, wenn ich doch dich habe.“

„Ähem, also Mädels“, Dave rieb sich peinlich berührt über seinen Nacken, „Ich muss auch mal wieder hinter die Bühne. War schön euch zu treffen.“ Fluchtartig zog er von dannen. Kaum war er aus der Sicht, brachen die beiden Frauen in schallendes Gelächter aus.

„Der arme Kerl", nun tat er Caro ein bisschen leid.

„Ach, der kann das schon ab. Ich gebe ihm demnächst einfach mal wieder ein Bier aus", Liz machte eine wegwerfende Handbewegung, „Übrigens bin ich von deinem Improvisationstalent echt beeindruckt. Wäre ich Dave, hätte ich dir die Nummer ebenfalls abgenommen."

Ein bisschen machte Caro das Kompliment stolz und irgendwie hatte es auch Spaß gemacht, die Frau an Liz' Seite zu spielen. Doch nun war es an der Zeit, wieder zu den anderen zurückzukehren. Caros Schwindel und auch ihre schlechte Laune waren inzwischen verflogen, stattdessen freute sie sich auf das, was der restliche Abend für sie bereithielt.

„Du hast wirklich das Beste verpasst", seufzte Nadja, die gerade nach der Champagnerflasche in der Mittelkonsole der Limousine griff, „Der Typ mit der Glatze, der hatte vielleicht einen großen....also wow. Und ich bin da schon so einiges gewohnt von Sebastian. Glaubt mir, er hat..."

„Lalala", Tamara unterbrach sie und schüttelte vehement mit dem Kopf, „Es interessiert hier nun wirklich niemanden, mit welchen körperlichen Merkmalen dein Freund ausgestattet ist."

„Ach, du nun wieder. Wie oft musste ich mir schon deine Sören Geschichten anhören? Komischerweise kannst du dich nie daran erinnern, wie es mal wieder zu eurem Stelldichein kam. Aber die Details danach kannst du immer sehr genau beschreiben", grinste Nadja.

„Der Punkt ging wohl an Nadja", flüsterte Liz in Caros Ohr. Sie hatte den letzten freien Platz auf der Rückbank, zwischen Caro und Katharina, eingenommen und bekam nun auch ein volles Champagnerglas in die Hand gedrückt.

„Caro, schau mal. Ist das da vorne nicht der Antiquitätenladen von vorhin?", Katharina deutete auf die langsam vorbeiziehende Häuserwand zu ihrer Linken. Caro sah zum Fenster raus. Tatsächlich befanden sie sich erneut an jenem Ort, an dem Caro, einige Stunden zuvor, auf die seltsame alte Frau getroffen war. Während Katharina den anderen Frauen von dem alten Sturkopf, der unter keinen Umständen das antike Kartenspiel rausrücken wollte, erzählte, dachte Caro an Rose. Vermutlich wäre dieser Teil der Geschichte für die anderen wesentlich unterhaltsamer gewesen, aber Caro wollte sich an Rose' Anweisung halten und schweigen.

„So, meine Damen", Katharinas Blick auf den Monitor verriet, dass sie scheinbar kurz vor ihrem nächsten Ziel waren, „Nachdem wir die Männer haben tanzen lassen, finde ich, dass jetzt wir mal die Hüften kreisen sollten, oder?"

Caros Freundinnen jubelten und auch Caro fand, dass Tanzen jetzt genau das richtige war.

„Was sagst du dazu?", wollte sie von Liz wissen.

„Ich bin eher ein Tanzmuffel. Aber ich sehe euch gern dabei zu", erwiderte Liz verschmitzt.

„Na, vielleicht bekommen wir dich ja doch noch irgendwie auf die Tanzfläche", Caro nahm die unbeabsichtigte Herausforderung von Liz gern an.

Im beinahe überfüllten Club war die Party bereits in vollem Gange. Die Bässe hämmerten bis in den Brustkorb und trieben dazu an, sich zur Musik zu bewegen. Mühevoll kämpften sich die Frauen durch die Menschenmassen, bis sie die Bar erreichten, um sich dort einen festen Platz als verabredeten Treffpunkt zu sichern. Caro bedauerte es, Liz nicht für die Tanzfläche begeistern zu können. Dafür versprach Liz, auf die Getränke aufzupassen und für rechtzeitigen Nachschub zu sorgen. Der DJ verstand seinen Job, er hatte ein perfektes Timing und traf zudem voll und ganz Caros Musikgeschmack. Vergnügt und angenehm angeheitert ließ sie von der Musik ihren Körper treiben, verschmolz mit dem Rhythmus und gab sich den lauten Beats hin. So ausgelassen hatte sie schon lange nicht mehr getanzt. Auch die anderen hatten sichtlich ihren Spaß.

Besonders von Katharina war sie überrascht. Sie tanzte ziemlich gut. Caro kannte sie bislang nur als die ernste Geschäftsfrau und pflichtbewusste Mutter und hatte sie sich nur schwer auf der Tanzfläche vorstellen können. Aber natürlich hatte es auch eine Zeit vor ihrem Kind gegeben und wie es aussah, hatte sie die wohl nicht selten auf der Tanzfläche zugebracht.

„Ich geh mal was trinken“, ließ Caro die anderen wissen und bahnte sich kurz darauf einen Weg durch die tanzende Menge. Am Tresen entdeckte sie Liz, die sich, wie Caro überrascht feststellte, nicht im Geringsten zu langweilen schien. Sie war in ein Gespräch mit einer jungen Blondine vertieft und bemerkte Caros Ankunft zuerst gar nicht. Irgendwie gefiel Caro der Anblick der beiden nicht. Dabei wusste sie allerdings nicht, was genau sie störte. Vielleicht war es die Tatsache, dass es Caros besonderer Abend war und doch ihr die Aufmerksamkeit gelten sollte? War sie wirklich so egoistisch? Sie versuchte ihren Ärger runterzuschlucken.

„Ah, Caro. Da bist du ja schon wieder“, sagte Liz als sie aufsah, „Darf ich dir Maggie vorstellen? Sie ist eine Kundin von mir.“

Eine Kundin? Caro nahm die blonde Frau genauer in Augenschein. Sie trug ein hautenges, viel zu kurzes Paillettenkleid mit üppigem Ausschnitt, so dass wirklich nur das nötigste ihres Körpers bedeckt war. Entsprechend viel Haut präsentierte die Frau. Jedoch konnte Caro kein einziges Tattoo ausmachen. Da stellte sich ihr doch unweigerlich die Frage, an welcher Körperstelle Liz ihren Dienst verrichtet hatte. Caro hätte beinahe die Nase gerümpft, behielt ihre Gesichtszüge aber unter Kontrolle und schenkte der unbekannten Frau stattdessen ein freundliches Lächeln.

Die Blondine begrüßte Caro: „Freut mich, dich kennenzulernen. Und du bist Liz' Freundin?“

„Ja. Nein. Also, keine richtige“, wieder hätte sich Caro für ihr dummes Gestammel ohrfeigen können. Sie atmete einmal durch und fing erneut an: „Ich bin mit ihrem Bruder verlobt. Liz ist meine zukünftige Schwägerin.“

Caro glaubte, bei diesen Worten im Gesicht der Blondine einen Ausdruck der Erleichterung zu erkennen, denn sie schenkte Liz nun ein verstohlenes Lächeln. Jetzt widmete Maggie ihre Aufmerksamkeit wieder voll und ganz Liz, indem sie versuchte, das Gespräch von eben wieder aufzunehmen. Caro fand das reichlich unhöflich, denn immerhin stand sie ja immer noch vor ihnen. Außerdem befand sich ihr Getränk genau hinter den beiden am Tresen, so dass Caro nicht ohne zu stören herankam.

„Darf ich mal kurz?“, Caro drängte sich allem Anstand zum Trotz zwischen sie und unterbrach, nicht ohne eine gewisse Absicht, den Versuch einer erneuten Unterhaltung. Gerade als sie ihr Glas hochnehmen wollte, erklangen die ersten Töne von Despacito, dem Lied, das sie diesen Sommer hoch und runter gehört hatte.

„Ah, dazu müssen wir tanzen. Bitte“ jauchzte Caro und griff nach Liz' Hand. Die wusste einen kurzen Moment gar nicht, wie ihr geschah, ließ sich aber widerstandslos hinter Caro herziehen. Erst, als sie die Mitte der Tanzfläche erreicht hatten, wandte sich Caro zu Liz um und begann mit ihren ersten Tanzbewegungen. Dabei hielt sie immer noch Liz' Hand fest, in der Hoffnung, Liz damit ebenfalls zum Tanzen zu animieren. Der Plan ging auf. Liz setzte sich in Bewegung und erneut wurde Caro an diesem Abend überrascht. Nachdem sich Liz als Tanzmuffel geoutet hatte, war Caro davon ausgegangen, dass sie schlichtweg untalentiert war. Das war sie jedoch ganz und gar nicht. Offenbar lag das Talent in der Familie und anscheinend hatte Liz eine sehr große Portion abbekommen. Anmutig und elegant waren ihre Bewegungen und ihrem Gesichtsausdruck nach zu urteilen, gefiel ihr der Tanz mit Caro.

„Du bist eine unglaubliche Lügnerin. Von wegen, du kannst nicht tanzen“, rief Caro ihr ins Ohr, als ihre beiden Köpfe für einen Moment nahe beieinander waren. Liz zwinkerte ihr lächelnd zu.

„Ich habe nie gesagt, dass ich es nicht kann. Ich brauche nur genug Motivation“, antwortete Liz bei einer nächsten Gelegenheit. Es machte Caro wahnsinnig großen Spaß mit Liz zu tanzen. Jetzt, nachdem ihre Bewegung aufeinander eingespielt waren, waren ihre Körper dichter zusammengerückt. Caro spürte Liz‘ Körperwärme und nahm wieder den verführerischen Duft ihres eleganten Parfums wahr. Sie musste Liz unbedingt nach dem Namen fragen, aber gerade fühlte sich der Tanz so wundervoll an, dass Caro diesen Augenblick nicht mit Worten unterbrechen wollte. Leider endete der Moment dann doch viel zu schnell. Sie wurden von Nadja und Tamara entdeckt und tanzten die letzten Töne des Songs zu viert. Die Gruppe begab sich anschließend für eine kleine Verschnaufpause zur Bar. Dort wartete bereits Katharina auf sie und als sie Caro ansah, glaubte Caro einen grüblerischen Ausdruck wahrzunehmen. Kurz überlegte sie, ob sie Katharina darauf ansprechen sollte, doch der Ausdruck in ihrem Gesicht war bereits wieder verschwunden. Vielleicht hatte sich Caro auch nur etwas eingebildet. Hinter Katharina versuchte derweil die Barfrau auf sich aufmerksam zu machen: „Mädels, ich habe hier einen Gruß von den Herren da drüben.“

Sie schob ein Tablett mit Schnapsgläsern über die Theke und deutete auf eine Gruppe junger Männer auf der anderen Seite des Tresens. Die überraschten Frauen nahmen erfreut ihre Getränke entgegen und prosteten der Männergruppe dankend zu. Offenbar hatten sie damit ihr Einverständnis erteilt, dass die Männer mit ihnen in Kontakt treten durften, denn die Gruppe setzte sich nun geschlossen in Bewegung.

„Oh man. Ich habe vergessen, dass die Gratisgetränke auch Verpflichtungen mit sich ziehen“, stöhnte Nadja, „Aber was soll's. Gegen ein nettes Gespräch ist ja nichts einzuwenden.“

Die fünf Männer stellten sich als Bob, Andrew, Ian, Luke und Chris vor. Schnell stellte sich heraus, dass sie sich bereits im Vorfeld jeweils eine Dame ausgeguckt hatten. Luke hatte sich wie zufällig neben Caro platziert und in ein Gespräch verwickelt. Er war groß, athletisch gebaut und trug ein hellblaues Hemd und eine dunkle Jeans. Vor ein paar Jahren hätte Caro sich sicher gern von ihm umgarnen lassen. Gegen einen kleinen Flirt wäre auch jetzt nichts einzuwenden, noch war sie schließlich nicht verheiratet, aber danach stand ihr gerade nicht der Sinn. Außerdem wollte sie seine Zeit nicht verschwenden und ihm die Chance geben, noch bis Mitternacht die Dame seines Herzens zu finden und sie ins neue Jahr zu küssen. Unweigerlich kam ihr Rose und ihre Weissagung wieder in den Sinn. Caro hatte die Begegnung mit der mysteriösen Frau beinahe wieder vergessen. „Heute, genau um Mitternacht und keine Sekunde später sollst du das Glück küssen“, hatten Rose' Worte gelautet. Caro sah auf die Uhr, es war viertel nach Zehn. Schon bald sollten sie sich auf den Weg zum letzten Treffpunkt machen. Sie glaubte zwar noch immer nicht so recht an die Weissagung, trotzdem wollte sie den Kuss mit Alexander nicht verpassen. Man sollte das Schicksal besser nicht herausfordern.

Nachdem Luke von Caros bald anstehender Hochzeit erfuhr, verabschiedete er sich noch höflich und verschwand kurz darauf wieder in der Menge. Caro war es ganz recht, nun konnte sie ungestört beobachten, wie ihre Freundinnen sich hofieren ließen. Katharina und Tamara wurden bereits auf die Tanzfläche gebeten und Nadja bekam gerade noch einen neuen Drink zugeschoben. Neben Liz hatte Ian an der Theke Platz genommen. Dieses Gespräch war sicher am interessantesten, deshalb setzte sich Caro unauffällig neben die beiden.

„...wow, ein eigenes Tattoo-Studio. Das ist beeindruckend. Deine Tattoos sehen auch wirklich toll aus. Da sind doch sicher noch welche, die man auf Anhieb nicht sehen kann“, grinste er sie spitzbübisch an.

„Das stimmt, doch die bekommt nicht jedermann zu sehen“, antwortete Liz freundlich, aber bestimmt.

„Aber ich bin ja auch nicht jedermann“, blieb Ian hartnäckig.

„Nichts für ungut. Du trägst leider ein wesentliches Attribut, das dich dafür eindeutig disqualifiziert“, konterte Liz charmant. Ian sah sie fragend an. Ganz offensichtlich hatte er den Hinweis nicht verstanden.

„Ich bevorzuge das weibliche Geschlecht“, half sie ihm auf die Sprünge. Caro ging davon aus, dass Ian spätestens mit dieser Information von Liz ablassen würde. Doch ganz im Gegenteil. Zu ihrer Verblüffung schien ihn das nur noch mehr anzuspornen.

„Bevorzugen, sagst du. Das heißt ja dann nicht, dass du die andere Seite ausschließt. Vielleicht ist heute die Nacht für eine besondere Ausnahme?“, Ian versuchte sein charmantestes Lächeln aufzusetzen, was ihm immerhin ein Grinsen seitens Liz einbrachte. War Liz vielleicht sogar bi? So gut kannte sie Liz nicht, um das sicher sagen zu können. Aber irgendwie würde ein Mann nicht zu ihr passen, fand Caro. Sie versuchte sich bildlich vorzustellen, wie die von einem Stoppelbart umrandeten Lippen sich auf Liz' weiche, sinnlichen Lippen legten. Wie seine groben Hände ihren zarten Oberkörper unsanft an sich drückten. Bei dieser Vorstellung musste Caro innerlich den Kopf schütteln.

„Tut mir leid, Ian. Diese Ausnahme wird es leider nicht geben“, sagte es Liz nun noch mal deutlich.

„Ach komm schon. Auch Männer können ganz zärtlich sein“, Ian legte seine Hand auf Liz‘ Bein. In Caro flackerte jetzt bereits das ungute Gefühl auf, dass der Bursche gleich ziemlich unangenehm werden könnte. Das ließ jedenfalls sein drängender Tonfall befürchten.

„Ian, du bist sicher ein toller Kerl, aber verschwende deine Zeit nicht mit mir“, antwortete Liz noch immer freundlich, aber vehement. Caro hatte das Gefühl, Liz zur Seite springen zu müssen. Da sie die ganze Zeit in seinem toten Winkel gesessen hatte, hatte er von Caro bislang keine Notiz genommen. Nun tauchte sie vor den beiden auf: „Hey Liz, die anderen wollen gleich los. Wir sollten uns langsam auf den Weg machen."

„Ach, ist das etwa deine Freundin?", er besah Caro mit einem abfälligen Blick. Fand er sie etwa nicht gut genug für eine Frau wie Liz?

„Ganz recht, das ist sie", antwortete Liz stolz und legte ihren Arm demonstrativ um Caro. Ian schien kurz zu überlegen: „Ach, kein Problem. Ich werde auch mit euch beiden fertig." Er grinste hämisch.

„Was glaubst du eigentlich, wer du bist? Ich hätte nicht geglaubt, dass Männer es sich in der heutigen Zeit noch erdreisten, ein derart primatenhaftes Verhalten an den Tag zu legen. Doch scheinbar seid ihr während der Evolution auf dem Stand eines Höhlenmenschen stehengeblieben", Caro schäumte vor Wut, ihre Hände hatte sie zu Fäusten geballt.

„Caro, lass gut sein", flüsterte Liz ihr zu.

„Ihr scheiß Lesben. Und ihr verlangt von unsereins ständig Toleranz", motzte Ian, stand auf und ging.

„Wag es ja nicht, jemals wieder so mit einer Frau zu reden. Du respektloser, ungehobelter Idiot", rief sie ihm gestikulierend hinterher. Erst, als er nicht mehr zu sehen war, drehte sie sich zu Liz um.

„Wow. Das war mal...unerwartet", Liz blickte sie anerkennend und amüsiert zugleich an.

„Was ist passiert?", Katharina kam gerade von der Tanzfläche zurück und deutete auf Caros immer noch geballte Fäuste.

„Wusstest du, dass unsere Schwägerin eine überaus leidenschaftliche Feministin ist?", grinste Liz.

„Nein, aber die Geschichte dazu wirst du mir sicherlich gleich erzählen."

6. KAPITEL

„Ich glaube nicht, dass ihr es noch rechtzeitig bis zum Times Square schafft. Außerdem ist da sicher alles abgesperrt“, gab Liz zu bedenken, während die Frauen draußen auf ihre Limousine warteten.

„Aber da wollten wir uns doch mit den anderen treffen“, wandte Nadja ein.

„Liz hat Recht. Ich glaube, wir unterschätzen die Menschenmassen“, stimmte Katharina ihrer Schwester zu, „Aber dann brauchen wir dringend eine Alternative.“

„Also ich wüsste da was“, sagte Liz.

Die Brooklyn Heights Promenade war nicht weit von ihrem aktuellen Standort entfernt. Liz kannte dort den Besitzer einer Rooftop Bar, die einen grandiosen Blick auf Manhattan bot. Sie hatte vorgeschlagen, für diese Strecke besser die U-Bahn zu nehmen, weil sie damit wesentlich schneller ans Ziel kämen. Katharina hatte derweil mit Samuel telefoniert und er war dankbar für diesen alternativen Vorschlag. Auch die Jungs hatten gerade festgestellt, dass der Time Square keine gute Idee war.

„Gut, dann machen wir uns jetzt auf den Weg“, informierte Samuel sie.

Zwanzig Minuten später standen die Frauen vor dem Haus, auf dessen Dach sich die besagte Bar befand. Um den Aufzug benutzen zu können, benötigte man für den heutigen Tag einen Code, den sich Liz als Textnachricht vom Besitzer hatte schicken lassen.

„Ist das wirklich ok, dass wir da noch so kurzfristig reinschneien?“, fragte Caro verunsichert, „Das scheint ja ein ziemlich exklusiver Laden zu sein.“

„Ja, das ist ok. Steven ist ein langjähriger Freund. Und wenn ich nicht heute mit euch unterwegs wäre, hätte ich sowieso bei ihm gefeiert“, erklärte Liz.

„Und was ist mit Alexander? Also…ich meine, ich habe ihm nicht gesagt, dass du heute mit uns unterwegs bist“, Caro war dieses Thema unangenehm. Sie wollte Liz nicht den Eindruck geben, als wäre sie plötzlich unerwünscht. Vor allem jetzt, da sie in letzter Sekunde noch etwas für sie organisiert hatte.

„Keine Sorge, ich kenne da oben genug Leute. Und wenn Alexander auftaucht, werde ich mich im Hintergrund halten. Ok?“, bot Liz an. Das war eigentlich ganz und gar nicht ok. Caro verfluchte diese unangenehme Situation gerade. Vielleicht könnte sie besänftigend auf Alexander einreden. Es war ein Versuch wert.

Das Haus verfügte über neun Stockwerke, die Bar befand sich allerdings in der achten Etage. Liz gab die Kombination ein, die den Aufzug nach oben befördern würde. Als sich die Aufzugtür öffnete, dröhnte ihnen bereits laute Musik entgegen. Die Bar war größer, als das Gebäude von außen hätte vermuten lassen. Aber auch dieser Laden war voll bis unters Dach.

„Wie kommen denn die anderen hoch?“, wollte Tamara wissen.

„Katharina soll ihnen einfach den Code schicken. Der gilt sowieso nur für heute“, schlug Liz vor.

„Los, wir holen uns was zu trinken. Sonst ist es zwölf und wir sitzen auf dem Trockenen“, Nadja bahnte sich einen Weg durch die Menge, die anderen folgten ihr. Ihre Befürchtung war unbegründet. Die flinken Mitarbeiter waren schnell und gut durchorganisiert, so dass wenige Zeit später alle mit Getränken versorgt waren.

„Liz, du bist ja doch gekommen“, ertönte eine männliche Stimme aus der Ferne.

„Hallo Steven, ja, du bist unsere Rettung“, lachte Liz und erklärte ihm, mit wem und warum sie doch noch gekommen war.

„Schön. Ich freue mich, wenn ich euch noch eine Zuflucht bieten kann. Einen freien Tisch habe ich allerdings nicht übrig. Ihr seid ja aber zum Feiern und nicht zum Sitzen hier. Gleich ist es halb zwölf, da wird unser DJ die Musik nochmal lauter drehen und ihr könnt euch ins neue Jahr tanzen“, nach der Begrüßung überließ er die Gäste wieder sich selbst.

„Echt? Gleich ist es schon halb zwölf?", Caro blickte besorgt auf die Uhr, „Ich hoffe, die anderen finden die Bar noch rechtzeitig."

„Keine Sorge, das klappt schon", machte Tamara ihr Mut.

Wie angekündigt, drehte der DJ nach einigen Minuten die Musik um ein paar Dezibel nach oben. Der Saal bebte, fast alle Gäste waren jetzt ausgelassen am Tanzen, nur Caro wollte auf die Ankunft der Jungs warten. Liz hatte sich kurz entschuldigt. Sie wollte einigen Freunden, die sich irgendwo im Gedränge befanden, Hallo sagen. Und so wurde Caro von Minute zu Minute unruhiger. Sie starrte auf die Türen der beiden Aufzüge in der Hoffnung, dass sie sich öffnen würden, doch sie taten es nicht. Inzwischen war es zehn vor zwölf. Sie musste Alexander anrufen und fragen, wo sie blieben. Doch in der Bar war es derart laut, dass sie ihr eigenes Wort nicht hätte verstehen können. Sie brauchte unbedingt einen ruhigeren Ort.

„Kann ich hier irgendwo in Ruhe telefonieren?", brüllte sie einen der Barmänner über dem Tresen zu. Doch offenbar nicht laut genug, denn er zuckte nur mit den Schultern. Zum Glück hatte Steven sie gesehen und eilte zu ihr: „Kann ich dir helfen?"

„Ich muss dringend mal in Ruhe telefonieren", erklärte sie knapp.

„Komm mit", er führte sie durch eine Tür neben der Bar, die in ein kleines Treppenhaus führte, „Geh einfach die Treppe hoch. Sie führt zu meine Privatterrasse."

Caro bedankte sich und eilte nach oben. Inzwischen waren weitere fünf Minuten vergangen. Es wurde langsam wirklich eng. Sie wählte die Nummer und es ertönte ein Freizeichen. Dann noch eins. Dann das dritte.

„Caro?", rief Alexander in den Hörer, „Wir sind noch unterwegs"

„Das dachte ich mir. Wann seid ihr da?", Caro wollte sich kurz halten, um Alexander nicht zusätzlich auszubremsen.

„Ich denke, wir sind in ein paar Minuten da. Es ist nur noch einer vor uns“, erklärte Alexander.

„Ich verstehe nicht ganz?“

„Wir stehen hier an einem Cocktail-to-Go-Stand, aber wir haben's gleich“, er lachte laut auf und erst jetzt bemerkte, dass Alexander wohl ordentlich einen im Tee hatte. Er würde es nicht rechtzeitig schaffen, das stand jetzt eindeutig fest. Sie versuchte, nicht allzu enttäuscht zu sein, doch gelingen wollte ihr das nicht. Dabei ging es weniger um die Tatsache, dass er um Mitternacht nicht bei ihr war. Hätten sie im Vorfeld beschlossen, getrennt voneinander ins neue Jahr zu gehen, wäre das für sie in Ordnung gewesen. Aber es war sein verdammter Vorschlag gewesen und jetzt hatte er sich nicht die Mühe gemacht, rechtzeitig zu erscheinen, weil er lieber noch einen Cocktail kaufen musste.

„Ok, dann sehen wir uns ja gleich“, Caro wollte auflegen, damit er ihre Enttäuschung nicht mitbekam.

„Bis gleich, mein Schatz“, hörte sie noch, bevor sie auflegte.

Sie ging zum Geländer der Terrasse. Eine Etage unter ihr war die Party im vollen Gange, doch sie hatte keine Lust, jetzt schon wieder runter zu gehen. Stattdessen genoss sie die freie Sicht auf Manhattan. Als sie ihr Handy in die Hosentasche stecken wollte, fühlte sie etwas Sperriges darin. Sie zog es heraus, weil sie keine Ahnung hatte, was es sein könnte. Die Karte. Rose hatte sie ihr mitgegeben. Sie sollte ihr bei irgendwas helfen. Doch Caro hatte keine Idee, für was sie in der jetzigen Situation nützlich sein sollte. Seltsam war jedoch, dass sich Caro sicher war, die Karte nicht in diese Hose gesteckt zu haben. Vermutlich hatte sie sie unbewusst beim Umziehen von der einen in die andere Hose geräumt. Sie sah sich erneut das Symbol an und war sich sicher, es schon mal gesehen zu haben. Doch fiel ihr partout nicht ein, wo und wann ihr das seltsame Zeichen schon mal untergekommen war.

„Da bist du ja“, Caro erschrak kurz, sie hatte hier oben niemanden erwartet. Natürlich erkannte sie Liz durch ihre samtige Stimme sofort, obwohl Caro durch das spärliche Licht ansonsten nur eine dunkle Silhouette auf sich zukommen sah.

„Steven sagte mir, dass du hier oben bist“, antwortete Liz, bevor Caro die Frage stellen konnte, „Ist alles ok?“

„Ja. Eigentlich schon“

„Eigentlich?“

„Alexander wird sich verspäten und eigentlich war das so nicht geplant. Aber es ist ok“, während Caro die Worte aussprach stellte sie fest, dass es wirklich ok war. Unter ihnen ertönte ein lautes Geräusch, das an eine Schiffsglocke erinnerte.

„Ah, noch eine Minute bis Mitternacht“, klärte Liz Caro auf, „Willst du runter gehen?“

„Nein. Und du?“

„Ich werde dich bestimmt nicht hier oben allein lassen. Aber dann musst du mit unter meine Jacke kommen. Es ist wirklich saukalt hier draußen“, Liz stellte sich vor Caro und öffnete einladend ihre Jacke.

„Zehn“, ertönten plötzlich die Stimmen der Gäste unter ihnen. Caro nahm das Angebot an und ging einen Schritt auf Liz zu.

„Neun“

„Warte, du hast da was im Gesicht“, Caro griff nach etwas Kleinem und pflückte es von ihrer Wange.

„Acht“

Im schwachen Lichtschein begutachtete Caro den kleinen Schnipsel.

„Sieben“

Es war ein kleines Konfetti, auf dem ein Kleeblatt abgebildet war.

„Sechs“

„Ein Kleeblatt. Na, wenn das nicht mal Glück bringt?“, lachte Liz, die den Schnipsel jetzt ebenfalls in Augenschein nahm.

„Fünf“

Glück? Das Wort wirkte auf Caro wie ein Trigger. „Du sollst das Glück um Mitternacht küssen“, Caro konnte die Stimme der alten Frau in ihrem Kopf förmlich hören.

„Vier“

Caro blickte Liz in die Augen und Liz erwiderte ihren Blick neugierig.

„Drei“

Caros Herz begann, mit einem Mal zu rasen, denn sie wusste, was sie gleich tun würde.

„Zwei“

Sie stellte sich ein wenig auf die Zehenspitzen. Damit waren ihre Lippen jetzt nur noch Millimeter von Liz‘ entfernt. Noch immer wich Liz nicht zurück.

„Eins“

Caro nahm all ihren Mut zusammen, schloss ihre Augen und küsste Liz. Was mit der Berührung dieser samtweichen Lippen im Inneren von Caro geschah, hätte der aufleuchtende Nachthimmel von Manhattan kaum besser widerspiegeln können. Auch Liz entfuhr ein hingebungsvolles Seufzen und sie zog Caro ein Stück enger an sich heran. Jede weitere Berührung dieser unglaublich zarten Lippen entzündete ein weiteres Feuerwerk in Caros Körper. Sie sah keine Möglichkeit, sich jemals wieder von diesen wundervollen Lippen zu lösen und wollte das überwältigende Gefühl, das ihr auf so himmlische Weise den Atem raubte, unter keinen Umständen wieder hergeben. Das gleichmäßige Brummen aus ihrer Hosentasche verkündete allerdings nun das ungewollte Ende. Das laute Vibrieren blieb auch nicht von Liz unbemerkt, die es als erste schaffte, den Kuss zu beenden.

„Vielleicht solltest du da besser ran gehen“, flüsterte sie heiser. Sie schenkte Caro einen wehmütigen Blick, als ahnte sie bereits, wer das abrupte Ende ihres Kusses zu verantworten hatte. Alexanders Name war auf dem Display zu lesen und Caro war sich bewusst, dass sie ran gehen musste.

„Hi, Alex“, automatisch drehte sie sich von Liz weg. Caro war die Situation im Nachhinein sehr unangenehm und allmählich dämmerte ihr, was sie gerade getan hatte. Alexander war inzwischen angekommen und auf der Suche nach seiner Verlobten. Sie sagte ihm, dass er am Aufzug warten sollte, sie würde gleich bei ihm sein. Nachdem sie aufgelegt hatte, wandte sie sich wieder Liz zu. Caro blickte ihr schuldbewusst in die Augen. Sie dürfte Liz jetzt nicht so stehen lassen, müsste mit ihr Reden, wenigstens irgendwas zu dem, was da gerade passiert war, sagen. Doch sie brachte kein Wort heraus. Stattdessen spürte sie, wie sich ihre Augen mit Tränen füllten. Sie setzte erneut zum Sprechen an, doch ihr Mund blieb stumm. Allerdings fand Liz nun Worte. „Mach dir keine Gedanken. Ich werde Alexander nichts verraten. Ist doch ganz praktisch, dass wir sowieso nicht miteinander sprechen, oder?“, grinste Liz bitter.

„Liz, ich…“, Caros Stimme kratzte und brachte nur heiseres Krächzen hervor, so dass sie sie selbst kaum erkannte.

„Lass uns den Moment so in Erinnerung behalten, wie er war. Ok? Es gibt vieles, was ich in meinem Leben bereut habe. Dieser Moment gehört nicht dazu.“

Caro war dankbar für ihre ehrlichen Worte und hätte gern etwas Ähnliches zurückgegeben. Doch in ihrem Kopf herrschte Chaos. So sehr sie sich bemühte, es wollten sich einfach keine vernünftigen Sätze bilden.

„Komm, lass uns runter gehen“, Liz legte ihre Hand an Caros Rücken und beide machten sich auf den Weg. Als sie die Tür zu Bar öffneten, wartete Alexander nicht wie besprochen, bei den Aufzügen, sondern hatte ihnen direkt neben der Bar aufgelauert.

„Habe ich es mir doch gleich gedacht“, fauchte er wütend und baute sich drohend vor Liz auf, „War ja fast klar, dass du mir wieder dazwischenfunkst.“

„Alex, beruhig dich“, versuchte Katharina auf ihn einzureden.

„Ich soll mich beruhigen? Ich sehe doch, was sie schon

wieder versucht. Es ist nicht das erste Mal, dass sie sich an meine Freundin ranmacht.“

„Was redest du für einen Unsinn. Die beiden kennen sich gerade mal vierundzwanzig Stunden. Wann soll das denn alles passiert sein?“, schimpfte nun Katharina.

„Ich rede nicht von Caro. Damals, kurz bevor sie nach New York abgehauen ist, hat sie mir noch eben Rebekka ausgespannt“, er warf Liz einen verächtlichen Blick zu, „Und jetzt passiert es schon wieder.“

„Nichts dergleichen passiert wieder“, Caro hatte gerade ihre Stimme wiedergefunden, „Aber sie war wenigstens um Mitternacht da, im Gegensatz zu dir. Denn du musstest dir ja unbedingt noch einen Cocktail besorgen.“

„Ach, ich bin also selbst schuld, wenn ich meine zukünftige Frau nicht ständig im Auge behalte“, verdrehte er Caros Worte.

„Alex, wir werden jetzt zum Hotel fahren, ok?“, Caro sah keine Chance, dass sich in dieser Konstellation die Wogen glätten ließen, „Wir reden nochmal, wenn wir dort angekommen sind.“

Die Verabschiedung fiel knapp aus. Caro wollte einfach möglichst schnell aus der Situation raus. Während der Fahrt sprachen die beiden kein Wort miteinander und auch, als sie in ihrem Zimmer ankamen, konnte sich zunächst keiner zu einem ersten Schritt einer Aussprache überwinden. Caro beschloss, erst einmal duschen zu gehen. Vielleicht half es, wenn beide einen kurzen Moment für sich hatten. Das heiße Wasser auf ihrer Haut tat gut, doch gleichzeitig verriet es ihr, wie müde sie plötzlich war. Für eine weitere Auseinandersetzung mit Alexander fehlte ihr definitiv die Energie. Sie würde höchstwahrscheinlich nachgeben, ihm zustimmen, damit sie endlich schlafen konnte. Warum musste der Abend so unschön enden? Hätte doch einfach diese Auseinandersetzung am Schluss nicht stattgefunden, dann…Dann wäre der Kuss zwischen Liz und ihr das letzte am heutigen Abend gewesen. Der Gedanke daran ließ ihren Körper auf unmissverständliche Weise aufleben. Caro wusste, dass das nicht hätte geschehen dürfen. Was hatte sie sich zum Himmel dabei gedacht? Sie hatte eine Frau geküsst. Einfach so. Und nicht nur irgendeine. Sie hatte Liz geküsst. Caro müsste entsetzt sein, ertappte sich aber jetzt bei einem versonnenen Lächeln. Sie rief sich zur Ordnung. Wo blieb ihre Reue? Doch da war irgendwie keine. Vielleicht käme das ja noch, wenn der letzte Tropfen Alkohol aus ihrem Körper verschwunden war. Im Moment hatte sie jedenfalls nicht das geringste Bedürfnis, den kleinen Ausrutscher ihrem Freund zu beichten. Er hatte sich idiotisch aufgeführt, war ohne jegliche Grundlage sofort ausgerastet. Sie wollte ihm nicht die Genugtuung gönnen, am Ende noch Recht zu behalten. Denn so, wie er dachte, war es nicht abgelaufen. Er hatte ausschließlich Liz beschuldigt, dabei hatte ausgerechnet sie sich nichts vorzuwerfen. Caro war es, die diesen Kuss eingefordert hatte. Wenngleich sich Liz nicht dagegen gewehrt hatte. Wie Liz sich jetzt wohl fühlte? Würde sie Caro diesen Kuss im Nachhinein übel nehmen, weil die Chance auf eine Versöhnung mit ihrem Bruder abermals in weite Ferne gerückt war? Liz hatte ihr versichert, den Kuss nicht bereut zu haben. Galt das immer noch? Caro schüttelte missmutig den Kopf. Was spielte die Antwort darauf schon für eine Rolle? Bereits morgen würde Caro die Heimreise antreten und Liz auf unbestimmte Zeit nicht mehr wiedersehen. Es machte also keinen Sinn, sich über Liz den Kopf zu zerbrechen. Alexander war es, mit dem sie zusammen war, den sie bald heiraten würde. Und auch, wenn ihr gerade nicht der Sinn nach einem Gespräch stand, wollte sie vernünftig sein und zumindest versuchen, den Abend ohne diesen Streit zu beenden. Von dem Kuss wollte sie ihm nichts erzählen. Er hätte ihm nur unnötige Bedeutung beigemessen und seinen Zorn erneut entfacht. Sie drehte den Duschhahn ab und legte sich ein Handtuch um. Sie blieb noch einen Moment vor der verschlossenen Badtür stehen und atmete ein paar Mal tief durch. Hoffentlich war Alexander nicht mehr allzu sehr aufgebracht. Sie öffnete die

Tür und sah, wie Alexander, nur noch mit einer Unterhose bekleidet, quer über dem Bett lag und schlief. Sie atmete erleichtert auf. Sollte er sich erstmal ausschlafen. Vielleicht wäre am nächsten Morgen der Rauch bereits verdampft. Sie schob ihn ein wenig zur Seite, deckte ihn zu und schlüpfte danach unter ihre eigene Decke. Die Müdigkeit überrollte sie schlagartig. Unmittelbar nachdem sie das Licht ausgeschaltet hatte, schlief sie ein.

Mitten in der Nacht wachte sie auf. Sie hatte schlecht geträumt, das spürte sie. Caro versuchte die Bilder des Traums abzurufen. Da war Liz, sie stand inmitten einer Menschenmenge und blickte Caro an. Sie lächelte nicht. Im Gegenteil, Caro sah, wie ihr Tränen die Wangen herunterliefen. Immer mehr Menschen drängten sich um sie herum, so dass sie bald von der Masse verschluckt werden würde. Caro ging auf sie zu, streckte ihre Arme nach ihr aus. Doch je weiter sie sich vorwagte, desto weiter schien Liz entfernt zu sein. Irgendwann war sie nicht mehr zu erkennen und damit der Traum vorbei. Caro setzte sich auf und ließ den Traum auf sich wirken. Ganz genau verstand sie nicht, was ihr Unterbewusstsein versuchte ihr mitzuteilen, doch je mehr sie darüber grübelte, desto deutlicher drängte sich ein Gefühl auf. Das Gefühl, Liz vor dem morgigen Abflug noch einmal sehen zu müssen. Sie hatte keine Ahnung, was sie damit bezwecken wollte, doch irgendwas sagte ihr, dass es enorm wichtig war. Doch wie sollte sie das schaffen, ohne dass Alexander davon Wind bekam? Er würde sie morgen sicher nicht aus den Augen lassen. Die einzige ungestörte Zeit...war jetzt. Er schlief tief, denn er hatte an dem Abend einiges getrunken. Sie sah auf die Uhr. Es war kurz nach drei. Vielleicht war es verrückt, was sie da vorhatte, aber sie war bereits aufgestanden und in ihre Jeans geschlüpft. Schnell zog sie sich einen Pulli über und schnappte sich ihre Handtasche und ihre Jacke. Übertrieben vorsichtig öffnete sie die Zimmertür und schloss sie ebenso lautlos hinter sich wieder. Erst, als sie mit dem Aufzug ins Foyer fuhr, fiel ihr auf, dass sie weder Liz'

Adresse kannte, noch hatte sie Bargeld für ein Taxi oder die U-Bahn. Katharina hatte sich in den zwei Tagen um alles gekümmert, so dass Caro gar nicht in die Verlegenheit kam, Bargeld zu brauchen. Endete jetzt schon ihr kleiner heimlicher Ausflug? Sie kramte in ihrer Handtasche, vielleicht hatte sie bei irgendeiner Gelegenheit das Wechselgeld entgegengenommen. Doch sie fand keinen müden Cent. Stattdessen hielt sie die Visitenkarte von Paul in der Hand. War es allzu unverschämt, ihn um diese Uhrzeit noch zu behelligen? Wahrscheinlich ja, und es war nicht weniger dreist, sich auf Alexanders Kosten dorthin bringen zu lassen. Aber ihr fiel leider keine andere Alternative ein. Denn das ausschlaggebendste Argument für Paul war, dass er Liz' Adresse kannte. Sie ließ es klingeln und bereits nach dem zweiten Klingeln nahm er ab.

„Hallo Paul. Entschuldigen Sie die späte Störung. Darf ich ihre Dienste ein letztes Mal in Anspruch nehmen?“

Wenige Minuten später fuhr die Limousine vor. Caro stieg ein und nannte den Zielort, woraufhin ihr Fahrer nur nickte und sich das Auto in Bewegung setzte. Während der Fahrt kamen bei Caro Zweifel auf. War es eine gute Idee mitten in der Nacht bei Liz aufzuschlagen? Was wollte sie Liz überhaupt sagen? Sie beschloss, es einfach auf sich zukommen zu lassen. Sie folgte einfach ihrem Gefühl, das ihr sagte, dass diese Fahrt das Richtige war. Der Wagen bog ab und jetzt erkannte Caro, dass sie sich bereits in der Zielstraße befanden. Nur noch einige Meter, dann wäre sie da. Sie erkannte schon von weitem das Schild von Liz Laden. Bis auf zwei Menschen, waren die Straßen wie leergefegt. Moment, die eine Person, das war doch...Liz. Direkt neben ihr lief eine Frau. Die beiden stoppten nun auf Höhe der Eingangstür.

„Paul, bitte halten Sie hier. Sofort!“, rief Caro energisch und der Fahrer stoppte das Fahrzeug prompt. Caro ließ die Scheibe der Tür herunterfahren und lehnte sich ein Stück heraus. Sie konnte die beiden Frauen nicht verstehen, aber sie wirkten miteinander vertraut. Liz schien gerade die Tür aufzuschließen, während die andere Frau ihr kichernd auf die Schulter fasste. Caro wusste nicht, was sie gerade empfand, aber es fühlte sich definitiv nicht gut an. Sie hatte auf dem Weg hierher so einige Szenarien durchgespielt, aber dieses hatte sie nicht bedacht. Jetzt betraten die beiden Frauen den Laden. Caro beobachtete noch, wie Liz die Tür wieder hinter sich abschloss. Das Licht im Laden erlosch nach ein paar Sekunden, stattdessen leuchteten die Fenster der darüberliegenden Wohnung auf.

„Paul, bitte fahren Sie mich zurück ins Hotel", sagte sie heiser.

„Lass uns den Moment so in Erinnerung behalten, wie er war", hallten Liz' Worte in Caros Kopf nach. Scheinbar war Liz' Erinnerung bereits wieder verblasst, dachte Caro sarkastisch. Sie konnte ihre maßlose Enttäuschung nicht leugnen. Ihre Brust hatte sich schmerzhaft verkrampft und hatte damit die darauffolgenden Tränen angekündigt. Caro war jedoch nicht nur traurig, sondern auch wütend. Auf sich selbst. Wie ein Teenager hatte sie Liz angehimmelt und es nicht mal bemerkt. Erst jetzt fielen ihr diese kleinen, besonderen Momente mit Liz auf. Bereits die erste Begegnung mit ihr hatte Caro nicht losgelassen. Wie sie so vor ihr gestanden hatte, mit ihren großen blauen Augen, ihren schönen Zähnen und ihrem unglaublich sinnlichen Mund. Wie anmutig sie sich bewegte. Und ihre warme, weiche Stimme, der man stundenlang lauschen konnte. Nicht zu vergessen, diese kleinen, süßen Lachfältchen, die sich beim Sprechen um ihre Augen bildeten. Denn Liz lachte nicht nur mit dem Mund, sondern mit dem ganzen Gesicht. Und wie sie roch. Sie roch so wahnsinnig gut. Aber all das war nichts im Vergleich zu dem, wie gut Liz schmeckte. Niemals würde Caro diesen lieblichen, niemals gekannten Geschmack je vergessen. Und, Gott, wie gern würde sie das alles jetzt vergessen. Denn es bedeutete nichts. Nicht für Liz. Caro wollte sich am liebsten dafür ohrfeigen, wie leichtfertig sie sich ihr an den Hals geschmissen hatte. Und Liz war einfach höflich gewesen, mehr nicht. Vielleicht war es das, was das Schicksal ihr vermitteln wollte. Caro sollte erfahren, wohin sie gehörte. Sie war keine dieser wagemutigen Menschen, die sich einfach trauten, irgendwo ein neues Leben anzufangen. Sie gehörte nicht nach New York, nicht in diese Welt, sie war nicht wie…Liz. Caro hatte die Lektion verstanden. Sie sollte ihr Glück nicht in der Ferne suchen, wenn sie es doch in Alexander längst gefunden hatte. Sie waren glücklich, vor dieser Reise, und sie würden es danach auch wieder sein. Der kleine Ausflug in eine andere Welt würde daran nichts ändern.

7. KAPITEL

Neujahr lag mittlerweile drei Wochen zurück. Caro hatte es in der Zwischenzeit noch nicht geschafft, Omi Mira zu besuchen. Entweder hatte es bei Caro nicht gepasst, oder ihre Omi hatte wegen verschiedenster Termine absagen müssen. Kaum zu fassen, wie wenig Zeit eine beinahe Neunzigjährige hatte.

„Ich kann nachher auf einen Kaffee vorbeikommen, wenn du willst?“, Caro hatte sich das Handy zwischen Ohr und Schulter geklemmt während sie Klamotten in ihrem Schrank suchte.

„Ja, heute passt es mir gut. Außerdem will ich doch endlich erfahren, wie es dir in New York ergangen ist. Die paar Zeilen auf der Postkarte haben mir ja höchstens einen kleinen Eindruck geben können“, erwiderte ihre Urgroßmutter.

Caro seufzte geräuschlos. Es war zu erwarten, dass ihre Omi sie auf New York ansprach. Schließlich hatte sie bereits vor der Abreise darum gebeten, ihr im Anschluss ausführlich Bericht zu erstatten. Wer hätte geahnt, dass Caros Aufenthalt in New York einen solchen Verlauf hatte nehmen können? Immerhin war ihr heimlicher Ausflug in der letzten Nacht von Alexander unbemerkt geblieben. Und eine Aussprache hatte es ebenfalls nie gegeben. Stattdessen wurde das Thema Liz von ihm totgeschwiegen, ganz so, wie vor dem Aufeinandertreffen. Eigentlich sollte sein Verhalten ganz in Caros Sinne sein, doch sie selbst konnte die Gedanken an Liz nicht verdrängen. Noch immer versetzte es ihr einen Stich, wenn sie an sie dachte. Am meisten zehrte es an ihr, dass sie mit niemandem darüber reden konnte. Tamara und Nadja zu Mitwissern zu machen, würde ihnen eine Bürde auferlegen. Insbesondere Nadja wollte sie das nicht antun. Immerhin sah sie Alexander jeden Tag an ihrem Arbeitsplatz. Caro hatte sich entschieden, Alexander niemals etwas von dem Kuss zwischen seiner Schwester und ihr zu erzählen. Es gab keinen Grund. Denn der Kuss hatte ja schließlich nichts bedeutet. Das zumindest versuchte sich Caro seither jeden Tag einzureden. Wie ein Mantra sagte sie es sich jedes Mal dann vor, wenn sich mal wieder diese Bilder von Liz und der unbekannten Frau wie fiese kleine Nadeln in ihre Brust bohrten. Die Schmerzen wurden bereits weniger. Oder vielmehr seltener. Und jeder weitere Tag würde die Erinnerung an Liz mehr verblassen lassen.

„Ich bin dann so gegen eins bei dir", versprach Caro, bevor die beiden auflegten.

Pünktlich um zwölf Uhr wurde Caro von ihrer Kollegin im Bioladen abgelöst. Caro würde die S-Bahn zu ihrer Omi, die am äußersten Stadtrand von Frankfurt lebte, nehmen. Vorher machte sie noch kurz Halt bei Omis Lieblingsbäckerei, bei der es die beste Schwarzwälder-Kirschtorte der Stadt gab. Sie entdeckte hinter der Theke außerdem eine Auswahl an Donuts, was sie daran erinnerte, dass sie Omi Mira einen dieser Gebäckkringel versprochen hatte. Sie kaufte für jeden von ihnen ein Stück Torte und einen Schokoladendonut. Jetzt stand sie wartend vor Omi Miras Haus, nachdem sie ihren Finger auf die Türklingel gelegt hatte. Es dauerte seine Zeit, bis ihre Omi es zur Haustür geschafft hatte. Als sie durch ihre großen, runden Brillengläser Caros Gesicht erblickte, begann sie zu strahlen.

„Mein liebes Kind, komm doch herein", sagte sie, hielt aber dann kurz inne, „Vorausgesetzt, du hast uns ein Stück Kuchen mitgebracht."

Beide begannen zu lachen.

„Als ob ich den je vergessen würde", erwiderte Caro und hielt den Kuchenkarton hoch.

„Nu setz dich hin, Kind. Den Kaffee habe ich schon vorbereitet. Du trinkst deinen immer noch schwarz, oder?", fragte sie Caro, wie sie es jedes Mal tat.

„Ja, Omi. Warum sollte sich das inzwischen geändert haben?", antwortete Caro amüsiert.

„Ach, ihr jungen Leute. Bei euch verändert sich doch

beinahe jeden Tag etwas", sie rückte ihre Brille zurecht, „Nun erzähl mal. Wie ist New York?"

Die Frage klang aus Omi Miras Mund so harmlos. Doch bei Caro löste der Name dieser Stadt unweigerlich wieder jene Bilder aus, die Caro doch unbedingt verdrängen wollte. Sie setzte mehrmals zu einer Antwort an, doch jedes Mal blieb es bei einem unzufriedenen Raunen. Ihrer Omi nur die halbe Wahrheit zu erzählen, käme in Caros Augen einer Lüge gleich. Sie hatte ihrer Großmutter gegenüber noch nie etwas verheimlichen müssen und es fühlte sich falsch an, um den heißen Brei herumzureden.

„Caro, ist alles in Ordnung?", fragte ihre Omi besorgt.

„Ja, nein", flüsterte Caro kaum hörbar, „Alles ok."

Omi Mira musterte sie genau. Sie kannte ihre Urenkelin zu gut, um nicht zu erkennen, dass Caros Antwort nicht der Wahrheit entsprach.

„Nun erzähle mir, was los ist. Gibt es Ärger mit Alexander?", sprach sie mit beruhigender Stimme.

„Nein. Keinen Ärger. Jedenfalls nicht so richtig", stammelte Caro, die nicht wusste, wie sie anfangen sollte.

„Aber ihr heiratet noch, oder?", ihre Omi wollte scheinbar zuerst das gesamte Ausmaß der Situation ermitteln.

„Ja, das tun wir", beruhigte Caro sie, „Ich…ich habe Alexanders zweite Schwester kennengelernt. Sie lebt in New York."

„Das ist doch aber schön, oder nicht? Ich wusste gar nicht, dass er zwei Schwestern hat", antwortete Omi Mira überrascht.

„Alexander und sie sind fürchterlich zerstritten. Ich hatte gehofft, dass ich die Wogen zwischen ihnen glätten könnte. Aber als sie sich gegenüberstanden, ist Alexander völlig ausgerastet", erklärte Caro. Sie erzählte ihrer Omi, wodurch der Streit damals entstanden war. Noch ließ sie allerdings den Grund für Alexanders erneuten Wutausbruch außen vor. Caro haderte mit sich, ob sie ihrer Omi die ganze Geschichte zumuten wollte. Ihre Urgroßmutter mochte

Alexander doch so gerne.

„Es ist sehr tragisch, wenn sich Geschwister derart zerstreiten. Aber beide haben doch scheinbar auch ohne einander ein schönes Leben. Vielleicht sollte man es einfach auf sich beruhen lassen“, waren die weisen Worte ihrer Urgroßmutter, „Und ich glaube, einen Teil der Geschichte hast du mir noch nicht erzählt. Habe ich Recht?“

Caro rümpfte die Nase. Sie hätte es wissen müssen. Ihrer Omi konnte man nichts vor machen.

„Liz ist lesbisch“, platzte es aus Caro raus, als würde das bereits alles erklären. Omi Mira sah sie allerdings nur fragend an.

„Du weißt schon. Sie liebt Frauen“, fügte Caro deshalb hinzu.

„Mein liebes Kind, ich bin vielleicht alt, aber ich komme nicht vom Mond. Ich weiß durchaus, was das Wort lesbisch bedeutet“, tadelte sie Caro schmunzelnd.

„Äh. Entschuldigung“, Caro kam sich dumm vor, „Also, jedenfalls…hab ich Liz geküsst.“

Nach diesem Geständnis hielt Caro die Luft an und wartete auf die Reaktion ihrer Omi.

„Oh ha“, war die überraschend knappe Antwort. Ihrer Urgroßmutter schienen einige Gedanken durch den Kopf zu gehen. Schweigend und ohne eine Miene zu verziehen sah sie Caro an. Irgendwann legte sie ihre Hände in ihren Schoß und beugte sich ein Stück vor: „War es ein schöner Kuss?“

Mit allen möglichen Fragen hatte Caro gerechnet, nicht aber mit dieser. Was sollte sie darauf sagen?

„Also. Ähm, ja. Er war…anders“, antwortete ihre Urenkelin. Caro wusste, dass sie maßlos untertrieb. Sie hätte über diesen Kuss mehr als tausend Worte verlieren können. Doch diese Worte wagte sie nicht einmal, sich selbst gegenüber auszusprechen.

„Du sagtest, du würdest Alexander nach wie vor heiraten. Ich darf also annehmen, dass dieser Kuss ein Versehen war?“, wollte Omi Mira jetzt wissen.

Caro überlegte. Ein Versehen war es sicher nicht gewesen. Sie ist schließlich nicht gestolpert und zufällig auf Liz' Lippen gelandet. Sie hatte Liz geküsst, weil… eine Hellseherin gesagt hatte, dass sie es tun sollte? Auch diese Erklärung klang reichlich albern, aber es entsprach im Grunde der Wahrheit. Entscheidend für Caro war auch nicht, wie er zustande gekommen war, sondern wie sich der Kuss angefühlt hatte. Niemals in ihrem Leben hatte sie sich lebendiger gefühlt, als in diesem Moment. Dieser Kuss hatte Sinne in ihrem Körper angesprochen, die Caro bislang nicht mal kannte. Caro war überzeugt gewesen, dass dieser Kuss in Liz etwas Ähnliches ausgelöst hatte. Die Situation, die sie anschließend vor Liz' Laden beobachten musste, hatte sie jedoch eines Besseren belehrt. Und damit war die Geschichte auch beendet.

„Es hätte nicht passieren dürfen und es wird nicht mehr passieren“, antwortete Caro knapp, denn über die Details wollte sie mit ihrer Omi lieber doch nicht sprechen.

„Was hat Alexander dazu gesagt?“, folgte sogleich die nächste unangenehme Frage.

„Er weiß nichts davon. Nur dir habe ich es erzählt“, gab Caro zu.

Caros Omi sah sie nachdenklich an: „Wenn du dir mit deinen Entscheidungen sicher bist, dann ist es wohl richtig so.“

Caro war nicht ganz sicher, wie sie diese Antwort zu verstehen hatte, doch sie nickte. Und sie war froh, es endlich jemanden erzählt zu haben und dankbar, dass ihre Omi sie dafür nicht verurteilte.

„Oh, bevor ich es vergesse. Ich habe dir ja noch eine Kleinigkeit mitgebracht“, fiel es Caro wieder ein und nutzte ihre Mitbringsel, um nun das Thema zu wechseln. Sie hatte am Flughafen noch einen hübschen Schlüsselanhänger mit New Yorks Wahrzeichen entdeckt, bei dem sie glaubte, dass er ihrer Omi bestimmt gefallen würde. Außerdem hatte sie eine DVD über New York gekauft.

„Es ist eine Dokumentation über die Stadt und ihre

Entstehung. Ich dachte, das schauen wir bei Gelegenheit zusammen an", schlug sie Omi Mira vor.

„Das ist eine sehr gute Idee, dann wird dieses eingestaubte Gerät endlich mal benutzt", ihre Omi deutete auf den DVD-Player, den Caros Mutter ihr irgendwann mal besorgt hatte und der seither unbenutzt unter dem Fernseher stand.

„Ach, und wie ich sehe, hast du uns einen Donut mitgebracht. Es ist ja beinahe, als sei ich wirklich gerade in Amerika", kicherte die alte Dame. Caro freute sich, dass sie ihrer Omi eine kleine Freude bereiten konnte. Und jetzt, wo die Katze aus dem Sack war und ihre Omi die Neuigkeiten einigermaßen entspannt aufgenommen hatte, konnte Caro unbeschwert von den restlichen Eindrücken, die sie während ihres Kurzurlaubs gesammelt hatte, berichten. Sie verbrachten einen gemütlichen Nachmittag, plauderten, lachten, bis der Kuchen gegessen und die Kanne Kaffee geleert war. Da schon bald Omi Miras tägliche Lieblingssendung im Fernsehen beginnen würde, verabschiedete Caro sich schließlich und trat sodann den Heimweg an.

Sie stand gerade an der U-Bahn-Station und wartete auf die nächste Bahn, die sie auf dem direkten Weg nachhause bringen würde, als ihr Telefon klingelte.

„Hi Schatz. Wo bist du?", ertönte Alexanders gut gelaunte Stimme, „Ich hatte gehofft, dich zuhause anzutreffen. Es gibt gute Neuigkeiten."

„Ich bin auf dem Weg. Was gibt es denn für Neuigkeiten?", wollte Caro wissen.

„Komm erstmal nachhause, dann erzähle ich dir alles", versuchte er es spannend zu machen.

„Na, meinetwegen. Bis gleich."

Als Caro die Wohnung betrat, hörte sie einen fröhlich pfeifenden Alexander aus Richtung ihres gemeinsamen Schlafzimmers. So außerordentlich gut gelaunt war er selten, die Neuigkeiten mussten also wirklich herausragend sein.

Caro lugte um die Ecke der Schlafzimmertür, um sehen zu können, was ihr Verlobter im Schlafzimmer trieb.

„Ist die tolle Neuigkeit, dass du endlich mal wieder deinen Kleiderschrank ausmistest?“, grinste Caro. Alexander zuckte bei ihrer unerwarteten Ansprache geräuschvoll zusammen. In seinem Eifer hatte er sie offenbar nicht kommen hören.

„Himmel, hast du mich erschreckt. Schleichst dich heran wie eine Raubkatze“, schimpfte er.

„Selbst schuld. Die polternde Beute hat sich mir geradezu zum Fraß vorgeworfen“, stichelte Caro, „Und jetzt spann mich nicht länger auf die Folter. Was gibt es zu erzählen?“

„Ich habe dir doch neulich von dieser Firma aus England erzählt. Erinnerst du dich?“, fragte er und Caro nickte, „Wir haben heute die Zusage bekommen, sie für die Märkte Europa und Asien zu beraten. Das ist ein Megading und das, direkt zu Beginn des Jahres“, Alexanders Augen leuchteten begeistert.

„Schatz, ich freue mich für dich“, Caro fiel ihm um den Hals und gab ihm einen Kuss.

„Deshalb werden wir heute schön zusammen essen gehen. Ich habe schon einen Tisch reserviert“, verriet Alexander ihr.

In ihren eleganten Outfits betraten die beiden das Sterne-Restaurant im südlichen Westend. Alexander hatte auf die Bluse bestanden, die Caro sich in New York für den Silvesterabend gekauft hatte. Eigentlich hatte sie das Teil in die letzte Ecke ihres Schranks verbannt, in der Hoffnung, es erst wiederzufinden, wenn die damit verbundene Erinnerung verblasst war. Leider war die Bluse Alexander bei der Suche nach einem eigenen Hemd in die Hände gefallen. Vermutlich wusste er nicht einmal, bei welcher Gelegenheit Caro sie zuletzt getragen hatte. Da sie ihn an den Silvesterabend nicht erinnern wollte, war sie seinem Wunsch schließlich kommentarlos nachgekommen. Vielleicht war es sogar eine gute Idee, dieses Kleidungsstück mit einer neuen Erinnerung zu belegen.

„Das Essen ist wieder einmal großartig", schwärmte Alexander.

„Stimmt. Besser kann man Fisch einfach nicht zubereiten. Du solltest häufiger lukrative Aufträge an Land ziehen", scherzte Caro, „Was denkst du, wie lange das Projekt dauern wird?"

In ihrem Praktikum hatte Caro einen guten Einblick in Alexanders Arbeit gewinnen können und wusste, dass sich größere Aufträge über Monate erstrecken konnten. Alexander mutierte dann zum reinsten Workaholic, blieb meist bis spät in die Nacht im Büro und arbeitete teilweise auch an den Wochenenden.

„Mit kleinen Unterbrechungen wird das Projekt vermutlich bis zum Ende des Jahres dauern", erklärte er, „Ich werde diesmal einen längeren Zeitraum vor Ort arbeiten müssen."

„Was heißt das genau?", Caro blickte ihn skeptisch an.

„Ich werde anfangs tageweise in London verbringen. Später, wenn es in die heiße Phase geht, noch häufiger. Und vielleicht muss ich im Juli nach Peking reisen", erklärte er.

„Im Juli?", Caro blickte überrascht auf, „Du weißt aber schon, dass wir im Juli heiraten?"

Alexander lachte amüsiert: „Glaubst du, ich vergesse meine eigene Hochzeit? Peking steht erst eine Woche später an."

„Ah, ok", trotzdem sah sie ihn enttäuscht an, „Dann fallen die Flitterwochen also aus."

Alexander sah sie schuldbewusst an: „Ich weiß und es tut mir auch wirklich leid. Aber ich kann das nicht so einfach verschieben. Wir holen die Reise nach, versprochen."

Caro nickte geknickt. Natürlich war dieser Geschäftstermin wichtig und es wäre kindisch zu verlangen, ihn wegen der Hochzeitsreise zu verschieben. Trotzdem fühlte sie sich etwas zurückgesetzt, zumal sich die Stimmung zwischen ihnen seit dem Jahreswechsel noch immer nicht vollständig erholt hatte.

„Na schön“, gab sich Caro geschlagen und beschloss, das Beste daraus zu machen, „Aber rechne damit, dass ich während deiner Abwesenheit hin und wieder mit meinen Mädels die Bude auf den Kopf stelle.“

Das kannte Alexander bereits. Caro nutze die sturmfreie Zeit häufig für gemütliche Abende mit ihren besten Freundinnen. Gelegentlich, wenn ihr mehr nach Party zumute war, lud sie zusätzlich noch einige Kommilitoninnen ein und stieß mit ihnen, wie es sich für Studenten gehörte, mit billigem Wein und Dosenbier an.

„Auf Nadja wirst du allerdings schonmal verzichten müssen. Sie wird mir bei dem Projekt assistieren und mit mir nach England reisen“, räusperte sich Alexander und kratze sich reumütig am Hinterkopf.

„Echt jetzt? Du haust ab und klaust mir dann noch meine beste Freundin?“, motze Caro eingeschnappt, „Was bist du für ein lausiger Ehemann?“

Alexander lachte erleichtert. Caro fand die Information blöd, nahm sie aber mit Humor.

„Du hast mir Nadja doch untergejubelt. Ohne dich hätte sie sich niemals bei uns beworben“, konterte Alexander, „Und sie macht ihre Sache halt einfach verdammt gut.“

„Ich hoffe, das sagst du ihr auch zwischendurch mal“, ermahnte sie ihn.

„Das tue ich“, Alexander nickte.

Es war schon spät als die beiden wieder in ihrer Wohnung eintrafen. Caro gähnte im Bad ihr Spiegelbild an, ihre Augen zierten dunkle Ringe. Der Tag war lang gewesen und sie war hundemüde. Caro beschloss daher, das Duschen auf den nächsten Morgen zu verschieben. Aber die Zähne wollten noch geputzt werden, so viel Zeit musste sein. Alexander lag bereits im Bett, das Licht seiner Nachttischlampe hatte er bereits ausgeschaltet. Caro legte sich neben ihn unter die gemeinsame Decke und rollte sich auf der Seite liegend ein. Sie hatte gerade ihre Einschlafposition gefunden, da spürte sie wie, Alexanders Hand ihren Rücken berührte und langsam auf

Wanderschaft ging. Caro wusste, dass ihre Brüste das Ziel der vorhersehbaren Reise waren, denn das waren sie immer. Sie ließ ihn vorerst gewähren, war sich aber nicht sicher, ob sie dafür gerade in Stimmung war. Seit Silvester hatten die beiden nicht mehr miteinander geschlafen. Weder sie, noch Alexander hatten auch nur einen Versuch gewagt. Bei Alexander schien die Lust am heutigen Abend wieder entfacht worden zu sein. Vermutlich war mitunter der erfolgreiche Geschäftsabschluss der Auslöser seines wiederentdeckten Verlangens. Caro hingegen hatte keine persönlichen Erfolge zu feiern, wollte ihnen beiden aber die Chance geben und sich von Alexander animieren lassen. Sanft drehte er ihren Körper zu sich, so dass ihre Gesichter nun dicht voreinander lagen. Er fand ihre Lippen und begann damit, zaghaft an Caros Unterlippe zu knabbern, um anschließend um Einlass zu bitten. Auch dies gewährte sie ihm. Caro kam dieser Kuss seltsam fremd vor. War es so lange her, dass sie sich auf diese Weise geküsst hatten? Doch sie wollte ihn jetzt spüren, wollte wissen, welche Gefühle Alexanders Kuss ihr entlocken konnte. Sie versuchte, sich ihm voll und ganz hinzugeben. Und tatsächlich, da war es wieder, das Altvertraute. Allerdings, das musste Caro ernüchternd feststellen, reichten Alexanders Küsse, die sie bislang ziemlich passabel fand, nicht ansatzweise an Liz' unglaublichen Silvesterkuss ran. Aber das war doch ganz falsch. Allein Alexander sollte diese Emotionen bei ihr auslösen. Deshalb küsste sie ihn nun noch leidenschaftlicher, noch stürmischer. Alexander ging begeistert darauf ein, verstand Caros Signal als Aufforderung und zog sie nun auf sich. Deutlich spürte sie in dieser Position seine Erregung, für die Caro jetzt bereitwillig Platz machte. Mit einem heiseren Stöhnen drang er in sie ein und Caro entfuhr dabei ein leiser Seufzer. Bevor Alexanders Lust den finalen Höhepunkt erreichte, wechselten sie noch die Position, so dass er nun auf Caro lag. Caro spürte, dass er sich gleich nicht mehr zurückhalten könnte. Deshalb schob sie ihm ihr Becken weiter entgegen und ließ ihn damit glauben, ebenfalls kurz vor einem Höhepunkt zu sein. Mit einem letzten festen Stoß stöhnte er auf, verweilte noch einen Moment in ihr und rollte sich anschließend erschöpft auf seine Bettseite. Sie sprachen selten nach dem Sex, meistens schliefen sie beide kurz darauf ein. Doch diesmal war es nur Alexander, dessen gleichmäßige Atmung wenige Sekunden später einsetzte. Caro dagegen lag hellwach da. Sie versuchte zu begreifen, was da gerade mit ihr passiert war. Der Sex war nicht anders als sonst abgelaufen, hatte sich nicht schlecht angefühlt, auch wenn sie diesmal keinen Orgasmus gehabt hatte. Sie kam nicht jedes Mal zum Höhepunkt, das war für Caro nichts Neues und sie empfand das nicht als schlimm. Doch irgendwas fühlte sich trotzdem seltsam an. Aber was war anders? Als es ihr klar wurde, presste sie die Lippen aufeinander. Sie hatte während ihres Liebesspiels an jemand anderen gedacht. An Liz. Caro fühlte sich mies, sie verglich unbewusst Alexander mit seiner Schwester. Wäre der Vergleich zu seinen Gunsten ausgefallen, hätte das sicher weniger an ihrem Gewissen genagt. Doch der Vergleich war nicht fair. Zwischen Alexander und Caro war die Stimmung gerade nicht uneingeschränkt ausgelassen. Kein Wunder also, dass sie etwas gehemmt war. Sie wollte abwarten. Vermutlich würde es beim nächsten Mal wieder besser laufen.

8. KAPITEL

Weitere, vornehmlich ereignislose Wochen zogen ins Land. Inzwischen war es Mitte März und Alexander war, wie angekündigt, häufig und lang am Arbeiten. Caro nutze die Zeit, um sich wieder gezielter ihrem Studium zu widmen. Pflichtbewusst besuchte sie ihre Vorlesungen und arbeitete an einer Hausarbeit über moderne Kunst der siebziger Jahre. Nachdem sie die letzten Zeilen des Abschnitts eingetippt hatte, klappte sie ihr Notebook zu und rieb sich den steifen Nacken. Es war Freitagnachmittag und Alexander hatte angekündigt, erst Samstagvormittag aus London zurückzukehren. Caro wollte den Freitag nicht nutzlos verstreichen lassen, sondern sich mit Tamara verabreden. Nachdem sie auf ihre Nachricht keine Antwort erhalten hatte, probierte sie es bei Tamara nun mit einem Anruf.

„Hi Süße. Sorry, ich war bis eben noch im Büro", entschuldigte sich eine leicht gehetzt klingende Tamara, „Ich bin gerade auf dem Weg zur Apotheke, bin etwas angeschlagen. Was willst du denn heute Abend machen?"

„Na, wenn du angeschlagen bist, dann sollte ich dich wohl besser pflegen. Filmabend mit Pizza?", schlug Caro vor.

„Bei mir oder bei dir?", Tamara klang über den Vorschlag erfreut.

„Wenn du willst, kannst du bei mir schlafen. Alex ist ja eh nicht da. Und vorher kuscheln wir uns in das gemütliche, große Sofa", Caro dachte an Tamaras unbequeme Zweisitzer-Couch.

„Das klingt überzeugend. Und was ist mit Nadja?", wollte Tamara noch wissen.

„Die kommt auch erst Samstag aus London wieder. Du musst also mit mir allein Vorlieb nehmen", lachte Caro.

„Das hatten wir in der letzten Zeit ja schon öfter. Und noch gehen wir uns nicht gegenseitig auf den Geist. Ich finde, wir machen uns gar nicht schlecht", schmunzelte

Tamara, „Ich bin dann so gegen sieben bei dir.“

Gewohnt pünktlich stand Tamara um sieben vor Caros Haustür. Ihre leicht gerötete Nase zeugte von ihrer Erkältung, die bereits am Telefon zu hören war.

„Ach Gott. Du siehst ja aus, als hätte man dir eine Clownsnase aufgeschraubt“, kicherte Caro.

„Na vielen Dank auch. Dann war es ja die richtige Entscheidung, sich heute mit dir, statt mit Sören zu treffen“, antwortete Tamara verschnupft.

„Echt? Ihr trefft euch. So ganz offiziell und ohne vorausgehendes Besäufnis?“, fragte Caro überrascht.

„Nicht wirklich. Er hatte mich gefragt, ob wir mal zusammen ins Kino gehen wollen. Und was spricht schon dagegen? Ich muss ihn deshalb ja nicht direkt heiraten“, versuchte Tamara zu erklären.

„Nein, aber ich finde ja immer noch, dass ihr gar nicht so schlecht füreinander wärt“, fand Caro.

„Nicht so schlecht füreinander?“, zitierte Tamara sie mit ironischer Stimme, „Berauschend klingt das nicht gerade, oder? Nein, ich warte lieber auf meinen Traumprinzen. Und ich werde ihn finden. Du hast deinen ja schließlich auch gefunden“, war Tamara überzeugt. Sie hatte den Streit am Silvesterabend nicht direkt mitbekommen, sondern erst durch Caros Erzählungen davon erfahren. Caro hatte die Auseinandersetzung ihr gegenüber, sowie auch vor Nadja verharmlost. Von dem, was zwischen Liz und ihr im Vorfeld passiert war, wussten ihre besten Freundinnen noch immer nichts.

„Was für einen Film wollen wir denn schauen?“, wollte Caro wissen. Sie bereitete gerade für Tamara einen Kräutertee vor, den sie ihren Kunden im Bioladen bei einer Erkältung stets empfahl und auch selbst bei Husten und Schnupfen trank.

„Ich hab da noch so einen Thriller auf meiner Liste. Irgendwas mit frauenmordendem Killer. Ich glaube, das wäre jetzt das Richtige“, Tamara suchte in ihrem Handy nach dem Filmtitel, „Sag mal, rieche ich da etwa wieder diesen widerlichen Tee, den du mir schon einmal angedreht hast?"

„Pah. Und hat dieser widerliche Tee geholfen?", konterte Caro.

„Ja, hat er", gab Tamara maulend zu, „Aber ich mache mir noch einen Kaffee dazu, ok?"

Tamara ging so oft bei Caro ein und aus, dass sie sich inzwischen bestens in der Küche auskannte und nicht davor scheute, sich selbst zu bedienen. Caro liebte es, wenn ihre Freundinnen sich bei ihr wie Zuhause fühlten und sie nicht die steife Gastgeberin spielen musste. Nachdem sie sich mit Getränken und Knabbereien bewaffnet hatten, machten sie es sich auf dem Sofa gemütlich. Schnell orderte Caro noch das Essen, um danach mit dem Film zu starten. Der Thriller war wirklich spannend. Die Ermittlerin hatte bereits herausgefunden, dass es der Mörder auf homosexuelle Opfer abgesehen hatte. Um an ihn heranzukommen, versuchte sie sich nun selbst zur Zielscheibe zu machen und sie war gerade im Begriff, in einer lesbischen Bar mit einer Frau anzubandeln. Die Ermittlerin stand kurz davor, die andere Frau zu küssen, da klingelte es an Caros Tür. Caro, die wie gebannt auf den Fernseher sah, nahm die Türklingel überhaupt nicht wahr.

„Caro? Das Essen", Tamara stupste sie an die Schulter.

„Was?", sie sah verwirrt zu ihrer besten Freundin auf, „Ah ja, das Essen"

Tamara schnappte sich die Fernbedienung und drückte auf Pause, während Caro aufsprang und zur Tür ging. Zurück an ihrem Platz blickte sie lustlos auf ihre Pizza. Irgendwie war Caro der Appetit vergangen. Die letzte Szene des Films hatte wieder einmal Erinnerungen zu Tage gefördert, die sie glaubte, längst begraben zu haben.

„Du bist auf einmal so still", fiel Tamara der Stimmungswechsel auf. Sie hatten während des Essens den Film pausiert, damit sie sich unterhalten konnten. Doch Caro blickte immer wieder gedankenversunken auf das Standbild, das die zwei Darstellerinnen in eindeutiger Pose zeigte. Zwar hatte Caro sich vorgenommen, keine weitere Person in ihr Geheimnis einzuweihen, aber irgendwie wollte sie sich Tamara nun doch anvertrauen.

„Erinnerst du dich noch an den Streit, den Alex und seine Schwester kurz nach Mitternacht hatten?“, fragte Caro zögernd.

„Ja, warum? Gibt es da etwa was Neues?“, Tamara dachte scheinbar in die völlig falsche Richtung.

„Nein. Es herrscht weiterhin Funkstille. Und auch mir gegenüber schweigt Alexander das Thema tot“, antwortete Caro.

„Ok, aber warum erzählst du mir dann davon?“, fragte Tamara ratlos.

Caro atmete einmal tief durch.

„Na gut. Was soll's.“, munterte sie sich selbst auf, „Ich habe euch nicht alles von diesem Abend erzählt.“

Plötzlich sah Tamara sie ganz interessiert an und richtete unbewusst ihren Oberkörper auf.

„Ich hatte dir ja auch erzählt, dass Alexander Liz vorgeworfen hatte, sich an mich herangemacht zu haben“, fügte Caro nun hinzu.

„Sag jetzt nicht, dass er damit Recht hatte?“, Tamara konnte es kaum fassen.

„Nein. So war es nicht“, druckste Caro rum und wich ihrem Blick aus.

„Jetzt lass dir nicht alles aus der Nase ziehen, zum Teufel. Rede endlich“, Tamara rieb sich aufgeregt die Hände.

„Ich war es. Ich habe sie geküsst“, jetzt sah sie Tamara erwartungsvoll an. Tamara blinzelte kurz, offenbar um zu prüfen, ob Caro einen Scherz machte. Dann, nachdem sie das ausgeschlossen hatte, riss sie die Augen auf.

„Du hast sie geküsst? Alexanders Schwester? Einfach so?“, Tamaras heisere Stimme überschlug sich, „Aber wann war das? Wir waren doch die ganze Zeit bei euch.“

„Nein, wart ihr nicht. Wir haben…“, Caro fiel auf, dass es sogar mehrere ungestörte Gelegenheiten gegeben hatte.

Bereits in der Toilette der Striptease-Bar hätten sie unbemerkt übereinander herfallen können. Als Liz nach ihr gesehen hatte, waren sie in dem Raum völlig allein gewesen. Wie Caro wohl reagiert hätte, wenn Liz in dieser Situation die Initiative übernommen und sie an sich herangezogen hätte? Caro wurde bei der Vorstellung ganz warm. Vermutlich hätte die Vorher-Caro sie sogar abgewiesen. Doch jetzt, wo sie wusste, was sie dabei erwartete, stieg allein bei der Vorstellung daran ein lustvolles Kribbeln ihren Nacken empor.

„Caro? Bist du noch da?", Tamara wedelte wild mit einer Hand vor dem Gesicht ihrer Freundin herum. Caro wich reflexartig zurück: „Ähm. Was? Hast du was gesagt?"

„Nein, aber du bist mitten in deinem Satz zur Salzsäule erstarrt und hast nicht mehr weitergeredet", antwortete Tamara besorgt.

„Ach ja. Wo war ich?", Caro erinnerte sich wieder, „Es war um Mitternacht bei der Rooftop-Bar. Wir waren auf Stevens Privatterrasse."

Weil Tamara ihr nicht ganz folgen konnte, beschloss Caro, die Geschichte ganz vorne, bei ihrem ersten Aufeinandertreffen mit Liz zu beginnen. Das brachte ihre Erzählung zwangsläufig auch zur Wahrsagerin und alle dem, was Rose ihr an diesem ereignisreichen Tag auf den Weg gegeben hatte.

„Wow", Tamara war über die Menge an neuen Informationen sprachlos, „Ich habe fast das Gefühl, als sei ich gar nicht mit in New York gewesen."

„Na ja, du bist ja auch nur beim zweiten Teil dabei gewesen", überlegte Caro.

„Ja, aber genau da hat ja das ganze Drama stattgefunden", ereiferte sich Tamara.

„Drama?", murmelte Caro unsicher, „So schlimm?"

„Ja. Nein. Ich weiß nicht…", Tamara tat ihre unachtsame Wortwahl leid, „Wie dramatisch das ist, kann ich nicht beurteilen. Wie geht es dir denn jetzt damit?"

„Ich dachte, dass ich damit klarkomme", Caros Hals

fühlte sich plötzlich ganz trocken an, „Und ich weiß ja auch, dass Liz dieser Kuss nichts bedeutet hat. Aber ich muss immer wieder an diese Nacht denken. Ach, Tamara, ich will es doch vergessen. Alex und mir geht es doch gut, verstehst du?“

Caros Augen hatten sich mit Tränen gefüllt und es wurde schlimmer, je mehr sie dagegen ankämpfte. Tamara rutschte an sie heran und nahm sie in den Arm. Caro hatte keine Erklärung, warum sie gerade jetzt so bitterlich weinen musste. Das alles lag doch mittlerweile Monate zurück. Aber das Weinen tat ihr gut und es war ein Segen, Tamara gerade an ihrer Seite zu haben.

„Und ich wollte mich doch heute um dich kümmern und nicht umgekehrt“, schniefte Caro und trocknete mit einem Ärmel ihre Tränen.

„Oh, keine Sorge. Die Neuigkeiten kamen so überraschend, sie haben meine Erkältung bereits in die Flucht geschlagen“, lächelte Tamara, „Oder dieser scheußliche Tee wirkt tatsächlich wahre Wunder.“

„Du hast noch gar nichts davon getrunken“, schmollte Caro, nachdem sie ein Blick auf den Tasseninhalt geworfen hatte. Schuldbewusst nahm Tamara einen Schluck und verzog angewidert das Gesicht. Immerhin entlockte sie Caro damit ein zaghaftes Lächeln.

„Aber lass mich deine Geschichte nochmal in meinen Worten zusammenfassen. Du hast Liz geküsst, weil du glaubtest, dass die Prophezeiung es so vorausgesagt hat. Aber sonst wärst du gar nicht auf die Idee gekommen, oder?“, fragte Tamara nach.

Caro musste darüber nachdenken: „Vermutlich hätte ich sie in dem Moment nicht geküsst, nein.“

„Und wenn statt Liz jemand anderes mit diesem Glückskonfetti vor dir gestanden hätte, hättest du diese Person dann auch geküsst?“

Caro verstand, worauf Tamara hinaus wollte. Leider war die Antwort wohl nicht das, was Tamara hören wollte.

„Nein. Ich hätte nicht irgendjemanden geküsst“, gab

Caro seufzend zu.

Tamara presste nachdenklich ihre Lippen aufeinander. Offenbar überlegte sie noch, was sie von alle dem halten sollte.

„Ok. Im Grunde spielt es ja keine Rolle mehr, wie und warum es dazu gekommen ist. Ihr hattet seither keinen Kontakt mehr, richtig?“, fragte Tamara und Caro nickte, „Du sagtest, dass Alexander nichts davon weiß und du ihn auch weiterhin heiraten willst.“

Wieder nickte Caro.

„Dann musst du Liz vergessen. Gibt es irgendeinen Gegenstand, der dich an sie erinnert?“, wollte Tamara wissen. Caro grübelte. Spontan fiel ihr höchstens die Bluse ein, die sie am Silvesterabend getragen hatte.

„Ja, gibt es. Wieso?“, Caro war unklar, worauf Tamara abzielte.

„Ich habe mal gelesen, dass es beim Loslassen hilft, wenn man solche Gegenstände symbolisch wegwirft. Oder noch besser, verbrennt“, erklärte Tamara.

„Ich soll diese Zweihundert-Dollar-Bluse verbrennen?“, Caro hob skeptisch eine Augenbraue, „Ich meine, ich verstehe ja, worauf du hinaus willst, aber ich bin nicht sicher, ob ich mich danach besser fühle.“

„Na gut. Dann überlege, ob es nicht noch irgendeinen anderen Gegenstand gibt“, erwiderte Tamara

Caro dachte kurz nach und holte anschließend ihren Koffer, in dem sich bestimmt noch irgendwelche Kleinigkeiten von der Reise befanden. Doch bis auf den New Yorker Stadtplan, ihre Reisehaarbürste, einem Regenschirm und den kleinen Shampoo-Fläschchen vom Hotel, befand sich in dem Koffer nichts. Caro stopfte bereits wieder alles hinein, da rutschte ein kleiner Gegenstand aus der Stadtkarte und landete auf dem Fußboden.

„Was ist das?“, Tamara griff danach.

„Das ist...“, Caro stutzte, denn das konnte unmöglich sein, „Das ist die Karte der Wahrsagerin.“

„Ah, verstehe“, Tamara schmunzelte, „Ich glaube, wir haben unseren Gegenstand soeben gefunden.“

„Weißt du was seltsam ist? Ich hatte diese Karte bereits weggeworfen. Direkt an dem Abend, als ich von meinem heimlichen Ausflug zurück kam. Ich habe das Ding wütend in den Papierkorb des Hotelzimmers geworfen. Da bin ich mir ganz sicher“, Caro blickte die Karte ungläubig an.

„Vielleicht ist sie daneben gelandet und die Putzfrau hat sie wieder auf den Tisch gelegt. Wie dem auch sei. Jetzt ist sie hier. Was genau hatte die Hellseherin dazu nochmal gesagt?“, Tamara konnte sich nicht recht erinnern.

„Sie sagte, diese Karte könnte irgendwann hilfreich sein“, antwortete Caro.

„Na siehst du. Die Frau scheint Recht zu behalten. Komm, lass uns das Vergiss-Liz-Ritual jetzt durchführen“, schlug Tamara vor.

Vielleicht war die Idee wirklich nicht schlecht. Caro holte einen feuerfesten Behälter und ein Feuerzeug und legte beides auf den Wohnzimmertisch. Dann sah sie Tamara erwartungsvoll an.

„Und jetzt? Müssen wir irgendeinen mystischen Spruch aufsagen?“, wollte sie von ihrer Freundin wissen. Tamara fasste sich grüblerisch ans Kinn, bevor sie begann, zur Zimmerdecke blickend, mit unnatürlich tiefer Stimme zu sprechen: „Mächte des Universums, höret uns an. Helft meiner Freundin Caro, die Vergangenheit ruhen zu lassen und nehmt diese Karte als ihre Opfergabe.“ Nun nickte sie Caro zu und gab somit das Signal, die Karte zu entzünden. Klick. Klick, klick. Das Feuerzeug machte keinen Mucks. Selbst Schütteln half nicht. Nach etwa dem zehnten Versuch gab Caro seufzend auf.

„Ihr werdet doch bestimmt noch ein zweites Feuerzeug im Haus haben?“, Tamara rümpfte genervt die Nase.

„In einer der vielen Schubladen findet sich bestimmt ein zweites. Dann muss ich wohl mal suchen“, erwiderte Caro.

„Soll ich dir helfen?“, bot Tamara an. Caro nickte und ließ Tamara in der großen Wohnzimmerschublade suchen, während sie sich im Flur auf die Suche nach einem Feuerzeug machte.

„Meine Güte, was ihr nicht alles in dieser Schublade beherbergt. Kein Wunder, dass du nie was findest. Zahnstocher, Batterien, Kaugummis, bei denen ich nicht wissen will, wie alt die sind. Postkarten, Fotos und...Moment mal...“, Tamara verstummte und da sie ihren Satz nicht fortsetzte, stutzte Caro.

„Hast du eins gefunden?“, kam ihr Ruf aus Richtung Flur.

„Nein, aber du solltest trotzdem mal schnell kommen. Ich kann es kaum fassen“, Tamara klang ganz aufgeregt, weshalb Caro schnell herbeieilte.

„Was ist denn passiert?“, Caro versuchte zu erkennen, was Tamara so aufgewühlt hatte, doch die saß bloß da und starrte auf ein Foto.

„Komm her und schau dir das Bild an“, Tamara machte eine hektische Geste, die Caro zum Kommen aufforderte. Caro nahm neben ihr Platz und blickte auf das Foto, das Tamara ihr entgegen hielt. Es war ein altes Urlaubsbild. Caro kannte es bereits. Es lag schon in dieser Schublade, bevor sie eingezogen war und zeigte einen jungen, braungebrannten Alexander mit freiem Oberkörper, der mit einer Gitarre an einem weißen Sandstrand saß. Sie erinnerte sich, dass er mal erwähnte, in jungen Jahren Urlaub auf Maui gemacht zu haben.

„Wie jung er da aussah“, schmunzelte Caro, „Mit seinen vier Haaren auf der Brust“

„Mensch, Caro. Du siehst es einfach nicht, oder?“, Tamara konnte kaum fassen, dass Caro so blind war, „Schau doch mal auf seinen Oberarm.“ Caro nahm das Foto jetzt selbst in die Hand und betrachtete es aus der Nähe. Und jetzt erkannte sie es. Caro sagte kein Wort, beugte sich aber vor, um die Karte aus der Aluminiumschüssel zu nehmen. Dann sah sie abwechselnd Karte und Foto an.

„Das ist unglaublich“, sie musste schlucken, „Wie ist das nur möglich?“

9. KAPITEL

Die Opfergabe hatten sie an diesem Abend nicht mehr den höheren Mächten dargeboten. Caro konnte noch immer nicht fassen, dass das Symbol auf der Karte exakt Alexanders altem Tattoo entsprach. Sie kannte das Tattoo nur von diesem Bild. Bereits bevor sie sich kennengelernt hatten, hatte er es mittels einer Laserbehandlung entfernen lassen. Aber ihr war das Zeichen ja direkt bekannt vorgekommen. Allerdings hätte sie nie geglaubt, sich dabei an das alte Foto erinnert zu haben. Wie auch immer Rose das gemacht hatte, sie hatte jedenfalls Recht behalten. Diese Karte hatte Caro wirklich geholfen. Denn jetzt war sie endgültig davon überzeugt, dass Alexander ihr Schicksal war. Deutlicher hätte es die Karte kaum zeigen können. Der einzige verbleibende Wermutstropfen war die fehlende Zweisamkeit, die aufgrund Alexanders vieler Arbeit einfach zu kurz kam. Und von Sex war im Moment überhaupt keine Rede. Entweder war Alexander in London, oder er war zu müde. Verübeln konnte sie ihm das nicht, er arbeitete wirklich hart. Inzwischen war es bereits Ende April und Alexander verbrachte meistens die halbe Woche in London. Manchmal sogar noch länger. Die Hochzeitsvorbereitungen blieben daher zu einem großen Teil an Caro hängen. Sie hatten schon vor geraumer Zeit einen Hochzeitsplaner engagiert und Caro hatte ihm große Entscheidungsfreiheiten gegeben. Hin und wieder erhielt Caro von ihm einen Anruf oder eine E-Mail, bei der sie zustimmen oder ablehnen musste. Nur bei der Sitzordnung wollte Caro nichts dem Zufall überlassen. Besonders bei Alexanders Familie sorgten einige Verwandte gerne Mal für Ärger und hitzige Diskussionen, die es an ihrem Hochzeitstag zu vermeiden galt. Katharina war dafür die richtige Ansprechpartnerin, denn sie war immer über die aktuellen Streitigkeiten und Reibereien in der Familie bestens informiert. Da passte es gut, dass Caro sie für die kommende Woche zu ihrem Geburtstag eingeladen hatte.

In dem Zusammenhang fiel Caro ein, dass sie auch Tamara und Nadja noch nicht informiert hatte. Bevor sie es erneut vergaß, griff sie zu ihrem Telefon und wählte zuerst Tamaras Nummer.

„Ach, hallo Caro. Ich wollte dich auch noch anrufen", wurde sie von Tamara begrüßt.

„Na, dann bin ich dir wohl zuvorgekommen. Weshalb ich anrufe, nächste Woche Freitag gibt es bei mir Kaffee und Kuchen. Du kommst doch, oder?", wollte Caro wissen.

„Es ist dein Geburtstag. Klar komme ich, allein wegen des Kuchens", lachte Tamara.

„Sehr gut. Dann werde ich jetzt mal Nadja versuchen zu erreichen", sagte Caro mehr zu sich selbst.

„Oh, sie hat es dir noch nicht gesagt, oder?", fragte Tamara überrascht.

„Was denn?", Caro hatte seit Tagen nichts von Nadja gehört.

„Sie und Sebastian haben sich getrennt. Ich bin gerade auf dem Weg zu ihr", erklärte Tamara.

„Was? Das kommt aber jetzt ziemlich unerwartet. Ich dachte, zwischen ihnen läuft es gut. Ist da irgendwas vorgefallen?", Caro machte sich Sorgen um ihre Freundin.

„Ich weiß noch keine Details. Aber sie klang am Telefon einigermaßen gefasst", antwortete Tamara.

„Wieso hat sie dich, aber nicht mich angerufen?", kam Caro jetzt erst dieser Gedanke.

„Hatte sie mich oder ich sie angerufen? Ich weiß gar nicht mehr. Ich hatte es auf jeden Fall vorgehabt, weil ich wegen heute Abend fragen wollte", grübelte Tamara verwirrt, „Deshalb hab ich ja auch dich angerufen."

„Tamara, ich habe dich angerufen. Aber spielt ja auch keine Rolle. Wenn Nadja auch von mir seelischen Beistand braucht, könnt ihr mir ja Bescheid geben", Caro wollte sich nicht aufdrängen, musste sich aber eingestehen, dass sie sich etwas gekränkt fühlte. Vielleicht waren Nadja zwei Menschen gerade zu viel.

An diesem Abend hatte sich Nadja nicht mehr gemeldet. Allerdings hatte sie Caro zwei Tage später per Sprachnachricht für den Geburtstag zugesagt. Dass ihre Freundin sie in einer solchen Situation nicht kontaktiert hatte, war nicht völlig spurlos an Caro vorbeigegangen. Sie überlegte, ob sie Nadja in der letzten Zeit vernachlässigt hatte. Aber eigentlich hatte es dazu überhaupt keine Gelegenheit gegeben. Schließlich war es Nadja, die ständig beruflich unterwegs war und an so vielen Abenden Tamara und Caro versetzen musste. Möglicherweise wollte sie einfach eine von ihnen für sich allein haben und in diesem Falle hatte es einfach Tamara getroffen. Solange sich diese Fälle nicht häuften, wollte sich Caro deshalb keine Sorgen machen. Ihre Sorgen galten jetzt erstmal ihrem Kuchen, der im Ofen nicht so aufgehen wollte, wie es das Rezept verlangte. Der erneute Blick auf die Backanleitung ergab, dass sie sich die Temperaturangabe falsch gemerkt hatte. Sie war gerade dabei den Regler neu zu justieren, da klingelte auch schon ihr erster Gast.

„Alles Gute, Geburtstagskind", Katharina umarmte sie einhändig und balancierte mit der anderen eine Tortenglocke. Außerdem hing an ihrem Handgelenk eine große Geschenktüte.

„Ach du meine Güte. Was hast du denn da alles mitgebracht?", Caro ließ ihren Gast herein und nahm Katharina zunächst die Torte ab.

„Na, ein Geburtstagskind braucht doch eine Torte", Katharina legte ihre Jacke ab, „Und ein Geschenk natürlich auch."

„Über beides freue ich mich sehr. Vielen Dank", Caro stellte das Geschenk auf den Tisch und die Torte nahm sie mit in die Küche, wohin ihr Katharina folgte.

„Wer kommt denn noch? Und wo steckt Alexander?", erkundigte sich Katharina.

„Es kommen nur noch Nadja und Tamara. Meine Familie sehe ich nächste Woche sowieso auf dem Geburtstag meines Onkels. Das ist jedes Jahr aufs Neue sehr praktisch für mich", lachte Caro verschmitzt, „Und Alexander ist schon wieder in England. Immerhin hat er mir Nadja diesmal da gelassen."

Als hätte Caro sie herbeigerufen, klingelte es erneut an der Tür. Tamara hatte gesagt, dass sie Nadja mit dem Auto einsammeln würde und so standen die beiden Freundinnen nun zu zweit vor der Tür.

„Happy Birthday", grölten sie Caro entgegen. Nadja streckte ihr einen Luftballon mit einer großen Zwei und Tamara mit einer ebenso großen Sieben entgegen.

„Danke, danke. Ihr seid toll. Kommt rein, Katharina ist auch schon da", bat sie die beiden herein.

Auch sie legten ihre Geschenke auf den Tisch und begrüßten Katharina.

„Schön, dass wir uns endlich mal wiedersehen. Meine Güte, es sind schon wieder vier Monate rum", Katharina umarmte zuerst Nadja und dann Tamara.

„Macht es euch doch schon mal auf dem Sofa bequem. Ich bringe euch gleich den Kuchen", rief Caro, die bereits wieder in der Küche verschwand.

„Nichts da", antwortete Katharina, „Du setzt dich und ich bringe die Sachen. Ich muss da ohnehin noch etwas vorbereiten." Caro gehorchte und kam zurück ins Wohnzimmer.

„Du bist sicher, dass du das allein machen willst?", wollte Caro nochmal sicherstellen.

„Wenn ich Hilfe brauche, sage ich Bescheid", beruhigte Katharina sie und verließ das Wohnzimmer. Damit gab sie Caro die Gelegenheit, sich um ihre anderen beiden Gäste zu kümmern. Sie hatte Nadja nach ihrer Trennung noch nicht gesprochen. Sie wirkte vielleicht etwas müde, schien aber ansonsten wohlauf zu sein. Trotzdem wollte Caro es von ihr selbst hören: „Nadja, wie geht es dir denn?"

Nadja zögerte einen kurzen Moment. Caro war sich plötzlich nicht mehr so sicher, ob es gut war, sie auf das unliebsame Thema angesprochen zu haben.

„Es ist ok. Es war meine Entscheidung, von daher darf

ich jetzt auch nicht jammern", fand Nadja. Caro stimmte ihr da nicht uneingeschränkt zu. Sie selbst hatte sich auch schon mal getrennt und wusste, dass auch diese Seite sehr schmerzhaft war. Gern würde sie die Gründe für Nadjas Trennung erfahren. Aber Nadjas Tonfall hatte unmissverständlich zu verstehen gegeben, dass gerade nicht der richtige Zeitpunkt war. Katharina betrat wieder den Raum: „Sag mal, habt ihr irgendwo Streichhölzer. Oder ein Feuerzeug?"

„Oh, da fragst du was", grinste Tamara, „Das Thema hatten wir neulich schon mal."

„Mach dich nur lustig. Ich habe inzwischen neue Feuerzeuge gekauft", Caro verschränkte triumphierend die Arme.

„Aha. Und wo sind sie?", wollte Katharina wissen.

„Da neben dir in der Schublade", Caro deutete auf den Wohnzimmerschrank, „Warte, ich hole dir eins."

Sie sprang vom Sofa auf und öffnete die Schublade. Eigentlich hatte sie die Feuerzeuge ganz oben vermutet, doch da lagen sie nicht. Sie schob suchend den undefinierbaren Inhalt der Schublade nach links und rechts. Katharina hielt ihren Blick ebenfalls auf die Schublade gerichtet, doch statt des Feuerzeugs fiel ihr etwas anderes ins Auge. Sie griff nach dem Gegenstand, der durch das Wühlen an die Oberfläche befördert worden war.

„Was ist das hier?", fragend hielt sie Caro die Karte der Wahrsagerin entgegen. Caro, die nicht damit gerechnet hatte, dass die Karte Katharinas Aufmerksamkeit erregen könnte, fühlte sich von der Frage überrumpelt. Sie wollte ihr besser nicht verraten, woher die Karte stammte, denn das würde weitere Fragen nach sich ziehen.

„Oh, die Karte. Ich weiß auch nicht recht. Wohl ein Überbleibsel eines Kartenspiels", so ganz gelogen war ihre Antwort ja nicht. Dennoch gingen ihr auch kleine Lügen nur schwer über die Lippen.

„Ich kenne das Symbol", murmelte Katharina, „Wusstest du, dass Alexander mal tätowiert war?" Es wäre unglaubwürdig, hier nicht bei der Wahrheit zu bleiben. Schließlich war die Narbe an Alexanders Oberarm noch immer erkennbar.

„Ja, das weiß ich. Es gibt ein Foto", Caro kramte nach dem Bild, das sich ebenfalls in der Schublade befinden musste, „Ach, da ist es ja."

Katharina betrachtete das Bild mit einem Schmunzeln: „Genau. Das war die Reise nach Hawaii. Er war ja so stolz, dass die Tätowierung nach traditioneller Weise gestochen wurde. Und ich weiß noch, wie unser Vater deshalb völlig ausgeflippt ist"

„Was bedeutet das Symbol?", wollte Tamara nun wissen.

„Es ist hawaiianisch und steht für Zwilling", antwortete Katharina prompt und Caro stutzte bei dieser Aussage.

„Aber sein Sternzeichen ist doch Skorpion, nicht Zwilling", für Caro ergab das keinen Sinn.

„Aber er ist doch Liz' Zwillingsbruder", mischte sich jetzt überraschend Nadja ein. Völlig perplex fuhr Caro zu ihr herum: „Er ist was? Woher weißt du das? Katharina, stimmt das?"

Nadja, der offenbar jetzt erst klar wurde, dass sie da etwas ausgeplaudert hatte, sah Caro hilflos an: „Ich dachte, das weißt du."

„Tja, wie du siehst, weiß ich es nicht. Aber wieso kennst du die Familienverhältnisse meines Verlobten besser als ich?", fragte Caro ungehalten.

„Ich weiß nicht. Ich glaube, Alexander hat es irgendwann mal erwähnt", stammelte Nadja leise, „Ich glaube, einem Kunden gegenüber bei einem Geschäftstermin. Ich weiß es aber nicht mehr genau."

Caro spürte Wut in sich aufsteigen. Warum kannte ein Großteil der Anwesenden ihren zukünftigen Mann besser als sie? Katharina hatte Nadja nicht widersprochen. Caro ging also davon aus, dass die Behauptung, Liz sei Alexanders Zwillingsschwester, der Wahrheit entsprach.

„Katharina, warum hast du mir das nicht gesagt?", fragte Caro enttäuscht.

„Es tut mir leid. Für mich sind die beiden einfach nur Bruder und Schwester. Optisch sind sie sich ähnlich, aber ansonsten so grundverschieden, dass ich es schlicht immer vergesse zu erwähnen“, entschuldigte sich Katharina.

Caro überlegte, was diese neue Information für sie bedeutete. Im Grunde spielte es für sie keine Rolle, ob Liz nur seine Schwester, oder seine Zwillingsschwester war. Trotzdem fühlte Caro sich hintergangen, weil es keiner für nötig gehalten hatte, sie darüber in Kenntnis zu setzen. Anders stellte sich allerdings nun Alexanders Situation dar. So verschieden die beiden vielleicht auch waren, die Verbundenheit, die nur zwischen Zwillingen bestand, hatte es auch zwischen ihnen gegeben. Warum sonst hätte Alexander sich eine Tätowierung wie diese stechen lassen sollen? Und der Aufwand, den er für das spätere Entfernen in Kauf genommen hatte, zeugte davon, wie groß seine Enttäuschung über seine Zwillingsschwester gewesen sein musste. Sie wurde das Gefühl nicht los, noch immer nicht alles über die damaligen Ereignisse zu wissen. Aber jetzt war nicht der passende Zeitpunkt genauer, darüber nachzudenken. Sie wollte die ohnehin schon angeschlagene Stimmung nicht weiter drücken, also schob sie dieses Thema erstmal beiseite.

Ein Feuerzeug hatte sich inzwischen gefunden und damit konnte die mit Kerzen verzierte Torte nun von Caro ausgepustet werden. Ihr Wunsch, den sie vorm Ausblasen der Kerzen gedanklich formulierte, überraschte sie selbst. Sie wünschte sich vom Schicksal, dass es all das wieder gut machte, womit es sie in der letzten Zeit auf den falschen Pfad geführt hatte. Dabei glaubte sie doch gar nicht an das Schicksal. Und schon gar nicht an das personifizierte Schicksal, wie Rose es beschrieben hatte. Schaden konnte dieser Wunsch ja aber nicht, deshalb kniff sie nun die Augen zusammen und blies die Kerzen mit einem Atemzug aus.

Die Türklingel ertönte. Ihre Freundinnen sahen Caro überrascht an. „Kommen doch noch weitere Gäste?“, wollte Tamara wissen.

„Nicht, dass ich wüsste“, erwiderte Caro ebenso erstaunt und machte sich bereits auf den Weg zur Haustür. Es war kein Überraschungsgast, der hinter der Tür auf sie wartete, sondern ein Paketbote mit einem kleinen Päckchen. Sie hatte die leise Vermutung, dass Alexander dahintersteckte.

„Ein weiteres Geschenk? Von wem?“, fragte Tamara neugierig.

„Das weiß ich noch nicht. Es steht kein Absender drauf“, Caro drehte das Paket in alle Richtungen.

„Los, los. Mach's auf“, drängelte Tamara. Caro holte eine Schere und öffnete die Verpackung sorgsam. In ihr befand sich eine transparente Tüte, die etwas beherbergte, das Caro zunächst nicht erkennen konnte. Erst, als sie die Tüte aus dem Karton nahm, sah sie, worum es sich handelte.

„Ich fasse es nicht. Wie kann das sein?“

In der Plastikhülle befand sich ein Kartenspiel, wie sie es in dem Antiquitätengeschäft in New York entdeckt hatte. Sie sah genauer hin. Nein, es sah diesem nicht nur ähnlich, es war exakt das Kartenspiel aus dem staubigen Schaufenster. Caro erkannte den kleinen Knick an einer der Seitenlaschen wieder.

„Katharina, ist das von dir?“, das erschien Caro am logischsten.

Doch Katharina schüttelte den Kopf: „Ich muss gestehen, ich hatte den Laden bereits wieder ganz vergessen.“

„Aber wer war es dann?“, Caro hatte keine Idee.

„Bestimmt hast du Alexander davon erzählt“, vermutete Nadja. Zwar konnte sich Caro nicht daran erinnern, mit ihm über den Laden gesprochen zu haben. Aber es war auch gut möglich, dass sie es einfach vergessen hatte. Wenn das Geschenk tatsächlich von Alexander stammte, dann war Caro sehr beeindruckt. Soviel Achtsamkeit hätte sie ihm gar nicht zugetraut. Und sie wollte natürlich unbedingt erfahren, wie er das Kartenset dem dickköpfigen, alten Krämer hatte abschwatzen können.

„Du musst auch noch unsere Geschenke öffnen“, erinnerte Nadja sie an die Pakete auf dem Esszimmertisch. Gerade als Caro sich das erste Geschenk schnappen wollte, ertönte unerwartet eine männliche Stimme hinter ihr: „Alles Gute zum Geburtstag, mein Schatz.“

Caro begann schon freudig zu grinsen, bevor sie herumfuhr. Vor ihr stand ein strahlender Alexander: „Überraschung.“

Er zog sie zu sich heran und gab ihr einen Schmatzer auf den Mund.

„Wieso bist du schon hier? Ich dachte, du kommst erst morgen früh“, fragte Caro.

„Ich werde doch nicht den Geburtstag meiner Frau verpassen“, lachte er.

„Fast-Frau“, korrigierte sie ihn, „Sag mal, das Geschenk hier. Ist das von dir? Es kam eben per Post und es stammt aus dem Laden in…“

„Na gut, ich gebe mich zu erkennen. Es ist doch von mir“, unterbrach Katharina sie unerwartet. Caro blickte sie fragend an.

„Aber warum hast du eben nicht…“, wieder konnte Caro ihren Satz nicht beenden.

„Ähm, ich dachte, wenn Alexander es nicht rechtzeitig schafft, dann sieht es so aus, als ob du von ihm…ich weiß, das war bescheuert. Tut mir leid“, Katharina schien die Erklärung unangenehm zu sein.

„Ach Schwesterherz. Es ist lieb, dass du mich als guten zukünftigen Ehemann dastehen lassen willst. Aber das ist wirklich nicht nötig. Natürlich habe ich ein Geschenk mitgebracht“, Alexander zog eine kleine Schachtel aus seinem Mantel. „Das ist für dich, mein Schatz. Exklusiv aus London“

Caro nahm die samtüberzogene Schatulle an sich. Das goldgeprägte Emblem auf dem Deckel ließ erahnen, dass es sich um ein kostspieliges Geschenk handelte. Vorsichtig hob sie den Deckel an. Zum Vorschein kam eine fein gearbeitete, silberne Uhr mit Diamanten-besetztem

Ziffernblatt. Sie war elegant und passte perfekt an Caros schmales Handgelenk.

„Das ist ein sehr schönes Geschenk. Vielen Dank“, sie gab Alexander einen Kuss. Jetzt wollte auch Tamara Alexanders Geschenk bestaunen. Caro nahm die Uhr wieder vom Handgelenk und gab sie ihr. Sie wunderte sich, dass Nadja nicht sofort parat stand. Eigentlich war sie diejenige, die das größte Faible für Schmuck hatte. Doch sie war kurz mit ihrem Handy beschäftigt, blickte aber dann zu Caro auf.

„Du, ich muss leider schon los. Meine Schwester hat mich gebeten, kurzfristig auf die Kinder aufzupassen“, erklärte sie.

„Ist da alles in Ordnung?“, fragte Caro besorgt.

„Ja, sie hat wohl noch kurzfristig einen Termin rein bekommen“, beruhigte sie Caro.

„Aber du bist gar nicht mit dem Auto hier. Soll ich dich eben fahren?“, schlug Tamara vor.

„Das ist lieb. Aber nein, ich nehme die U-Bahn“, lehnte Nadja dankend ab.

Eilig griff sie nach Jacke und Handtasche, verabschiedete sich noch kurz und verschwand eilig. Caro sah ihr nachdenklich nach. Ihr Aufbruch kam für Caros Geschmack ein wenig zu überhastet. Sie fragte sich, ob es vielleicht daran lag, dass Nadja den Anblick von Alexander und ihr im Moment nicht ertragen konnte. Ihre Trennung mit Sebastian lag ja erst einige Tage zurück und womöglich reagierte sie auf Pärchen etwas empfindlich. Wenn sich eine günstige Gelegenheit ergäbe, wollte Caro das Gespräch mit ihr suchen. Doch jetzt galt es, sich wieder ihren Gästen zu widmen. Es war ein entspannter Nachmittag, der sich bis in den frühen Abend hineinzog. Zwischendurch besprachen Katharina und sie noch die Sitzordnung für die Hochzeit und Katharina bot ihr an, ihr bei der Planung jederzeit unter die Arme zu greifen. Alexander war schließlich der erste, dem vor Müdigkeit beinahe die Augen zufielen. Er verabschiedete sich von Tamara und seiner Schwester und verschwand im Schlafzimmer. Die beiden übriggebliebenen Gäste entschieden ebenfalls kurz darauf, den Heimweg anzutreten.

„Können wir dir noch mit Aufräumen helfen?“, bot Tamara an.

„Nein, es ist ja wirklich nicht viel“, lehnte Caro das Angebot ab, „Die paar Teller schaffe ich schnell allein.“

Tamara und Katharina umarmten Caro zum Abschied und Katharina erinnerte sie nochmal daran, ihr jederzeit bei den Hochzeitsvorbereitungen mit Hilfe zur Seite zu stehen. Caro bedankte sich für das Angebot, sicher würde sie es in Anspruch nehmen. Dann verließen die beiden die Wohnung und Caro machte sich umgehend daran, die Küche wenigstens halbwegs auf Vordermann zu bringen. Als sie die benutzen Gläser zusammensammelte, fiel ihr wieder das Paket mit dem Kartenset ins Auge. Es war schon seltsam, wie Katharina reagiert hatte. Es war ja eine nette Idee, ihren Bruder Caro gegenüber gut dastehen zu lassen. Aber irgendwie passte das Verhalten nicht zu Katharina. Wenn sie wegen eines fehlenden Geschenks tatsächlich Bedenken gehabt hätte, hätte sie ihren Bruder eher vorher ein paar Mal in den Hintern getreten. Warum also sonst wollte sie nicht zugeben, dass sie es war, die ihr diese kleine Freude bereitet hatte? Diese Frage hatte an dem Nachmittag keine Gelegenheit gefunden und am Schluss hatte Caro sie schlicht vergessen zu stellen. Caro musste gestehen, sich mehr über das Kartenspiel, als über Alexanders teure Uhr gefreut zu haben. Ihm gegenüber würde sie diese Tatsache natürlich nicht erwähnen. Kurz überlegte sie, die Karten von der Plastikverpackung zu befreien, um sie genauer in Augenschein zu nehmen. Doch dann fand sie die Idee schöner, damit bis zu ihrem nächsten Besuch bei Omi Mira zu warten. Schließlich sollten die Karten ursprünglich ein Geschenk für ihre Urgroßmutter sein.

10. KAPITEL

Der Anruf kam unerwartet und traf sie wie ein Schlag. Sie saß gerade bei ihrem Hochzeitsplaner und blätterte in einem Katalog für Tischdekore, als auf ihrem Display der Name ihrer Mutter erschien. Caro hatte beim Abheben bereits ein schlechtes Gefühl, denn um diese Zeit rief ihre Mutter aufgrund ihrer Arbeitszeiten üblicherweise nicht an.

„Sie haben Oma Mira ins Krankenhaus gebracht. Sie hatte einen Zusammenbruch. Genaueres weiß ich noch nicht“, waren die Worte, die Caro unmittelbar in einen Schockzustand versetzten.

„Ich fahre sofort ins Krankenhaus“, waren die einzigen Worte, die Caro imstande war zu formulieren. Nachdem ihre Mutter noch den Namen des Krankenhauses genannt hatte, raffte sie Jacke und Handtasche zusammen, entschuldigte sich mit wirren Worten bei ihrem gegenüber und verließ die Galerie. Weil sie sich in dieser Ecke Frankfurts nicht gut auskannte und sich mit dem U-Bahn-Fahrplan gerade überfordert sah, nahm sie sich ein Taxi. Wenige Minuten später hielt das Taxi vor besagtem Krankenhaus. Mühsam fragte sie sich bis zu Omi Miras Zimmer durch, vor dem bereits Caros Mutter und Großmutter warteten. Ihre besorgten Blicke ließen bei Caro unwillkürlich Tränen aufsteigen. Als Caros Mutter sie kommen sah, breitete sie direkt ihre Arme nach ihr aus.

„Beruhig dich erstmal. Die Ärzte sind gerade bei ihr. Wir können aber gleich rein“, sprach sie mit sanfter Stimme zu ihrer Tochter und drückte sie fest an sich.

Die Ärzte erklärten der Familie, dass Oma Miras Schwächeanfall durch eine Lungenentzündung verursacht wurde. Wie Caros Großmutter erklärte, war sie die Tage zuvor erkältet gewesen, allerdings ohne Fieber oder sonstige schwere Symptome. Die Familie durfte nun zu ihr ins Zimmer gehen. Caro betrat das Zimmer zuletzt. Sie hatte Angst vor dem Anblick ihrer kranken Uroma. Tatsächlich erschien die kleine, zierliche Frau in dem großen sterilen

Krankenbett nun noch kleiner und wirkte außerordentlich schwach. Caro hätte sie beinahe nicht wiedererkannt. Ihre üblicherweise zurechtgemachten Haare klebten strähnig an ihrer Kopfhaut, ihr Gesicht war aschfahl und ihre sonst so lebendigen Augen trugen keinerlei Glanz mehr. Caro biss sich auf die Lippe, um ihre drängenden Tränen zu unterdrücken.

„Oh. Ihr seid ja alle da. Ich wollte euch doch nicht alle aufschrecken“, trotz ihrer schwachen, heiseren Stimme erkannte Caro ein Lächeln um Omi Miras Mundwinkel.

„Natürlich sind wir alle da. Gerald wird auch noch kommen“, erklärte Caros Mutter.

„Das ist schön, aber reichlich übertrieben. Ihr habt doch sicher noch Sachen zu erledigen“, Omi Mira war die viele Aufmerksamkeit scheinbar unangenehm.

„Mach dir mal um uns keine Sorgen. Die Ärzte haben gesagt, dass du Ruhe brauchst. Und die geben wir dir dann auch“, Caros Oma hatte sich ans Bett gesetzt und streichelte die Hand ihrer Mutter. Es war ein Geschenk, dass es um Caros Familie gesundheitlich stets so gut bestellt war. Vier Generationen befanden sich gerade in diesem Raum. Caro betete inständig dafür, ihre Uroma auch noch die Geburt der fünften Generation erleben zu lassen. Doch die Realität und die Zeit arbeiteten gegen diesen Wunsch. In den letzten Jahren hatte Omi Miras Körper sichtbar abgebaut. Ihr Immunsystem konnte sich nur noch schwer gegen Erkrankungen wehren, aber bislang hatte es sie vor dem Krankenhaus bewahrt. Nun lag sie mit einer Lungenentzündung im Hospital und die Ärzte hatten unmissverständlich klar gemacht, dass die Situation durchaus als ernst zu betrachten war. Gerne wollte auch Caro sich neben ihre Uroma ans Bett setzen. Doch wollte sie ihrer Oma und Mutter den Vortritt lassen. Irgendwann betraten die Schwestern den Raum. Weil die Besucher dafür ohnehin das Zimmer verlassen mussten, nahmen Oma und Mutter das zum Anlass, um sich für den heutigen Tag von Omi Mira zu verabschieden.

„Ich bleibe noch", erklärte Caro, „Falls ich noch Onkel Gerald treffe, dann kann ich ihm erzählen, was die Ärzte gesagt haben."

Kaum waren die beiden weg, fühlte sich Caro ganz allein. Sie saß vor dem Krankenzimmer und wartete darauf, dass die Schwestern ihr wieder Zutritt gewährten.

„Sie können jetzt wieder rein. Aber bleiben Sie nicht allzu lang. Ihre Oma ist schon sehr müde", erklärte die freundliche Schwester.

„Hallo mein Kind", Omi Mira lächelte ihre Urenkelin an. Caro hatte jetzt den Platz an ihrem Bett eingenommen und hielt, wie ihre Oma zuvor, die Hand der alten Frau.

„Du hast mir einen ganz schönen Schrecken eingejagt", tadelte Caro sie liebevoll.

„Ach, mein alter Körper macht leider nicht mehr so recht, was er soll", sprach Omi Mira, „Aber ich kann ihm das nicht übelnehmen. Er hat ja auch schon viel durchgemacht."

„Rede nicht so schlecht von ihm. Er wird sicher noch eine Weile seinen Dienst leisten", versuchte Caro hauptsächlich sich selbst zu überzeugen.

„Caro, mein liebes Kind. Ich wünsche mir, dass du recht behältst. Doch müssen wir uns eingestehen, dass mein Leben aus mehr Vergangenheit als Zukunft besteht", in Caros Hals bildete sich bei diesen Worten ein Kloß im Hals, „Bevor ich nicht mehr imstande dazu bin, möchte ich mir noch ein paar Dinge von dir wünschen. Und bitte, nimm dir die Worte einer alten Frau zu Herzen. Ich wünsche mir, dass du eines Tages auf dein Leben zurückblickst, ohne etwas bereut zu haben. Dass du lebst und liebst und geliebt wirst. Dass du keine Chance verpasst und vor allem, dass du dich traust, manchmal den bequemen Pfad zu verlassen. Nicht immer ist es der einfache Weg, der dich zu deinem Glück führt."

Tränen rannen in Strömen Caros Wangen herunter. Diese Worte klangen bedrohlich nach einem Abschied, den Caro nicht akzeptieren wollte: „Omi, du wirst wieder gesund. Wir werden noch viele schöne Tage miteinander verbringen."

„Das mag sein und ich habe auch nicht vor, mich so schnell davon zu stehlen. Mir war aber wichtig, dass du meine Worte jetzt hörst, weil ich glaube, dass du sie im Moment brauchst", ihre Uroma wirkte nun müde, das Sprechen fiel ihr schwerer.

„Ich glaube, ich sollte langsam mal gehen. Du brauchst Schlaf. Brauchst du noch irgendwas? Soll ich dir morgen etwas mitbringen?", wollte Caro wissen. Omi Mira überlegte einen Moment.

„Das könntest du in der Tat. In meinem Nachttischchen befindet sich eine kleine Schachtel aus Holz mit einem Gummiband. Du wirst sie erkennen. Kannst du mir sie vielleicht aus meinem Haus holen?", bat sie ihre Enkelin.

„Ich habe keinen Schlüssel von dir", merkte Caro an. Die alte Frau deutete auf ihre Handtasche. Caro suchte den Schlüssel darin und als sie sich wieder zu ihrer Uroma umwandte, war diese bereits eingeschlafen. Das Display neben dem Bett zeigte einen gleichmäßigen, ruhigen Puls. Caro warf noch einen letzten Blick auf ihre friedlich schlafende Oma, bevor sie das Krankenzimmer verließ.

Als sie die Tür hinter sich zuzog spürte sie, wie sich ihr Hals abermals zuschnürte. Sie musste unbedingt raus aus diesem stickigen Krankenhaus. Eilig nahm sie den Weg Richtung Ausgang. Die schier endlosen Gänge wollten einfach kein Ende nehmen. Endlich erreichte sie den Haupteingang und trat vor die Tür. Kühle Luft blies ihr ins Gesicht und ließ sie die unbewussten Tränen auf ihren Wangen spüren. Zwar hatte ihre Oma versprochen, sie noch nicht so bald zu verlassen, aber mit dem heutigen Tag war das unausweichliche Ende zur bevorstehenden Realität geworden. Vielleicht noch nicht jetzt, aber irgendwann. Caro hatte sich nie groß mit dem Tod beschäftigt. Es hatte bisher keinen Grund dafür gegeben. Sie gehörte zu den glücklichen Menschen, die bis in ihr Erwachsenenalter keinen Verlust zu betrauern hatte. Ihren Hamster, den sie als Siebenjährige im Garten ihrer Eltern beerdigt hatte, zählte sie nicht dazu. Sie musste sich jetzt unbedingt ablenken, wollte auf keinen Fall allein sein. Sie griff nach ihrem Handy und wählte Alexanders Nummer. Sie ließ es klingeln, bis der Rufaufbau abbrach. Gerade verfluchte sie Alexanders Job. Nie war er erreichbar, wenn es drauf ankam. Stattdessen versuchte sie jetzt, Tamara zu erwischen.

„Hi Caro, mit dir habe ich jetzt gar nicht gerechnet. Ist es dringend? Ich kann nur kurz sprechen, mein Chef sieht das nicht so gern“, flüsterte Tamara hastig. Caro nannte ihr den Grund des Anrufs. Auch für Tamara war die Nachricht ein Schock. Oft hatten sie als Kinder bei Omi Mira Kuchen gegessen und durften dabei Fernsehen schauen. Da Tamara selbst keine Oma mehr hatte, war sie sowas wie eine Ersatzoma für sie. Auch, wenn sie sich inzwischen nur noch selten sahen, fühlte sie sich ihr noch immer sehr verbunden. Selbstverständlich sagte sie Caro zu, sich nach der Arbeit mit ihr zu treffen.

„Ich hole dich von der Arbeit ab“, schlug Caro vor.

„Ja, mach das. Und danach fahren wir zu mir. Einverstanden?“, antwortete Tamara. Caro war ihrer Freundin sehr dankbar und froh, dass sie sich auf sie verlassen konnte. Wenn Caro jetzt losliefe, würde sie passend zu Tamaras Feierabend bei ihrem Büro ankommen. Es war ein strammer Fußmarsch, aber genau das brauchte Caro gerade. Während sie durch Frankfurts Straßen streifte, dachte sie über die Worte ihrer Omi nach. Besonders ihre letzte Anmerkung ließ sie nicht los. „Mir war wichtig, dass du meine Worte jetzt hörst, weil ich glaube, dass du sie im Moment brauchst“, hatte sie gesagt. Machte sie sich um ihre Enkelin Sorgen? Aber worüber? Caro sollte keine Chancen verpassen, hatte sie betont. Welche Chancen hatte ihre Omi wohl verpasst? Soweit Caro wusste, führte sie ein sehr glückliches Leben. Der Verlust ihres Mannes hatte sie damals hart getroffen, ihr ihren Lebensmut aber nicht genommen. Caro war noch ein Baby als Uropa Heinz starb, Erinnerungen an ihn hatte sie also keine. In Omi Miras Flur hing ein Bild, auf dem er Caro in seinem Armen wiegte. Sie hatte es so oft beim Vorbeigehen gesehen, aber gerade wusste sie nicht mal, ob er auf dem Bild eine Brille trug und an welchem Ort die Aufnahme entstanden war. Es war erstaunlich, wie das Gehirn all die kleinen Nebensächlichkeiten wegfilterte. Was ihr Gehirn wohl noch so ohne ihr Einverständnis ausblendete? Gerade hatte Caro das ungute Gefühl, in der letzten Zeit irgendeine wichtige Information verloren zu haben. Irgendwas, worüber sie noch nachdenken wollte. Ein Detail, dass ihr einen kurzen Moment aufgefallen und im anderen wieder verloren gegangen war. Der Versuch, nach dieser verlorenen Erinnerung zu fischen ergab nichts, außer stechende Kopfschmerzen. Sie hoffte, dass Tamara ihr gleich mit einer Schmerztablette aushelfen konnte.

Als Tamara aus dem Bürogebäude heraustrat, sprang Caro, die auf einer Parkbank auf sie gewartet hatte, erleichtert auf. Es tat Caro gut, als Tamara sie tröstend in den Arm nahm.

„Lass uns zu mir fahren. Wir bestellen uns was zu essen und ich mache dir einen Tee“, Tamara legte den Arm um Caro, während sie zu ihrem Wagen liefen.

„Und ich brauche eine Kopfschmerztablette. Ich habe das Gefühl, dass mein Kopf jeden Moment explodiert“, Caro verzog schmerzhaft das Gesicht.

Nachdem Tamara ihre Freundin dazu gedrängt hatte, wenigstens einige Stücke ihrer Pizza zu essen und die Schmerztablette zu wirken begann, fühlte sich Caro etwas besser. In der Zwischenzeit konnte Caro endlich Alexander erreichen. Bestürzt von der furchtbaren Nachricht schlug er Caro vor, sofort einen Flieger nach Deutschland zu nehmen. Doch Caro fühlte sich von Tamara gut umsorgt und da er ohnehin planmäßig morgen Abend zurückfliegen wollte, käme es auf die paar Stunden nicht an.

„Na gut. Aber ruf mich jederzeit an. Ich werde sofort ran gehen“, gab sich Alexander geschlagen.

Caro war für seine Anteilnahme dankbar, aber auch froh, ihn zum Bleiben überredet zu haben. Sie hätte ein schlechtes Gewissen gehabt, wenn er ihretwegen Termine hätte verschieben müssen. Außerdem würde sie ohnehin morgen die meiste Zeit im Krankenhaus bei ihrer Omi verbringen. Und da musste er nicht unbedingt dabei sein. Nach dem Essen kam Tamara die Idee, ihren Fernseher für den heutigen Abend ins Schlafzimmer zu stellen. So konnten sie es sich zu zweit in Tamaras großem Bett bei einem Film gemütlich machen. Für Tamara war ihre Fürsorge sicher keine große Sache gewesen, aber Caro war ihrer Freundin für ihre Ablenkung unendlich dankbar. Sie konnten sich zwischen den zwei Liebesschnulzen, die in die engere Auswahl kamen, nicht entscheiden. Deshalb beschlossen sie kurzerhand, sich einfach beide Filme anzusehen. Tamara überfiel der Schlaf bereits während des ersten Films. Caro fiel das Einschlafen allerdings schwer. Sie legte noch die zweite DVD ein, nickte zwischendurch immer wieder ein, schreckte kurz darauf jedoch wieder hoch. Erst gegen Ende des Videos resignierte ihr Körper und sie fiel in einen unruhigen, alptraumdurchsetzten Schlaf.

11. KAPITEL

Die Nacht war viel zu kurz gewesen, um von einem erholsamen Schlaf reden zu können. Die ungewohnte Umgebung und vor allem die aufwühlenden Ereignisse vom Vortag, hatten Caro nicht besonders gut schlafen lassen. Gerade ließ sie sich auf dem Weg zu Tamaras Büro vor dem Haus ihrer Oma absetzen.

„Wenn irgendetwas sein sollte, ruf mich an. Ich werde auf jeden Fall ran gehen, egal ob mein Chef aufmuckt. Ok?“, gab Tamara ihr noch mit auf den Weg.

„Du bist echt lieb. Aber ich hoffe, das wird nicht nötig sein“, Caro stand bereits bei geöffneter Beifahrertür neben dem Auto und beugte sich zu Tamara in den Fahrzeuginnenraum.

„Oh, ja. Natürlich. Das hoffe ich auch“, antwortete Tamara schnell, die nun erst zu begreifen schien, dass ihre Aussage pessimistischer klang, als sie es beabsichtigt hatte.

Kaum hatten sich die beiden voneinander verabschiedet, passierte Caro die alte Vorgartentür und stand nun vor der ausgeblichenen, hölzernen Haustür. Sie grübelte, ob sie je allein in dem Haus gewesen war. Jetzt hier zu sein, fühlte sich jedenfalls seltsam an, deshalb nahm sie sich vor, an diesem Ort nicht allzu lange zu verweilen. Sie würde schnell das Kästchen suchen und sich anschließend zum Krankenhaus begeben. Die alte Haustür öffnete sich mit einem lauten Knarzen und Caro trat ein. Omi Miras Schlafzimmer befand sich am Ende des Ganges. Beim Durchqueren des Flurs fiel Caro das Foto ins Auge, an das sie gestern hatte denken müssen. Tatsächlich trug Uropa Heinz keine Brille, jedenfalls nicht auf diesem Bild. Und das Foto wurde in diesem Haus, besser gesagt, im Wohnzimmer aufgenommen. Caro erkannte auf der Aufnahme im Hintergrund die allzu gut bekannte Schrankwand, die noch immer unverändert an ihrem Platz stand. Manche Dinge änderten sich nicht, schienen eine ewige Konstante darzustellen. Dass dieser Schein trog, davon wollte Caro gerade nichts wissen. Dieser Schrank würde auch in hundert Jahren dort stehen, alles bliebe, wie es war, dafür wollte Caro sorgen. Sie betrat das Schlafzimmer. Die Bettdecke lag unordentlich auf dem Bett und zeugte davon, dass am Tag zuvor etwas nicht wie üblich abgelaufen war. Sie nahm die Decke und legte sie sorgfältig zusammengelegt auf das Bett. Dann kniete sie sich vor das kleine, antike Nachtschränkchen und zog an der großen Schublade. In ihr befanden sich einige Bücher, ein Brillenetui, Stofftaschentücher und das besagte Holzschächtelchen, das mit einem dicken, orangefarbenen Gummiband umwickelt war. Sie nahm es heraus und schob die Schublade wieder zu. Ihre Aufgabe hier war erledigt, also konnte sie sich nun auf den Weg ins Krankenhaus machen. Doch das Summen ihres Handys unterbrach sie sogleich von ihrem Vorhaben. Mit einem mulmigen Gefühl zog sie das Telefon aus ihrer Tasche. Als sie den Namen auf dem Display las, wurde ihr übel. Ihre Mutter. Mit zittriger Hand nahm sie den Anruf entgegen. Sie wollte etwas sagen, doch Caro brachte keinen Ton über die Lippen. Sie hörte, wie ihre Mutter am anderen Ende schwer und schnell atmete. Zu schwer. Zu schnell. Dann ertönte ihre brüchige Stimme: „Caro?"

Noch immer war Caro zu keinem Wort imstande, stattdessen entfuhr ihr ein klagender Seufzer.

„Caro. Es tut mir so leid", die schluchzenden Geräusche ihrer Mutter ließen keinerlei Missverständnis zu. Caro stand wie erstarrt inmitten des kleinen Flurs. Die Wanduhr ging mit unbeeindrucktem Ticken ihrem Dienst nach, doch für Caro blieb die Welt in diesem Moment stehen. Ihre Omi hatte ihr Versprechen nicht halten können. Sie war gegangen.

Die darauffolgenden Tage waren die Traumatischsten, die Caro in ihren siebenundzwanzig Jahren erlebt hatte. Die unfassbar schmerzhafte Trauer zu ertragen und sich nicht vorstellen zu können, dass dieses Gefühl jemals aufhören würde, war furchtbar. Ihre Familie, besonders ihre Mutter und Oma, zu sehen, wie es ihnen ebenso schlecht ging, war kaum zu ertragen. Sie fühlte sich so wahnsinnig einsam und das, obwohl Alexander am Tag der Beerdigung an ihrer Seite stand. Auch Tamara und Nadja waren gekommen, um von dieser besonderen und liebenswerten Dame Abschied zu nehmen. Viele waren gekommen, einige kannte Caro gar nicht. Und obwohl sich der Pfarrer mit der Trauerrede sehr viel Mühe gegeben hatte, wurden seine Worte ihrer Oma kaum gerecht. Wie sollten diese wenigen Sätze ein ganzes Leben beschreiben? Wie sollten sie nur ansatzweise diese einzigartige Persönlichkeit, die nun für immer verstummt war, erfassen können? Caro hätte zu gern auf den anschließenden Leichenschmaus verzichtet, doch konnte sie das ihrer Mutter nicht antun. Hätte man sie am nächsten Tag gefragt, worüber an diesem Nachmittag gesprochen wurde, sie hätte es nicht sagen können. Die schützende Blase, die sie an diesem Tag umgeben hatte, hatte nur verschwommene Bilder zu ihr durchdringen lassen. Mit jedem weiteren Tag verblassten die Erinnerungen an diesen schrecklichen Tag. Der Schmerz jedoch blieb, wenngleich, er sich weniger oft bemerkbar machte und Caro allmählich besser damit umzugehen wusste. So gingen weitere Wochen ins Land.

Heute war der Tag der geplanten Hochzeit. Allerdings würden die Kirchenglocken vorerst nicht für das junge Brautpaar läuten. Caro hatte sich mit der Entscheidung, die Hochzeit zu verschieben, schwer getan. Schließlich hatten sie bereits alles auf diesen einen Tag ausgerichtet. Die Einladungen waren bereits vor geraumer Zeit verschickt worden, die Location, ein altes Gutshaus, hatten sie reserviert und die meisten Vorbereitungen waren bereits getroffen gewesen. Doch allein der Gedanke an dieses zunächst sehnlichst herbeigewünschte Ereignis, hatte bei Caro ein mieses Gefühl ausgelöst. Sie war einfach noch nicht so weit. Es sollte der schönste Tag in ihrem Leben werden, aber dafür musste die Wunde, die der Tod ihrer geliebten Oma verursacht hatte, zuerst wieder verheilen.

Außerdem hatte ihre Mutter bei dem Vorschlag, den Termin zu verlegen, nicht sofort Einspruch erhoben. Auch ihr stand wohl noch nicht wieder der Sinn nach einer Feierlichkeit. Damit stand für Caro endgültig fest, dass der schönste Tag in ihrem Leben an einem anderen Datum stattfinden würde. Alexander hatte sich bei dieser Entscheidung ungewohnt wortkarg gegeben. Caro vermutete, dass er die Hochzeit eigentlich hätte stattfinden lassen wollen, sich ihr zuliebe aber zusammengerissen hatte. Seit dem Tod ihrer Oma hatte Caro den Eindruck, als sei die Stimmung zwischen ihr und Alexander weiter abgekühlt. Sie gab sich selbst die Schuld dafür, denn womöglich schenkte sie ihm in der wenigen Zeit, die sie gemeinsam verbrachten, nicht die nötige Aufmerksamkeit. Stattdessen hatte sie sich noch mehr in ihr Studium gestürzt, übernahm zusätzliche Schichten im Bioladen und hatte sich, zusammen mit Tamara, bei einem Fitnessstudio angemeldet. Ihr war durchaus bewusst was sie da trieb. Sie lenkte sich ab, versuchte möglichst immer beschäftigt zu sein. Natürlich gelang ihr das nicht immer. Und genau in diesen Momenten kroch der elendige Schmerz wieder unaufhaltsam empor. Caro wusste, irgendwann musste sie sich mit ihrem Verlust auseinandersetzen. Seit der Beerdigung hatte sie alles, was mit ihrer Uroma zusammenhing, weit von sich weggeschoben. Sie war weder nochmal auf dem Friedhof, noch im Haus ihrer Urgroßmutter gewesen. Heute wollte sie sich zum ersten Mal ihren Dämonen stellen und sagte ihrer Mutter zu, beim Durchsehen von Omi Miras Wohnung zu helfen.

„Ich will nicht, dass dein Onkel Gerald allein entscheidet, was weg soll und was wir behalten wollen“, hatte Caros Mutter am Telefon erklärt. Ihr Onkel führte einen übertrieben minimalistischen Lebensstil. Seine Einrichtung war in jeder Hinsicht zweckmäßig, funktionslose Dekoration fand man in seinem Haus nirgends. Deshalb konnte Caro die Befürchtungen ihrer Mutter sehr gut nachvollziehen und hatte sich mit ihr am späten Vormittag direkt vor Ort verabredet. Als sie vor dem Haus eintraf, war ihre Mutter noch nirgends zu sehen. Obwohl Caro noch immer im Besitz des Haustürschlüssels war, wollte sie auf das Eintreffen ihrer Mutter warten. Zu schrecklich waren die Erinnerung an das letzte Mal, als sie allein dort war. Sie hockte sich auf die sonnenwarme Steintreppe vor der Haustür und nahm sich ein Buch aus ihrem Rucksack, das sie für solche Fälle stets mit sich trug.

„Ach, da bist du ja schon“, erklang nach einigen Minuten die Stimme von Caros Mutter.

„Ja, ich dachte ich warte auf dich und genieße ein wenig die Sonne“, erwiderte Caro und verschwieg damit den eigentlichen Grund für ihr Warten.

„Dein Onkel wird heute doch nicht dabei sein. Mir ist das, ehrlich gesagt, ganz recht“, informierte sie ihre Tochter. Sie betraten jetzt gemeinsam die Wohnung und Caro registrierte sofort, dass inzwischen jemand hier gewesen war. Sämtliche Pflanzen waren aus der Wohnung entfernt worden und ließen sie schlagartig kahl und ungemütlich erscheinen. Alles andere befand sich, soweit Caro es überblicken konnte, noch immer an Ort und Stelle. Trotzdem wirkten die Räume nicht mehr lebendig. Caro spürte regelrecht, dass hier seit Wochen niemand mehr wohnte. Sie war froh über dieses Gefühl, denn so würde sie nicht jeden Moment Urgroßmutters Stimme erwarten. Insgesamt fühlte sich Caro gerade besser, als sie es befürchtet hatte. Womöglich war sie in ihrer Trauerverarbeitung doch schon weiter, als sie geahnt hatte. Sie starteten mit ihrer Arbeit im Wohnzimmer, indem sie zuerst die alte Schrankwand durchforsteten. Caros Mutter hatte Umzugskartons bereitgestellt, in die sie nun alles, was auf keinen Fall weggeworfen werden sollte, einluden.

„Schatz, wenn du auf etwas stößt, was du selbst gerne behalten möchtest, dann pack es dir ein, ok?“, wies ihre Mutter Caro an.

„Das ist lieb. Ich denke, ich werde mir ein paar Fotos aus dem Flur mitnehmen. Vor allem die, auf denen auch ich drauf bin. Ansonsten wüsste ich nicht, was ich mitnehmen sollte", Caro fand nicht, dass sie über Omi Miras Habseligkeiten entscheiden durfte. In erster Linie stand der Nachlass ihrer Oma und deren Kindern zu. Sie selbst reihte sich, als Urenkelin, deshalb ganz hinten ein. Doch hinter der letzten verbleibenden Schranktür stieß Caro auf etwas, dass ihr unvorbereitet einen Stich ins Herz versetzte. Die alte Kartenspielsammlung ihrer Uroma. Caro hatte sie völlig vergessen. Womöglich auch verdrängt. Denn in dem Zusammenhang kam ihr geradewegs Katharinas Geburtstagsgeschenk in den Sinn, das noch immer auf Caros Wohnzimmerschrank lag, immer noch in Plastik verpackt, weil Caro es nicht mehr geschafft hatte, es ihrer Uroma rechtzeitig zu überbringen.

„Ist alles in Ordnung mit dir?", Caros Mutter sah zu ihr rüber.

„Ja, es ist nur...", Caro starrte auf die Kiste mit den Kartenspielen, die sie jetzt im Arm hielt, „Ich habe die Zeit mit Omi nicht richtig genutzt. Ich wollte ihr doch noch..."

Mehr brachte Caro nicht raus. Sofort eilte ihre Mutter zu Caro und nahm sie in den Arm.

„Deine Omi ist sehr alt geworden und es war ein Privileg, dass wir uns alle so lange hatten. Du warst ihre liebste Urenkelin. Das weiß ich, weil sie mir das sehr oft gesagt hat", beide ließen ihren Tränen freien Lauf, „Sie würde sich sicher sehr freuen, wenn du ihre Sammlung fortführen würdest."

Caro nickte schluchzend. Die Kartenspielsammlung an sich zu nehmen, fand Caro in Ordnung. Sie wusste, dass sich ansonsten niemand aus der Familie ihrer annehmen würde. Also sollte dieses Erbe bei ihr am besten aufgehoben sein.

Als Caro am frühen Nachmittag wieder in ihrer Wohnung eintraf, stellte sie die Kiste und die Bilder zunächst auf dem Esszimmertisch ab. Sie hatte sich vorgenommen, noch heute die Kartenspiele durchzusehen, um sich anschließend über eine geeignete Aufbewahrungsform Gedanken zu machen. Ihr schwebte da bereits eine Idee vor, doch zunächst wollte sie schauen, um wie viele Teile es sich handelte. Sie öffnete die Türen zur Terrasse, ließ die sommerliche Brise hereinströmen und machte es sich bei entspannter Musik und einer kühlen Limo gemütlich und begann damit, die Kartensets auf dem Tisch auszubreiten. Nun kam ihr wieder das Kartendeck aus New York in den Sinn. Caro ging zum Wohnzimmerschrank und blickte sich suchend nach dem Karton um. Er hatte sich, wie sie nun entdeckte, unter ein paar Zeitschriften versteckt. Sie schob die Hefte zur Seite und legte, zu ihrer Überraschung, außerdem das braune Holzkästchen mit dem Gummiband frei. Auch das hatte Caro die letzten Wochen sehr erfolgreich aus ihrer Wahrnehmung verbannt. Noch vor ein paar Tagen hätte sie es nicht gewagt, die Schachtel auch nur zu berühren. Doch der heutige Tag hatte gezeigt, dass Caro inzwischen imstande war, sich mit ihrer Omi auseinander zu setzen. Statt Angst löste das geheimnisvolle Kästchen zunehmende Neugier in ihr aus. Es war wohl an der Zeit, herauszufinden, welchen Schatz ihre Uroma darin aufbewahrt hatte. Immerhin war ihr der Inhalt so wichtig gewesen, dass sie Caro extra damit beauftragt hatte, die Schachtel ins Krankenhaus zu bringen. Caro hatte keine Idee, was ihr so wichtig hätte sein können. Sorgsam streifte sie das Gummi von dem kleinen Kästchen ab. Der Deckel sprang sofort einen kleinen Spalt auf. Sie klappte ihn hoch. Zum Vorschein kam ein Stapel Papier, zwischen dem sich auch einige Fotos befanden. Caro nahm sich zuerst die Bilder vor. Die Aufnahmen waren größtenteils von sehr schlechter Qualität. Trotzdem erkannte Caro ihre Omi als kleines Mädchen und später als junge Frau wieder. Hübsch war sie, wie Caro schmunzelnd feststellte. Sie konnte sich nicht erinnern, von ihrer Oma jemals Bilder aus dieser Zeit gesehen zu haben. Zu ihrem Bedauern erkannte sie sonst niemanden auf den Fotos und leider fanden sich auf den

Rückseiten keinerlei Notizen. Vielleicht gaben die Papiere, die sich als Briefe entpuppten, mehr Aufschluss über die Bilder. Ein Brief stach besonders hervor. Denn im Gegensatz zu den anderen Briefen, war er noch verschlossen und das Papier war deutlich weniger vergilbt als die anderen Umschläge. Caro drehte den Umschlag so, dass sie die Adresse lesen konnte. Die Anschrift war überklebt mit einem offiziellen Aufkleber der Post. Empfänger verstorben stand da geschrieben, daneben ein Datum vom Juni 1993. Als Absender konnte Caro den Namen ihrer Oma oben links in der Ecke entziffern. Wem dieser Brief wohl galt? Caro haderte mit sich, den Brief zu öffnen. Sie hatte das Gefühl, damit womöglich in die Privatsphäre ihrer Uroma einzudringen. Andererseits machte sie dieser Brief neugierig. Omi Mira hatte den Brief fünfundzwanzig Jahre aufbewahrt. Und Caro wollte unbedingt erfahren, welche Person ihr so viel bedeutet hatte. Vorsichtig öffnete sie den Umschlag. Darin befand sich ein handschriftlich verfasster Brief.

Liebster Emil,

mit zittriger Hand schreibe ich dir, weil ich nicht weiß, wie du diesen Brief auffassen wirst. Beinahe ein ganzes Leben liegt nun zwischen uns und dennoch habe ich dich bis zum heutigen Tage nicht vergessen. Nichts bedauere ich so sehr wie die damalige Zeit, in der wir leben mussten. Wären wir doch bloß einige Jahre später geboren worden, dann hätte meine Mutlosigkeit uns nicht entzweit. Ja, ich war mutlos, damals. Und zu jung, um etwas zu wagen. Bis heute trage ich diese Vorwürfe und die Enttäuschung über mich selbst in mir. Den Schmerz, deine Liebe aufgegeben zu haben, spüre ich noch heute in meinem Herzen. Mein Mann Heinz war ein guter Mensch und ein guter Ehemann. Ich habe auch ihn geliebt und ich habe unsere Ehe immer als großes Glück empfunden. Doch das Gefühl, was ich damals mit dir empfand, immer wenn du mich küsstest, das war mir seither nie wieder vergönnt. Nie werde ich den schönen Tag am See vergessen, als ich in deinen Armen lag und wir uns zu den Wolken Geschichten ausdachten. Inzwischen sind sehr viele Wolken vorbeigezogen. Ich weiß, daß auch du eine liebe Frau gefunden hast, die dich hoffentlich glücklich gemacht hat. Ich hörte vor einigen Jahren, sie sei, so wie auch inzwischen mein Heinz, verstorben. Ich hätte dir gern mein Beileid ausgesprochen, aber habe mich damals nicht getraut. Nun aber habe ich endlich den Mut aufgebracht, dir zu schreiben. Über verschiedene Ecken habe ich herausgefunden, daß du inzwischen wieder in Frankfurt wohnst. Kannst du dir womöglich ein gemeinsames Kaffeetrinken mit mir vorstellen? Die alte Bäckerei, mit der leckeren Schwarzwälder-Kirschtorte, die gibt es immer noch. Schreibe mir, wenn du daran Interesse hast. Meine Freude über diese Vorstellung könnte nicht größer sein.

Deine Miri

Beim Lesen dieser Zeilen liefen Caro stumme Tränen die Wange herunter. Sie hatte ja keine Ahnung gehabt. Der Brief hatte nie sein Ziel erreicht, er wurde einfach zu spät geschrieben. Caro wischte sich die Tränen vom Kinn. Omi Mira hatte nie über die Zeit vor ihrer Ehe erzählt. Caro ging immer davon aus, dass sie wegen des Kriegs nicht darüber berichten wollte. Dass dabei ein ganz anderer Grund bestand, war Caro gar nicht in den Sinn gekommen. War das der Anlass, warum ihre Uroma im Krankenhaus diese letzten Worte an Caro gerichtet hatte? Hatte sie in Wahrheit über sich selbst und diese verpasste Chance gesprochen? Wer war dieser Emil und warum hatte sich ihre Urgroßmutter gegen ihn entschieden? Caro nahm sich erneut den Umschlag hervor. Unter dem Aufkleber verbarg sich die Adresse des Mannes und vielleicht könnte Caro ja noch etwas über ihn herausfinden. Sie hatte im Fernsehen gesehen, dass man mit Wasserdampf einen Aufkleber schonend ablösen konnte. Genau das versuchte sie jetzt und hielt den Umschlag über einen dampfenden Topf Wasser. Tatsächlich löste sich der Aufkleber nach einer Weile und brachte damit die Anschrift des Empfängers zum Vorschein. Emil Nußbaum hieß der Mann. Caro nahm sich ihr Notebook hervor und tippte den Namen in die Zeile der Suchmaschine. Die Suche erbrachte erwartungsgemäß mehrere Treffer. Caro durchforstete jede einzelne Webseite, bis sie schließlich auf einen Emil Nußbaum stieß, der vom Alter passen könnte. Dieser Mann war offenbar für die jüdische Gemeinde in München tätig gewesen. Das Foto, das einen Mann mit etwa Mitte fünfzig zeigte, löste sofort eine Erinnerung in Caros Gedächtnis aus. Sie griff nach den Bildern, die sich in der Holzschachtel befunden hatten. Sie suchte nach dem Foto, auf dem ihre junge Oma mit einem ebenso jungen Mann zu sehen war. Und tatsächlich, da war es und bestätigte, was Caro vermutet hatte. Der Mann auf dem Bild war Emil Nußbaum. Das Foto zeigte, wie die beiden an eine Hauswand lehnend in die Kamera lächelten. Sie wirkten nicht wie ein verliebtes Paar, aber vermutlich durften sie das auch nicht. Jetzt verstand Caro, warum sie sich damals verloren hatten. Emil war Jude und ihre Urgroßmutter war es nicht. Zwar war Caro nicht bekannt, wie ihre Familie sich während des zweiten Weltkriegs positioniert hatte. Der Brief ließ aber erahnen, dass Omi Miras Eltern mit dieser Verbindung nicht einverstanden gewesen waren. Die genauen Umstände würden sich wahrscheinlich nicht mehr ermitteln lassen. Doch auch so war diese traurige Geschichte mehr als herzergreifend. Caro hätte sich sehr gewünscht, davon nicht über diesen Brief, sondern von ihrer Uroma selbst erfahren zu haben. Sie blickte auf die Uhr. Es war gerade erst halb fünf, vielleicht sollte sie den sonnigen Tag nutzen und sich doch ein erstes Mal allein auf den Friedhof trauen. Sie hatte das Gefühl, mit ihr wegen des Briefs reden zu müssen und das konnte sie am ehesten an ihrem Grab.

„Hallo Omi", Caro blickte auf das frische Grab. Die Trauerkränze der Beerdigung musste ihre Familie schon entsorgt haben. Vermutlich waren sie während der heißen Sommertage bereits schnell vertrocknet. Stattdessen hatte jemand Margeriten in bunten Farben gepflanzt, die Lieblingsblumen ihrer Urgroßmutter. Caro ging in die Hocke, weil es sich seltsam anfühlte, von oben auf das Grab zu blicken.

„Ich habe den Brief an Emil gelesen. Ich hoffe du verzeihst mir das, denn ich hatte nicht geahnt, einen solchen Brief in dem Umschlag zu finden“, sie fuhr gedankenverloren mit der Hand über die Blüten, so dass sich die Pflanzen darunter leicht bogen, um sich danach sofort wieder aufzurichten, „Ich musste weinen, als ich deine Zeilen gelesen habe. Es ist so schade. Du hast dich damit vermutlich niemandem anvertraut. Aber ich kann es verstehen. Ich wollte das mit Liz eigentlich auch niemandem sagen.“

Liz. Wie kam auf einmal dieser Name über ihre Lippen? Sie hatte ihn seit Monaten nicht mehr laut ausgesprochen. In ihren Gedanken spukte er jedoch noch immer rum, wenngleich er sich meistens ganz unbewusst heranschlich. Wenn Caro sich dabei ertappte, schob sie diese Gedanken sofort wieder beiseite. In Katharinas Gegenwart fiel ihr dieses Wegdrängen am schwersten. Etliche Male hatte Caro ihrem Impuls, sich nach Liz zu erkundigen, widerstehen müssen. Warum eigentlich? Weil Caro Angst davor hatte, sich erneut in einer nicht enden wollenden Gedankenspirale wiederzufinden. Tagelang hatte sie sich den Kopf über diese eine Nacht zerbrochen. Das Gefühl, das sie bei ihrem Kuss empfunden hatte, konnte Caro bis heute nicht mit dem, was sie danach vor Liz' Laden beobachtet hatte, in Einklang bringen. Anfangs hegte sie die leise Hoffnung, Liz würde sich doch noch mal bei ihr melden. Wenn auch nur, um ein abschließendes Wort über diese Nacht zu verlieren. Doch je mehr Zeit ohne jegliches Lebenszeichen von Liz verstrich, desto klarer wurde Caro, dass sie sich bei diesem Kuss in etwas hineingesteigert hatte. Selbst Katharina hatte Liz seither mit keinem Wort erwähnt. Trotzdem konnte sie diesen Moment zwischen Liz und ihr einfach nicht vergessen. Spätestens jetzt, wo sie vor dem Grab ihrer Omi hockte und Liz' Namen laut ausgesprochen hatte, musste sie sich diese Tatsache eingestehen.

„Ach Omi, könnten wir doch noch einmal miteinander sprechen“, seufzte Caro betrübt, „Wie sehr du deine verpasste Chance bedauert haben musst. Doch ich glaube, ich hatte diese Chance erst gar nicht. Es ist absurd, überhaupt darüber nachzudenken, ob sie vielleicht auch noch manchmal daran denkt. Wenn es ja wenigstens irgendein klares Zeichen gäbe."

„Kindchen, auf Zeichen wirst du vergeblich warten. Manches muss man schon selbst in die Hand nehmen", erklang unvermittelt und zu Caros großem Schrecken die unbekannte Stimme einer alten Dame. Caro fuhr zu ihr herum. Auf einer Parkbank, zwei Gräber weiter hockte eine Frau, die sich, leicht nach vorne gebeugt, an einem Gehstock abstützte und Caro unverdrossen anlächelte. Caro war davon überzeugt, die Frau bis eben noch nicht dort sitzen gesehen zu haben und war davon beeindruckt, wie lautlos sie sich herangeschlichen haben musste.

„Ich bin mir doch aber nicht mal sicher, ob ich damit das Richtige tun würde", ließ sich Caro auf das Gespräch ein.

„Und weißt du mit Sicherheit, dass es das Falsche wäre?", erwiderte die unbekannte Frau. Caro dachte über diese Frage nach.

„Nein", musste Caro zugeben.

„Dann solltest du die Antwort herausfinden, sonst verfolgen dich deine Fragen womöglich bis in alle Zeit", angestrengt zog sich die alte Dame an ihrem Gehstock hoch und wandte sich zum Gehen von Caro ab. Als sie sich bereits einige Meter von Caro entfernt hatte, drehte sie sich doch noch einmal zu ihr um: „Weißt du, das mit den vergeblichen Zeichen war gelogen. Es gibt sie immer, doch meistens übersehen wir sie."

Mit diesen Worten verschwand die alte Frau und ließ Caro verdattert zurück. Ein wenig fühlte sie sich an das Treffen mit Rose erinnert, die für sie ja ebenso viele verheißungsvolle Worte übrig gehabt hatte. Rose. Sie hatte Caro das Unglück vorhergesagt, sollte sie um Mitternacht das Glück nicht küssen. Caro glaubte anfangs, sich an die Anweisung gehalten und die Zeichen richtig gedeutet zu haben. Doch wenn sie sich das bisherige Jahr vor Augen führte, konnte vom großen Glück keine Rede sein. Sie war nicht gut darin, Zeichen zu erkennen, weil sie ja doch eigentlich nicht richtig daran glaubte. Nun wurde sie ein weiteres Mal von einer fremden Person aufgefordert, ihnen zu folgen. Konnte das ein Zufall sein? Nachdenklich verließ Caro den Friedhof und machte sich wieder auf den Weg nachhause.

Es war mittlerweile kurz vor acht Uhr abends. Gleich würde in Caros Handy Alexanders Name erscheinen. Sie hatten diesen allabendlichen Termin nicht fest vereinbart. Er hatte sich im Laufe der Zeit so ergeben, weil sie um diese Uhrzeit meistens beide Zeit hatten. Caro bereitete sich noch schnell einen Salat zu, damit sie ihn während des Telefonats auf der Terrasse essen konnte. Während sie in der Küche werkelte, achtete sie mit einem Ohr auf ihr Telefon. Doch bislang ließ Alexander auf sich warten. Auch als Caro nun bereits draußen aß, blieb ihr Telefon stumm. Das passierte selten, kam aber durchaus vor. Wahrscheinlich hielt ihn sein Kunde noch auf Trab. Sie schrieb ihm, dass er sich einfach melden solle. Falls sie nicht ran ginge, wäre sie wahrscheinlich schon eingeschlafen. Wie bei einer selbsterfüllenden Prophezeiung musste Caro prompt gähnen. Es war ein ereignisreicher Tag für sie gewesen. Sich endlich mit dem Tod ihrer Omi befassen zu können, war sicherlich ein großer Fortschritt, war aber auch kräfteraubend. Sie beschloss, den Abend bei einem Glas Wein und dem Roman, den sie sich vor einigen Tagen gekauft hatte, ausklingen zu lassen. Auf dem Weg zur Küche fiel ihr Blick auf den Esszimmertisch. Noch immer lagen dort die Kartensets auf der Tischplatte verteilt. Als sie sich vorhin kurzerhand für den Friedhofsbesuch entschieden hatte, hatte sie einfach alles so liegen lassen. So konnte es jedoch nicht bleiben, sie wollte die Spiele wenigstens wieder in die Kiste räumen. Schnell hatte Caro sie in der großen Box verstaut und auf einen der Stühle deponiert. Jetzt tauschte sie in der Küche ihren leeren Teller gegen Rotweinflasche und Glas, um endlich zum gemütlichen Teil des Abends überzugehen zu können. Fehlte nur noch der Flaschenöffner. Den vermutete sie, wie immer, wenn sie es nicht genau wusste, in der großen Allzweckschublade des Wohnzimmerschranks. Inzwischen klemmte die Schublade etwas, weil sie mittlerweile ziemlich überfüllt war. Mit einem kräftigen Ruck zog Caro daran, so dass nicht nur die Schublade aufsprang, sondern gleichzeitig ein Gegenstand in Caros Arme fiel. Der Karton mit Katharinas Geschenk. Sie hatte ihn erneut vergessen, weil ihr vorhin stattdessen das Holzkästchen ins Auge gesprungen war. Bevor das New Yorker Kartenspiel ein drittes Mal in Vergessenheit geriet, wollte sie es nun sofort zu den anderen Kartendecks in die Kiste legen. Zum wiederholten Male holte sie also die Box hervor, nahm das Kartenspiel aus dem Karton und wollte es nun von seiner Plastikverpackung befreien. Als sie die Lasche vom Klebestreifen löste und die Verpackung öffnete, traf es sie beinahe wie ein Blitz. Dieser Duft. Caro erkannte ihn sofort. Liz. Besser gesagt, ihr Parfum. Niemals würde Caro diesen Duft vergessen. Bereits bei ihrem ersten Aufeinandertreffen hatten diese verführerischen Aromen Caros Sinne benebelt. Und jetzt war es beinahe so, als stünde Liz vor ihr. Caro schloss die Augen und atmete tief ein. Sie konnte Liz förmlich vor ihrem geistigen Auge sehen. Ihre lächelnden, azurblauen Augen, ihre wunderschönen Wangenknochen und ihr verführerischer Mund. Caros Kehle fühlte sich staubtrocken an. Es war nicht Katharina, die ihr dieses besondere Geschenk gemacht hatte. Es war Liz gewesen. Jetzt fiel es Caro auch wieder ein. Caro hatte das Kartenspiel in Liz‘ Gegenwart erwähnt, im Auto, auf dem Weg in den Club. Liz hatte Caro also doch nicht vergessen. Denn nun war es da, das Lebenszeichen, auf das sie so sehr gehofft hatte und das sie wochenlang nicht erkannt hatte. Aber warum hatte Katharina sich mit diesen Federn geschmückt? Offenbar wusste sie, dass nicht Alexander für das Geschenk verantwortlich war. Caro verstand, warum Katharina in

Gegenwart von Alexander nicht mit der Sprache rausgerückt war. Doch danach hätte es etliche Gelegenheiten gegeben, die Sache richtig zu stellen. Doch das hatte Katharina nicht getan und Caro wollte dem Ganzen deshalb jetzt auf den Grund gehen. Sie ließ es bei Katharina klingeln. Es läutete unzählige Male, bevor der Rufaufbau abbrach. Caro seufzte. Natürlich war ihre Schwägerin in spe ausgerechnet jetzt nicht erreichbar. Sich nun mit einem Roman aufs Sofa zu legen, dafür hatte Caro nicht die Ruhe. Stattdessen schenkte sie sich ein Glas Rotwein ein und setzte sich an ihr Notebook. Sie war im Begriff etwas zu tun, was sie sich eigentlich strengstens verboten hatte. Sie googelte nach Liz' Namen. Sie wusste nicht einmal, was sie sich davon versprach. Doch jetzt, wo ihr der Beweis vorlag, dass Liz sie nicht einfach vergessen hatte, galten diese Regeln nicht mehr. Es war das erste Mal seit dem Silvesterabend, dass Caro in Liz' Gesicht, wenngleich nur in digitaler Form, blickte. Ihr Herz machte bei dem Anblick einen kleinen Hüpfer, doch Caro versuchte, ihre Euphorie etwas zu zügeln. Bevor Katharina ihre Vermutung nicht endgültig bestätigt hatte, wollte sie bei ihrer Erkenntnis Vorsicht walten lassen. Die ersten Suchergebnisse verwiesen alle auf Liz' Webseite, die zwar nett anzusehen war, ihr aber keine neuen Informationen lieferte. Doch dann wurde ihr eine Webseite mit Terminen für Tattoo Conventions vorgeschlagen. Im Suchvorschlag war Liz' Name nirgends zu lesen, aber aus irgendeinem Grund musste der Suchalgorithmus schließlich diese Seite herausgefiltert haben. Deshalb klickte Caro darauf. Sie scrollte sich durch eine lange Liste von Veranstaltungen, bis sie schließlich Liz' Namen entdeckte. Caro konnte es kaum fassen. Offenbar würde Liz bei einer Tattoo Messe in Berlin teilnehmen und die Convention würde bereits in knapp zwei Wochen stattfinden. Das Summen des Handys ließ Caro vom Monitor aufblicken. Katharina rief sie zurück.

„Katharina, danke, dass du mich zurückrufst", Caro versuchte, möglichst unaufgeregt zu klingen.

„Hallo Caro. Ist alles in Ordnung bei dir?", Katharina machte sich seit der verschobenen Hochzeit sorgen um Caro und ging bei einem Anruf immer vom Schlimmsten aus.

„Nein. Ähm, ich meine, ja. Alles gut soweit", antwortete Caro hastig, denn sie wollte gern schnell zum Thema kommen, „Ich muss dich was fragen. Und bitte antworte mir ehrlich. Das Geschenk von meinem Geburtstag, das Kartenspiel, das stammte gar nicht von dir, oder?"

Eine Weile herrschte am anderen Ende Stille, bis Caro ein Räuspern wahrnahm.

„Du hast Recht und es tut mir leid. Das hätte alles nicht so ablaufen dürfen", Katharina klang hörbar geknickt, „Wie hast du es herausgefunden?"

Jetzt war es Caro, die einen Moment schwieg. Wieviel wusste Katharina tatsächlich? Sie und Liz standen sich sehr nahe. Es war also gut möglich, dass Katharina über alles im Bilde war. Oder eben auch nicht. Dann war die Tatsache, dass Caro Liz an ihrem Parfum erkannt hatte, ziemlich auffällig.

„Ich weiß nicht, ich weiß es halt", Caro gingen die Worte ungewollt pampig über die Lippen, deshalb fügte sie schnell noch etwas hinzu, „Wieso hast du es mir nicht gesagt?"

„An dem Abend selbst wusste ich gar nicht sicher, dass Liz dir das Paket geschickt hat. Allerdings kannte ich Alexanders Geschenk. Er hatte mir vorher ein Bild von der Uhr gesendet. Also konnte das Paket nicht von ihm stammen. Als du anfingst, in seinem Beisein über den Absender zu spekulieren, bin ich schnell eingeschritten. Ich hatte befürchtet, dass irgendwann Liz' Name fallen würde. Und wir wissen beide, wie Alexander darauf reagiert hätte", versuchte Katharina die Sache aufzuklären.

„Das erklärt aber immer noch nicht, warum du es mir nicht später unter vier Augen erzählt hast", wandte Caro ein.

Katharina atmete einmal schwer: „Aufgrund meiner Vermutung, hatte ich bei Liz angerufen. Erst ab da wusste ich es sicher. Aber Liz wollte nicht, dass..."

Caro konnte deutlich spüren, dass Katharina die Grenze dessen, was sie erzählen durfte, überschritten hatte.

„Was wollte Liz nicht?“, Caro würde jetzt nicht so einfach locker lassen.

Nach einem resignierenden Seufzer setzte Katharina ihre Erklärung fort: „Liz hatte mich gefragt, wie du auf ihr Geschenk reagiert hast. Ich habe ihr erzählt, dass du zuerst dachtest, Alexander sei dafür verantwortlich. Daraufhin hatte ich ihr vorgeschlagen, dir nun die Wahrheit zu sagen, doch das wollte Liz nicht.“

„Aber warum nicht?“, sagte Caro enttäuscht.

„Das wollte sie mir nicht verraten“, erwiderte Katharina ratlos.

Das alles machte für Caro keinen Sinn. Bestimmt hatte es Liz einige Mühe gekostet, um überhaupt an die Karten ran zu kommen. Und irgendwie hatte sie Caros Geburtsdatum herausgefunden und es schließlich noch geschafft, das Paket pünktlich und ohne Absender zustellen zu lassen. Das war kein unerheblicher Aufwand. Und trotzdem wollte sie unerkannt bleiben. Wieder befand sich Caro im Zwiespalt. Sie konnte diese Frau einfach nicht einschätzen. Immerhin konnte Caro davon ausgehen, dass Liz Katharina nur das Nötigste erzählt hatte. Auch Caro wollte es weiterhin bei Katharinas Kenntnisstand belassen und wechselte nun das Thema. Allerdings hörte Caro jetzt nur noch mit einem halben Ohr zu. Ihre Gedanken kreisten nun zu sehr um das Thema, über das sie sich seit Monaten verboten hatte nachzudenken. Sie musste jetzt dringend eine ruhige Minute finden, um die neuen Informationen in ihrem Kopf zu sortieren.

12. KAPITEL

In den folgenden zwei Wochen war Caro getrieben von innerer Unruhe. Sie musste sich eigentlich für eine Klausur vorbereiten. Doch jeder Versuch, sich auf ihre Literatur zu konzentrieren, scheiterte bereits nach wenigen Minuten. Sie wusste sehr genau, was sie ablenkte und warum es von Tag zu Tag schlimmer wurde. Das Telefonat mit Katharina hatte den Gedankenkreisel endgültig wieder zum Drehen gebracht und nun war es schlimmer denn je. Selbst Tamara hatte ihre Dünnhäutigkeit bereits registriert.

„Was ist denn mit dir los? Hast du etwa Streit mit Alexander?“, hatte Tamara sie vor einigen Tagen gefragt, während die beiden im Fitnessstudio auf dem Laufband ihre Ausdauer trainiert hatten. Als ob sich eine Möglichkeit böte, mit Alexander in Streit zu geraten, dachte Caro boshaft. Er verbrachte mittlerweile die gesamte Woche in London, denn das Projekt würde, wie geplant, in den nächsten Wochen den finalen Höhepunkt erreichen. Caro hatte sich unterdessen an seine Abwesenheit gewöhnt. Und ehrlich gesagt, war ihr sein Fortbleiben gerade nur allzu recht. Es war Samstagnachmittag und Caro saß mit Tamara bei einem Eiscafé auf der Terrasse ihrer Lieblingseisdiele. Caro war sich bewusst, dass sich genau in diesem Moment Liz keine vier Zugstunden entfernt von ihr befand. Morgen sollte der letzte Tag der Tattoo Convention sein und vermutlich würde morgen Abend bereits ihr Flieger wieder nach New York abheben.

„Sag mal, hörst du mir überhaupt zu?“, fragte Tamara genervt. Caro schreckte auf: „Was? Hast du etwa was gesagt?“

Tamara brummte wütend: „Also mit dir ist es in letzter Zeit wirklich schwer, eine normale Unterhaltung zu führen. Verrätst du mir, wo du mit deinen Gedanken bist?“

Wollte Caro das wirklich erzählen? Bei ihrem letzten Gespräch über Liz hatte sich Tamara ganz klar dafür ausgesprochen, diese ganze Sache zu den Akten zu legen.

Zwar kannte Tamara nicht die neuesten Begebenheiten, aber Caro glaubte kaum, dass das irgendwas an Tamaras Haltung ändern würde.

„Jetzt rede mit mir. Seit geschlagenen zwei Wochen läufst du rum wie Falschgeld. Ich dachte, dass es dir mittlerweile wegen deiner Oma wieder besser geht?“, Tamara blieb hartnäckig.

„Na schön. Es gibt da was...“, druckste Caro und presste die Lippen zusammen, „Aber ich bin mir sicher, dass du davon gar nichts hören willst.“

„So ein Unsinn. Natürlich will ich es wissen, wenn dich etwas belastet“, schimpfte Tamara.

„Gut. Wir werden ja sehen, wer Recht behält“, Caro fokussierte Tamara präzise, achtete genau auf ihre Reaktion, „Es geht um Liz.“

Und wie erwartet, blickte Tamara sie ungläubig an: „Liz? Hat sie sich etwa bei dir gemeldet?“

„Nein, oder doch. Irgendwie schon“, überlegte Caro.

„Irgendwie? Wie kann man sich denn bitte nur irgendwie melden?“, fragte sich Tamara.

„Erinnerst du dich an das Paket ohne Absender. An meinem Geburtstag?“, fragte Caro, woraufhin Tamara nickte.

„Das war nicht von Katharina, das war von ihr. Ich habe das vor etwa zwei Wochen herausgefunden“, offenbarte Caro und blickte Tamara erwartungsvoll an.

„Ok. Das war wirklich nett von ihr. Und weiter?“, Tamara schien nicht zu begreifen, wie bedeutsam diese Tatsache für Caro war.

„Vielleicht erinnerst du dich, dass dieser alte Typ von dem Antiquitätengeschäft diese Karten unter keinen Umständen rausrücken wollte. Liz muss sich also ziemlich viel Mühe gegeben haben. Für mich. Verstehst du?“, Tamara musste doch begreifen, wie wichtig diese Tatsache war.

„Caro, ich kann schon nachvollziehen, dass diese Geste durchaus einen Wert hat. Aber ich hoffe auch, dass du dich da nicht allzu sehr reinsteigerst“, mahnte Tamara sie an. Genau diese Worte wollte Caro von ihrer Freundin überhaupt nicht hören, denn natürlich hatte sie vollkommen recht.

„Liz ist gerade in Deutschland. In Berlin. Auf einer Messe. Vermutlich wird sie morgen schon wieder abreisen“, Caro hatte keine einzige Frage gestellt, dennoch begriff Tamara sofort, was Caro von ihr wissen wollte.

„Du überlegst, dort hinzufahren“, stellte Tamara treffend fest.

„Ich will wenigstens noch einmal mit ihr reden. Ich habe das Gefühl, als sei zwischen uns noch etwas zu klären. Mehr nicht“, in Caros Tonfall klang ein leises Flehen mit, als ob sie ihre beste Freundin um Erlaubnis bat. Tamara ließ sich mit ihrer Antwort Zeit.

„Das alles scheint dich wirklich sehr zu beschäftigen und vermutlich wird sich so leicht keine Gelegenheit mehr für ein Treffen ergeben. Wenn die Sache danach ein für alle Mal geklärt ist, dann solltest du wohl besser dahin fahren“, war Tamara der Meinung. Caros breites Grinsen verriet, dass das genau die Worte waren, die sie von ihrer Freundin hatte hören wollen.

Der Zug setzte sich am nächsten Morgen pünktlich um kurz nach acht in Bewegung. Käme es zu keiner Verzögerung, würde Caro gegen halb eins den Berliner Hauptbahnhof erreichen. In der Nacht hatte Caro fast kein Auge zugetan. Immer wieder hatte sie sich versucht vorzustellen, wie Liz auf ihr plötzliches Auftauchen reagieren würde. Sie war alle erdenklichen Szenarien durchgegangen und war am Ende sicher, dass sich Liz zumindest auf ein kurzes Gespräch mit ihr einlassen würde. Trotzdem stieg ihre Aufregung von Minute zu Minute, wo sie doch eigentlich todmüde hätte sein müssen. Stattdessen rutschte sie hibbelig und aufgekratzt auf ihrem Sitz hin und her, als hätte sie mindestens zehn Tassen Kaffee intus. Die digitale Anzeige am Ende des Abteils kündigte die Ankunft in der Hauptstadt in dreiundzwanzig Minuten an. Ihr letzter Berlinbesuch lag Jahre zurück. Sie erinnerte sich noch gut daran. Damals, kurz nach ihrem Abitur, hatte sie Nadja bei einem spontanen Trip in die Hauptstadt begleitet, weil Nadja übers Internet einen Typen kennengelernt hatte. Eine äußerst zwielichtige Gestalt, wie sich kurz darauf herausgestellt hatte. Und Nadja war heilfroh gewesen, Caro mitgenommen zu haben. Jetzt, knapp neun Jahre später, saß Caro nun allein im Zug und außer Tamara wusste niemand, wo sie gerade war. Wem auch hätte sie davon erzählen sollen? Nadja einzuweihen, hätte ihrer Freundin einiges abverlangt. Schließlich arbeitete sie eng mit Alexander zusammen und Caro hätte sie damit womöglich zum Lügen gezwungen. Deshalb und weil Caro und Nadja sich ohnehin in den letzten Wochen etwas aus den Augen verloren hatten, verwarf Caro diesen Gedanken. Kurz hatte sie überlegt, Katharina nach ihrer Meinung zu ihrer spontanen Reise zu fragen. Einfach, weil Katharina ihre Schwester schließlich am besten kannte. Doch was hätte Caro als Begründung für diesen Ausflug nennen sollen? Liz hatte sie nicht eingeweiht und vermutlich gute Gründe dafür. Was aber, wenn sie ihr deshalb nichts erzählt hatte, weil Liz ihr kleines Intermezzo für völlig belanglos hielt? In Caro stieg plötzlich ein Gefühl von Unbehagen auf. Was tat sie hier in diesem Zug, der nun bereits den Bremsvorgang einleitete? Sicher würde sie sich beim Aufschlagen auf dieser Tattoo-Messe völlig lächerlich machen. Nicht mal ein Tattoo hatte sie vorzuweisen. Würde man sie so jungfräulich überhaupt reinlassen? Am liebsten wollte sie gerade einfach im Zug sitzen bleiben und warten, bis er wieder den Rückweg antrat. Stattdessen öffneten sich nun mit einem Zischen die Zugtüren und die herausströmenden Menschen zogen Caro unwillkürlich mit sich auf den Bahnsteig. Da stand sie nun, eingeschüchtert durch ihre eigenen Gedanken, für die sie sich gerade selbst verfluchte. Jetzt wieder umzukehren wäre allerdings noch lächerlicher. Sie musste davon ausgehen, dass Liz bereits in wenigen Stunden wieder in einem Flieger nach New York saß. Für langes Grübeln blieb ihr also keine Zeit. Sie schüttelte ihre verunsichernden Gedanken ab und begab sich auf die Suche nach einer S-Bahn, die sie zum Messegelände bringen würde. Eine halbe Stunde später fand sie sich bereits vor den Eingangstoren der Tattoo Convention wieder. Sie reihte sich in die einigermaßen überschaubare Schlange ein. Selbst ohne das große Banner über der Eingangstür war eindeutig zu erkennen, für welche Veranstaltung hier Schlange gestanden wurde. Caro konnte keine einzige Person ohne Tätowierung ausmachen. Es war vielmehr so, dass sie noch nie so viele Menschen mit so wenig freier Hautfläche auf einem Haufen gesehen hatte. Sie kam sich in ihrer Gegenwart vor wie ein bunter Hund. Oder sollte sie eher unbunter Hund sagen? Offenbar schien aber niemand besondere Kenntnis von ihr zu nehmen. Wahrscheinlich machte sie ihre unverzierte Haut auf eine gewisse Art unsichtbar für ihre Umwelt. Endlich erreichte sie den Eingang.

„Deine Karte bitte“, wurde sie von einem bunt tätowierten Muskelpaket freundlich aufgefordert.

„Oh, ich dachte, die kann ich hier direkt kaufen?“, erwiderte Caro verunsichert.

„Die Tageskarten sind bereits ausverkauft. Heute kommen nur noch Besucher mit Wochenendtickets rein. Tut mir leid“, brachte der Kontrolleur sein Bedauern zum Ausdruck. Caro sah sich hilflos um. War jetzt alles umsonst gewesen? Wie blauäugig sie doch war. Hier aufzukreuzen, ohne sich im Vorfeld ausreichend informiert zu haben. Doch so schnell wollte Caro sich dann doch nicht abwimmeln lassen.

„Sind sie sicher, dass es nicht doch irgendeine Möglichkeit für mich gibt? Ich will auch gar nicht lange bleiben. Ich muss nur ganz dringend mit jemandem sprechen“, flehte Caro, aber der Mann schüttelte kommentarlos den Kopf und setzte ungerührt seine Arbeit fort. Doch Caro wollte so schnell nicht aufgeben. Wo sie vor etwa einer Stunde am Bahnhof beinahe der Mut verlassen hatte, entwickelte sie nun den unbändigen Ehrgeiz, irgendwie einen Weg in diese verdammte Messehalle zu finden.

„Hören Sie, guter Mann. Schauen Sie mich an", forderte sie den Zwei-Meter-Mann in einem überaus herrischen Tonfall auf. Der schien von dem unerwartet harschen Auftreten durchaus beeindruckt, denn er schenkte Caro erneut seine Aufmerksamkeit.

„Sehen Sie an mir hier irgendein Tattoo?", sie präsentierte sich ihm mit einer entsprechenden Handbewegung. Rätselnd blickte der Mann und nun auch die anderen Wartenden Caro an.

„Ganz genau. Kein einziges. Auch nicht hier", sie hob ihr T-Shirt und drehte sich im Kreis und entblößte damit ihren BH, „Ich kann Ihnen zum Beweis auch den Rest meines Körpers zeigen."

Sie machte Ansätze, ihre Hose aufzuknöpfen, doch der Mann winkte resigniert ab.

„Himmel, was genau wollen Sie jetzt von mir?", ihm war Caros Aktion sichtlich unangenehm.

„Ich will Ihnen beweisen, dass ich kein Besucher im eigentlichen Sinne bin. Ich will da nur rein, weil ich unbedingt mit Liz sprechen muss. Das ist alles. Nur ein kurzes Gespräch. Dann verschwinde ich wieder", Caro hatte sich geradezu in Rage geredet, doch der Kontrolleur blickte sie bedauernd und schulterzuckend an.

„Hast du Liz gesagt?", wurde sie plötzlich auf Englisch angesprochen. Caro drehte sich zu der männlichen Stimme rum. Ein Mann mit einem Ausweis um seinen Hals kam auf sie zu.

„Meinst du etwa Liz Beck?", hakte er wiederholt nach. Caro sah ihn freudestrahlend an: „Ja, genau. Liz Beck. Du kennst sie?"

„Oh Süße, ich glaube, jeder hier kennt Liz", lachte er und reichte Caro die Hand, „Ich bin Marc. Und wer bist du?"

Caro war sich sicher, dass Marc, auf dessen Ausweis die Buchstaben VIP prangten, ihr Ticket in diese Hallen sein konnte. Da sie trotzdem nicht einschätzen konnte, wem sie gerade gegenüberstand, wollte sie nur gerade so viel preisgeben, dass er sie als eine Bekannte von Liz identifizieren würde.

„Ich bin Caro. Ich bin die Verlobte ihres Bruders“, begann sie mit ihrer Erklärung und war sich sicher, dass ihm diese knappe Information nicht ausreichen würde. Doch zu ihrer Überraschung musterte Marc sie bei diesen Worten kurz und strahlte sie daraufhin an: „Ach ja. Ich verstehe. Dann komm, ich bringe dich zu ihr.“

Verdutzt, aber ohne jegliche Widerworte folgte sie Marc nun in die Messehalle. Mit dem Betreten in dieses Gebäude begab sich Caro in eine ihr bislang völlig unbekannte Welt. Hier zeigte sich Körperkult in einem gänzlich ungeahnten Maßstab, der vor nichts Halt zu machen schien. Vom Echsenmann bis zur Vampirfrau, war hier alles vertreten. Caro konnte sich gar nicht sattsehen. Sie fragte sich, ob ein solch extremer Look mutig, oder einfach nur verrückt war. Bis heute war ihr nicht bewusst, dass auch Tattoos einem aktuellen Trend folgten. In diesem Jahr schienen klare Formen und minimalistische Motive angesagt zu sein. Bei all den faszinierenden Eindrücken war Caro gar nicht aufgefallen, dass sie inzwischen die komplette Halle vollständig durchquert hatten. Marc blieb unvermittelt vor ihr stehen.

„Liz tätowiert vermutlich gerade da hinten. Ich nehme an, den Rest kriegst du allein hin, oder? Ich muss jetzt schnell wieder zu meinem Jury-Platz, die anderen warten sicher schon auf mich“, erklärte Marc eilig. Caro jedoch, hatte bei den Worten „Liz“ und „da hinten“, nicht mehr richtig zugehört, sondern versuchte die Frau, deretwegen sie die Reise angetreten hatte, in der Ferne auszumachen. Entdecken konnte sie Liz noch nicht, deshalb gelang es ihr, Marc doch noch kurzzeitig ihre Aufmerksamkeit zu schenken.

„Vielen Dank, Marc. Du hast mir hiermit einen wahnsinnig großen Gefallen getan“, Caro gab ihm erneut die Hand.

„Nicht dafür. Vielleicht sehen wir uns ja später nochmal“, grinste er verschmitzt, verschwand dann in der Menge und überließ Caro sich selbst. Irgendwo da vorne war Liz. Caro spürte ihr Herz vor Aufregung pochen. Gleich würde sie erfahren, welches ihrer durchgespielten Szenarien eintreten würde. Natürlich hoffte sie, in Liz Gesicht einen Hauch von Freude zu erkennen. Jedoch ermahnte sie sich, in einem anderen Fall nicht allzu enttäuscht zu sein. Sie bahnte sich den Weg durch die Menge. Jetzt erkannte sie das Logo, das sie bereits in New York auf Liz‘ Schaufenster gesehen hatte. Vor dem Stand war ein breiter Tisch aufgebaut, auf dem Zeichnungen und Tattoo-Motive zur Ansicht auslagen. Das Gedränge davor war groß. Offenbar schienen die Motive genau den Geschmack der Besucher zu treffen. Die Personen hinter dem improvisierten Tresen kannte Caro nicht. Zwei Männer und eine Frau waren eifrig damit beschäftigt, sich mit den Besuchern zu unterhalten. Doch von Liz war nichts zu sehen. Als Caro sich dem Stand näherte sah sie, dass in einer Ecke eine Art Sichtschutz aufgebaut war. Der Paravent ließ dennoch einen Blick auf die dahinter befindliche Liege zu. Ein junger Mann lag dort kopfüber und mit freiem Wadenbein und wartete auf das erneute Ansetzen der Tätowiernadel. Und dann endlich schob sich Liz in Caros Blickfeld. Sie beugte sich gerade zu der Wade vor und legte mit ihrer linken Hand die Tätowiernadel an. Ihre Bewegungen waren routiniert und elegant und sie wirkte sehr konzentriert. Caro wusste, solange Liz in ihre Arbeit vertieft war, konnte sie sie ungestört beobachten. Sie war nicht die einzige Zuschauerin, doch im Gegensatz zu den anderen, interessierte sich Caro nicht für das soeben entstehende Kunstwerk. Ihr Blick galt einzig und allein der Künstlerin. Liz sah, wie immer, unfassbar gut aus. Das schwarze, hautenge T-Shirt stand ihr fantastisch und betonte ihre schlanke, aber überaus weibliche Figur. Die hautenge Jeans zeigte ihre langen Beine und ließ erahnen, welch knackiger Po sich unter dem Stoff verbarg. Caro fragte sich, ob ihr bereits bei ihrem ersten Aufeinandertreffen so deutlich bewusst war, dass Liz eine überdurchschnittlich attraktive Frau war. Sie trug ihre Haare jetzt etwas kürzer, was sie jünger aussehen ließ. Caro gefiel die neue Frisur und wäre am liebsten sofort mit ihrer Hand durch Liz' tiefschwarze Mähne gefahren. Sie presste die Lippen bei diesem Gedanken aufeinander, denn sie wusste, was ihr Körper damit sagen wollte. Dieser Wunsch kam ihr immer nur dann in den Sinn, wenn sie jemanden außerordentlich sexuell anziehend fand. Bislang war das allerdings nur bei Männern vorgekommen. Dass Liz einen sexuellen Reiz bei ihr ausgelöst hatte, war zwar keine Neuigkeit, aber insgeheim hatte sie gehofft, dass dieses Gefühl bei einer erneuten Begegnung ausblieb. Stattdessen tobte es gerade in ihr. Ihr Herz pochte fest gegen ihre Kehle und Caro kaute unbewusst auf ihrer Unterlippe. Es bedurfte angestrengter Konzentration, sich nicht in anzüglichen Fantasien mit dieser reizvollen Frau zu verlieren. Es war ganz klar ein Fehler, hergekommen zu sein. Caro schüttelte vehement den Kopf. Sie wollte sich gerade von Liz abwenden, da drehte sich Liz in einer beiläufigen Bewegung zu ihren Zuschauern und blieb mit ihrem Blick direkt an Caros Augen haften. Caro starrte sie wie paralysiert an. Auch Liz hielt in ihrer Bewegung inne, konnte ihrem Blick nicht ausweichen. Diese strahlend blauen Augen, die Caro erneut so unergründlich wie rätselhaft anblickten. Beide verharrten so lange in dieser Position, bis Liz' Kunde irritiert seinen Kopf anhob und sich deutlich räusperte. Schnell wandte Liz sich wieder ihm zu und ließ Caro verdattert zurück. Sie hatte keine Idee, wie sie Liz' Reaktion zu deuten hatte. Liz hatte Caro hier nicht erwartet, so viel hatte ihr überraschter Blick verraten. Doch ansonsten hatte sie nicht mal den Ansatz eines Lächelns gezeigt. Caro hätte sie nicht aufsuchen sollen, es war eine Schnapsidee gewesen. Was hatte Caro auch erwartet? Die tiefsitzende Enttäuschung ließ Caro in der Menge der Besucher untertauchen. Die

Menschenmassen, die sich eng aneinander gedrängt durch die schmalen Gänge schoben, trugen sie einfach mit. Irgendwann würde sie automatisch an einem Ausgang vorbeikommen und einfach aus dem Strom abspringen.

„Caro, warte", jemand griff nach ihrem Arm, „Wo willst du denn hin?"

Caro wusste sofort, wessen Hand sich um ihr Handgelenk gelegt hatte. Sie hätte diese samtweiche Stimme unter Tausenden herausgehört. Doch selbst ohne jedes Wort hätte Caro Liz sofort erkannt. Der Duft. Dieser unverkennbare Duft, den sie nur von Liz kannte und der ihre Persönlichkeit auf so elegante Weise unterstrich. Caro drehte sich um. Da war es, das Lächeln. Das Lächeln, das bis zu ihren strahlend blauen Augen reichte und um sie herum diese kleinen charmanten Fältchen erzeugte, die Caro seit New York so unwiderstehlich fand. Und dieses Lächeln galt in diesem Augenblick nur ihr. Diesmal gab es keinen Irrtum.

„Liz", Caro lächelte Liz unsicher an, „Hi."

„Komm mit. Da hinten sind wir ungestört", Liz deutete auf den Backstage Bereich, zu dem Caro eigentlich keinen Zutritt hatte. Doch niemand störte sich daran, als sie mit Liz den Durchgang passierte. Liz bot Caro einen Kaffee an und beide nahmen auf zwei Stoffsesseln im Cateringbereich Platz.

„Woher weißt du, dass ich hier bin?", erkundigte sich Liz.

Caro hatte natürlich mit dieser Frage gerechnet. Sie wusste, dass ihr die Antwort etwas unangenehm war, doch wollte sie Liz gegenüber bei der Wahrheit bleiben.

„Ich habe im Internet gesehen, dass du hier teilnehmen wirst", nuschelte sie bewusst undeutlich, in der Hoffnung, Liz würde auf Caros Antwort nicht weiter eingehen. Natürlich tat Liz ihr diesen Gefallen nicht.

„Du hast mich gegoogelt?", Liz hob eine Augenbraue und schenkte Caro ein amüsiertes Grinsen. Unweigerlich schoss Blut in Caros Kopf. Sie kam sich vor wie eine stalkende Teenagerin.

„Ähm...also. Ja, irgendwie schon“, stammelte sie, „Schlimm?“

Liz betrachtete Caro nachdenklich bevor sie zu einer Antwort ansetzte: „Nein. Ich bin überrascht, aber ich freue mich über diese Überraschung.“

Liz führte mit beiden Händen ihren Kaffeebecher zum Mund und verdeckte damit ihr vielsagendes Schmunzeln, das Caro jedoch nicht entging.

„Ich bin hier, weil ich mich für dein Geschenk bedanken wollte“, wechselte Caro nun das Thema. Mit dieser Aussage hatte Liz wohl nicht gerechnet, denn sie stockte abrupt in ihrer Bewegung und blickte Caro verdutzt an.

„Woher weißt du...? Hat Katharina...?“, fragte Liz kleinlaut.

„Nein, hat sie nicht. Warum wolltest du nicht, dass ich es weiß?“, Caro war sich bewusst, dass sie Liz' Frage auswich und dieser stattdessen mit einer Gegenfrage aus dem Weg gegangen war. Sie wollte sich kein zweites Mal die Blöße geben. Was sollte sie auch sagen? Etwa, dass sie Liz an ihrem Duft erkennen konnte? Nein, diesmal würde sie Liz die Antwort schuldig bleiben.

„Die Hauptsache ist doch, dass du es jetzt weißt“, Liz hatte wieder zu ihrem alten Lächeln zurückgefunden, „Wie lang wirst du in Berlin bleiben?“

Caro grinste anerkennend. Liz verstand sich in diesem Spiel also ebenso gut wie sie. Auch Liz hatte sich vor einer Antwort gedrückt und stattdessen das Thema gewechselt. Na schön. Caro wollte das akzeptieren. Jedenfalls vorerst.

„Ich bin mir nicht sicher. Ich dachte, falls du Lust hast, dann könnten wir...“, Caro traute sich nicht so recht, Liz um ihre Zeit zu bitten.

„Mein Flieger geht morgen am frühen Abend. Heute Abend bin ich mit den anderen Tätowierern in einer großen Runde im Urban Spree verabredet. Da findet im Biergarten ein Konzert statt. Ich würde mich freuen, wenn du mit mir dahin gehst“, Liz schenkte Caro bei diesen Worten ihr charmantestes Lächeln. Caro hätte es niemals zugegeben, aber innerlich schmolz sie geradezu dahin.

„Ehrlich? Bist du sicher, dass die anderen nichts dagegen haben?“, wollte Caro sicherstellen.

„Naja, tatsächlich solltest du mindestens ein Tattoo vorweisen. Da sind die Kollegen ziemlich eigen“, Liz verzog bei dieser Aussage keine Miene. Meinte sie das wirklich ernst? Liz musste doch wissen, dass Caro in dem Punkt nichts vorzuweisen hatte. Hatte sie diese Tatsache Liz gegenüber nicht erwähnt? Hilflos sah Caro an ihrem Körper herab und erntete nun ein herzhaftes Lachen. Caro rümpfte die Nase, nachdem sie begriff, gerade einem kleinen Spaß aufgesessen zu sein: „Haha, sehr lustig.“

„Tut mir leid. Aber dein Gesicht war gerade göttlich“, noch immer bekam sich Liz kaum ein vor Lachen, „Aber weißt du was? Weil der Spaß jetzt auf deine Kosten ging, verspreche ich dir im Gegenzug, dir dein erstes Tattoo zu stechen. Falls da je Interesse besteht.“

„Wow. Also...eigentlich ja, aber...“, Caro wollte Alexanders Namen nicht in den Mund nehmen. Doch er war eigentlich der einzige Grund, warum Caro bis heute von einer Tätowierung abgesehen hatte. Kannte Liz Alexanders Haltung zu diesem Thema?

„Es ist nur ein Angebot. Wenn dir Tattoos nicht gefallen, dann ist das überhaupt nicht schl...“, wollte Liz sie gerade beruhigen, doch Caro ging hastig dazwischen: „Doch, doch. Ich mag Tattoos. Mir gefällt nicht alles, was ich heute auf der Messe gesehen habe. Aber deine...sind wirklich schön. Jedenfalls die, die ich bislang gesehen habe.“

Caro meinte damit natürlich Liz‘ Arbeiten, die sie auf ihrer Webseite und auf den Fotos im Tattoo-Studio gesehen hatte. Jetzt erst fiel ihr auf, dass man ihre Aussage durchaus missverstehen konnte. Liz' erheiterter Blick verriet ihr, dass auch sie diese Zweideutigkeit erkannt hatte. Caro wollte am liebsten vor Scham im Boden versinken.

„Danke für das Kompliment“, erwiderte Liz charmant und verzichtete mit dieser allgemeingültigen Antwort darauf, Caro durch ihre ungeschickte Formulierung bloßzustellen. Liz warf jetzt einen Blick auf die Uhr und erklärte Caro, dass sie wieder zu ihrem Stand zurückkehren musste. Sie vereinbarten, sich zum Ende der Messe wieder an Liz' Stand zu treffen. Für Caro gab es in den paar Stunden noch genug auf der Convention zu entdecken. Es standen noch einige interessante Veranstaltungen auf dem Programm, die sie sich gerne ansehen wollte.

Kurz vor acht traf Caro wieder bei Liz ein. Die eifrigen Helfer hatten bereits einen Teil des Standes wieder verstaut und waren mit dem Abbau bereits in den letzten Zügen. Auch Caro packte jetzt mit an, was Liz mit einem anerkennenden Nicken zur Kenntnis nahm.

„Ich würde gerne noch schnell im Appartement einen Zwischenstopp einlegen und mich dort kurz frisch machen. Kommt ihr mit, oder wollt ihr direkt zum Biergarten?", richtete Liz das Wort an ihre Kollegen.

Einstimmig entschieden sich die anderen für die direkte Fahrt zum Biergarten. Damit war entschieden, dass Liz den Miettransporter zum Ferienappartement mitnehmen und ihre Helfer die S-Bahn zum Urban Spree nehmen würden. Caro fuhr selbstverständlich mit Liz.

„Hast du eigentlich schon was zum Übernachten?", fragte Liz Caro, während sie an einer roten Ampel auf die Weiterfahrt warteten. Caro schüttelte den Kopf. Wenn sie ehrlich war, hatte sie soweit gar nicht gedacht. In Berlin gab es an jeder Ecke ein Hotel, sie würde schon irgendwo unterkommen.

„Dann schlaf bei uns. Wir haben genügend Platz", schlug Liz unerwartet vor.

„Das ist lieb, aber ich kann doch nicht einfach bei dir aufschlagen und mich dann noch bei dir einquartieren", versuchte Caro das Angebot abzulehnen.

„Doch, das kannst du. Außerdem ist es total umständlich, um diese Uhrzeit noch ein vernünftiges Hotel zu suchen", erhob Liz Einspruch. Caro gab diesmal keine

Widerworte. Sie wollte sich das Ferienappartement erst einmal ansehen. Wenn es ausreichend groß wäre, so dass sie wirklich niemandem zur Last fiele, würde sie es sich nochmal überlegen.

Wenige Minuten später erreichten sie ihr Ziel. Das Haus, in dem sich das Ferienappartement befand, war eigentlich gar kein Haus, sondern ein umgebautes Industriegebäude. Als Liz sie zum Ferienappartement einließ und sie einen ersten Blick auf das Innere der Wohnung werfen konnte, blieb Caro beinahe die Spucke weg.

„Von wegen Ferienappartement. Das ist ein hochmodernes Luxusloft“, beeindruckt sah sich Caro um. Der etwa sieben Meter hohe Raum war so groß wie Caros gesamte Wohnung. Die Wände bestanden aus freigelegten, rostbraunen Ziegelsteinen. Indirekte Lichtspots sorgten für eine angenehme Beleuchtung und setzten die Größe des Raumen geschickt in Szene. Auf dem glänzenden Fußboden konnte man sich beinahe spiegeln. Caro wusste, dass es sich hierbei um polierten Beton handelte, den sie sich selbst für ihre Wohnung immer gewünscht hatte. Über der freistehenden Edelstahlküche hing in normaler Raumhöhe eine weitere Lampe, die diesem Bereich eine heimelige Note gab. Davor befand sich ein großzügiger Esstisch, der von alten Industriestühlen umrahmt wurde. Das absolute Highlight waren allerdings die Panoramafenster, die zwischen den rohen Stahlträgern verbaut waren. Allein diese beindruckende Aussicht auf Berlin rechtfertigte den sicherlich exorbitanten Preis der Unterkunft, doch sie war absolut jeden Cent wert.

„Ihr lasst es euch mal richtig gut gehen, was?“, lachte sie ungläubig.

„Wir haben das Appartement über einen Freund bekommen. Marc hat für uns einen guten Preis ausgehandelt“, verriet Liz.

„Marc? Der Marc, der heute auch in der Jury saß?“, fiel es Caro ein.

„Du kennst ihn?“, Liz hob überrascht die Augenbrauen.

„Ja. Nein, natürlich nicht. Er war es, der mich vorhin vor dem Eingang aufgegabelt und in die Messehalle reingeschleust hat“, erklärte Caro.

„So, so. Hat er das?“, merkte Liz an, „Gut zu wissen.“

Caro verstand diese Bemerkung zwar nicht, da aber Liz mehr zu sich selbst gesprochen hatte, wollte sie nicht weiter nachhaken.

„Wo würde ich denn schlafen?“, fragte sie stattdessen.

„Entweder Lisa übernachtet heute bei mir und du übernimmst das freie Zimmer, oder ich nehme das Sofa und du schläfst in meinem Zimmer“, schlug Liz vor.

Lisa. So hatte sich die Frau vom Messestand bei Caro vorgestellt. Sie war Liz‘ Praktikantin. Ein aufgewecktes, junges Ding mit Dreadlocks und unzähligen Piercings im Gesicht. Und sie sollte mit Liz in einem Bett übernachten? Bei diesem Gedanken zog sich Caros Magen unangenehm zusammen. Das Gefühl, was Caro unschwer als aufkeimende Eifersucht erkannte, stand ihr nicht zu. Das war ihr klar. Sie durfte keine Ansprüche auf Liz erheben und dennoch fand sie die Vorstellung, Liz im Nebenraum mit einer anderen Frau zu wissen, unerträglich.

„Niemand soll sich Umstände machen. Ich nehme natürlich das Sofa“, entschied sich Caro deshalb ganz klar gegen beide Vorschläge.

„Ok, wie du magst. Dann mach es dir jetzt noch kurz gemütlich. Getränke findest du übrigens im Kühlschrank. Ich werde in der Zwischenzeit mal eben duschen gehen. Es wird aber nicht lange dauern“, erklärte Liz und verschwand bereits während dieser Worte im Badezimmer. Caro nahm sich eine Limo aus dem Kühlschrank und ließ sich auf der gemütlichen Couch nieder. Die bequeme Sitzgelegenheit machte sie schlagartig müde. Sie hatte bereits einen langen Tag hinter sich und wenn sie ehrlich war, würde sie jetzt liebend gern und sofort auf dem Sofa einschlafen. Doch sie bemühte sich, sich zusammenzureißen, wach zu bleiben, denn ein ganzer Abend lag noch vor ihr. Stattdessen blickte sie aus dem Fenster, ließ die nächtliche Silhouette Berlins auf sich wirken und dachte über den Tag nach. Endlich wieder in Liz' Gegenwart zu sein, fühlte sich besser an, als erwartet, war aber gleichzeitig eine emotionale Tortur. Caro brauchte sich wirklich nicht länger etwas vormachen. Bereits als sie Liz heute das erste Mal wieder in die Augen gesehen hatte, war es ihr endgültig klar gewesen. Sie empfand etwas für diese Frau. Wie weit diese Gefühle gingen und was das für Caro bedeutete, vermochte sie noch nicht zu sagen. Welchen Wert würde diese Erkenntnis jedoch haben, wenn diese Gefühle nicht auf Gegenseitigkeit beruhten? Ihre Gedanken überforderten sie, drehten ihren Kopf schwindelig, weil sie Liz' Verhalten einfach nicht zu deuten wusste. Manchmal, wenn Liz ihr in die Augen sah, dann glaubte Caro darin etwas zu erkennen. Etwas, das nur ihr galt und mehr war, als Liz je zugeben würde. Bereits in New York hatte es diese Momente zwischen ihnen gegeben. Und jetzt, mehr als ein halbes Jahr später und an einem anderen Ort hatte sich an Caros Eindruck nichts geändert. Irgendwas war da auch auf Liz' Seite. Oder nicht? Liz zeigte sich weiterhin undurchsichtig. Nicht ablehnend, aber Caro auch nicht eindeutig zugewandt. Sie war Caro gegenüber charmant und aufmerksam, doch hielt sie sich körperlich auf Abstand. Aber was erwartete Caro auch? Sie konnte schließlich selbst nicht genau benennen, was in ihr vorging und warum sie hergekommen war. Doch, eigentlich wusste sie es genau. Sie wollte Klarheit. Klarheit über ihre Gefühle, die Liz am Silvesterabend gründlich durcheinandergebracht hatte. Jeder Versuch, dieses Chaos wieder allein in Ordnung zu bringen, war gescheitert. Spätestens seit Liz' Geschenk waren all die verdrängten Gedanken mit einem Schlag wieder ans Tageslicht gespült worden und dominierten seither ihren Alltag. Dass sie ganz beiläufig noch mit Liz' Bruder verlobt war, war bei alledem zur fast vergessenen Nebensache geworden. Keinen Gedanken hatte sie an ihn verschwendet seitdem sie im Frankfurter Hauptbahnhof in den Zug gestiegen war. Ganz tief in ihrem Unterbewusstsein war da vielleicht etwas, dass sie als schlechtes Gewissen bezeichnen würde. Doch bislang konnte sie das zaghafte Nagen prima ignorieren. Während sie so gedankenversunken dasaß, merkte sie nicht, wie ihre Augen allmählich zufielen. Erst, als ihr Kinn von ihrer Hand rutschte, schreckte sie abrupt hoch. Wie viel Zeit war vergangen? Und wo war Liz? Caro sah sich schlaftrunken um. Die zuvor verschlossene Badezimmertür war jetzt angelehnt.

„Liz? Bist du noch da drin?“, Caro schob behutsam ihren Kopf ins Badezimmer und riskierte einen vorsichtigen Blick Doch der Raum war leer. Dann entdeckte sie die nassen Fußspuren, die aus dem Bad einmal quer durch den Hauptraum führten. Sie folgte der Spur, die allerdings auf halbem Wege endete, weil Liz' Füße offenbar an dieser Stelle bereits getrocknet waren. Caro hatte also keine Ahnung, welcher Raum Liz' Schlafzimmer war. Sie ging deshalb zuerst zur linken Tür und klopfte daran. Es folgte Stille, daher öffnete sie den Raum einen Spalt und erkannte anhand der Männerkleidung auf dem Bett, dass es sich nicht um Liz Zimmer handelte. Also führte sie ihr Weg zur mittleren Tür. Wieder klopfte sie und wieder erfolgte keine Reaktion. Also drückte sie den Griff herunter und schob die Tür zur Hälfte auf. Sie konnte gar nicht so schnell realisieren, welcher Anblick sich ihr gerade bot. Weshalb sie auch nicht fähig war, ihrem Körper einen geeigneten Befehl zu erteilen. Liz stand vorne übergebeugt neben dem Bett und trocknete sich soeben ihre Haare mit einem Handtuch. Das allein wäre gar nicht schlimm gewesen, allerdings trug Liz, mit Ausnahme ihres Handtuchs auf dem Kopf, gerade...nichts. Caro stierte unwillkürlich auf Liz‘ splitterfasernackten Körper und erstarrte im gleichen Moment zur menschlichen Salzsäule. Liz sah unglaublich sexy aus. Obwohl sie mit ihrem Oberkörper nach vorne lehnte, trotzten ihre festen, kleinen Brüste mühelos der Schwerkraft. Ihre dunklen Brustwarzen hatten sich von der kühlen Schlafzimmerluft fest zusammengezogen. Ihre kunstvollen Tattoos führten an ihrer Taille entlang, über ihren flachen Bauch und endeten an ihrem Bauchnabel. Ihre Scham war untätowiert und war nahezu nackt. Dass Caros Körper, zumindest in Teilen, noch intakt war, spürte sie bei diesem Anblick am unzweifelhaften Pochen ihres Unterleibs. Doch ansonsten missachtete ihr Körper jedweden Befehl, der sie unverzüglich aus dieser Situation befreien sollte. Hilflos musste sie beobachten, wie Liz nun ihren Oberkörper langsam anzuheben begann. Gleich würde sie ihre Voyeurin entdecken und feststellen, dass sie gerade unerlaubt von Caro begafft wurde. Und Caro konnte rein gar nichts dagegen tun. Eines stand fest. Sollte sich Caro je wieder bewegen können, würde sie sich geradewegs vor lauter Scham von dem alten Fabrikgebäude stürzen. Doch im allerletzten Moment schien die wiederholte Anweisung ihres Gehirns an ihren linken Unterarm durchzudringen. Noch bevor Liz den Kopf endgültig angehoben hatte und Caros Dilemma entdeckte, zog Caro die Tür wieder vor sich zu.

Noch immer ruhte ihre Hand auf dem Türgriff und erst jetzt stellte Caro fest, dass sie bis eben die Luft angehalten hatte. Wie ein Ertrinkender, der soeben wieder an die Wasseroberfläche gespült wurde, nahm sie jetzt den wiederbelebenden Atemzug. Mit der frischen Portion Sauerstoff erlangte sie nun wieder die Kontrolle über ihren Körper und befahl ihm, sich umgehend zum Sofa zu begeben. Sie konnte noch immer nicht fassen, was da gerade mit ihr passiert war. Sie hatte sich ja bereits eingestanden, romantische Gefühle für diese Frau zu hegen. Dass sie allerdings derartig intensiv auf Liz' Nacktheit reagierte, hatte Caro niemals erwartet. Das leise Pulsieren zwischen ihren Beinen war noch immer spürbar, ihr Herzschlag noch deutlich beschleunigt. Sie stand auf Liz, nicht nur auf eine romantische Weise, sondern auch sexuell. Viel deutlicher konnte Caros Körper das wohl kaum signalisieren und mit dieser Deutlichkeit musste Caro nun erstmal zurechtkommen. Warum schaffte Liz etwas, das bislang keine andere Frau bei Caro auslösen konnte? Natürlich hatte sie Frauenkörper schon immer als sehr ästhetisch empfunden und bei einer Begegnung mit einer attraktiven Frau auch gern mal einen Blick riskiert. Doch bislang hatte sie niemals das Bedürfnis gehabt, einer Frau direkt um den Hals zu fallen, sie an die Wand zu drücken und zu küssen. Ihre Brüste zu berühren, sich zu ihrem flachen, tätowierten Bauch herunter zu tasten, um dann noch ein wenig weiter...Stopp! Sie musste damit aufhören. Gleich würde sie Liz wieder unter die Augen treten müssen und gerade fühlte es sich so an, als würden Caros lüsterne Gedanken in klarer Schrift auf ihrer Stirn stehen. Sie stand auf, um sich im Bad frisch zu machen. Nachdem sie die Tür hinter sich geschlossen hatte und sich nun, auf dem Waschbeckenrand abgestützt, im Spiegel betrachtete, konnte sie keine Buchstaben auf ihrer Stirn entdecken. Doch ihre Augen glänzten. Vor Anstrengung, Müdigkeit und vor der wohl noch immer nachhallenden Erregung, derer sie sich jetzt mit einem Schwall Wasser im Gesicht entledigen würde. Die Kühle tat ihrem Gesicht gut und erfüllte ihren Zweck. Caros Körperfunktionen stellten sich allmählich wieder auf Normalbetrieb, so dass sie sich Liz, die höchstwahrscheinlich längst fertig angezogen war, wieder unter die Augen treten konnte. Sie öffnete die Badezimmertür. Zwar sah sie Liz nicht direkt, hörte um die Ecke aber Geräusche aus der Küche.

„Ah. Da bist du ja“, Liz hatte sich eine Flasche Wasser aus dem Kühlschrank genommen und schenkte sie soeben ein Glas ein, „Also ich wäre soweit fertig. Wenn du auch soweit bist?“

„Ja, bin ich“, antwortete Caro schnell. Sie war heilfroh, eine vollständig bekleidete Liz in der Küche vorzufinden und wollte im Moment keine unnötige Zeit allein mit ihr verbringen. Zu groß war die Angst, sich Liz gegenüber seltsam zu verhalten und damit peinliche Fragen seitens Liz heraufzubeschwören.

„Prima. Dann lass uns gehen. Wir lassen den Transporter hier und nehmen die S-Bahn. Das geht schneller und wir würden vor Ort wahrscheinlich eh keinen Parkplatz bekommen", erklärte Liz und klemmte sich eine leichte Sommerjacke unter den Arm, „Du solltest dir auch was Wärmeres mitnehmen. Abends kann es da schon mal kühl werden."

Knapp eine halbe Stunde später trafen sie an der Berliner Szene-Location ein. Die Live Band spielte schon und der Biergarten war bereits gut gefüllt. Caro hatte von dem Ort noch nie zuvor gehört, war aber von der alternativ anmutenden Einrichtung fasziniert. Das zum Biergarten gehörende Gebäude, ein Kulturhaus in dem Künstler ihre Objekte ausstellten, präsentierte sich mit bunten Graffitis und einer Bar, die mit bunten Neonröhren ausgeleuchtet war. Die beiden Frauen machten an der Bar kurz Halt, holten sich ein Bier und gesellten sich anschließend zu ihrer bereits rege plaudernden Gruppe hinzu. Caro blickte in die große Runde und erkannte zwischen den fremden Menschen einige vertraute Gesichter. Lisa kannte Caro ja bereits von der Messe. Und auch Timo und Mike, deren Namen Caro jetzt erst mitbekam, hatte sie beim Abbau des Messestandes schon kennengelernt. Die beiden Brüder wohnten ebenfalls in New York, kannten Liz seit etlichen Jahren und arbeiteten gelegentlich mit in Liz' Studio. Lisa dagegen war erst seit kurzem Liz' Praktikantin. Sie erzählte der gegenübersitzenden Caro, dass Liz als Entlohnung für ihre Arbeit entweder ein kleines Gehalt oder die Reise nach Deutschland angeboten hatte. Für ein sechsmonatiges Praktikum, bei dem Lisa ihr wenig Geld einbrachte, weil sie im Laden lediglich Hilfsarbeiten ausführen konnte, war die Reise also ein großzügiges Angebot gewesen. Lisa hatte es begeistert und dankbar angenommen. Die zierliche Frau mit den pinkfarbenen Dreadlocks und den vielen Steckern und Ringen im Gesicht war mit ihrer offenen, lustigen Art durchaus sympathisch. Doch seitdem Liz den Gedanken, Lisa könnte heute Nacht mit Liz in einem Bett schlafen, in Caros Hirn gepflanzt hatte, betrachtete Caro sie mit irrationalem Argwohn. Da war es zudem wenig hilfreich, dass Liz direkt neben Lisa platzgenommen hatte und sich ihre Oberkörper aufgrund der vollbesetzten Bank gelegentlich berührten. Caro kannte diese übertriebene Eifersucht von sich gar nicht. Und diese neu entdeckte Eigenschaft gefiel ihr ganz und gar nicht. Zumal sie einen weiteren Beleg für Caros unberechtigte Besitzansprüche darstellte. Liz gehörte ihr nicht. Liz wusste nicht einmal, wie sehr Caro sich zu ihr hingezogen fühlte. Woher auch? Aus Liz Sicht war Caro nach dem Silvesterabend wie vom Erdboden verschluckt, hatte kein Lebenszeichen von sich gegeben, sich nicht mehr bei ihr gemeldet. Dabei hatte Caro es ja versucht, doch dann...musste sie dabei zusehen, wie Liz sich noch am selben Abend, nur wenige Stunden, nachdem sie diesen atemberaubenden Kuss ausgetauscht hatten, mit einer anderen Frau vergnügte. Caro hatte bei all dem heutigen Trubel dieses kleine Detail völlig vergessen. Doch nun waren die Bilder wieder vor ihrem geistigen Auge zu sehen. Das alles hier war völlig bescheuert. Sie war gekommen, um mit Liz ein klärendes Gespräch zu führen. Um Liz endlich aus ihrem Kopf verbannen zu können. Stattdessen saß sie nun vergnügt in einem Biergarten, mitten in Berlin und himmelte Alexanders Schwester immer noch an. Alexander. Den hatte sie wirklich völlig vergessen. Seitdem sie in Berlin angekommen war, hatte sie nicht ein einziges Mal auf ihr Handy gesehen. Sie zog es unauffällig aus der Hosentasche und aktivierte das Display. Fünf Anrufe in Abwesenheit und zehn ungelesene Nachrichten. Das Nagen ihres schlechten Gewissens überkam sie jetzt mit voller Wucht. Schnell klickte sie sich zu ihren Nachrichten durch. Was sie sah, überraschte sie. Nur eine der zehn Nachrichten stammte von Alexander.

„Hi Schatz. Hab dich nicht erreicht. Bin jetzt auch nicht mehr so bald erreichbar, gehe mit den anderen noch was trinken. A.“

Die anderen neun Nachrichten waren von Tamara, mit der sie verabredet hatte, sich zu melden, wenn sie gut in

Berlin angekommen war. Caro biss sich wütend über sich selbst auf die Lippen. Was war sie doch für eine miese Freundin? Tamaras erste Nachrichten waren noch ein freundliches Nachfragen und gingen in allmähliche Besorgnis über. Die letzte Nachricht klang aber bereits mehr als verärgert und war inzwischen auch wieder zwei Stunden her.

„Ich muss mal kurz telefonieren", entschuldigte sie sich, allen voran bei Liz, die daraufhin zur Bestätigung nickte.

Es hatte noch nicht vollständig geklingelt, da hob Tamara bereits ab: „Du dämliche Kuh. Da du mich anrufst, lebst du anscheinend noch und wurdest nicht überfallen, vergewaltigt und verscharrt. Ich hoffe, du hast eine gute Ausrede, warum du mich hier so lange schmoren lässt, denn mein Kessel ist kurz vor der Explosion", Caro ließ Tamaras wütende Tirade geduldig über sich ergehen, bevor sie zu einer Antwort ansetzte.

„Es tut mir unglaublich leid. Und ich versuche erst gar nicht, mir eine Ausrede einfallen zu lassen. Ich bin einfach eine schlechte Freundin", Caro hoffte mit diesem uneingeschränkten Schuldeingeständnis zumindest einige Wogen wieder zu glätten. Doch Tamara reagierte eine gefühlte Minute lang nicht.

„Tamara, bist du noch dran?", fragte Caro, nachdem ihr die Pause dann doch zu lang vorkam.

„Ja. Bin ich", antwortete Tamara knapp und mit schnippischem Ton, „Nun erzähl schon. Wie läuft es bei dir?"

Das war eine ausgezeichnete Frage, auf die Caro jedoch keine konkrete Antwort parat hatte.

„Ich bin gerade mit Liz und ihren Freunden im Biergarten", erwiderte sie, obwohl das sicher nicht Tamaras erhoffte Antwort war.

„Aha. Das ist doch nett", Tamaras Sarkasmus war unüberhörbar, „Gehe ich also recht davon aus, dass euer klärendes Gespräch noch aussteht?"

„Tamara, bitte. Sei nicht so...so herablassend. Ich habe

mich nicht rechtzeitig gemeldet und das tut mir leid. Aber es hilft mir nicht, wenn du mich jetzt auch noch unter Druck setzt", Caro konnte ein Schluchzen nicht unterdrücken.

„Weinst du etwa?", Tamaras harscher Tonfall hatte sich schlagartig in ernst klingende Besorgnis verwandelt, „Was ist passiert?"

„Eigentlich ist gar nichts passiert", erwiderte Caro und fügte murmelnd hinzu, „Leider"

„Aber du weinst doch nicht nur meinetwegen? Habe ich Recht?", Tamara kannte ihre Freundin zu gut, um sich etwas vormachen zu lassen.

„Tamara, ich traue mich nicht, es laut auszusprechen. Denn wenn ich das tue, dann wird es real. Und bislang sind es eben nur verworrene Gedanken in meinem Kopf", Caro klang verzweifelt.

„Du empfindest für sie mehr, als du es mir gegenüber zugegeben hast, oder?", fragte Tamara mit sanfter, fürsorglicher Stimme.

13. KAPITEL

Caros Offenbarung hatte sie Überwindung gekostet, doch nachdem die Beiden aufgelegt hatten, fühlte sie sich erleichtert. Ein wenig hatte das Telefonat zu der Klarheit verholfen, die sie sich von der Reise versprochen hatte. Allerdings stimmte das Ergebnis so überhaupt nicht mit ihrer Erwartung überein. Caro war gekommen, um einen Schlussstrich zu ziehen. Stattdessen musste sie feststellen, dass es sich bei dem Kuss zum Jahreswechsel lediglich um ein Vorwort einer ganzen Geschichte handelte. Die Geschichte könnte durch Liz ein abruptes Ende finden, doch Caro war trotzdem bereit, sich auf das unbekannte Kapitel einzulassen. Tamara, die ihr bislang von jeglichen Experimenten abgeraten hatte, hatte eine plötzliche Kehrtwende vollführt. Jetzt, wo ihr klar war, welche Ausmaße Caros Gefühlschaos inzwischen angenommen hatte, empfahl sie ihrer Freundin, diesen unbekannten Weg weiterzugehen, um zu sehen, wo er endete. Natürlich hatte sie Caro auch nochmal an Alexander erinnert und sich erkundigt, wie es nun um die Beziehung stand. Caro wollte darüber zum jetzigen Zeitpunkt allerdings nicht reden, weil ihr Gehirn dafür gerade keine Kapazitäten bereitstellen konnte.

„Das ist so nicht in Ordnung und das weißt du auch", hatte Tamara sie ermahnt, „Sobald du aus Berlin zurück bist, musst du dich mit Alexander auseinandersetzen."

Caro hatte ihr nicht widersprochen, aber auch sonst keine Antwort gegeben. Das Thema löste in ihrem Kopf eine unmittelbare Blockade aus, die verhinderte, über diesen Teil in ihrem Leben nachzudenken. Eine knappe halbe Stunde hatte das Telefonat mit Tamara gedauert. Es war höchste Zeit, wieder zu ihrem Platz zurückzukehren. Als sie die Gruppe erreichte, musste sie feststellen, dass sich die Sitzverteilung inzwischen verändert hatte. Lisa saß nun am Nachbartisch und unterhielt sich, wie Caro mit Freude feststellte, mit irgendeinem Typen. Neben Liz, die auf Lisas alten Platz aufgerückt war, saß allerdings jetzt eine dunkelgelockte Unbekannte und unterhielt sich angeregt mit ihr. Caro entging nicht, dass die Frau keine Gelegenheit ausließ, während ihrer gestenreichen Erzählungen, Liz Arm zu berühren. Außerdem lachte sie bei jedem zweiten Satz übertrieben gekünstelt und warf dabei ihr Haar theatralisch in den Nacken. Caro hatte ihre Hände in den Taschen und ballte darin unbewusst die Fäuste. Wer war diese Frau und was wollte sie bei Liz?

„Ah, da bist du ja wieder. Ich fing schon an, mir Sorgen zu machen", Liz hatte sofort bemerkt, dass Caro wieder gegenüber Platz genommen hatte, „Darf ich euch kurz bekannt machen? Caro, das ist...Marina, richtig?"

Zwei wichtige Informationen konnte Caro anhand dieser knappen Worte herausfiltern. Liz kannte die Frau nicht näher, denn sonst müsste sie sich nicht nochmal nach ihrem Namen erkundigen. Und, was Caro etwas beruhigte, Liz schien der Name dieser Frau nicht so wichtig zu sein, sonst hätte sie ihn sich direkt beim ersten Mal bemerkt. Oder Liz hatte einfach ein schlechtes Namensgedächtnis. Das aber wollte Caro, zu ihrer eigenen Beruhigung, einfach mal ausschließen.

„Hi", säuselte Marina in einem übertrieben freundlichen Tonfall, bei dem aber eindeutig mitschwang, dass sie sich für Caros Anwesenheit null interessierte. Demonstrativ drehte sie ihren Oberkörper nun ein weiteres Stück zu Liz und versuchte, Caro damit aus ihrem Zweiergespräch auszuschließen. Caros Gefühl trog also nicht, die Frau war auf mehr als ein nettes Gespräch aus. Eigentlich war Caro nicht der Typ, um sich in eine Unterhaltung zu drängen. Höflichkeit und anerzogener Anstand wussten das normalerweise zu verhindern. Doch die Dreistigkeit, mit der diese Frau ihre Nebenbuhlerin aus dem Rennen schicken wollte, ließ Caros Kragen platzen.

„Hallo Marina, ich freue mich, dich kennenzulernen", Caro erhob sich ein Stück von der Bank und reichte Marina ihre Hand, „Woher kennt ihr euch?"

Marinas Miene konnte ihren Ärger über Caros unverschämte Einmischung nicht verbergen. Dennoch versuchte sie, Haltung zu bewahren und griff widerwillig nach Caros Hand. Caro war schon ganz gespannt auf Marinas Antwort, doch leider kam Liz ihr zuvor.

„Wir kennen uns eigentlich gar nicht. Marina will sich von mir vielleicht tätowieren lassen. Sie kennt meinen Namen aus der Tattoo-Szene und hat mich beim Vorbeigehen zufällig erkannt, richtig?“, versuchte Liz die Sachlage zusammenzufassen.

„Du bist also so eine Art Groupie?“, richtete Caro amüsiert grinsend das Wort direkt an Marina. Marinas Augen zogen sich daraufhin zu böse funkelnden Schlitzen zusammen. Caro hatte mit ihrer provokanten Aussage offenbar einen Volltreffer gelandet. Sie machte sich auf eine nicht weniger boshafte Retourkutsche gefasst.

„Und wer bist du? Etwa die Praktikantin mit den weniger anspruchsvollen Aufgaben?“, zischte sie Caro finster an.

„Ach, du meinst Lisa? Nein, die sitzt da drüben“, erwiderte Caro ruhig und verschränkte gelassen die Arme. Marina schäumte inzwischen vor Wut und Caro sah ihr an, dass sie nach passenden Worten rang. Liz, die nun erst Begriff, was sich da gerade vor ihren Augen abspielte, begann prustend zu lachen. Caro ließ sich von diesem Lachen geradewegs anstecken, was Marina vollends aus der Rolle fallen ließ. Wutentbrannt stand sie auf und visierte Caro mit einem teuflischen Blick an: „Liz kann sich bei dir jetzt schon mal bedanken. Ich werde dafür sorgen, dass sie in der gesamten Szene keinen Fuß mehr auf den Boden bekommt. Unterschätzt mich nicht, ich habe genügend Kontakte.“

Sie kehrte den beiden den Rücken zu und stampfte aufgebracht davon. Weil sich Marinas Drohung nicht gegen Caro, sondern Liz gerichtet hatte, blickte Caro sie jetzt schuldbewusst und stirnrunzelnd an. Liz, die ihren Gesichtsausdruck sofort zu deuten wusste, beruhigte sie schnell: „Oh, mach dir mal keine Sorgen. Das sind nur leere Drohungen. Ich kenne diesen Schlag Frau. Viel Gerede, nichts dahinter."

„Bis eben schient ihr euch aber noch ziemlich gut verstanden zu haben", huschte Caro die Bemerkung über die Lippen. Im selben Moment hätte sie sich dafür ohrfeigen können, denn ihr unsicherer Tonfall schrie geradezu nach Eifersucht. Es würde einem Wunder gleichen, wenn Liz dieser Zwischenton entgangen wäre.

„Bis eben glaubte ich auch nicht, das Objekt der Begierde zu sein", grinste Liz sie verschmitzt an. Caro hielt die Luft an. Meinte Liz damit etwa sie? Oder Marina. Oder gar beide? Caro spürte, wie ihr Körper geradewegs das zu wiederholen versuchte, was er vorhin im Türrahmen von Liz' Schlafzimmer veranstaltet hatte. Er erstarrte zur unbeweglichen Statue.

„Danke, dass du mich auf diese amüsante Weise aus ihren Fängen befreit hast", fügte Liz nun noch hinzu. Caro atmete erleichtert auf. Liz hatte die Äußerung auf Marina bezogen, nicht auf sie.

„Und ich dachte schon, ich hätte dir jetzt bei ihr die Tour vermasselt", gelang Caro nun wieder der lockere Plauderton. Liz deutete mit einem Kopfnicken in Richtung Marina, obwohl die schon längst außer Sicht war: „Ich stehe nicht auf diesen Typ Frau."

„Sondern?", wieder hatte Caro ihr verflixtes Mundwerk nicht im Griff. Sie wollte Liz nicht so offensichtlich auf den Zahn fühlen. Doch nun war die Frage, deren Antwort Caro jedoch wirklich brennend interessierte, raus.

„Also", setzte Liz an und überlegte kurz, „Optisch habe ich keinen festen Typ. Attraktivität zeigt sich so vielfältig, da wäre es doch verrückt sich auf eine Haarfarbe oder auf eine bestimmte Körperform zu beschränken. Aber ich mag Natürlichkeit. Das klingt sicher komisch, wenn man mich mit meinen Tätowierungen so ansieht. Aber ich meine eher die innere Natürlichkeit. Verstehst du? Ich kann es, glaube ich, nicht besser beschreiben."

Caro hatte nicht mit einer derart offenherzigen Antwort gerechnet. Natürlichkeit. Ihr gefiel diese Antwort. Nicht nur, weil Caro sich selbst in diese Kategorie zu wissen glaubte, sondern weil sie den Menschen widerspiegelte, den Caro in Liz sah. Vermutlich begegneten Liz nicht selten Frauen wie Marina. Da Liz ungebunden und ein Leben ohne jegliche zwischenmenschlichen Verpflichtungen führte, sprach für sie nichts gegen ein gelegentliches Abenteuer. Es freute Caro zu hören, dass Liz dabei nicht jede sich bietende Möglichkeit mitnahm. Doch selbst dann blieben genügend Frauen übrig, die in Liz' Beuteschema fielen. Caro wollte lieber nicht genauer darüber nachdenken.

„Was beschäftigt dich? Etwa immer noch meine Antwort?“, Liz suchte Caros Blick.

„Ähm, nein. Ich bin wohl einfach etwas müde“, Caro war tatsächlich unendlich müde. Sie war seit fünf Uhr in der Früh wach und inzwischen war es kurz vor Mitternacht. Wenn sie so in die Runde blickte, machte niemand Anstalten, demnächst aufzubrechen.

„Wollen wir zurück ins Ferienappartement fahren“, schlug Liz vor.

„Nein. So eilig ist es nicht. Das ist doch der letzte Abend mit deinen Leuten. Da will ich dich nicht...“, während ihres letzten Satzes wurde Caro unterbrochen.

„Hallo ihr beiden. Schön, dass ich euch noch treffe. Wie ich sehe, habt ihr euch erfolgreich auf der Messe gefunden“, Marc war plötzlich wie aus dem Nichts aufgetaucht.

„Ach, da bist du ja. Dachte schon, dass du es nicht mehr schaffst. Setz dich doch“, Liz bot ihm den freigewordenen Platz neben sich an, „Caro, du hast Marc ja schon kennengelernt. Hat er verraten, woher wir uns kennen?“ Caro schüttelte den Kopf.

„Liz hat mir mein Tattoo Studio abgeluchst“ lachte er spöttelnd.

„Abgeluchst. Von wegen. Du hast mich bekniet, damit du den Laden noch rechtzeitig loswirst. Bevor du danach nach Berlin abgehauen bist“, stellte Liz lachend klar.

„Das stimmt. Ohne dich wäre es finanziell ziemlich eng geworden. Aber es ist ja alles glatt gelaufen. Du hast einen gutgehenden Laden in New York und ich meinen in Berlin", fasste Marc zufrieden zusammen. Plötzlich ertönte ein Ruf vom Nachbartisch: „Liz, kannst du mal kommen? Wir brauchen mal eben deine Meinung wegen eines Cover-Ups. Pete glaubt, das geht nicht, ich denke, es ist machbar."

„Ich schau mir das mal an. Ihr kommt ja sicher ohne mich zurecht", entschuldigte sich Liz bei ihren Gesprächspartnern. Kaum war Liz verschwunden, widmete sich Marc Caro.

„Und du bist also Caro. Hätte ja nicht gedacht, dich mal persönlich kennenzulernen. Und dann auch noch so zufällig vor dem Eingang der Messe", sprach er sein Gegenüber an. Caro sah überrascht auf. Offenbar wusste er schon vorher über ihre Existenz Bescheid. Aber warum? Hatte Liz ihm etwa von ihr erzählt? Und falls ja, was genau hatte sie gesagt?

„Spricht Liz über mich?", fragte sie ihn kurzerhand. Marc presste unwillkürlich die Lippen zusammen. Scheinbar wurde ihm gerade bewusst, sich gewissermaßen verplappert zu haben. Er beugte sich zu Caro nach vorne und stellte mit einem prüfenden Blick nach links und rechts sicher, keine weiteren Zuhörer zu haben: „Na schön. Eigentlich sollte ich es dir wohl nicht verraten. Aber wenn du mir versprichst, mich nicht bei Liz anzuschwärzen..." Caro nickte selbstverständlich.

„Das Paket, das du bekommen hast. Wann war das doch gleich?", Marc grübelte, „Das muss vor etwa vier Monaten gewesen sein. Erinnerst du dich?"

Ob sich Caro an das Paket erinnerte? Caro musste grinsen. Als ob sie das Paket je vergessen würde. Dieses Geschenk war überhaupt erst der Grund, warum sie hier saß. Ohne diese Geste, ohne Liz' Lebenszeichen, hätte Caro an diesem Tag nicht nach Liz im Internet gesucht. Nicht gewusst, dass sie jetzt gerade in Deutschland war. Sie hatte nicht mehr daran geglaubt, Liz je wieder zu begegnen.

„Natürlich erinnere ich mich an das Geschenk",

antwortete Caro ihm wahrheitsgemäß, „Wieso?“

„Liz hatte mich gebeten, das Paket in Deutschland anzunehmen und dafür zu sorgen, dass es dich ohne Absender erreicht“, erklärte er nun. Immerhin beantwortete das die Frage, wie Liz es angestellt hatte. Blieb allerdings noch die Frage nach dem Warum.

„Ich hatte bereits herausgefunden, dass das Geschenk von Liz war. Hast du eine Idee, warum sie beim Versand einen solchen Aufwand betrieben hat?“, noch waren die beiden ungestört. Also wollte Caro die günstige Gelegenheit, mehr zu erfahren, nicht verstreichen lassen.

„Nein. Das hat sie nicht“, seine Antwort enttäuschte Caro.

„Allerdings erinnere ich mich, wie sie erwähnte, dass es wohl nicht leicht gewesen war, an das Geschenk ran zu kommen. Mehr hat sie aber nicht gesagt“, fügte Marc noch hinzu. Leider waren das keine Neuigkeiten, die sich Caro nicht im Vorfeld bereits selbst zusammengereimt hatte.

„Wie gut kennt ihr euch eigentlich?“, vielleicht konnte Caro über einen anderen Weg mehr über Liz erfahren.

„Als ich noch in New York war, haben wir uns natürlich häufiger gesehen. Eine Zeit lang sind wir regelmäßig um die Häuser gezogen. Warum fragst du?“, erwiderte Marc.

„Ich will Liz einfach besser kennenlernen. Wir hatten bislang nur wenig Möglichkeiten und sie ist schließlich ein Teil meiner Familie. Ich würde einfach gern wissen, wie ihr Leben aussieht. Wer ihr wichtig ist, ob es da bei ihr jemanden gibt...“, mit ihrem letzten Satz wagte sich Caro weit hinaus. Sie war nicht sicher, ob sie wirklich eine Antwort darauf haben wollte. Marc sollte inzwischen ohnehin skeptisch werden, denn schließlich waren das alles Themen, die sie bei Liz direkt erfragen konnte. Zu ihrer Überraschung gab er sich dennoch weiterhin auskunftsfreudig.

„Du weißt, dass Liz lesbisch ist, oder?“, fragte Marc ihren Kenntnisstand ab, woraufhin Caro nickte, „Ich frage deshalb, weil ich Liz seit einer Ewigkeit nicht mehr an der

Seite einer Frau gesehen habe. Kann ja gut sein, dass sie gar kein Interesse mehr an der horizontalen Welt hat. Natürlich erzählen wir uns nicht jedes Detail, aber wenn es da jemanden Festes gäbe, hätte sie es sicher mal erwähnt. Und alles andere kommt für Liz, soweit ich weiß, ohnehin nicht mehr in Frage.“

Caro hatte Mühe, ihre Freude über diese wunderbaren Neuigkeiten nicht allzu deutlich zu zeigen. Dass Liz allerdings der gesamten Frauenwelt abgeschworen hatte oder gar frigide war, glaubte Caro nicht. Der Kuss bewies das Gegenteil. Auch Liz hatte dabei Erregung empfunden, ihn erwidert, ihn sogar verstärkt. Bei dem Gedanken daran schloss Caro ihre Augen und kaute unbewusst auf ihrer Unterlippe herum.

„Caro? Wollen wir nicht doch allmählich gehen? Dir fallen ja bereits die Augen zu“, ertönte Liz' sanfte Stimme unvermittelt neben ihr. Erschrocken öffnete Caro die Augen. Sie war schon wieder in ihre eigene Welt abgedriftet, ganz unbemerkt. Und ausgerechnet die Frau, die ihr diese Tagträume bescherte, hatte sie gerade unsanft aus ihnen herausgerissen.

„Die anderen sind wohl auch schon gefahren. Timo sagte, sie wollten den Abend auf der Couch gemütlich ausklingen lassen“, erklärte Liz nun.

Da Caro diesmal das Gefühl hatte, dass Liz auch unabhängig von Caros Befinden gehen wollte, stimmte sie dem Vorschlag zu. Sie verabschiedeten sich von den anderen, vor allem Marc schenkte Caro eine herzliche Umarmung, und machten sich anschließend auf den Weg zurück ins Ferienappartement. Als sie eine halbe Stunde später die Wohnung betraten, saßen die anderen erwartungsgemäß plaudernd und mit einem Bier in der Hand auf dem Sofa. Zu Caros und, dem verdutzten Blick nach zu urteilen, auch Liz' Überraschung, zählten sie aber nicht drei Personen, sondern fünf. Bei genauerem Hinsehen erkannte Caro, dass Lisa mit dem Kopf an der Brust des Typen lehnte, mit dem sie sich im Biergarten bereits so angeregt unterhalten hatte. Außerdem saß auf dem Teppich ein junger Mann im Schneidersitz mit einer Gitarre auf dem Schoß und klimperte begleitend zu seinem Gespräch mit Mike und Timo eine Melodie. Als Lisa die zwei Neuankömmlinge bemerkte, lehnte sie sich nach vorne und richtete ihren Blick auf Liz: „Ach, da seid ihr ja. Wir haben übrigens zwei weitere Gäste. Liz, das ist Erik“, sie deutete auf den vollbärtigen Mann neben ihr, „Und Erik, das ist Liz, meine Chefin. Ach ja, und das ist Caro, ihre...“ Nun blickte Lisa die beiden fragend an. Caro hatte es versäumt, oder vielmehr umgangen, Lisa genauer darüber aufzuklären, in welcher Beziehung sie zu Liz stand. Und nun stellte sich für Caro heraus, dass offenbar auch Liz darüber kein Wort verloren hatte. Die Antwort war doch eigentlich so einfach, doch in Caro sträubte sich gerade alles dagegen, Liz als ihre Schwägerin in spe zu bezeichnen. Sollte doch Liz das Wort übernehmen, was Caro ihr nun mit einem kommentarlosen Blick signalisierte. Doch auch Liz machte zunächst keine Anstalten, Lisas Satz endlich zu vervollständigen. Und war da in ihrem Blick nicht sogar so etwas wie Verunsicherung abzulesen?

„Caro gehört zur Familie“, rang sich Liz schließlich zu einer sehr allgemeingültigen Aussage durch.

„Ja, und wir haben noch Hannes mitgebracht. Ihr kennt euch ja von der Messe. Er brauchte heute Nacht noch was zum Pennen“, erklärte Mike Liz.

„Hi ihr beiden“, begrüßte Liz die Gäste freundlich und ging zum Kühlschrank, „Caro, willst du auch noch etwas zu trinken?“

Caro nickte unbewusst, grübelte aber eigentlich über eine ganz andere Sache nach. Wenn dieser Hannes hier heute ebenfalls übernachten würde, wo planten sie ihn einzuquartieren? Und dann gab es ja auch noch Erik. Zwar hatte Lisa nicht deutlich gesagt, dass er über Nacht bliebe, aber so, wie die beiden rumturtelten, war diese Vermutung naheliegend. Bliebe am Ende für Caro nur noch ein Schlafplatz übrig. Und zwar in Liz' Doppelbett. Caro wurde ganz übel. Wie sollte sie das überstehen? Es hatte sie schon den ganzen Tag erhebliche Mühe gekostet, dem Drang, Liz zu berühren, zu widerstehen. Und wie sollte sie das eine ganze Nacht lang durchhalten? Vermutlich würde sie kein Auge zu tun. Zum einen, vor lauter Aufregung und zum anderen aus einem weitaus triftigeren Grund. Sie schlief generell nicht gern neben Menschen, die sie nicht berühren wollte, oder in dem Fall nicht durfte, weil sie dazu neigte, sich im Schlaf wild herumzuwälzen. Sie fand keine Ruhe, bis ihre Arme etwas zu fassen bekamen, an das sie sich ran kuscheln konnten. Das musste nicht unbedingt eine Person sein. Ein großes Kissen tat es in der Regel auch. Bei ihren Freundinnen Nadja und Tamara war das kein Problem. Sie waren schon oft und sogar mit Absicht Arm in Arm eingeschlafen. Doch wie sollte sie das Liz erklären, ohne einen falschen Eindruck zu vermitteln? Caro könnte auf eine Kissenbarriere zwischen ihnen bestehen. Allerdings wollte sie Liz auch nicht glauben lassen, dass sie sie abstoßend fand. Vielleicht sollte sie aber zunächst einmal Ruhe bewahren und sich nicht zu sehr den Kopf zerbrechen.

Lange dauerte der Abend nicht mehr. Caros Vermutung, Erik würde ebenfalls über Nacht bleiben, bestätigte sich, als die beiden sich möglichst unauffällig davonstahlen und in Lisas Zimmer verschwanden. Liz sah ihnen schmunzelnd nach und auch Caro hatte ein Grinsen auf den Lippen. Lisa hatte eine außerordentlich tolerante Chefin, wie Caro fand. Sie dachte an Ulrike, ihre Chefin des Bioladens. Auch sie war mit ihrem alternativen Lebensstil ein verhältnismäßig offener Mensch. Doch die Vorstellung, sich vor ihren Augen zu einem bevorstehenden One-Night-Stand zurückzuziehen, war ganz und gar absurd. Caro gefiel Liz' Haltung. Sie ließ die Menschen ihren Dingen nachgehen, urteilte nicht über sie und versuchte nicht, ihnen irgendeine Meinung aufzudrängen. Vermutlich war das eine sehr gesunde und erstrebenswerte Lebensweise, die einem viel Ärger und Nerven sparte und absolut undeutsch war. Wenn sie Liz mit Alexander oder Katharina verglich, wirkte sie eindeutig am ausgeglichensten. Natürlich konnte der Schein trügen und ganz gewiss hatte Liz ebenfalls ihre Sorgen. Wie gern würde sie doch Liz' Gedanken einmal lesen, erfahren, was in ihrem Inneren vonstattenging. Liz war gerade in einem Gespräch über deutschen Punk mit Hannes und den zwei Brüdern vertieft. Da Caro für diese Musikrichtung kein besonderes Interesse empfand und die aufgezählten Bandnamen ihr sowieso nichts sagten, nutzte sie die Gelegenheit, Liz ungestört zu beobachten. Ihr tiefschwarzes, leicht gewelltes Haar hatte sie hinter die Ohren geklemmt und präsentierte damit ihr makelloses, sonnengebräuntes Gesicht. Die natürlich geschwungenen dunklen Augenbrauen umrahmten ihre ausdrucksstarken blauen Augen, die sofort erkennen ließen, dass sich hinter ihnen ein scharfer Verstand verbarg. Erst heute, als Caro Liz zum ersten Mal im strahlenden Sonnenschein betrachtet hatte, hatte sie die winzigen Sommersprossen auf ihren Wangen bemerkt. Vermutlich zeigten sich die charmanten kleinen Punkte bei ihr nur in den Sonnenmonaten. Denn im Dezember waren sie Caro nicht aufgefallen. Durchaus registriert hatte Caro damals bereits ihre unfassbar schönen Lippen. Schon bei ihrer ersten Begegnung konnte sie ihren Blick kaum von ihnen abwenden. Und auch jetzt blieben ihre Augen wieder an diesem überaus reizvollen Körperteil haften und Caro stellte sich vor, wozu, außer natürlich zum Sprechen, diese wundervollen Lippen noch alles imstande waren. Der Zustand dieser andauernden latenten Erregung, in dem sich Caro seit nunmehr Stunden befand, war im Moment noch zu ertragen und hatte durchaus seinen Reiz. Doch bald schon, so befürchtete Caro, würde diese unerwiderte Lust in Frustration umschlagen. Spätestens, wenn sie die Nacht Seite an Seite neben Liz verbringen musste. Als hätte man ihre Gedanken gelesen, gaben Timo und Mike bekannt, sich jetzt auch langsam mal schlafen zu legen. Und schon stand die Frage, die sich Caro insgeheim seit dem Betreten der Wohnung gestellt hatte, offen im

Raum.

„Wie machen wir es denn mit den Schlafplätzen?“, fragte Liz die Jungs. Die Brüder wirkten durch die Frage irritiert. Scheinbar hatten ihre eigenen Pläne dazu keine Fragen aufgeworfen.

„Wieso? Kann Hannes nicht einfach auf dem Sofa schlafen?“, erwiderte Mike nun.

„Also eigentlich...“, äußerte sich jetzt Caro dazu, „Wollte ich hier heute Nacht pennen.“

„Oh“, lachte Timo, „Das wird für euch beide aber ziemlich eng. Aber ich versichere dir, Hannes ist wirklich ein ganz Lieber.“

Hannes grinste Caro, wie zur Bestätigung, unverhohlen an und es schien ihn auch wenig zu stören, wie er soeben von Timo angepriesen wurde. Er ging doch nicht allen Ernstes davon aus, dass er in dieser Nacht noch völlig unverhofft neben einer Frau einschlafen würde? Caro war die Situation schrecklich unangenehm und sie bereute es gerade, nicht bei ihrem Plan, sich ein Hotelzimmer zu suchen, geblieben war.

„Schlaf doch bei mir“, flüsterte Liz Caro nun zu. Und da war sie. Die Situation vor der sie sich so gefürchtet hatte. Sie würde das Angebot mangels Alternativen natürlich nicht ablehnen, doch wohl war ihr dabei nicht. Und zu mehr als einem gequälten Lächeln, gefolgt von einem schwachen Nicken, konnte sie sich nicht durchringen.

„Willst du zuerst ins Bad, oder soll ich?“, fragte sie Liz, nachdem Caro ihr mit ihrem Gepäck ins Schlafzimmer gefolgt war.

„Geh ruhig zuerst. Wenn es ok ist, würde ich gleich noch ganz kurz duschen“, erwiderte Caro. Liz nickte und schnappte sich T-Shirt und Pyjamahose, die auf dem Bett bereit lagen und verschwand aus dem Raum. Immerhin würde Liz nicht nackt schlafen. Caros allerschlimmste Befürchtungen trafen also nicht ein. Sie nahm sich in der Zwischenzeit ebenfalls Kleidung für die Nacht aus ihrem

Rucksack. Den Kulturbeutel mit den Waschutensilien legte sie ebenso bereit und wartete nun auf Liz' Rückkehr. Jetzt griff sie nach ihrem Handy. Alexander hatte sich nicht noch mal gemeldet und Caro war darüber ganz froh. Auch Tamara hatte von weiteren guten Ratschlägen via Textnachricht abgesehen. Es war inzwischen drei Uhr nachts, Tamara schlief sehr wahrscheinlich. Trotzdem hatte Caro das Bedürfnis, sie noch schnell auf den neuesten Stand zu bringen.

„Ich werde mit Liz in einem Bett übernachten. Keine Panik, nicht, wie du jetzt denkst. Trotzdem lässt mich der Gedanke nicht gerade kalt. Ich melde mich morgen, falls ich die Nacht überlebt habe. Kuss C."

Dann betrat auch Liz wieder den Raum. Es war seltsam, sie in dieser Kleidung zu sehen. Ihr Alltagslook war zwar bereits ziemlich leger, aber zu sehen, wie sie aussah, wenn sie abends zu Bett ging, fühlte sich auf eine gewisse Weise intim an. Ob es ihr umgekehrt auch so ging? Caro hatte für die Nacht nur ein knappes Trägershirt und eine kurze Hose eingepackt. Im Gegensatz zu Liz, würde sie damit weitaus mehr Haut zeigen. So herum war das Caro aber eindeutig lieber. Und vielleicht wäre Liz bei ihrer Rückkehr ja auch schon bereits eingeschlafen.

Als Caro nach etwa einer Viertelstunde zurückkehrte, lag Liz bereits unter ihrer Bettdecke. Jedoch schlief sie noch nicht, sondern tippte gerade etwas in ihr Handy. Als sie zu Caro aufsah, meinte Caro einen verunsicherten Gesichtsausdruck, gefolgt von einem leisen Räuspern wahrzunehmen. Liz wandte den Blick sofort wieder von Caro ab und steckte ihr Telefon an den Strom. Erst, als Caro unter ihre Bettdecke geschlüpft war, drehte sich Liz wieder zu ihr. Entgangen war Caro diese deutliche Form der Zurückhaltung nicht. Sie verstand es als eine Geste der Höflichkeit, dass Liz als frauenliebende Frau, die leicht bekleidete Caro nicht einfach unverhohlen anglotzte. Trotzdem hatte Caro sich insgeheim eine etwas andere Reaktion erhofft. Und wenn sie ehrlich war, enttäuschte sie es sogar, dass Liz nicht mal einen winzigen Blick riskiert hatte.

„Ist diese Bettseite ok für dich? Ich habe mich jetzt, ohne zu fragen auf diese Seite hier gelegt", eröffnete Liz das Gespräch.

„Beide Seiten sind für mich ok. Ich habe da keine Vorliebe. Und außerdem ist es auch dein Bett", antwortete Caro wahrheitsgemäß, fand es von Liz aber ziemlich süß, sich darüber überhaupt Gedanken zu machen.

„Wenn du willst, dann mache ich jetzt das Licht aus. Oder lässt du das Licht nachts lieber an?", wollte Liz nun wissen.

Caro musste unwillkürlich schmunzeln. Gewisse Bettaktivitäten betrieb sie in der Tat lieber bei eingeschaltetem Licht. Kurz lag ihr dazu ein entsprechender Spruch auf den Lippen, den sie sich aber dann doch besser verkniff. Stattdessen nickte sie stumm, woraufhin Liz den Schalter umlegte und das Schlafzimmer in Dunkelheit hüllte. So ging also der Tag mit Liz zu Ende. Aufgewühlt und hellwach lag sie nur wenige, aber schier unüberwindbare Zentimeter von der Frau entfernt, die ihrem Herzen so viele Sorgen bereitete. Im Grunde hatte Caro nicht ansatzweise das erledigt, warum sie eigentlich hergekommen war. Sie wollte ein klärendes Gespräch mit Liz führen. Aber dazu war sie irgendwie gar nicht gekommen. Oder lag es vielmehr daran, dass Caro dieses Gespräch in Wahrheit gar nicht führen wollte? Caro kannte die Antwort. Solange sie die Aussprache vor sich herschob, konnte sie weiterhin darauf hoffen, dass ihre Empfindungen nicht nur einseitig waren. Liz ließ sich in keiner Weise in die Karten blicken und war für Caro noch immer ein Buch mit sieben Siegeln. Warum konnte Caro nicht einfach den Mut aufbringen und den ersten Schritt tun? Einfach mal etwas riskieren? Die Antwort war ganz einfach. Weil sie es noch nie musste. Noch nie war sie in einer solchen Situation. Bislang waren es stets die Männer gewesen, die um sie geworben hatten. Sie musste einfach nur ja oder nein sagen.

Bei zwei Frauen war das, wie Caro jetzt feststellte, weitaus komplizierter. Woher wussten sie, wer welchen Schritt zuerst machen sollte? Auch das war eine Frage, die sie Liz in diesem Moment gerne stellen würde. Bevor sie das hätte tun können, erklang aber zuerst Liz' Stimme in der Dunkelheit.

„Caro?"

Caro zuckte erschrocken zusammen. Sie hatte geglaubt, Liz sei längst eingeschlafen.

„Ja?", gab sie zu erkennen, dass auch sie noch wach war.

„Darf ich dich etwas fragen?", Liz Stimme klang bedrohlich ernst. Als sei das, was gleich kommen sollte möglicherweise Schicksal entscheidend. Prompt spürte Caro, wie ihr Herzschlag schnell und hart gegen ihren Hals pochte. Sie versuchte, das schmerzhafte Gefühl hinunterzuschlucken. Doch es blieb in ihrer trockenen Kehle haften.

„Ja", entfuhr ihr daher nur ein heiseres Krächzen.

„Bist du nur hergekommen, weil du dich für das Geschenk bedanken wolltest?"

Da war sie nun. Die Frage, die endlich die Tür für das Gespräch öffnete, das all die angestauten Fragen beantworten könnte. Liz war also nicht völlig ahnungslos. Auch sie spürte, dass es da etwas zwischen ihnen gab, das bislang keine Worte gefunden hatte. Mit dieser Frage hatte sie Caro den Weg bereitet, den sie jetzt einfach nur noch beschreiten musste. Sie wollte es tun, sie wollte die Wahrheit sagen, doch dann, im allerletzten Moment, verließ sie wieder der Mut und sie antwortete stattdessen: „Ja, deshalb."

Caro hatte ihre eigene Stimme bei diesen zwei Worten gar nicht erkannt. War es wirklich sie, die da geantwortet hatte? Die diese hemmungslose Lüge in den Raum geworfen hatte? Noch hatte sie die Chance, ihren Fehler zu korrigieren, noch hatte Liz nicht darauf reagiert. Doch dann war der Moment vorbei.

„Ah, ok. Verstehe. Schlaf gut, Caro", Liz emotionslose Antwort hatte soeben das Thema besiegelt. Caro bemerkte noch, wie Liz sich zur Außenseite des Betts drehte, bevor danach unangenehm erdrückende Stille im Raum einsetzte.

Caros Nacht war die reinste Hölle. Wie sollte sie nach dieser Dummheit auch nur ein Auge zu tun? Warum hatte sie Liz angelogen? Warum hatte sie nicht einfach zugeben können, dass da mehr war? Vielleicht, weil sie wusste, dass das anschließend alles ändern würde. Weil sie danach in das Leben, was sie in Frankfurt zurückgelassen hatte, nicht einfach zurückkehren konnte. Selbst dann nicht, wenn Liz ihr eine Abfuhr erteilt hätte. Indem sie in letzter Sekunde den Schwanz eingezogen hatte, blieb dieser alte Weg noch immer erhalten. Allerdings hatte sie nicht bedacht, dass sich ein anderer in diesem Augenblick für immer schloss. Das hatte sie nun davon. Aber vielleicht hatte das Schicksal es einfach so gewollt. Caro lachte sarkastisch. Dass ihr ausgerechnet jetzt dieser ungeliebte Begleiter wieder in den Sinn kam. Nichts Gutes hatte dieses angebliche Schicksal ihr bislang beschert. Caro war in ihrer jetzigen Verfassung geneigt, seine Existenz einzuräumen, nur um ihm bei nächster Gelegenheit kräftig in den Hintern zu treten. Als ob es ihre Drohung wahrgenommen hatte, bescherte das Schicksal ihr nun prompt die Müdigkeit, die sie brauchte, um sich in den längst überfälligen Schlaf zu bringen.

Die Position, in der Caro am nächsten Morgen erwachte, bedurfte eines kurzen, orientierenden Moments. Noch hatte sie die Augen geschlossen, denn ihre Lider waren einfach noch zu schwer gewesen. Sie lag nicht mehr auf ihrer Betthälfte, denn ihr nach hinten gestrecktes Bein erreichte die Bettkante nicht. Und worauf lag ihr Arm? Auf etwas Warmen. Etwas Körperwarmen. Entsetzt riss Caro die Augen auf und erkannte sofort, was sie befürchtet hatte. Sie lag seitlich angekuschelt in Liz' Arm und hatte ihren eigenen Arm quer über ihren Bauch abgelegt. Entsetzt zog sie ihn von Liz Körper weg, was ihrerseits ein gehöriges Zusammenzucken auslöste.

„Tut mir leid“, Liz richtete sich hastig auf, „Ich wollte nicht...also ich meine...du hast heute Nacht...“

„Nein, mir tut es leid“, Caro hatte eine Ahnung, was Liz ihr zu sagen versuchte. Sie war inzwischen ein wenig von Liz abgerückt, so dass die beiden Frauen jetzt keinen Körperkontakt mehr hatten. Jetzt, mit mehr Abstand, tat es Caro leid, so übertrieben reagiert zu haben. Sie seufzte: „Ich hätte dir nicht so auf die Pelle rücken dürfen. Tut mir wirklich leid.“

„Du hast dich in der Nacht wimmernd hin und her gewälzt. Dann hast du dich in meine Arme gerollt und plötzlich hast du ganz friedlich geschlafen. Ich habe es nicht übers Herz gebracht, dich dann wieder zu wecken“, auch Liz Blick war abzulesen, dass sie sich schuldig fühlte. Dabei hätte Caro aus ihrer Sicht sicher genau dasselbe getan.

„Es gibt nichts, wofür du dich entschuldigen musst. Du hast das einzig richtige getan, sonst hätte ich heute Nacht wohl kaum erholsam geschlafen“, versuchte sie Liz aufzuheitern. Und tatsächlich fand sie bald wieder zu ihrem Lächeln zurück.

„Ah, und sprichst du häufiger im Schlaf?“, Liz blickte Caro schmunzelnd an. Caro musste schlucken. Machte Liz gerade einen Scherz, oder hatte Caro wirklich geredet? Und falls das stimmte, was um Himmels Willen hatte sie in der Nacht ausgeplaudert? Liz' verheißungsvolles Grinsen ließ nichts Gutes ahnen.

„Was habe ich denn gesagt?“, stammelte Caro unsicher.

„Keine Sorge, ich glaube nicht, dass es etwas Schlimmes war. Ich habe auch nur einzelne Worte verstanden. Du hast auf jeden Fall immer wieder den Namen Mira gerufen. Und dann sagtest du noch etwas von verpasster Chance und, dass es dir leid täte“, erklärte Liz, „Der Rest war sehr undeutlich.“

Caro brauchte die fehlenden Worte nicht, um zu verstehen, was ihr Unterbewusstsein zu Tage bringen wollte. Gerade fühlte sie sich an den Tag zurückversetzt, als sie im Krankenhaus war und auf der Bettkante gesessen und die Hand ihrer Uroma gehalten hatte. Sie hatte nicht damit gerechnet, ausgerechnet hier und jetzt an dieses schmerzhafte Ereignis erinnert zu werden. Damals war ihr nicht bewusst gewesen, dass dies das letzte Gespräch mit ihrer Omi Mira sein würde. Die Worte, die sie ihrer Urenkelin mitgegeben hatte, hallten gerade in Caros Kopf nach „Verpasse keine Chancen. Nicht immer ist es der bequeme Weg, der zu deinem Glück führt." Warum machte sich ihr Unterbewusstsein ausgerechnet jetzt so deutlich bemerkbar? Die Antwort lag im Grunde auf der Hand. Es ging um Liz. Es ging um Caros Gefühle für sie und der Angst, dass sie Liz gehen ließe, ohne herausgefunden zu haben, ob Liz etwas Ähnliches empfand. Doch sie traute sich nicht. Sie traute sich dieses Gespräch mit Liz nicht zu, weil sie nicht enttäuscht werden wollte. Weil die Chance auf eine Enttäuschung größer war, als die Wahrscheinlichkeit von Liz überrascht zu werden.

„Caro?", Liz musterte sie besorgt und legte sanft ihre Hand auf Caros Arm, „Du weinst ja. Was ist los?"

Tat sie das? Erst jetzt bemerkte Caro ihre feuchten Wangen und wischte sie hastig trocken. Es gab gleich zwei Gründe, die Caro zum Weinen gebracht hatten. Die Erinnerung an ihre Omi und ihr fehlender Mut, der sie gerade zur Verzweiflung brachte. Doch Caro konnte sich einfach nicht überwinden, offen mit Liz zu sprechen. Deshalb verschwieg sie weiterhin den zweiten Grund.

„Omi Mira...sie ist...sie war meine Urgroßmutter. Sie ist vor ein paar Wochen gestorben. Das hat mich ziemlich mitgenommen", wieder rannen Tränen über ihre Wangen und Caro gelang es nicht, ihnen Einhalt zu gebieten. Liz blickte sie sanft und mitfühlend an und legte nun, ohne zu zögern, ihre Arme um Caro. Sie drückte sie fest an sich heran, so dass Caros Kopf in ihrer Halsbeuge zum Liegen kam. Es tat so gut, Liz' Wärme zu spüren, sich von ihr trösten zu lassen. Caros Tränen waren längst wieder versiegt, doch noch immer genoss sie den innigen Moment und verweilte in Liz' Armen. Auch Liz zeigte keine Anstalten, sie aus ihren Armen zu entlassen, bis es schließlich an der Schlafzimmertür klopfte. Sie lösten sich voneinander und Liz reagierte auf das Klopfen: „Ja, bitte." Die Tür öffnete sich und Lisa erschien im Türrahmen.

„Guten Morgen. Ich wollte eigentlich nicht stören, aber wir haben bereits gefrühstückt und wollten nun wissen, was du bis zum Abflug geplant hast?"

„Unser Flug geht ja erst kurz nach sechs", überlegte Liz und blickte auf die Uhr, „Jetzt ist es neun Uhr. Habt ihr schon die zwei Alukoffer aus dem Transporter geholt?"

„Timo war nicht sicher, ob wir direkt mit dem Transporter zum Flughafen fahren", antwortete Lisa.

„Nein, ich habe Marc versprochen, dass ich seine Leihgaben heute früh wieder zurückbringe. Und er wollte für uns den Transporter wieder abgeben", erklärte Liz, „Holt ihr die zwei Koffer raus und nehmt sie nachher mit zum Flughafen? Bitte kümmert euch dann auch noch, wie besprochen, um die Wohnungsübergabe. Wir treffen uns dann erst am Flughafen wieder."

Dann sah Liz Caro an: „Bleibst du noch, oder musst du schon bald fahren?"

Caro glaubte, in ihrer Stimme leise Hoffnung wahrzunehmen. Wünschte sich Liz womöglich, den heutigen Tag mit ihr zu verbringen? Caros Herz machte einen freudigen Hüpfer bei dieser Vorstellung.

„Ja", rief sie begeistert, bis sie begriff, dass ihre Antwort bei dieser Fragestellung keinen Sinn ergab, „Also, ich habe keine feste Abreisezeit." Liz' Augen leuchteten nun ebenfalls erfreut auf: „Dann schlage ich vor, dass wir uns einen gemütlichen Sightseeing-Tag in Berlin erlauben."

Liz hätte alles vorschlagen können, solange Caro mit ihr noch weitere Stunden verbringen würde. Die Gedanken an eine Aussprache waren im Nu wie weggeblasen, übrig blieb die Freude über den bevorstehenden Tag.

Knapp eine Stunde später hatten sie bereits den Transporter an Marc übergeben. Liz' Koffer hatte sie ihren Angestellten ebenfalls kurzerhand aufs Auge gedrückt, so dass sie, wie Caro, nur noch einen Rucksack mit sich führte.

„Ein paar Straßen weiter landen wir an der Spree. Wollen wir von dort aus losspazieren, oder willst du lieber die ultimative Touristentour mit Hop-on-Hop-off-Bus?“, witzelte Liz, dessen bevorzugte Antwort unschwer zu erraten war. Caro musste bei diesen beiden Vorschlägen ebenfalls nicht lange überlegen. Ein gemütlicher Spaziergang mit Liz klang für Caro tausend Mal verlockender als sich in einen überfüllten, wenig privaten Touri-Bus zu quetschen.

„Warst du schon mal in Berlin?“, fragte Liz, während sie am Ufer der Spree entlang schlenderten.

„Ja, das ist allerdings schon fast zehn Jahre her. Ich war damals mit Nadja hier“, erwiderte Caro.

„Oh, ihr seid also schon ziemlich lange befreundet, was?“, merkte Liz an.

„Das kann man so sagen. Wir kennen uns seit der vierten Klasse. Tamara kenne ich sogar noch länger“, begann Caro zu erzählen, „Wir haben schon Sandförmchen im Kindergarten ausgetauscht.“

„Freundschaften, die so lange Bestand haben, sind wirklich wertvoll. Ich muss zu meiner Schande gestehen, dass ich die wenigen Schulfreunde, seit ich nach New York gegangen bin, ziemlich vernachlässige“, gestand Liz und machte ein zerknirschtes Gesicht.

„Warum bist du damals weggegangen?“, Caro wusste, dass sie da ein sensibles Thema anschnitt, denn schon einmal hatte sie Liz danach gefragt und nur eine knappe Antwort erhalten. Liz' Wegzug stand im Zusammenhang mit dem Streit mit ihrem Bruder, soviel war Caro bekannt. Da die Stimmung zwischen den beiden Frauen gerade recht ausgelassen war, hielt Caro die Gelegenheit für eine genauere Nachfrage für günstig. Liz' Reaktion bestätigte, dass sie sich nicht gern darüber unterhielt. Allerdings hielt sie Caros Blick stand und begann mit einer Antwort: „New York war eigentlich nur eine fixe Idee. Ein Traum. Ich glaube, ich hatte dir beim letzten Mal schon gesagt, dass Alexander dachte, ich würde in sein Unternehmen investieren. Wie du weißt, kam es nie dazu. Einen Grund kennst du wahrscheinlich noch nicht.“ Liz blickte in die Ferne und es wirkte, als würden vor ihrem inneren Auge die alten Bilder von dieser Zeit aufscheinen.

„Es gab da eine Frau. Rebekka. Sie war damals mit Alexander liiert.“

Caro kam der Name bekannt vor. Alexander musste sie am Anfang ihrer Beziehung wohl ganz kurz erwähnt haben und wenn sich Caro nicht täuschte, hatte sie zwischen seinen Fotos mal ein Bild von ihr gesehen.

„Alexander wirft mir vor, dass ich ihm damals seine Freundin ausgespannt hätte“, Liz' Augen hatten sich zu Schlitzen zusammengezogen, „Dabei stimmt die Geschichte so nicht.“

Obwohl Caro sämtliche Details fehlten, glaubte sie Liz diese Aussage. Vielleicht waren es ihre Augen, die Caro wissen ließen, dass Liz diese Geschichte nicht anders darstellen würde, als sie tatsächlich abgelaufen war.

„Rebekka war bi und das schon lange. Alexander vergisst bei seiner Ausführung, dass ich Rebekka schon längst kannte, bevor er sie zum ersten Mal bei mir zuhause kennengerlernt hatte. Sie und ich wir hatten...wir waren befreundet und haben gelegentlich miteinander geschlafen. Wir hatten nur eine Affäre, nichts von Bedeutung, deshalb habe ich niemandem davon erzählt. Irgendwann wollte sie mehr, ich jedoch nicht. Und dann traf sie zufällig auf meinen Bruder. Sie verliebten sich, wurden ein Paar. Doch das schien Rebekka nicht zu reichen. Ständig stand sie vor meiner Tür, wollte, dass wir weiterhin miteinander Spaß haben. Ich habe sie jedes Mal weggeschickt. Als ich ihr damit drohte, meinem Bruder von ihren Avancen zu erzählen, ging sie sofort zum Gegenangriff über. Sie ging zu meinem Bruder und beichtete unsere Affäre, stellte es allerdings so dar, als hätte sie während ihrer Beziehung stattgefunden. Sie zeigte ihm Bilder und Nachrichten von uns. Die Daten hatte sie scheinbar manipuliert. Und ihr Plan ging perfekt auf. Alexander verzieh ihr, weil sie freiwillig gebeichtet hatte und schickte mich zum Teufel. Die Beziehung ging wenige Monate später zu Bruch. Trotzdem glaubt mir Alexander bis heute kein Wort."

Caro sah an Liz' Gesichtsausdruck, dass ihre alten Narben noch immer schmerzten. Mehr als fünf Jahre waren seither vergangen. Fünf Jahre, die Liz zu Unrecht von ihrem Bruder verurteilt wurde. Caro hatte keine Brüder oder Schwestern, doch sie glaubte dennoch, Liz' Schmerz nachvollziehen zu können.

„Warum hast du Katharina nie davon erzählt?", Caro erinnerte sich, dass sogar Katharina nichts Genaueres über den Streit wusste.

„Katharina hätte mir meine Geschichte sicher sofort geglaubt. Doch dann hätte Alexander vermutet, dass ich sie manipuliert und auf meine Seite gezogen hätte. Und womöglich hätte er dann auch mit ihr gebrochen", erklärte Liz. Eine ganze Weile liefen sie nun wortlos nebeneinander her und hingen ihren Gedanken nach. Das unerwartete Geständnis hatte eine weitere, überaus sensible Seite von Liz offenbart. Caro konnte nicht umhin, sich ein wenig für das geschenkte Vertrauen geschmeichelt zu fühlen. Doch verstand sie nicht, warum sie es ausgerechnet war, der Liz die Wahrheit verraten hatte.

„Warum hast du es mir erzählt?", wollte Caro deshalb wissen. Die Antwort kam verzögert, als musste sie von Liz wohl überlegt werden.

„Ich glaube, ich will einfach keine Rücksicht mehr nehmen. Das letzte Aufeinandertreffen hat gezeigt, dass mein Bruder die Tür für immer verschlossen hat."

Womöglich hatte Liz damit Recht. Auch Caro konnte sich nur schwer vorstellen, dass Alexander jemals einlenken würde. Trotzdem war Caro nicht ganz klar, warum Liz gerade sie ausgewählt hatte. War ihr bewusst, dass sie Caro mit diesem Wissen eine Bürde auferlegt hatte? Caro glaubte nicht, dass Liz das grundlos und ohne Überlegung tun würde. Doch was war dann der wahre Grund? Bevor Caro ein weiteres Mal nachhaken konnte, spürte sie ein Brummen in ihrer Tasche. Kurz befürchtete sie, Alexander würde sie anrufen. Doch der Blick aufs Handy verriet, dass es Tamara war, die sie zu erreichen versuchte.

„Entschuldige kurz“, rief sie zu Liz und nahm dann ab.

„Und? Bist du schon auf dem Heimweg?“, polterte Tamara drauf los.

„Nein, ich bin hier noch in Berlin unterwegs“, erklärte Caro.

„Allein?“

„Nein.“

„Mit Liz?“

Caro seufzte: „Ja, und es ist gerade ziemlich ungünstig.“

„Ja, ja. Schon gut. Rufst du nachher an?“

„Versprochen“, erwiderte Caro und beendete dann das Telefonat.

„Schau mal, da vorne ist das Schloss Bellevue“, rief Liz, die bereits einige Meter Vorsprung hatte und nun auf Caro wartete. Tatsächlich entdeckte jetzt auch Caro das sich vor ihr aufbauende Gebäude. Doch erinnerte sie diese schmucklose Ansicht wenig an ein Schloss. Sie kannte den Sitz des Bundespräsidenten nur aus Fernsehberichten und da wirkte das Anwesen durchaus beeindruckend.

„Bist du sicher, dass das wirklich das Schloss ist?“, Caro sah das Gebäude stirnrunzelnd an und heimste damit ein amüsiertes Grinsen seitens Liz ein.

„Ja, ziemlich. Die Hinteransicht hält doch selten, was die Vorderansicht verspricht“, fand Liz, die noch immer einige Schritte Vorsprung hatte. Unweigerlich blickte Caro bei diesem Satz auf Liz' Po, dessen runde Form sich in der engen Jeans deutlich abzeichnete.

„Och, nicht immer“, murmelte Caro und biss sich umgehend dafür auf die Zunge. Als sich Liz daraufhin zu Caro umdrehte, versuchte Caro, so schnell wie möglich ihren Blick von Liz abzuwenden. Doch sah sie in dem Bruchteil einer Sekunde noch, wie Liz' Mundwinkel sich zu einem schmunzelnden Lächeln verzogen. Caro wollte vor Scham im Boden versinken, warum hatte sie sich Liz gegenüber nur so wenig im Griff? Sie nahm sich vor, sich für den Rest des Tages zusammenzureißen und sich an unverfängliche Themen zu halten. Sie schlenderten weiter, passierten das Haus der Kulturen, machten zwischendurch Rast auf einer Parkbank und genossen die warme Sonne. Alles fühlte sich so herrlich leicht mit Liz an, sie lachten viel, genossen ihre Gespräche, deren Themen ihnen nicht auszugehen schienen. An einem mobilen Eiswagen machte Caro spontan Halt. Sie kaufte ihnen beiden ein Eis, mit dem sie es sich anschließend im Monbijoupark auf einer Rasenfläche unter einem Baum gemütlich machten.

„Was für ein schöner Tag“, Caro lag auf dem Rücken und stützte mit ihren Ellbogen den Oberkörper ab.

„Ja, absolut. Zu schade, dass schon bald mein Flieger geht“, Liz warf einen betrübten Blick auf ihre Uhr, „Ich sollte mich demnächst auf den Weg zum Flughafen machen.“

Caro zog unbewusst einen Schmollmund: „Du könntest noch ein paar Tage dranhängen.“

„Ja, das wäre schön, aber leider ist mein Terminkalender nächste Woche bereits voll“, lachte Liz.

„Dann war das jetzt aber eine sehr sparsame Sightseeing-Tour. Wir haben ja nicht einmal das Brandenburger Tor gesehen“, maulte Caro beleidigt.

„Willst du damit sagen, dass du mit mir als deine Reiseführerin unzufrieden warst?“, Liz hob auffordernd eine Augenbraue an. Caro musste lachen und schubste sie spielerisch an ihren Oberarm: „Ja, du bist eine total miserable Touristenführerin. Ich habe noch kein einziges Foto gemacht, weil ich dachte, wir kommen noch an den bekanntesten Sehenswürdigkeiten vorbei.“

„Du willst ein Foto? Ich kann eins von dir machen, wenn du willst“, bot Liz an.

„Na schön, aber ich will dann auch eins mit dir zusammen“, Caro zückte ihr Handy und übergab es Liz, die sich professionell wie ein Fotograf in Stellung brachte. Caro war das fast schon peinlich, denn sie wusste nicht, wie sie posieren sollte, ohne total albern auszusehen. Sie lächelte angestrengt in die Kamera, bis das Geräusch des Auslösers ertönte.

„Und jetzt zusammen“, Caro nahm das Handy und platzierte sich dicht neben Liz. Allerdings wagte sie es nicht, ihren Arm um Liz zu legen. Zu ihrer Überraschung, hatte Liz da weniger Hemmungen, griff nach ihrer Hüfte und zog sie an sich heran.

„Und jetzt mach das blödeste Gesicht, was dir einfällt“, forderte Liz sie auf und begann sofort damit, ihre Augen zu verdrehen und die Zunge rauszustrecken. Caro musste bei diesem Anblick heftig loslachen und schaffte es kaum, eine eigene Grimasse zu schneiden. Doch dann hatten sie das Foto endlich im Kasten.

„Danke dafür“, Caro packte ihr Telefon zurück in die Tasche.

„Ich danke dir für diesen Tag“, Liz stand noch immer direkt vor Caro und blickte ihr tief in die Augen. Ihr Gesichtsausdruck wurde plötzlich ganz ernst und fixierte Caros Blick. Caro war wie hypnotisiert, sie konnte diesen Augen einfach nicht widerstehen. Und bildete Caro es sich nur ein, oder verringerte sich allmählich der Abstand zwischen ihnen beiden? Würde gleich wirklich das passieren, was sich Caro seit Monaten so sehnlichst gewünscht, daran aber schon nicht mehr geglaubt hatte? Der Trommelwirbel in ihrer Brust war sich offenbar seiner Sache sicher. Die beiden Frauen waren sich bereits so nahe, dass Caro Liz' verführerischen Duft einatmen konnte. Sie schloss die Augen, weil sie den bevorstehenden Moment ganz den Sinnen ihrer Lippen überlassen wollte. Und plötzlich...traf sie von oben ein harter Gegenstand und ließ sie unweigerlich ins Taumeln geraten. Sie versuchte sich noch an Liz' Arm zu klammern, doch da war sie bereits so sehr aus dem Gleichgewicht geraten, dass sie zur Seite wegkippte und auf dem Gras landete.

„Sorry“, rief eine schuldbewusst klingende Stimme aus der Ferne. Jetzt sah Caro, mit welchem Geschoss unbeabsichtigt attackiert wurde. Die gelbe Frisbee lag direkt vor Liz' Füßen und wartete darauf, von seinem Besitzer abgeholt zu werden.

„Ist alles ok? Hast du dich verletzt?", Liz half Caro auf und untersuchte sie von allen Seiten nach möglichen Blessuren. Caro schüttelte jedoch entwarnend den Kopf: „Ich glaube, mir ist nichts passiert."

Währenddessen erschien der Verursacher des kleinen Zwischenfalls neben ihnen und wiederholte seine Entschuldigung abermals: „Das tut mir wirklich leid. Ist alles in Ordnung mit dir?"

Fürsorglich legte er den Arm auf Caros Schulter und blickte sie mitfühlend von der Seite an.

„Schon gut. Es ist nichts Schlimmes passiert", beruhigte Caro ihn, wenngleich ihr Tonfall deutlich machte, dass sie von seiner Aktion nicht gerade begeistert war. Zwar hatte er sie mit der verunglückten Frisbee nicht verletzt, aber er hatte gerade einen besonderen Moment zwischen ihr und Liz zunichte gemacht. Einen womöglich unwiederbringlichen Moment. Eine Chance, die sich wahrscheinlich kein zweites Mal ergeben würde.

„Trotzdem will ich es wieder gut machen. Darf ich dich vielleicht zu einem Kaffee einladen?", fragte der Mann nun. Erst jetzt sah Caro ihn bewusst an. Ein gut gebauter Sonnyboy mit Sonnenbrille und freiem Oberkörper stand vor ihr und lächelte sie verschmitzt an.

„Also ich muss jetzt ohnehin zum Flughafen", erinnerte Liz Caro. Schickte Liz sie tatsächlich mit dem Typen zum Kaffeetrinken, nachdem sie sich um ein Haar geküsst hätten? Caro blickte Liz sprachlos an. Nun erkannte sie allerdings zu ihrer Erleichterung, dass Liz alles andere als begeistert dreinblickte.

„Ich bringe dich hin", entschied Caro kurzerhand und richtete anschließend das Wort an den jungen Mann, der weiterhin neben ihr wartete, „Sehr freundlich, aber nein, danke."

„Gut, wie du willst", er schnappte sich mit einer lässigen

Handbewegung die Frisbeescheibe und verabschiedete sich mit einem kurzen Gruß von den Frauen.

Eine dreiviertel Stunde später betraten sie die Flughafenhalle von Berlin Tegel. Caro mochte die Atmosphäre, die an Flughäfen herrschte. Jeder ging geschäftig seinen Dingen nach. Das chaotisch anmutende Gewusel hatte, bei genauerem Hinsehen, durchaus System und wiederholte sich unendliche Male mit jedem neuen Start, mit jeder Landung und mit neuen Fluggästen. Außerdem lag an solchen Orten naturgemäß eine Prise Urlaubsflair in der Luft, was bei Caro jedes Mal akutes Fernweh auslöste. Doch nicht sie war es, die gleich das Flugzeug betreten würde, sondern Liz. Entsprechend mischte sich zu ihrer beschwingten, guten Laune nun auch das wachsende Gefühl von Schwermut. Gleich würden sich ihre Wege ein zweites Mal trennen und wahrscheinlich würde sie Liz danach eine sehr lange Zeit nicht mehr wiedersehen. Je näher die beiden Frauen dem Flughafen gekommen waren und je weiter die Zeit bis zum Abflug heranreichte, desto weniger sprachen sie miteinander. Zuerst war Caro das gar nicht aufgefallen, aber nun, da sie die letzten Minuten überhaupt keine Worte mehr ausgetauscht hatten, blickte sie Liz ergründend an. Zum ersten Mal war es Liz, die Caros Blick auswich. Trotzdem verriet ihre Miene, dass es auch mit ihrer Laune inzwischen nicht mehr zum Besten stand.

„Ich brauche noch meine Bordkarte. Ich sehe da drüben schon die Schlange, vielleicht sollte ich mich auch schon mal anstellen“, Liz deutete auf den Schalter, der ihren Flug auf einem Display einblendete. Caro begleitete Liz und wartete mit ihr, bis Liz den abgesperrten Bereich betrat. Nach wenigen Minuten stand Liz mit ihrem Flugticket wieder vor Caro.

„Was ist eigentlich mit deinen Leuten. Wolltet ihr euch nicht hier treffen?“, fiel es Caro wieder ein.

„Sie haben mir eben geschrieben, dass sie bereits durch

die Sicherheitskontrolle sind. Wir treffen uns gleich beim Gate“, erklärte Liz ihr.

„Wann musst du am Gate sein?“, Caro suchte Liz' Flug auf der großen Departure-Anzeige.

„In den nächsten Minuten, wenn meine Uhr stimmt“, seufzte Liz schwer.

„Ich begleite dich noch bis zum Sicherheitscheck“, beschloss Caro. Die beiden gingen zügig, aber nicht übertrieben eilig in Richtung Sicherheitskontrolle. Auch hier hatte sich erwartungsgemäß eine Schlange gebildet, vermutlich sollte Liz besser keine weitere Zeit vertrödeln, um rechtzeitig zum Boarding zu erscheinen. In Caros Brust begann es schmerzhaft zu stechen, gleich wäre sie nicht mehr da. Gleich würde Liz diesen Flieger besteigen und davonfliegen. Und mit jeder weiteren verstreichenden Minute würden weitere Kilometer zwischen ihnen liegen.

„Ich befürchte, du musst los, oder?“, Caros kratzende Stimme drohte zu versagen. Liz versuchte es erst gar nicht mit Worten, sondern nickte einfach nur. Caro klärte ihre Stimme.

„Es waren zwei sehr schöne Tage. Vielen Dank, dass ich sie mit dir verbringen durfte“, sprach Caro. Sie versuchte ein fröhliches Gesicht zu machen, doch innerlich verkrampfte ihr Magen gerade zu einem schmerzhaften Klumpen.

„Und ich bin froh, dass ich dich wiedersehen durfte und...“, während Liz sprach, hatte sie den Kopf gesenkt und geriet mit ihren Worten ins Stocken.

„Achtung bitte! Alle Passagiere, gebucht auf Delta Airlines, Flug DA123 nach New York, werden zum Flugsteig B22 gebeten. Attention please! All passengers, booked on Delta Airlines flight DA123 to New York, are requested to gate B22“, hallte es durch das Terminal. Sowohl Caro als auch Liz horchten auf. Da war das Signal, das ihren Abschied besiegeln sollte.

„Ich muss...“, Liz deutete mit einem Fingerzeig auf einen der Lautsprecher, der sie soeben zum Gehen aufgefordert hatte. Caro, deren Tränen sich versuchten, Bahn zu brechen, wollte nicht, dass Liz geht. Sie hatten doch noch gar nicht richtig miteinander gesprochen. Liz öffnete nun ihre Arme und Caro musste bei diesem Angebot keine Sekunde zögern. Sie hielten sich fest und es tat gut, schmerzte aber gleichzeitig so unglaublich. Einen Moment lang kam Caro in die Versuchung, Liz einfach nicht mehr aus ihrer Umarmung zu entlassen, bis der Flieger ohne sie abgehoben wäre. Doch die Vernunft ließ Liz schließlich doch frei.

„Mach‘s gut“, murmelte sie und Caro nickte. Liz hatte sich schon halb umgedreht, da packte Caro ein Impuls und sie griff nach Liz Arm. Noch bevor Caro über ihr Tun hätte nachdenken können, zog sie Liz an sich heran und legte ihre Lippen auf Liz'. Die Zeit, die eben noch rekordartig an ihnen vorbeigezogen war, schien jetzt zum Stillstand gekommen zu sein. Für die prickelnde Welle, die sich in Caros Körper geradewegs ausbreitete, existierten keine Begriffe. Die Sehnsucht nach Liz' weichen Lippen, die Ungewissheit darüber, ob sie Liz je wieder auf diese Weise spüren würde, spiegelten sich nun in den überwältigenden Emotionen dieses Kusses wider. Diese ungeahnte Leidenschaft von Liz erwidert zu wissen, steigerte dieses Gefühl abermals und würde alles Vergangene und vermutlich auch alles Kommende in den Schatten stellen. Ihre Lippen kosteten sich stürmisch und weil ihnen das nicht genug war, tasteten nun auch ihre Zungen nach einander. Als Caro hörte, wie Liz ein heiserer, erregter Seufzer entfuhr, hätten ihre Beine um ein Haar nachgegeben. Doch Liz hielt sie fest, ihr würde nichts passieren. Ganz dumpf nahm Caro im Hintergrund eine erneute Lautsprecherdurchsage wahr. Sie wehrte sich noch einen Moment gegen ihre drängende Vernunft, doch dann ging sie ihrem Drängen nach und löste ihre Lippen von Liz.

„Du musst...“, diesmal war es Caro, die auf den Lautsprecher deutete.

„Ich weiß“, hauchte Liz, die nun einen halben Schritt

zurücktrat und Caro mit einem beunruhigenden Blick besah, „Ich...du...also, wir hätten das nicht tun dürfen."

Dieser Satz war ein Schock. Caro war nicht sicher, ob sie sich nicht einfach verhört hatte. Hatte Liz diesen intimen Moment gerade nicht ebenso genossen wie Caro? Und nun erteilte sie Caro diese eiskalte Abfuhr? Entsetzt und ungläubig sah Caro sie an in der Hoffnung, Liz missverstanden zu haben. Offenbar sah sich Liz damit im Zugzwang, denn sie fügte nun hinzu: „Es fühlt sich wundervoll an mit dir. Alles." Sie machte eine Pause und sah betreten zu Boden.

„Aber du bist mit meinem Bruder verlobt und ihr wollt heiraten. Deshalb darf das nie wieder passieren", jetzt erst sah sie Caro wieder in die Augen. Dicke Tränen kullerten Liz' Wangen herunter. Hastig und ohne ein weiteres Abschiedswort drehte sie sich rum und verschwand Richtung Sicherheitsabfertigung. Caro stand noch immer da, völlig perplex und sah ihr nach. Sie wollte ihr noch etwas hinterherrufen, sie aufhalten, doch es kam ihr kein Ton über die Lippen. Sie musste stumm mit ansehen, wie die Frau, die diese ungeahnten Gefühle in ihr auslöste, gleich aus ihrem Sichtfeld und womöglich für immer verschwand. Sie beobachtete, wie Liz ihr Handgepäck in einer Box ablegte und durch den Metalldetektor gebeten wurde. Sie löste ein rotes Signal aus, also musste Liz wieder einen Schritt zurücktreten. Das Flughafenpersonal forderte sie auf, einige Kleidungsstücke abzulegen. Sie zog ihren Gürtel aus der Hose und trat erneut durch den Bogen. Wieder Alarm. Die Metallknöpfe an Liz' Ärmeln, kam es Caro sofort in den Sinn. Sie wollte Liz daran erinnern, doch Liz war schneller. Sie stülpte ihr T-Shirt über den Kopf, unter dem sie noch ein schwarzes Trägershirt trug. Wieder trat sie einen Schritt vor und diesmal blieb der Alarm stumm. Doch davon bekam Caro gar nichts mit, denn etwas völlig anderes hatte ihre Aufmerksamkeit erregt. Knapp unterhalb von Liz' Schlüsselbein prangte genau jenes Symbol, das Caro schon beinahe wieder vergessen hatte, glaubte sie doch, dieses

Rätsel um Rose' Karte schon längst gelöst zu haben. Rose hatte vorausgesagt, dass dieses Symbol unmittelbar mit ihrem Schicksal im Zusammenhang stand. Und nachdem Caro erfahren hatte, dass Alexander genau dieses Zeichen auf seinem Arm getragen hatte, war für sie klar gewesen, in ihm ihre Zukunft zu finden. Das Zeichen bedeutete Zwilling. Und jetzt, wo sie es an Liz sah, fiel ihr ein, dass sie es bereits schon einmal gesehen hatte. Auf dem Foto in Liz' Laden. Doch zu dem Zeitpunkt hatte das Aufeinandertreffen mit Rose noch nicht stattgefunden und Caro hatte diesem Symbol keine besondere Bedeutung zugemessen. Warum sie Liz' Tattoo gestern, als Liz vollständig entblößt vor ihr stand, nicht wahrgenommen hatte, konnte sie sich nicht erklären. Denn jetzt, während sie in diesem Moment auf Liz' Schlüsselbein starrte, war es unmöglich, das Zwillingssymbol zu übersehen. Warum hatte sich Alexander dieses Tattoo stechen lassen? Und warum wollte er es später so dringend wieder loswerden? Jetzt ergab alles einen Sinn. Offenbar hatten sie zu zweit diesen Urlaub angetreten und sich dort geschwisterlich tätowieren lassen. Damals, so hatte es Katharina Caro erzählt, waren die beiden Zwillinge ein Herz und eine Seele. Sie hatten mit diesem Tattoo ihre Verbundenheit zum Ausdruck bringen wollen. Eine schöne Geste, an der Liz, im Gegensatz zu Alexander, scheinbar weiterhin festhielt. Und das, obwohl Alexander ihr derart deutlich die kalte Schulter zeigte. Nach wie vor war sie ihrem Bruder gegenüber loyal, das hatte sie Caro mit ihrer klaren Aussage deutlich gemacht. Caro war für sie tabu. Vermutlich hatte sie mit dem Kuss diese Grenze bereits deutlich überschritten. Caro fühlte sich mies. Sie hatte Liz in eine unmögliche Situation gebracht. Alexanders Behauptungen, die vor dem Silvesterabend falsch und haltlos waren, entsprachen jetzt, fünf Jahre später, der Wahrheit. Dabei war es nicht Liz, die für den Kuss verantwortlich war, sondern Caro. Sie hatte den ersten Schritt gemacht, beide Male. Und es hatte sich richtig angefühlt, diesmal sogar mehr, als an dem

Silvesterabend. Caro bereute diesen Kuss nicht, sie würde ihn auf der Stelle wiederholen. Unendlich oft wiederholen. Die plötzliche Erkenntnis hätte sie nicht überraschen dürfen, trotzdem traf sie dieser erstmals klar formulierte Gedanke wie ein Schlag. Sie hatte sich in Liz verliebt.

14. KAPITEL

„Du bist was?“ vernahm Caro Tamaras ungläubige Stimme durch den Hörer ihres Telefons.

„Ich bin verliebt, in Liz“, wiederholte Caro laut und deutlich.

„Bist du sicher? Vielleicht ist es ja auch nur eine vorübergehende sexuelle Neugierde“, gab Tamara vorsichtig zu bedenken. Nicht vorsichtig genug, denn Caro rümpfte genervt die Nase: „Als ob es eine Rolle spielt, dass Liz eine Frau ist. Aber ja, das habe ich durchaus bedacht. Du kannst mir ruhig ein bisschen mehr Verstand zutrauen.“

„Verliebtsein hat selten etwas mit Verstand zu tun“, Tamaras durchaus weise Worte stießen auf taube Ohren. Da Caro nichts erwiderte, übernahm Tamara erneut das Wort: „Und was heißt das jetzt überhaupt? Was ist mit Alexander? Was ist mit der Hochzeit?“

Die Hochzeit. Caro hatte sich seit dem Tod ihrer Urgroßmutter nicht mehr ernsthaft mit der bevorstehenden Eheschließung auseinandergesetzt. Bei diesem Thema hatte ihr Gehirn sofort dicht gemacht. Aber Tamara hatte mal wieder Recht. Sie konnte und wollte ihr altes Leben nicht einfach so fortsetzen. Was empfand sie für Alexander? Liebte sie ihn noch? Die Frage ließ sich im Grunde gar nicht richtig beantworten. Die beiden hatten in den vergangenen Monaten so wenig Zeit miteinander verbracht, dass ihr das Gefühl zu Alexander abhandengekommen war. Selbst, wenn er zuhause war, gingen die beiden ihren eigenen Dingen nach. An den letzten Sex konnte sich Caro nicht mal mehr erinnern.

„Du hast Recht“, resümierte Caro schließlich ihre Gedanken.

„So wie meistens. Aber womit genau habe ich deiner Meinung nach Recht?“, lachte Tamara.

„Ich muss mit Alexander sprechen. Sofort“, antwortete Caro überzeugt, „Ich muss jetzt auflegen, damit ich den nächsten Flieger nach London noch erwische.“

„Aber...", Caro hatte bereits aufgelegt, bevor Tamara ihren Satz beenden konnte. Schon während des Telefonats hatte Caro den digitalen Abflugplan im Blick gehabt. In eineinhalb Stunden würde der nächste Flieger nach London abheben. Vielleicht hatte sie Glück und sie könnte noch einen freien Platz ergattern.

Es war kurz nach zehn Uhr abends als der Flieger auf der Landebahn des Londoner Flughafen Gatwick aufsetzte. Während der letzten zwei Stunden hatte der Adrenalinpegel, der ihrem Tatendrang vorausgeeilt war, wieder deutlich abgenommen. Nun nagten Zweifel über die Sinnhaftigkeit dieser überstürzten Aktion an Caro. Sie würde Alexanders Hotel erst mitten in der Nacht erreichen. Vermutlich würde sie ihn aus dem Schlaf reißen, müsste ihm erklären, warum sie unangekündigt auf der Matte stand. Ihr Plan endete bei dem allgemeinen Vorhaben, mit Alexander reden zu wollen. Was sie ihm genau mitteilen wollte, hatte sie noch nicht durchdacht. Doch jetzt war es zu spät. Jetzt befand sie sich bereits in London. Einen Rückflug bekäme sie frühestens am nächsten Morgen. Sie folgte dem Strom ihrer Mitpassagiere. Einige hatten, wie sie selbst, lediglich Handgepäck dabei und konnten die Gepäckausgabe überspringen. Sie sah, dass die Masse den Schildern folgte, die sie zu einer Expressbahn Richtung Innenstadt brächte. Diese Bahn fuhr alle sechs Minuten, also hatte sie keine Eile mit dem Kauf ihrer Fahrkarte. Sie bestieg das rote Schienenvehikel und suchte sich einen freien Platz. Weitere fünfundvierzig Minuten Reisezeit standen ihr nun bevor. Sie überbrückte die Zeit, indem sie Tamara eine Textnachricht schrieb.

„Bin in London gelandet", schrieb sie kurz und knapp.

Es dauerte keine zehn Sekunden, da erschien Tamaras Antwort im Display: „Du bist wirklich völlig verrückt."

„Ja, du hast Recht. Aber mein Gefühl sagt, dass ich das Richtige tue", schrieb Caro zurück.

„Und das wäre?"

Da war die Frage, vor der sich Caro bislang gedrückt hatte. Eigentlich war ihr die unumstößliche Antwort insgeheim schon bewusst. Während des Flugs hatte sie sich vorgenommen, erst einmal das Gespräch mit Alexander abzuwarten, bevor sie eine endgültige Entscheidung fällte. Doch was sollte das Gespräch ergeben, damit sich ihre Gefühle für Liz plötzlich wieder änderten? Sie müsste Alexander zum Kämpfen auffordern, doch das wäre ein chancenloser Kampf. Den Streit, den sie damit heraufbeschwören würde, konnte sich Caro noch nicht vorstellen. Sie war sich jedoch sicher, dass er Seinesgleichen suchte. Immerhin könnte sie sich für diese eine Nacht bei Nadja verkriechen und wäre damit nicht allein.

„Ich werde das mit Alexander beenden", ihre eigenen Worte auf dem Display zu lesen, schmerzte tief in Caros Herzen. Schnell drückte sie auf Absenden und schaltete anschließend das Handy ab. Sie wollte Tamaras Antwort, die mit Sicherheit jetzt schon den Ärmelkanal passiert hatte, nicht lesen. Sie musste ihren Plan jetzt einfach durchziehen bevor sie der Mut verließe.

Um kurz vor zwölf betrat sie die Eingangspforte des Londoner Hilton Hotels. Das modern anmutende Gebäude beherbergte einen klassisch-eleganten Eingangsbereich, der eindeutige Rückschlüsse auf die hier verlangten Übernachtungspreise bot. Caro wusste, dass Alexanders Kunde die Kosten für diese Unterkunft übernahm. Selbst Alexander wäre bei der langfristigen Dauer seines Aufenthalts weniger verschwenderisch gewesen. Da er hier so regelmäßig wohnte, hielt man ihm immer das gleiche Hotelzimmer bereit. 412, das hatte sich Caro gemerkt, weil er die Zimmernummer bei verschiedenen Gelegenheiten erwähnt hatte. Sie konnte also geradewegs und ohne den Mann an der Rezeption zu behelligen, den Aufzug in die vierte Etage nehmen. Als sich die Türen zum vierten Stock öffneten, stieg Caros Nervosität augenblicklich an. Ihre Hände schwitzten, wie sie es immer taten, wenn ihr etwas

Unangenehmes bevorstand. Kurz musste sie sich orientieren, dann erkannte sie, dass sich Alexanders Zimmer linkerhand befand. Der weiche Flurteppichboden ließ Caro lautlos an die Zimmertür herantreten. Ganz so, als wollte sie sich mit Absicht an Alexander anschleichen. Zögernd stand sie nun vor seiner Tür, die Hand zum Klopfen bereits gehoben. Doch sie traute sich nicht, empfand es als unfair, ihn aus dem Schlaf zu holen, um ihm diese unheilvolle Nachricht zu überbringen. Doch hörte sie da nicht etwas? Caro glaubte, eine Frauenstimme zu erkennen. Vermutlich lief Alexanders Fernseher noch und dann war er sicherlich noch wach. Caro hielt die Luft an und klopfte. Es dauerte einen Moment, bis sie Geräusche hinter der Tür vernahm. Dann hörte sie, wie jemand das Schloss entriegelte und die Klinke nach unten drückte. Doch wem sie nun in die Augen sah, damit hatte Caro ganz und gar nicht gerechnet.

„Nadja?“, rief Caro irritiert und prüfte mit einem Blick nochmal die Zimmernummer.

„Caro?“, Nadja hatte Augen und Mund vor Entsetzen weit aufgerissen. Als wollte sie etwas verbergen, schob sie die Tür wieder ein Stück zu.

„Was machst du hier?“, fragte sie nun Caro mit zittriger Stimme.

„Ich...also...ich wollte Alexander...“, die Puzzleteile wollten sich von Caro partout nicht zusammensetzen lassen, „Ist das hier nicht Alexanders Zimmer?“

Nadjas bevorstehende Antwort wurde in dem Moment hinfällig, als Alexanders Stimme aus jenem Hotelzimmer erklang, aus dem Nadja sie noch immer mit völlig entrüstetem Blick anstarrte: „Nadja, Süße, wer stört denn zu so später Stunde? Wenn es nicht wichtig ist, dann schick die Leute weg und komm wieder ins Bett.“

Caros Gehirn konnte noch immer nicht verarbeiten, was ihre Augen und Ohren gerade aufgenommen hatten. Auch auf Nadjas hilflosen Blick wusste Caro gerade nichts zu erwidern. Wie angewurzelt sah sie ihre Freundin an und erkannte erst jetzt, dass sie lediglich ein Handtuch um ihren

Körper trug. Ihre Haare waren feucht und nach hinten gekämmt, als hätte sie eben noch unter der Dusche gestanden. Und egal wie oft Caros Gehirn nach einer logischen und vor allem harmlosen Erklärung für das sich darbietende Schauspiel suchte, musste sie sich am Ende das Offensichtliche eingestehen.

Ohne ein Wort machte Caro auf dem Absatz kehrt und steuerte auf den Fahrstuhl zu. Sie hatte genug gesehen. Die Details würde sie sicher noch früh genug erfahren. Ungestüm drückte sie die Aufzugtaste und weil sich die Türen nicht unmittelbar öffneten, drückte sie ein zweites und dann ein drittes Mal. Als der Fahrstuhl ihr endlich Einlass gewährte trat sie einen Schritt vor, doch eine Hand, die ihren Arm umgriff, hinderte sie am Weitergehen.

„Caro, bitte warte“, sprach Nadja im ruhigen Ton zu ihr. Caro drehte sich zu ihr um, blieb aber so im Türrahmen stehen, dass sie die Lichtschranke blockierte und die Türen damit vom Schließen abhielt.

„Glaubst du wirklich, dass ich mich jetzt noch mit dir unterhalten will?“, Caros eigener Tonfall war gleichgültiger ausgefallen, als sie es erwartet hatte.

„Vermutlich nicht, aber ich hoffe trotzdem, dass du mir diese Möglichkeit gibst. Bitte. Nur kurz“, flehte Nadja, die noch immer halbnackt in ihrem Handtuch vor ihr stand. Zähneknirschend stimmte Caro zu. Sie einigten sich darauf, dass sie für das Gespräch in Nadjas Hotelzimmer gingen.

„Und Alexander?“, fragte Caro.

„Der weiß noch gar nicht, dass du hier bist. Ich habe behauptet, dass du jemand vom Hotelpersonal warst und dass es ein verstopftes Abflussrohr in den Nebenzimmern gab, weshalb sich in einigen Zimmern das Wasser hochgedrückt hätte. Und ich wollte bei mir kurz nach dem Rechten sehen“, erklärte Nadja und erntete von Caro dafür einen irritierten Gesichtsausdruck.

„Was denn? Das ist bei mir Zuhause neulich wirklich passiert. Was hätte ich ihm denn sonst erzählen sollen?“, rechtfertigte Nadja ihre Flunkerei. Sie betraten jetzt Zimmer 416 und Nadja bot Caro einen Platz auf ihrem Bett an. Widerwillig setzte sie sich hin und verschränkte die Arme. Sie glaubte nicht, dass Nadja im Moment irgendetwas sagen könnte, das ihre tiefe Enttäuschung auch nur im Geringsten abmildern würde. Noch nie im Leben wurde Caro von jemanden so herb enttäuscht wie von ihrer Freundin. Durch dick und dünn waren sie all die Jahre gegangen. Nadja, Tamara und Caro waren ein eingeschworenes Trio, zwischen das kein Blatt gepasst hatte. Doch all das hatte mit einem Mal keine Bedeutung mehr. Das erschütterte Vertrauen war mit Nadjas Tabubruch unwiederbringlich zerstört worden. Dass Caro gekommen war, um ihre eigenen Dinge mit Alexander zu regeln, stand auf einem völlig anderen Blatt. Der Kuss, oder vielmehr die beiden Küsse hätten nicht passieren dürfen, das gab Caro zu. Aber immerhin hatte sie mit Liz, im Gegensatz zu Alexander und Nadja, keine ausgewachsene Affäre. Nadja, die sich im Bad schnell eine Pyjamahose und ein Hemd übergestreift hatte, ließ sich nun neben Caro nieder. Sie räusperte sich, schien sich zu dem Gespräch überwinden zu müssen, fand aber schließlich die ersten Worte: „Ich versuche nicht zu behaupten, dass alles anders ist, als es aussieht. Denn das wäre gelogen. Ja, ich habe...ich hatte was mit Alexander. Es ist einfach passiert, weil...weil..." Jetzt brach Nadja in Tränen aus. Der Impuls, sie in die Arme zu schließen, wie Caro es üblicherweise getan hätte, blieb diesmal aus. Ihre verschränkten Arme hafteten wie aneinandergeschweißt vor ihrer Brust und rührten sich nicht. Es dauerte einen Moment, dann fing sich Nadja wieder: „Wir haben die vergangenen Monate so viel Zeit miteinander verbracht, haben uns besser kennengelernt. Das war auch ein Grund, warum ich mit Sebastian immer wieder Streit hatte. Er war eifersüchtig, obwohl zu dem Zeitpunkt überhaupt kein Anlass bestand. Irgendwann hielt ich diese krankhafte Eifersucht nicht länger aus und habe mit ihm Schluss gemacht. Ich war am Boden zerstört. Und dann...war

Alexander für mich da. Wir haben stundenlang gequatscht, er hat mich von meinem Kummer abgelenkt. Und da ist es einfach passiert, wir haben uns eines Abends geküsst", Nadja schluchzte und hielt sich ihre Hände vor das Gesicht.

„Wann war das?", Caros Stimme klang emotionslos.

„Das war kurz vor deinem Geburtstag. Aber Caro, ich schwöre dir, mehr ist in der Zeit nicht gelaufen. Und wir waren uns auch beide einig, dass das nie wieder passieren durfte", betonte Nadja.

„Was macht das bitte für einen Unterschied, ob du erst seit gestern, oder bereits seit vorgestern mit meinem Verlobten ins Bett gehst?", konterte Caro bissig.

„Keinen besonders großen. Aber immerhin weiß ich inzwischen, dass auch du dir einen kleinen Fehltritt erlaubt hast", erwiderte Nadja ungerührt. Caro riss überrascht die Augen auf, mit diesem kleinen Gegenangriff hatte sie nicht gerechnet.

„Was genau weißt du denn?", fragte sie skeptisch.

„Bitte sei nicht sauer auf Tamara. Sie war sich absolut sicher, dass du es mir schon längst erzählt hast. Sie wollte nichts ausplaudern, sondern war einfach nur um dich besorgt. Sie hat mir erzählt, was zwischen dir und Liz an dem Silvesterabend passiert ist", platzte es nun aus Nadja raus.

„Und wann hat sie dir das erzählt?", Caro vermutete, dass der Beginn der Affäre mit diesem Zeitpunkt seinen Anfang nahm.

„Vorgestern", antwortete Nadja prompt.

„Vorgestern?", Caro sah sie stirnrunzelnd an. Warum hatte Tamara so lange dicht gehalten und sich am Ende doch verplappert? Ja natürlich, weil sie bis dahin dachte, das Thema Liz sei bereits längst vom Tisch. Doch dann hatte ihr Caro vor drei Tagen von ihrem Vorhaben erzählt, Liz in Berlin zu besuchen. Caro hatte offensichtlich unterschätzt, wie sehr Tamara diese Sache beschäftigte. Und es war naheliegend, dass sie Nadja als ihre Vertraute um ein Gespräch bat.

„Wie gesagt, sie hat nicht gewusst, dass du mir nie davon erzählt hast. Ich weiß auch nicht, warum sie ausgerechnet vorgestern damit anfing. Als sie bemerkte, dass sie mir damit eine Neuigkeit erzählt, hat sie das Thema sofort beendet“, versuchte Nadja Tamaras Ehre zu retten.

„Schon gut. Das spielt ja eigentlich nun auch keine Rolle mehr“, Caro machte eine wegwerfende Handbewegung.

„Für mich schon. Ich habe mich erst gestern das erste Mal auf ihn eingelassen, nachdem...nachdem wir über dich gesprochen haben“, Nadja senkte niedergeschlagen den Kopf.

„Hast du ihm das mit Liz etwa erzählt?“, Caros Puls stieg unvermittelt an. Diese Art Einmischung stand Nadja nicht zu. Das war eine Sache zwischen ihr, Alexander und Liz. Nadja war da höchstens eine unliebsame Nebendarstellerin, die sich keinesfalls einzumischen hatte. Caro brodelte vor Wut.

„Nein, nein. Das habe ich ihm nicht erzählt. Ich wollte von ihm wissen, wie es um eure Beziehung steht. Denn ich hatte den Eindruck, als hättet ihr euch in den letzten Monaten voneinander entfernt“, antwortete Nadja hastig als sie Caros zorniges Gesicht bemerkte.

„Und?“, zischte Caro, „Wie steht es denn seiner Meinung nach um die Beziehung?“

„Er wollte mir darauf keine Antwort geben“, erwiderte Nadja zerknirscht.

„Oh, ich finde, sein Handeln ist doch Antwort genug. Findest du nicht?“, Caro lachte sarkastisch.

„Ja, vielleicht“, wieder liefen Nadja Tränen aus den Augenwinkeln, „Und es tut mir jetzt unendlich leid. Caro, bitte, du musst mir das glauben.“

Caro ließ sich von dem flehenden Blick jedoch nicht erweichen. Zu tief saß der Schmerz, zu schwer war sie von ihrer besten Freundin hintergangen worden.

„Ich werde jetzt zu Alexander rüber gehen. Vermutlich wird es nicht lange dauern. Was ihr danach macht, ist mir herzlich egal“, Caro war schon während dieser

Ankündigung aufgestanden und hatte die Türklinke des Hotelzimmers runtergedrückt.

„Nein, Caro warte. Ich werde mich zurückziehen. Ich verschwinde aus eurem Leben, suche mir einen anderen Job. Aber bitte, mach jetzt nichts Unüberlegtes“, flehte Nadja.

„Mach, was du willst. Das wird allerdings keine Auswirkungen auf das Gespräch mit Alexander haben“, Caro hatte sich für die Antwort nicht mehr zu Nadja umgedreht. Nun trat sie durch die Zimmertür und zog sie anschließend hinter sich zu. Jetzt erst, wo Nadja ihr nicht mehr gegenüberstand und Caro unbeobachtet war, fing ihr schützender Panzer an zu Blättern. Sie lehnte an der Wand des Hotelflurs und schluchzte bitterlich. Das alles war gerade zu viel für sie. Der Grund, warum sie gekommen war, war für sie schmerzhaft genug. Vielleicht empfand sie nicht mehr genug für Alexander, aber egal war er ihr deshalb nicht. Und nun würde sie an diesem Tag gleich zwei wichtige Menschen in ihrem Leben verlieren. Schweren Herzens trat sie den Weg zu Alexanders Hotelzimmer an. Sie klopfte. Es dauerte eine gefühlte Ewigkeit, bis sie hörte, wie jemand an die Tür trat und öffnete.

„Caro?“, erblickte sie ein völlig verdutzter Alexander. Seine Mundwinkel zuckten unsicher und entschieden sich schnell für ein aufgesetztes Lächeln, „Was für eine Überraschung, ich hatte ja keine Ahn..“

„Alexander, spar dir das bitte. Glaub mir, du wirst sonst jedes weitere Wort bereuen. Lässt du mich rein?“, Caro wartete seine Antwort nicht ab, sondern schob sich genervt an ihm vorbei. Skeptisch blickte er ihr nach. Caro konnte ihm förmlich ansehen, wie es angestrengt in seinem Kopf arbeitete. Sie öffnete die Tür zu Mini-Bar und nahm sich eine Flasche Wasser. Sie suchte nach einer Sitzgelegenheit. Auf dem einzigen Stuhl im Raum lag Alexanders Anzug und auf dem Bett, auf dem er und Nadja eben ihren Trieben nachgegangen waren, wollte sie sich garantiert nicht hinsetzen. Also lehnte sie sich stattdessen an den

Schreibtisch.

„Als ich mich vorhin ins Flugzeug gesetzt habe, glaubte ich zugegebenermaßen, andere Umstände vorzufinden“, machte Caro nun den Anfang, „Aber gut. Vielleicht macht es das für uns beide etwas einfacher. Damit du nicht in die Versuchung kommst, mir einen Bären aufzubinden, möchte ich dich zuerst mal ins Bild setzen.“

Sie nahm einen Schluck aus der Flasche.

„Das eben an der Tür war nicht das Hotelpersonal. Du weißt schon, als Nadja, nur mit einem Handtuch bekleidet, geöffnet hat“, Caro verzog bei dieser Aussage keine Miene. Alexander dagegen blickte errötend zu Boden. Dann seufzte er und setzte zu einer Antwort an: „Caro, ich wollte nicht...“

„Wenn du das nicht gewollt hättest, hättest du es nicht getan. Stattdessen hättest du das Gespräch zu mir gesucht. Hast du aber nicht. Und ich ebenfalls nicht. Obwohl auch ich einen Grund hatte“, sie beobachtete seine Reaktion genau. Bei ihrem letzten Satz horchte er, wie erwartet, auf.

„Welchen Grund?“, folgte seine erwartungsgemäße Antwort, „Bei dir gibt es auch jemanden, habe ich Recht? Ich wusste es.“

Seine betretene Miene wich nun einem triumphierenden, hämischen Grinsen. Er witterte wohl bereits eine Chance, seinen Ausrutscher mit Nadja durch Caros Fehltritt zu rechtfertigen. Doch Caro ließ sich nicht aus der Ruhe bringen. Er fischte im Trüben, das wusste Caro haargenau, denn Alexander hatte nicht den Hauch einer Ahnung, was Caro mit ihrer Aussage andeuten wollte. Hätte er wirklich die richtige Vermutung gehabt, hätte Alexander auf eine ganz andere Weise reagiert. Eigentlich wollte Caro mit ihm keine Spielchen spielen, ihm die Wahrheit ganz offen ins Gesicht sagen. Doch seine Reaktion ging Caro derart gegen den Strich, dass sie es sich kurzerhand anders überlegte: „Ach ja? Was weißt du denn?“

„Du benimmst dich seit Monaten komisch, weichst mir aus, willst keinen Sex mehr mit mir. Und dann plötzlich gehst du ins Fitnessstudio“, Alexander lief während seiner

Ausführung nervös vor Caro auf und ab, „Du und Fitnessstudio, das passt überhaupt nicht. Da hab ich es mir schon gedacht, dass du dich für irgendeinen Kerl aufhübschen willst. Und? Vögelt er besser als ich? Oder was war es? Am Geld liegt es ja eher nicht. Vermutlich hat dich die Kohle bislang noch bei mir gehalten, was?"

Alexander hatte sich völlig in Rage geredet und an Caro waren seine verletzenden Worte nicht spurlos vorbeigegangen. Vor Wut brodelnd sog sie geräuschvoll Luft ein, bevor sie zum Gegenangriff ausholte.

„Du bist wirklich ein unfassbar großes Arschloch", brüllte sie ihn an, „Ich komme hierher und erwische dich dabei, wie du meine beste Freundin vögelst und besitzt nun die Unverschämtheit, mir Vorwürfe zu machen, die auf reinen Spekulationen beruhen. Ich sag dir was. Du weißt überhaupt nichts." Caro knallte die Glasflasche geräuschvoll auf den Schreibtisch.

„Ich muss dich leider enttäuschen. Weder vögele ich fremd, noch würde mich ein einziger Cent länger bei dir halten. Ich brauche dein Geld nicht. Ich brauche keine schicke Eigentumswohnung, keine teuren, unpersönlichen Geschenke und auch keinen Chauffeur, der mich durch New York fährt. Das bin nicht ich. Du. Du brauchst sowas. Willst dich darstellen, mit deinem Reichtum angeben. Meinetwegen. Vielleicht lässt sich Nadja davon beeindrucken, ich tue es nicht", erschöpft beendete Caro ihren Monolog. Zu ihrer Überraschung hatten ihre Worte ihre Wirkung nicht verfehlt. Von dem angriffslustigen Alexander war nicht mehr viel übriggeblieben. Stattdessen blickte sie nun in das fast kindlich anmutende, bedröppelte Gesicht, das die Welt nicht mehr verstand.

„Aber...aber ich dachte, dir gefällt unser Leben", antwortete er kleinlaut, „Ich verdiene das Geld doch für uns."

„Sei nicht albern. Du hast schon vor mir auf großem Fuß gelebt. Du machst das alles, weil es dir selbst wichtig ist", Caro seufzte, weil sie wusste, dass diese Diskussion keinen

Sinn machte, „Das alles spielt jetzt sowieso keine Rolle mehr. Wir sollten versuchen, einen vernünftigen Schlussstrich zu ziehen. Ich werde so schnell wie möglich meine Sachen aus der Wohnung holen, damit wir uns dort schon mal nicht mehr über den Weg laufen müssen."

„Aber wo willst du denn auf die Schnelle hin? Wollen wir nicht noch mal in Ruhe miteinander reden?", Alexander schien mit Caros resolutem Tatendrang überfordert zu sein.

„Du brauchst dir nicht meine Gedanken machen. Ich komme schon irgendwo unter", erwiderte Caro, „Und wenn ich bereit bin noch mal mit dir zu sprechen, lasse ich es dich wissen. Rechne aber lieber nicht damit."

Mit diesen Worten verließ Caro das Hotelzimmer 412 und damit auch Alexander.

15. KAPITEL

Es war kurz nach zwei Uhr nachts als Caro das Hotel verließ und sich auf den leergefegten Straßen Londons wiederfand. Ihre ursprüngliche Idee, die Nacht bei Nadja zu verbringen, erschien jetzt, nach all dem, was Caro erfahren hatte, völlig absurd. Also brauchte sie einen neuen Plan. Sie zückte ihr Handy und schaltete es ein. Seit ihrer letzten Nachricht an Tamara hatte sie es nicht wieder aktiviert. Jetzt erschienen mehrere Nachrichten hintereinander auf Caros Display. Die letzte Nachricht von Tamara lautete: „Hast du das Handy etwa ausgeschaltet? Ruf mich bitte sofort an, wenn du meine Nachrichten liest. Die Uhrzeit ist egal."

Sie las die vorherigen Mitteilungen, in denen Tamara eindringlich dazu riet, keine voreiligen und unüberlegten Entscheidungen zu treffen. Caro lachte ironisch. Ihre Entscheidung war nicht voreilig, sondern längst überfällig gewesen. Sie ging Tamaras Wunsch, sie sofort zu kontaktieren, nicht nach, sondern prüfte zuerst, wann der erste Flieger nach Frankfurt zu kriegen war. Kurz nach acht Uhr sollte das nächste Flugzeug in Richtung Frankfurt vom Flughafen London Heathrow abheben, fand sie nach einigen Minuten heraus. Zu lang, um sich die Nacht in Londons Straßen um die Ohren zu hauen, aber auch zu kurz, um sich jetzt noch ein Hotelzimmer zu suchen. Sie entschied, direkt zum Flughafen zu fahren, um dort auf ihren Flieger zu warten. Die Fahrt mit der Tube dauerte eine dreiviertel Stunde. Caro wär vor Müdigkeit beinahe eingenickt, doch jedes Mal, wenn sich ihre Lider schlossen, schreckte sie wieder hoch. Sie sah vor ihrem inneren Auge Nadja, wie sie sie in flagranti mit ihrem Exverlobten erwischt hatte, Alexander, der während ihrer Diskussion so dreist versucht hatte, Caro die Schuld unterzuschieben. All diese Bilder ließen Caro nicht los, ließen sie nicht zur Ruhe kommen. Nach einer gefühlten Ewigkeit erreichte sie endlich den Flughafen. Noch war dort wenig Betrieb, doch die vermehrt heranströmenden Menschen ließen die Hallen des Flughafens allmählich erwachen. Caro fand nach kurzer Suche den Schalter, der ihr das Rückflugticket nach Frankfurt verkaufen würde.

„Guten Morgen, Miss. Wie kann ich Ihnen helfen?“, wurde Caro von der adrett gekleideten Frau hinter dem Schalter freundlich begrüßt.

„Guten Morgen. Ich brauche ein Flugticket für den nächsten Flug nach Frankfurt“, antwortete Caro.

„Kleinen Moment, ich schaue für Sie nach“, die Dame richtete ihren konzentrierten Blick auf den Monitor und tippte etwas in die Tastatur, dann lächelte sie Caro an, „Ich kann Ihnen den Flug um 12.37 Uhr anbieten.“

„So spät?“, keuchte Caro erschöpft, „Ich hatte, ehrlich gesagt, auf einen früheren Flug gehofft.“

„Das tut mir sehr leid, alle früheren Flüge sind bereits komplett ausgebucht“, entschuldigte sich die Frau.

„Na schön, was soll's. Dann buchen Sie diesen Flug bitte für mich“, gab sich Caro geschlagen.

Die Frau nickte und tippte wieder etwas in die Tastatur. Caro legte unaufgefordert ihren Ausweis vor und ließ die Frau ihre Arbeit erledigen, während sie beiläufig die Person am Nachbarschalter beobachtete. Die aufgeregten Gesten der Frau und ihr unzufriedener Blick ließen Caro interessiert aufhorchen.

„Was soll das heißen, Sie können meine Buchung nicht mehr stornieren? Mir wurde vorhin am Telefon gesagt, dass das kein Problem sei, solange ich mich hier persönlich ausweisen kann“, fuhr die Frau mittleren Alters mit dem amerikanischen Akzent den Mann hinter dem Tresen harsch an.

„Diese Information ist grundsätzlich korrekt. Allerdings kann ich Ihnen zwei Stunden vor Abflug den Preis nicht mehr zurückerstatten, da in diesem kurzen Zeitraum kein Wiederverkauf zu erwarten ist“, erwiderte der Mann höflich.

„Das ist eine Katastrophe“, schluchzte die Frau und schlug sich nun die Hände vor ihr Gesicht, „Ich kann mir kein zweites Flugticket leisten und ich habe doch versprochen, bei der Geburt meines ersten Enkelkindes dabei zu sein. Niemand konnte damit rechnen, dass sich die Geburt so lange nach hinten verschiebt."

Der Mann runzelte bedauernd die Stirn. Scheinbar hatte er durchaus Verständnis für die Frau, schien ihrem Wunsch aber nicht entsprechen zu dürfen. Doch dann hatte er offenbar doch noch eine Idee.

„Also gut. Ich kann Ihnen anbieten, nach einem günstigen Flug in, sagen wir, sieben Tagen zu schauen. Vielleicht kann ich einen Teil der Kosten mit der neuen Buchung verrechnen", schlug er der verzweifelten Frau vor. Sie nickte dankbar.

„Zielort bleibt weiterhin New York?", wollte er noch wissen. Wieder bejahte die Frau.

New York? Die Frau wollte nach New York. Oder vielmehr wollte sie gerade nicht nach New York. Was wäre denn, wenn Caro...? Nein, das wäre völlig verrückt. Andererseits waren die letzten drei Tage schon ziemlich verrückt gewesen. Warum also ausgerechnet jetzt damit aufhören?

„Hören Sie", unterbrach Caro hastig die Flughafenangestellte, die noch immer mit Caros Buchung beschäftigt war, „Warten Sie bitte noch kurz mit der Buchung. Ich komme gleich wieder." Ohne die Antwort abzuwarten hielt Caro bereits auf den Nachbarschalter zu.

„Entschuldigen Sie?", die Amerikanerin und der Mann hinter dem Tresen sahen irritiert auf, „Ich nehme den Flug."

„Wie meinen Sie das?", erwiderte die Frau verblüfft.

„Ich übernehme ihn. Ich werde nach New York fliegen und sie können hier bleiben", strahlte Caro sie erfreut an.

„Geht das denn?", fragte die Frau nun den Flughafenangestellten.

„Nun ja. Also..."er überlegte kurz, „Im Prinzip ginge das. Dann müssen wir uns aber beeilen. Ich brauche als erstes Ihren Reisepass."

Spontane Ernüchterung machte sich in Caro breit. Das hatte sie in ihrer Euphorie natürlich nicht bedacht. Für die

Reise nach Großbritannien hatte ihr Personalausweis genügt. Aber bei einem internationalen Flug brauchte sie selbstverständlich einen Reisepass.

„Ähm, nun ja...“sagte sie kleinlaut, „Geht ausnahmsweise vielleicht auch der Personalausweis?“

„Nein, tut mir leid. Sie brauchen einen gültigen Reisepass“, gab er sachlich zurück.

Caro und die Frau blickten sich enttäuscht an; „Sehr schade. Aber das Angebot war sehr nett.“

Caro trottete resigniert zurück an ihren ursprünglichen Schalter. Warum hatte sie denn diesen verdammten Ausweis nicht dabei? Der lag zuhause in...Moment, da lag er nicht. Sie hatte ihn in ihrer Unordnung doch garantiert gar nicht erst ausgepackt. Und in New York hatte sie genau jenen Rucksack dabei, den sie gerade auf ihrer Schulter trug. Sie nahm ihn ab, kniete sich auf den Boden und begann, hektisch darin zu wühlen.

„Jawoll“, jauchzte Caro so laut, dass sämtliche Flughafengäste in Hörweite zusammenzuckend zu ihr herumfuhren. Auch die Amerikanerin hatte ihren Aufschrei bemerkt und erkannte mit einem Lächeln sofort das Ausweisdokument, das Caro triumphierend in ihren Händen hielt. Jetzt ging alles ganz schnell. Die Buchung wurde auf Caro angepasst, die Zahlung per Kreditkarte ausgeführt und ein Voucher ausgehändigt.

„Sie haben mich wirklich gerettet“, zum Abschied umarmte die Frau sie herzlich.

„Ich habe schon eine sehr chaotische Reise hinter mir und ich glaube, das Schicksal wollte mir hiermit sagen, dass ich noch nicht am Ende bin“, lachte Caro aufgedreht. Sie war jetzt beinahe vierundzwanzig Stunden wach und hatte die Nacht zuvor nur wenige Stunden geschlafen. Vermutlich hätte sie unter anderen Umständen anders gehandelt, aber im Moment hielt sie ihre spontane Entscheidung für eine ziemlich gute Idee. Nachdem sie ihr Flugticket abgeholt hatte, konnte sie sich direkt zum Boarding begeben. Und ehe sie es sich's versah, hob der

Flieger nach New York bereits ab. New York. In wenigen Stunden würde sie endlich wieder an diesen schicksalhaften Ort zurückkehren. Dem Ort, an dem sie diese wundervolle Frau zum ersten Mal getroffen hatte. Wie Liz wohl auf sie reagieren würde? Noch bevor sie sich darüber Gedanken machen konnte, schlief Caro bereits tief und fest.

Es schien sich zu einer Tradition zu entwickeln, dass Caro die Flüge nach New York grundsätzlich verschlief. Erst der veränderte Druck in Caros Ohren kündigte den Landeanflug an und ließ sie aus ihrem komagleichen Schlaf erwachen. Ihr Körper war zu Beginn des Flugs ziemlich am Ende, doch jetzt fühlte sich Caro einigermaßen erholt. Die Anzeige auf ihrem Display sagte eine wahrscheinliche Ankunftszeit von 9.20 Uhr voraus. Jetzt wo ihr Gehirn Erholung gefunden hatte, fand Caro diesen ungeplanten Trip um die halbe Welt für mehr als verrückt. Dazu beschlichen sie leise Zweifel. Was Liz von ihrem unangekündigten Auftauchen wohl halten würde? Was hatte Liz ihr gesagt, kurz bevor sich ihre Wege getrennt hatten? „Das darf nie wieder passieren." Caro presste nachdenklich die Lippen aufeinander. Liz hatte das gesagt, weil Caro mit ihrem Bruder zusammen war. Weil Caro deshalb für sie tabu war. Doch jetzt war Caro frei, hatte sich von Alexander getrennt und damit diese Barriere zwischen ihnen eliminiert. Doch was, wenn Liz diesen Grund nur vorgeschoben hatte? Vielleicht war das nur eine willkommene Ausrede gewesen. Womöglich wollte sie gar nicht, dass Caro sich von Alexander trennte. Unruhig schob sie sich auf ihrem Sitz hin und her.

„Die Landungen sind immer das Schlimmste, nicht wahr?", missverstand ihr Sitznachbar ihr unruhiges Gezappel. Caro, die keine Lust auf Smalltalk hatte, schenkte ihm ein erzwungenes Lächeln. Wenige Minuten später stand der Flieger sicher neben der Fluggastbrücke und entließ seine Gäste in die Freiheit. Sich jetzt auf amerikanischem Boden zu befinden, kam Caro ganz und gar surreal vor.

Schnell besorgte sie sich noch etwas Bargeld und einen kleinen Snack auf die Hand, bevor sie den Flughafen verließ. Die Stadt strahlte jetzt, im Vergleich zum Winter, wieder ein völlig anderes Flair aus. Der strahlend blaue Himmel und die wärmende Sonne ließen Caros Laune prompt steigen. Die eben noch nagenden Zweifel waren vergessen. Voller Tatendrang wollte sie sich zunächst um eine kostengünstige Unterkunft bemühen, sich frisch machen, um dann zu überlegen, wie sie sich auf das Treffen mit Liz vorbereiten konnte. Durch eine schnelle Internetrecherche fand Caro ein günstiges Hotelzimmer in Lower Manhattan, fuhr mit der U-Bahn zu dieser Adresse und checkte kurzerhand ein. Das Hotel war das, was Alexander wohl als Absteige bezeichnen würde. Caro musste zugeben, dass es hier tatsächlich an jeglichem Luxus mangelte, aber immerhin war das Zimmer sauber und erfüllte seinen Zweck. Sie hatte mit den zwei Flügen ihre Ersparnisse bereits arg strapaziert und da sie nicht wusste, wie lange ihr Aufenthalt dauern sollte, wollte sie mit ihrem Geld ein wenig haushalten. Bevor sie sich die dringend nötige Dusche gönnte, wählte sie sich zuerst ins hoteleigene WiFi-Netzwerk ein. Sie hatte den Flugmodus noch nicht entfernt. Mit dem Einloggen erschienen prompt eine Reihe neuer Nachrichten auf ihrem Display. Sowohl Tamara, als auch Nadja und sogar Alexander hatten versucht, sie zu erreichen. Sie las zuerst die Nachricht von Alexander: „Caro, deine Entscheidung war vermutlich richtig. Trotzdem würde ich gern nochmal in Ruhe mit dir reden. Ich werde gleich morgen früh einen Flieger nach Deutschland nehmen."

Nadja schrieb ihr: „Ich hatte gehofft, dass du dich wenigstens noch von mir verabschiedest. Du warst so plötzlich weg. :(Alexander hat mir gesagt, wie das Gespräch verlaufen ist. Ich weiß, dass ich daran Schuld habe. Ich habe Alexander gesagt, dass ich keinen Kontakt mehr mit ihm möchte. Ich werde mir einen anderen Job suchen. Vielleicht kannst du mir dann irgendwann verzeihen."

Die letzte Nachricht war von Tamara: „Ich habe

gesehen, dass du meine letzte Nachricht mitten in der Nacht empfangen hast. Ich gehe also mal optimistisch davon aus, dass du noch lebst. Oder, dass wenigstens dein Mörder meine Nachrichten gelesen hat. Ich weiß von Nadja, dass du im Hotel warst. Sie war ziemlich fertig, was ich zuerst nicht verstanden habe. Dann hat sie mir alles gebeichtet. Caro, es tut mir wahnsinnig leid. Dir muss es bestimmt total beschissen gehen. Bitte ruf mich an, sobald es geht. Ich kann dich auch vom Flughafen abholen. Kuss T.“, hatte ihr Tamara geschrieben. Caro hatte ein schlechtes Gewissen, wollte sie doch vor dem Abflug wenigstens noch eine kurze Nachricht an Tamara schreiben. Doch in dem ganzen Trubel, hatte sie es schlichtweg vergessen. Schnell wählte sie jetzt Tamaras Nummer.

„Gott sei Dank, ein Lebenszeichen“, hörte sie eine erleichterte Tamara, kaum hatte es einmal geklingelt.

„Es tut mir leid. Bei mir herrschte etwas Chaos, deshalb habe ich das mit dem Anruf nicht geschafft“, gab sich Caro reumütig.

„Hauptsache, dir geht es gut. Wo bist du jetzt? Soll ich dich abholen?“, wollte Tamara wissen.

„Ich glaube nicht, dass es deine alte Möhre bis zu mir schafft“, kicherte Caro.

„Was? Wieso?“, Tamara klang zuerst irritiert, dann aber schwante ihr nichts Gutes. Skeptisch fügte sie hinzu: „Wo genau bist du jetzt?“

„In New York“, grinste Caro.

„Bitte was?“, kreischte Tamara in den Hörer, „Grundgütiger, was stimmt denn mit euch allen nicht?“

„Ich weiß, es klingt verrückt“, antwortete Caro, „Ja, vielleicht ist es wirklich ein bisschen verrückt.“

„Ja, aber in Anbetracht der neuesten Erkenntnisse, sei dir diese Verrücktheit zugestanden“, fand Tamara.

„Du meinst das mit Nadja und Alexander?“, wollte sich Caro vergewissern.

„Ja“, seufzte Tamara betrübt, „Caro, du musst mir glauben, ich wusste davon nichts. Allerdings habe ich Nadja aus Versehen...also das mit Liz und dir an Silvester..."

„Schon gut. Nadja hat mir das bereits gestanden. Und glaub mir, damit hast du dir von uns dreien mit Abstand am wenigsten zu Schulden kommen lassen", lachte Caro ironisch.

„Denkst du, dass du Nadja irgendwann verzeihen kannst?", fragte Tamara vorsichtig.

„Ich weiß es nicht. Vielleicht", erwiderte Caro, „Das wird die Zeit zeigen. Sie hat Glück, dass ich mich bereits vorher für die Trennung entschieden hatte. Womöglich kann ich ihr deshalb irgendwann verzeihen."

„Verstehe", Tamaras Stimme klang brüchig, „Ich kann mir halt einfach gar nicht vorstellen, wie das gehen soll, wenn wir nicht mehr zu dritt..."

„Och Süße", Caro ertrug es kaum, Tamara so traurig zu erleben. Sie hatte Tamara in ihrem Leben höchstens ein oder zwei Mal weinen sehen und sie jetzt nicht mal in den Arm nehmen zu können, brach Caro beinahe das Herz. Natürlich nahm auch Tamara die Situation mit. Immerhin waren die Drei schon eine halbe Ewigkeit befreundet.

„Ich verspreche dir, ich werde mich bemühen, das mit Nadja und mir wieder auf die Reihe zu kriegen, ok?", versprach Caro, „Gib mir nur ein bisschen Zeit."

„Ok", Tamara schnaufte in ein Taschentuch, „Was genau hast du denn jetzt eigentlich in New York vor. Und wann wirst du wieder zurückkommen? Musst du nicht auch arbeiten? Was ist mit deinem Studium?"

„Wow, hast du dir die Fragen etwa aufgeschrieben?", lachte Caro.

„Nein", empörte sich Tamara, gab dann aber zu: „Ich habe mir Stichwörter notiert. Ich weiß ja immer nicht, wie viel Zeit du hast, deshalb frage ich lieber alles auf einmal."

„Also", begann Caro, „Ich habe noch Semesterferien und meine Aufgaben für die Ferien bereits erledigt. Die Schicht im Bioladen muss ich noch absagen. Danke, dass du mich daran erinnerst. Und wie lange ich bleibe, das weiß ich nicht. Das hängt davon ab was nachher passiert, wenn ich bei Liz aufschlage."

„Ach, sie weiß gar nicht, dass du da bist?", fragte Tamara überrascht. Caro stellte soeben fest, dass sie Liz gar nicht hätte Bescheid sagen können, selbst wenn sie das gewollt hätte. Die beiden hatten es auch bei ihrem zweiten Aufeinandertreffen versäumt, ihre Nummern auszutauschen.

„Nein", erwiderte Caro also, „Wie gesagt, das war alles ziemlich spontan."

Caro erklärte Tamara, wie sie in dem Flieger nach New York gelandet war, dass ihre Entscheidung sicher auch ihrer mangelnden Zurechnungsfähigkeit geschuldet war, sie aber froh war, jetzt hier zu sein.

„Wie auch immer diese Geschichte endet, sie eignet sich bereits jetzt bestens dazu, sie irgendwann deinen Enkelkindern zu erzählen", scherzte Tamara, „Oh, wenn du jedoch mit Liz...ich meine...dann ist das mit Enkelkindern..."

„Meine Güte, du machst dir vielleicht Gedanken. Ich weiß noch nicht einmal, ob Liz mich vielleicht direkt zum Teufel jagt", antwortete Caro besorgt.

„Das wird sie sicher nicht tun. Alles, was du mir über euch erzählt hast spricht dafür, dass ihr etwas an dir liegt. Wie viel das ist, das wirst du sicher bald herausfinden. Aber ich glaube, du kannst auf dein Gefühl vertrauen", machte Tamara ihr Mut.

„Danke, dass du mir das sagst. Das hilft mir tatsächlich", Caro war ihrer Freundin für den Zuspruch unendlich dankbar.

„Und nun mach dich mal los zu ihr. Ich will wissen, wie die Geschichte weitergeht", scheuchte Tamara sie nun.

„Also gut. Ich werde dir danach jedes Detail berichten", versprach Caro.

„Mhm, vielleicht will ich dann doch nicht jedes Detail wissen. Aber natürlich hoffe ich sehr, dass du mit ihr jede Menge Details erlebst", kicherte Tamara.

„Tamara!" rüffelte Caro ihre Freundin, „An diese Details

denke ich noch gar nicht."

„Schon gut, schon gut", entschuldigte sich Tamara.

„Ach, bevor ich es vergesse", erinnerte sich Caro wieder daran, was sie Tamara noch unbedingt sagen wollte, „Alexander wird heute nach Deutschland fliegen. Vielleicht ist er sogar schon da. Und er wird sicher versuchen herauszufinden, wo ich bin. Vermutlich wird er es zuerst bei dir probieren. Kannst du ihm sagen, dass ich bei dir bin, ihn aber nicht sehen will? Ich habe Angst, dass er sonst bei meiner Familie auf der Matte steht und sie sich unnötige Sorgen um mich machen."

„Das mache ich. Wenn er aber zu sehr nervt, dann werde ich dich bitten, mit ihm direkt zu sprechen", erwiderte Tamara.

„Ja, das ist ok", stimmte Caro zu.

Die beiden Freundinnen beendeten das Telefonat und Caro schrieb, um es nicht wieder zu vergessen, ihrer Chefin sofort eine E-Mail, in der sie darum bat, für die nächsten Tage kurzfristig Urlaub zu nehmen. Das würde ihre Chefin nicht begeistern, da aber Caro sonst immer sehr zuverlässig war, würde sie sicher dafür Verständnis zeigen. Nun nahm Caro endlich ihre heißersehnte und ausgiebige Dusche. Das kühle Wasser tat unfassbar gut, es wusch die Strapazen der letzten Stunden von Caros Körper und gab ihr neue Energie. Beschwingt und mit leisem Optimismus schlüpfte Caro in ihre frische Kleidung. Sie hatte sich überlegt, ganz klassisch mit einem kleinen Blumenstrauß bei Liz aufzutauchen. Das war kitschig, aber die Geste wäre unmissverständlich und Caro würde schnell erkennen, was Liz von ihren Avancen hielt. Es war inzwischen kurz vor zwölf und Caros Magen erinnerte sie mit einem vehementen Knurren daran, dass sie seit geraumer Zeit keine vernünftige Mahlzeit mehr zu sich genommen hatte. Das überteuerte Sandwich von Flughafen hatte sie längst wieder verdaut. Caro entschied, während der Suche nach einem Blumengeschäft, nach einem ansprechenden Imbiss Ausschau zu halten. Kaum war sie einige Meter unterwegs, stiegen ihr bereits wohlriechende, exotische Gerüche von den unzähligen Snackbars in die Nase, die ihr das Wasser im Munde zusammenlaufen ließen. Entgegen ihrer Vorsätze auf Fleisch zu verzichten, bestellte sie sich bei einem japanischen Imbiss Teriyaki Chicken mit Reis. Selten hatte sie so gierig ihr Essen verschlungen. Erst jetzt merkte sie, wie ausgehungert sie gewesen war. Nachdem sie ihre Mahlzeit, bis auf das letzte Reiskorn verspeist und sich damit auch endlich ein Sättigungsgefühl eingestellt hatte, setzte sie ihren Weg fort. Während des Essens hatte sie einen Blick auf die digitale Karte ihres Handys geworfen und festgestellt, dass sich unmittelbar in ihrer Nähe direkt zwei Blumenläden befanden. Sie hatte sich für jenes Geschäft entschieden, das näher an Liz' Tattoo Studio lag, so dass sie von dort aus nur noch geschätzte fünfzehn Minuten Fußweg vor sich hatte. Das Blumengeschäft war winzig, aber sehr liebevoll eingerichtet. Hinter den Tresen passte gerade eine Person, in dem Fall eine junge, attraktive Frau mit einem herzlichen Lächeln, die Caro mit dem Betreten des Ladens sogleich begrüßte: „Hallo, wie kann ich dir helfen?"

Caro hatte nicht mit einer derart prompten Beratung gerechnet. Eigentlich wollte sie sich zunächst umsehen, doch nun sah sie sich zu einer Antwort gezwungen: „Ja, ähm...ich brauche Blumen."

Die Frau lachte: „Dann kann ich dir schon mal eine gute Nachricht geben. Die haben wir."

Caro verzog ihre Lippen zu einem Schmollen. Aber was hatte sie bei ihrer dämlichen Aussage auch für eine Antwort erwarten können.

„Ich brauche einen Strauß", versuchte Caro etwas präziser zu werden.

„Aha, wir kommen der Sache also näher", grinste die Blumenfrau spitzbübisch, „Für wen soll er denn sein?"

„Für eine Frau", erst jetzt fiel Caro auf, dass sie noch nie Blumen für einen solchen Anlass gekauft hatte. Bislang waren es stets die Männer gewesen, die Caro mit Blumen beschenkt hatten.

„Und zu welchem Anlass willst du sie beschenken?“, wollte die Frau jetzt wissen. Caro wollte doch nur Blumen kaufen und fand sich plötzlich in einer Art Verhör wieder, das sie dazu zwang, Dinge zu offenbaren, die noch viel zu neu für sie waren, um sie ohne Hemmungen der Öffentlichkeit zu präsentieren.

„Ähm, also...sie ist...ich will ihr sagen, dass...“, stammelte Caro unbeholfen.

„Sie bedeutet dir was, verstehe“, die Frau zwinkerte ihr zu, „Entspann dich, wir haben doch alle mal so angefangen. Ich stehe übrigens auch auf Frauen. Ich denke also, dass ich dich ganz gut beraten kann.“

Sie trat hinter ihrem Tresen hervor und blickte grübelnd auf die verschieden gefüllten Blumenvasen auf den Boden.

„Lass uns mal überlegen. Rosen wären wahrscheinlich zu übertrieben. Mir scheint, dein Annäherungsversuch soll etwas dezenter ausfallen, habe ich Recht?“, sie blickte Caro fragend von der Seite an und Caro nickte zurück.

„Wie wäre es dann mit denen hier?“, sie zog eine prachtvolle, orangefarbene Blüte aus einem der Kübel und streckte sie Caro entgegen.

„Das sind Lilien, richtig?“, fragte Caro.

„Ganz recht. Sie machen was her, sind in ihrer Symbolik aber nicht so aufdringlich wie Rosen. Sie wirken stolz und selbstbewusst, sind aber gleichzeitig zart, wie eine junge Liebe“, schwärmte die Frau begeistert, „Außerdem empfehle ich, es mit der Größe des Straußes nicht zu übertreiben, sondern lieber wenige schöne Blüten richtig in Szene zu setzen.“

Dann fügte sie flüsternd hinzu: „Das darf bloß meine Chefin nicht hören. Sonst behauptet sie, ich mache ihr Geschäft kaputt.“

Caro stimmte den Vorschlägen der Frau zu und ließ dich nun den Strauß zusammenstellen. Mit geübten Handbewegungen steckte die Blumenfrau die Blüten aneinander und präsentierte Caro schließlich das Ergebnis.

„Der Strauß ist wirklich wunderschön“, fand Caro, so dass nun noch die Bezahlung und Übergabe erfolgte.

„Also, vielen Dank dafür“, Caro hatte die Ladentür bereits geöffnet, als sie noch einen letzten Dank in den Laden rief.

„Ich wünsche dir damit viel Glück. Ach, und sollte es nicht klappen, was ich wirklich nicht hoffe, dann komm doch einfach nochmal her“, grinste die Frau.

„Um was zu tun? Kann ich den Strauß etwa umtauschen?“, fragte Caro irritiert.

Die Frau lachte: „Nein, das leider nicht. Aber vielleicht willst du dann stattdessen mit mir ausgehen. Ich finde dich nämlich ziemlich süß.“

Caro stieg die Röte unmittelbar ins Gesicht. Mit einer Anmache hatte sie wahrlich nicht gerechnet und sie hatte keine Idee, was sie darauf erwidern sollte.

„Nun geh schon. Deine Angebetete wäre wirklich dumm, wenn sie dir einen Korb gäbe“, komplimentierte sie Caro raus.

Geschmeichelt und mit einer ordentlichen Portion neuem Selbstbewusstsein steuerte Caro nun Liz' Laden an. Ihre Zuversicht und ihr neu gewonnener Mut hielten allerdings nicht lange an. Als sie in die Zielstraße einbog, begannen ihr Puls und ihre Aufregung spürbar an zu steigen. Trotzdem trugen sie ihre Füße weiter voran. Jetzt konnte Caro bereits das Ladenschild in der Ferne erkennen. Ihre Beine verwandelten sich mit jedem weiteren Schritt mehr zu Wackelpudding und sie war sich nicht sicher, ob sie es so bis zu ihrem Ziel schaffen würde. Doch schließlich stand sie vor Liz' Tür. Durch die Schaufenster hatte sie schon Lisa entdeckt, die mit einem Kunden über einer Zeichnung lehnte und offenbar etwas erklärte. Liz konnte sie nicht sehen, aber vermutlich befand sie sich in einem der hinteren Räume. Caro trat in den Laden herein, den Strauß hatte sie hinter ihrem Rücken versteckt. Das Öffnen der Tür löste ein kurzes Schellen aus, das Lisa zum Aufblicken animierte. Ihrem überraschten Gesichtsausdruck wollte ein

Kommentar folgen, denn sie öffnete bereits ihren Mund. Doch Caro legte schnell einen Finger über ihre Lippen und signalisierte Lisa, Caro nicht zu verraten. Lisa verstand sofort, nickte breit grinsend und deutete auf eine Tür im hinteren Bereich des Ladens. Caro bedankte sich für diese Information, ging an Lisa vorbei und stand nun vor der geschlossenen Tür. Der einzigen verbleibenden Tür, die sie von Liz trennte. Sie hob ihre Faust und wollte gerade zum Klopfen ansetzen, da erklang von rechts eine Stimme und eine Frau schritt die Treppe, die in den ersten Stock führte, herab: „Liz, Süße. Der Kaffee ist aufgebraucht und Milch ist auch keine mehr da. Ich würde jetzt mal eben einkaufen gehen, soll ich dir noch etwas...na nu. Du bist ja gar nicht Liz."

16. KAPITEL

Völlig entsetzt starrte Caro in das Gesicht der Frau, die soeben die letzte Stufe der Treppe erreicht hatte. Sie hatte diese Frau schon einmal gesehen und würde dieses Gesicht wohl auch nie mehr vergessen. Vor Caro stand die Frau, mit der Liz in der Silvesternacht den Laden betreten hatte. Die sie mit nach oben genommen und vermutlich das getan hatte, was Caro sich lieber nicht vorstellen mochte. Caro hatte diese Frau, nachdem sie mit Liz in Berlin diese wundervolle Zeit verbracht hatte, völlig vergessen. Doch da stand sie nun, ganz real und war nicht mehr nur ein Hirngespinst in Caros Kopf. Die Worte der Frau, die eigentlich für Liz bestimmt waren, klangen eindeutig nach dem, was Caro befürchtet hatte. Liz war nicht frei. Vielleicht führte sie keine Beziehung mit dieser Frau. Aber Caros Hoffnung, bei Liz einen größeren, ja einen gar exklusiven Stand zu haben, hatten sich soeben in Luft aufgelöst. Unverrichteter Dinge und ohne ein Wort zu sagen drehte sich Caro rum, legte die Blumen auf den Tresen, neben dem Lisa noch immer stand und sie jetzt verdutzt ansah, und verließ den Laden. Ohne nach links und rechts zu schauen, trottete sie wie hypnotisiert über die Straße und registrierte gar nicht, wie sie von allen Seiten wild an gehupt wurde. Sie lief einfach weiter, ziellos und ohne von ihrer Umwelt Notiz zu nehmen. Dabei war sie doch vor fünf Minuten noch so optimistisch gewesen. Und warum hatte Lisa sie nicht wenigstens mal vorgewarnt? Sie musste doch verstanden haben, warum Caro mit Blumen in der Hand aufgekreuzt war. Das alles spielte nun keine Rolle mehr. Der ultimative Supergau war eingetreten. Nicht mal mehr Tamara hatte mit diesem Horrorszenario gerechnet, obwohl sie dem Ganzen anfangs doch so skeptisch gegenübergestanden hatte. Hatte Caro sich etwa die Welt in den letzten Tagen schön geredet und irgendwelche wichtigen Hinweise übersehen? Immerhin war der eindeutigste Hinweis in Form dieser Frau noch aufgetaucht, bevor sich Caro mit dem blöden Strauß

Blumen in der Hand vor Liz blamiert hätte. Sie würde so schnell wie möglich wieder abreisen, wollte keine Minute länger an diesem Ort verbringen, mit dem ihr Unglück seinen Lauf genommen hatte. Sie zog ihr Handy aus der Hosentasche, um nach dem nächstmöglichen Rückflug zu suchen, da erhielt sie in genau diesem Moment einen Anruf. Sie kannte die Nummer nicht und war versucht, den Anruf einfach abzulehnen. Doch im letzten Moment tippte ihr Daumen auf „Annehmen".

„Hallo?", fragte Caro vorsichtig.

„Caro? Wo bist du?", erklang die tiefe, samtige Stimme, die Caro bereits am ersten Ton erkannt hatte. Caro stockte der Atem. Wieso hatte Liz plötzlich ihre Nummer und warum rief sie genau jetzt an? Lisa hatte ihr Bescheid gesagt, natürlich. Das erklärte jedoch noch nicht, wie Liz an ihre Nummer gekommen war.

„Ich weiß nicht", antworte Caro mit zittriger Stimme.

„Du weißt nicht, wo du bist?", fragte Liz irritiert nach.

„Wozu willst du das überhaupt wissen?", Caros Stimme klang harscher als geplant.

„Weil ich dich sehen will", antwortete Liz.

„Wozu?" Caro gab sich keine Mühe, ihre Enttäuschung zu verbergen.

„Ich denke, du hast da was in den falschen Hals gekriegt", vermutete Liz.

„Hier ist irgendein kleiner Park. Oder eher eine Art Garten", beschrieb Caro ihren Standort.

„Ich weiß, wo das ist. Warte dort. Ich bin gleich bei dir", antwortete Liz und legte anschließend auf.

Caro wartete auf einer Parkbank in der Nähe des Eingangs. Zwar hatte Liz angedeutet, dass Caro einem Missverständnis auferlegen war, doch das mulmige Gefühl war geblieben. Sie konnte sich kaum vorstellen, die Situation im Laden derart gründlich fehlinterpretiert zu haben, aber zumindest wollte sie hören, was Liz zu sagen hatte. Die ganze Wahrheit zu kennen, würde es Caro am Ende vielleicht erleichtern, einen Schlussstrich unter die Sache zu ziehen.

„Caro?", hörte sie Liz plötzlich hinter sich sagen. Sie hatte damit gerechnet, Liz durch den Haupteingang kommen zu sehen. Stattdessen schien sie einen anderen Zugang gewählt zu haben. Caro war automatisch aufgestanden und stand jetzt nur einen Meter von Liz entfernt. Ohne Vorwarnung überwand Liz auch diesen letzten Meter und schloss Caro unvermittelt in ihre Arme.

„Du bist hier. Ich kann das noch gar nicht glauben", wisperte sie in Caros Ohr. Diese sanfte, warme Brise löste bei Caro eine Gänsehaut aus, die sich bis in die Fußspitzen ausbreitete. Diese Stimme, der Duft, Liz' Haut auf Caros Haut. All das ließ Caro ganz schwach werden. Sie hatte das Bedürfnis, sich hinzusetzen, signalisierte das Liz, die sie sogleich aus ihren Armen entließ und schließlich neben Caro auf der Bank Platz nahm.

„Wieso bist du hier?", stellte Liz die erste Frage, nachdem Caro kein Wort über die Lippen brachte.

„Ich dachte, das weißt du längst", Caro schämte sich, vermied Liz' Augenkontakt.

„Ich weiß nur, dass du in meinem Laden aufgetaucht bist", erklärte Liz, „Ach, und ich habe die Blumen gesehen, die übrigens sehr schön sind."

Caro verzog das Gesicht: „Machst du dich etwa lustig über mich?"

„Nein, das würde mir niemals in den Sinn kommen", antwortete Liz eilig, „Ist es wegen Carla? Bist du wegen ihr abgehauen?"

„Wenn das ihr Name ist", brummte Caro.

„Genau genommen nenne nur ich sie so, weil sie für mich schon immer die rasende Reporterin war", lachte Liz herzlich, „Eigentlich heißt sie Charlotte und ist Journalistin. Wir kennen uns seit dem ersten Tag, an dem ich in New York gelandet war, weil sie bei der Gepäckausgabe versehentlich meinen Koffer stibitzt hatte. Sie lebt in Washington und ist für journalistische Recherchen gelegentlich in New York. Und weil sie Hotels nicht ausstehen kann, lasse ich sie in der Zeit meistens bei mir wohnen."

„Und ihr seid...?" setzte Caro zu einer vorsichtigen Frage an.

„Und wir sind sehr gute Freunde, so wie ich auch mit ihrem Mann befreundet bin", grinste Liz sie verschmitzt an.

„Oh", Caro kam sich plötzlich so dumm vor, „Dann war das an Silvester..." Den letzten Satz hatte sie unbewusst laut ausgesprochen.

„Woher weißt du, dass sie an Silvester bei mir war? Ich kann das an dem Abend nicht erzählt haben, denn das war so nicht geplant", stutzte Liz.

„Ähm, also...ich...also bin in der Nacht nochmal zu dir gefahren", gab Caro zu, „Ich wollte den Abend...also das mit uns...nicht einfach so stehen lassen. Wollte dir sagen, dass...dass da mehr war..."

Jetzt erst sah sie Liz wieder in die Augen. Statt des erwarteten Lächelns, zeigten sich Liz Augen tränengefüllt. Jedoch erkannte Caro sofort, dass es sich nicht um Tränen der Trauer, sondern vielmehr um Tränen der Rührung handelte.

„Und ich dachte seit Monaten, dass dieser Kuss bei dir nichts ausgelöst hat", jetzt war es Liz, die schüchtern zu Boden sah. Hatte Caro etwa richtig gehört? Hatte Liz ihr gerade angedeutet, dass auch sie etwas für Caro empfand? Sie griff nach Liz' Wange, hob ihren Kopf sanft an. Sie wollte ihr in die Augen sehen, wollte in ihnen die Bestätigung für ihre Vermutung ablesen. Und jetzt erkannte Caro alles, plötzlich waren Liz Augen ein offenes Buch. Auf einmal hatte sie den Schlüssel, hatte Liz Blick enträtselt. Sie beugte sich vor, zog Liz Kopf gleichzeitig an sich heran. Liz erhob keinen Einspruch, ließ Caro gewähren, bis sich ihre Lippen zärtlich aufeinanderlegten. Diesmal war es kein Feuerwerk, sondern ein langersehntes Gefühl des Ankommens, das sich in Caro ausbreitete. Nie zuvor wusste ein Kuss ihr derart viel zu erzählen, über sie selbst und auch über Liz, die sich mit diesem Kuss sich ihr gegenüber endgültig offenbarte. Doch dann beendete Liz diesen intimen Moment abrupt, indem sie erschrocken zurückfuhr: „Was ist mit Alexander?“

„Ich...ich habe mit ihm Schluss gemacht. Ich bin nach Großbritannien geflogen und habe es beendet“, erklärte Caro.

„Du warst in der kurzen Zeit auch noch in London?“, Liz sah sie ungläubig an.

„Ja, ich bin direkt vom Berliner Flughafen nach London geflogen, habe die Nacht durchgemacht und bin dann von dort nach New York weitergeflogen“, als Caro ihre irrwitzige Reise auf diesen einen Satz herunterbrach, musste sie selbst lachen, weil das tatsächlich absurd klang.

„Wow“, lachte nun auch Liz, „Ich habe es offenbar mit einer sehr reiselustigen Frau zu tun.“

Jetzt wurde sie allerdings wieder ernst: „Wie geht es dir damit? Ich meine wegen Alexander?“

Kurz überlegte Caro, ihr von Alexanders Untreue zu erzählen. Doch dann hätte sie auch über Nadja reden müssen und, das wollte Caro im Moment nicht.

„Es lief schon eine Weile nicht mehr gut zwischen uns. Wir haben uns immer weiter voneinander entfernt, seit...seit dem Silvesterabend“, gab Caro zu.

„Dann habe ich also doch Schuld daran“, seufzte Liz traurig.

„Nein“, erhob Caro sofort Einspruch, „Also ja, vielleicht hast du einen Impuls gegeben. Aber wir wären niemals dauerhaft glücklich gewesen. Ich habe seitdem immer wieder festgestellt, dass unsere Leben nicht zusammenpassen. Ich...ich will nicht so leben wie er, verstehst du?“

„Sondern?“, hakte Liz grinsend nach.

„Ich verstehe nicht?“, sah Caro sie ratlos an.

„Wie willst du leben?“, wollte Liz wissen.

Diese harmlos anmutende Frage entpuppte sich bei genauerem darüber Nachdenken als unmöglich zu beantworten. Dabei war Caro doch so stolz auf sich gewesen, endlich für sich einzustehen, endlich benennen zu können, was in ihrem Leben keinen Platz mehr haben sollte. Es war leicht gewesen, Alexander aufzuzählen, wie sie ihr Leben nicht führen wollte. Doch umgekehrt ließ sich die Frage nicht so einfach beantworten. Zumal ein entscheidender Faktor noch gar nicht geklärt war. Wie weit reichten die Gefühle zwischen Liz und ihr? Was, wenn sie tatsächlich die eine war? Und was, wenn nicht?

„Komm, lass uns wieder zu mir gehen. Dann kann ich dir Carla vorstellen. Ich glaube, ihr werdet euch mögen“, Caro war dankbar, dass Liz nicht auf eine Antwort beharrte, sondern sie jetzt mit einer Hand von der Parkbank zog und zum Gehen aufforderte. Liz hatte Caros Hand nach dem Aufstehen wieder losgelassen, aber Caro wagte den vorsichtigen Versuch, erneut nach ihrer Hand zu greifen. Als Caros Finger Liz' Hand beim nebeneinander Spazieren berührten, blickte Liz sie verwundert an, griff aber im nächsten Moment nach Caros Hand und strahlte sie hoch zufrieden an. Es fühlte sich ungewohnt an mit einer Frau Händchen zu halten, obendrein inmitten der Öffentlichkeit. Doch gleichzeitig war Caro sehr stolz, sich mit dieser wunderschönen Frau präsentieren zu dürfen. Schmunzelnd nahm sie die bewundernden Blicke einiger Passanten wahr, von denen sich der ein oder andere sogar nach ihnen umdrehte.

„Ist das immer so?“, flüsterte Caro.

„Was denn?“, Liz verstand nicht ganz.

„Dass zwei Händchen haltende Frauen so viele Blicke auf sich ziehen?“, Caro deutete mit dem Kinn zu einem Mann, dessen Blick soeben an ihnen haften geblieben war.

Liz lachte: „Ich muss gestehen, ich mache das gar nicht so oft.“

„Ist dir das etwa zu viel?“, verunsichert von dieser Aussage, wollte Caro eilig die Hand von Liz' Griff lösen, doch die ließ das nicht zu.

„Untersteh dich“, ermahnte sie Caro lächelnd, zog sie

noch dichter an sich heran und gab ihr einen Kuss auf die Wange.

Sie erreichten das Tattoo Studio. Beim Betreten des Ladens, wurden sie bereits von Lisa und Carla erwartet. Carla war damit beschäftigt, die Blumen zurecht zu zupfen, die inzwischen in einer Vase auf dem Tresen einen Platz gefunden hatten.

„Ah, da seid ihr ja“, begrüßte Carla sie erfreut.

„Darf ich euch einander vorstellen?“, Liz machte eine präsentierende Handbewegung, „Carla, das ist Caro.“

„Natürlich bist du das. Ich habe dich vorhin sofort erkannt. Liz hatte dich so detailliert beschrieben, damit hätte man glatt ein Fahndungsfoto anfertigen können“, lachte Carla und streckte Caro die Hand entgegen. Caro sah im Augenwinkel, wie Liz Carla bei dieser Aussage böse anfunkelte. Caro schmunzelte, anscheinend war Liz Carlas Nähkästchenplauderei nicht unbedingt recht. Jetzt wo Caro wusste, wer die Frau war, war sie ihr auf einmal sogar ziemlich sympathisch. Sie schätzte Carla auf Mitte vierzig. Damit wäre sie knapp zehn Jahre älter als Liz. Auch sonst waren die beiden Frauen grundverschieden. Carlas Erscheinung wirkte mit ihrem goldenen Schmuck und ihren aufwändig zurechtgemachten Haaren, wie eine typische, amerikanische Nachrichtensprecherin eines konservativen Fernsehsenders. Sie war durchaus attraktiv, aber eben auf eine völlig andere Weise als Liz.

„Gleich kommt übrigens noch ein Kunde. Der Termin wird eine Weile dauern. Wollt ihr beiden vielleicht hochgehen und es euch bei einem Kaffee gemütlich machen?“, schlug Liz vor.

Zwar hätte Caro ihre Zeit lieber mit Liz verbracht, doch hatte sie bereits damit gerechnet, dass Liz ihr nicht uneingeschränkt zur Verfügung stand. Wenn Carla allerdings so mitteilungsfreudig bliebe, könnte ein Nachmittag mit ihr allerdings auch sehr interessant sein, deshalb stimmte Caro Liz' Vorschlag gerne zu.

„Ach ja, ich dachte, ich hätte es dir bereits gesagt, dabei

war es ja Caro, die da vor mir stand. Kaffee ist aus, ich wollte eben in den Supermarkt gehen“, erklärte Carla. Caro und Carla beschlossen, gemeinsam einkaufen zu gehen, so dass Liz in Ruhe ihrer Arbeit nachgehen konnte. Schnell kamen die beiden Frauen ins Gespräch. Allerdings schnitten sie vorerst unverfängliche Themen an. So erzählte Carla von ihrem Job als Journalistin, was Caro hochinteressant fand. Umgekehrt interessierte sich Carla brennend für das Leben in Deutschland, wollte wissen, wie sehr sich der Alltag eines Europäers von dem eines Amerikaners unterschied. Als sie mit ihren Einkäufen zurück im Tattoo Studio angelangt waren, war Liz bereits mit ihrem Kunden beschäftigt. Also gingen sie geradewegs nach oben in Liz' Privaträume. Caro hatte sich schon die ganze Zeit darauf gefreut, Liz' Wohnung zu sehen. Waren die eigenen vier Wände doch meist ein Spiegelbild ihres Bewohners und verrieten ein bisschen etwas über das Innere eines Menschen. So überraschte es Caro nicht, eine stilvolle, aufgeräumte Wohnung mit klaren Linien vorzufinden. An den Wänden hingen keine Bilder, denn das war gar nicht nötig. Die Wände selbst waren bereits Kunstwerke, wurden verziert mit gesprayter Kunst, die entfernt an Liz' Tattoos erinnerte. Der Boden mit seinen dunkelbraunen Holzdielen gab der Wohnung einen rustikalen, aber durchaus gemütlichen Touch. Zentraler Blickfang war allerdings das riesige Sofa, das inmitten des Wohnzimmers platziert war. Caro konnte sich gut vorstellen, wie Liz auf dieser bequem aussehenden Couch ihren Abend bei einem Bier ausklingen ließ.

„Wollen wir es uns auf der Couch gemütlich machen? Dann muss ich noch eben mein Kissen und meine Decke zur Seite räumen. Oder wir gehen in die Küche“, schlug Carla vor. Zufrieden registrierte Caro, dass Carla auf dem Sofa übernachtete und nicht etwa in Liz' Bett. Zwar bestand für Caro nun kein Zweifel mehr über die Art ihrer Freundschaft, dennoch wollte sie Carla nicht im gleichen Bett wie Liz wissen. Sicher ist sicher.

„Wir können gern in die Küche gehen. Ich gebe zu, ich

bin ziemlich neugierig auf den Rest der Wohnung“, grinste Caro.

„Ach, du kennst die Wohnung noch gar nicht?“, so gut war Carla also nicht informiert, „Dann komm mit in die Küche, wir machen uns einen Kaffee.“

Die Küche war schlicht, aber ebenfalls gemütlich. An der Fensterseite stand ein alter, abgenutzter Holztisch, der von vier ebenso alten Stühlen umstellt war. Die Küchenzeile, so man sie überhaupt so nennen konnte, bestand aus einem großen, typisch amerikanischen Retro-Kühlschrank, einem Gasherd und einer kleinen Arbeitsplatte, in die ein schmales Spülbecken eingelassen war. Vermutlich wurde an dem Herd eher selten gekocht, aber zumindest ließe sich hier bei Bedarf und mit ein wenig Improvisationstalent ein vernünftiges Menü zaubern.

„Ich freue mich schon auf die Cupcakes. Stell dir das vor, ich bin hier so oft unterwegs, aber dieser Cupcake-Laden ist mir noch nie aufgefallen“, wunderte sich Carla. Sie nahm gerade die Einkäufe aus der Tüte und verstaute sie im Kühlschrank.

„Das ist wahrscheinlich mein unverbrauchter Blick. Für mich ist hier alles neu, deshalb achte ich wohl auf die kleinen Details“, mutmaßte Caro.

„Das kann schon stimmen. Na, mal sehen, ob dein Blick in einem Jahr noch immer so unverbraucht ist“, zwinkerte Carla ihr zu. Ging sie etwa davon aus, dass Caro nun häufiger hier sein würde? Woher nahm sie diese Zuversicht? Was Liz ihr wohl genau erzählt hatte?

„Ich war überrascht, dass Liz mich dir gegenüber erwähnt hat“, stellte Caro in den Raum, in der Hoffnung, Carla würde sich dazu äußern. Doch Carlas scharfsinniger Blick verriet sofort, dass sie verstand, was Caro bezweckte. Sie schmunzelte: „Ihr seid wirklich süß, ihr beiden. Ihr solltet euch dringend Zeit füreinander nehmen und ausgiebig miteinander reden...und was man sonst so tut, wenn man...“, kicherte Carla amüsiert, „Ach, ich halte besser mal meine Klappe.“

Caro war durch die Bemerkung etwas peinlich berührt. Besonders die Anspielung auf die körperlichen Aspekte waren ihr unangenehm. Was Carla da jedoch außerdem andeutete, ließ tatsächlich darauf hoffen, dass Caro ihre Reise nicht umsonst angetreten hatte. Womöglich war das, was zwischen ihr und Liz entflammt war, mehr als nur ein Strohfeuer. Doch noch traute Caro sich nicht, sich dieser Vorstellung voll und ganz hinzugeben. Sie wollte Liz und sich zuerst ein wenig mehr Zeit geben.

„Ich werde versuchen, dich nicht über Liz auszuhorchen. Es ist aber zugegebenermaßen ziemlich verlockend", gab Caro grinsend zu.

„Es ist auch äußerst verlockend, dir das ein oder andere Geheimnis zu verraten", flüsterte Carla ihr verschwörerisch zu, „Aber ich will nicht, dass Liz mich am Ende zum Teufel jagt."

Die beiden hielten sich weitestgehend an ihre getroffene Absprache. Allerdings verriet Carla ihr noch, dass Liz tatsächlich seit geraumer Zeit mit keiner Frau zusammen war. Nicht einmal von einem One-Night-Stand war Carla etwas bekannt. Damit bestätigte sich, was auch Marc zuvor in Berlin behauptet hatte. Zwar war Caro froh, dass Liz ungebunden war, jedoch fragte sie sich, warum eine derart attraktive Frau, der es sicher nicht an Angeboten mangelte, diese stets ausschlug.

„Redet ihr etwa über mich?", Liz lehnte mit ineinander verschränkten Armen im Türrahmen der Küche und grinste die beiden angeregt redenden Frauen an.

„Was? Wir? Niemals", lachte Carla schelmisch, „Oder hältst du dich für so wichtig, dass du glaubst, wir hätten nichts anderes zu bereden?"

„Ich bin mit meinen Terminen für heute durch und wollte fragen, ob wir zusammen etwas essen gehen wollen?", schlug Liz vor. Caro sah Carla fragend an. Sie wollte ihr mit der Antwort den Vortritt lassen.

„Was siehst du mich an? Ich glaube kaum, dass Liz mit ihrer Frage mich gemeint hat", lachte Carla. Nun sah Caro wieder Liz an.

„Carla kann sich auch mal einen Abend selbst versorgen. Meine Frage richtet sich tatsächlich an dich“, strahlte Liz Caro an.

„Oh“, verstand es nun auch Caro, „Ja. Ja klar will ich mit dir essen gehen.“

Liz lud Caro in ein Burger-Restaurant ein. Caro konnte es sich nicht erklären, aber seitdem sie in New York angekommen war, hatte sie einen wahnsinnigen Heißhunger auf Fleisch. Das Restaurant hatte nichts mit den üblichen Fastfoodketten, wie Caro sie aus Deutschland kannte, zu tun. Die Atmosphäre war ruhig, sie wurden bedient und die Tische waren mit hochwertigem Geschirr eingedeckt.

„Tut mir leid, wenn ich dich immer wieder anschaue. Ich kann immer noch nicht glauben, dass du wirklich da bist“, entschuldigte sich Liz, die sichtbar darum bemüht war, Caro nicht pausenlos anzustarren. Caro fand diese neue, schüchterne Seite an Liz hinreißend, verriet sie doch, dass Liz ebenso aufgeregt war, wie sie selbst. Sie hatten das Wort zwar nicht in den Mund genommen, aber beiden war bewusst, dass dies ihr erstes offizielles Date war.

„Ich kann es auch nicht fassen, dass wir beide hier jetzt zusammensitzen“, pflichtete Caro ihr bei, „Ich hoffe, dass ich mit meinem unangekündigten Aufkreuzen nicht deinen ganzen Tagesablauf durcheinanderbringe.“

„Darüber wollte ich tatsächlich noch mit dir sprechen“, erinnerte sich Liz. Das klang in Caros Ohren überhaupt nicht gut. Sie wollte auf keinen Fall Liz zur Last fallen: „Wenn ich dich störe, dann sag das bitte. Ich verlange nicht, dass du mit mir Zeit verbringst.“

„Jetzt sei nicht albern. Du störst mich nicht im Geringsten. Im Gegenteil, ich wollte dich fragen, ob du vielleicht übers Wochenende mitfahren willst? Meine Truppe fährt übermorgen nach Chicago zum Lollapalooza Festival. Wir haben zugesagt, an einem Tag kostenlos die Festivalgäste zu tätowieren. Dafür bekommen wir VIP-Tickets für den gesamten Festivalzeitraum“, erklärte Liz.

„Echt? Du willst mich mitnehmen?“, Caro fühlte sich geschmeichelt, „Aber geht das denn? Ich arbeite ja nicht bei dir.“

„Ich muss das mit dem Veranstalter klären. Aber sie werden dir, als meine persönliche Assistentin, sicher auch noch ein VIP-Ticket ausstellen“, schmunzelte Liz.

„So, so. Persönliche Assistentin also“, grinste Caro schief, „Was muss man denn als Assistentin einer berühmten Tätowiererin so tun?“

An Liz' spitzbübischen Grinsen war leicht zu erkennen, dass ihre gegenwärtigen Gedanken ganz sicher nicht jugendfrei waren. Caro hatte mit ihrer Frage Liz Reaktion zwar geradezu provoziert, sah aber nun peinlich berührt auf ihren Teller. Sie hatte bislang alle Gedanken, die über einen Kuss mit Liz hinausgingen, weitestgehend verdrängt. Ihr Körper zeigte, wenn sie an Liz dachte oder sie ansah, alle Zeichen körperlicher Erregung. Aber ihre Vorstellungskraft, wie es war, mit einer Frau zu schlafen, reichte nicht über einen bestimmten Punkt hinaus. Sie wünschte sich Sex mit Liz. Unbedingt. Allerdings fühlte sie sich durch ihre Unerfahrenheit Liz gegenüber ziemlich im Nachteil. Liz hatte sicher ihre Ansprüche. Ob aber Caro diesen genügen würde?

„Mach dir nicht so viele Gedanken. Ich verlange natürlich nichts von dir“, antwortete Liz, was Caro zusammenfahren ließ. Hatte sie etwa laut gedacht? Schnell versuchte sich Caro zu sammeln und begriff nun, dass Liz auf eine ganz andere Frage geantwortet hatte. Das Essen und vor allem der Jetlag hatten Caro müde gemacht und so sehr sie sich bemühte, konnte sie sich ein gelegentliches Gähnen nicht verkneifen.

„Wollen wir den Heimweg antreten? Du willst sicher bald schlafen“, schlug Liz vor. War sie etwa davon ausgegangen, dass Caro bei ihr schlief? Soweit Caro die Wohnung überblickt hatte, gab es für Gäste nur eine einzige Schlafgelegenheit und die wurde bereits von Carla belegt. Hatte Liz ihr also eine direkte Einladung für ihr

Schlafzimmer gegeben?

„Also, ich...ich wusste ja nicht, ob...also ich habe mir heute Vormittag ein Hotelzimmer genommen“, erwiderte Caro.

„Oh“, stutzte Liz, fügte dann aber hinzu, „Du hast natürlich Recht. Ich begleite dich noch zu deinem Hotel, einverstanden?“

Womit hatte Caro ihrer Meinung nach Recht? Glaubte Liz nun, dass sie nicht bei ihr schlafen wollte? Oder ging es Liz zu schnell? Wenn Caro ehrlich war, wäre es Caro tatsächlich etwas zu schnell gegangen. Daher beließ sie es bei der Entscheidung und ließ sich von Liz zu ihrem Hotel begleiten. Sie schlenderten gemächlich durch die nächtlichen Straßen New Yorks. Es war ein milder Abend und der Vollmond stand leuchtend am Himmel. Es fühlte sich schön an, Liz an ihrer Seite zu haben. Immer wieder sahen sie sich verstohlen an, bis es diesmal Liz war, die nach Caros Hand griff. Sie blieb stehen und zog Caro liebevoll an sich heran. Doch sie küsste Caro nicht, sondern blickte ihr tief in die Augen. Dieser durchdringende Blick ging Caro durch Mark und Bein und fühlte sich intimer an, als alle Blicke, die sie je mit einem anderen Menschen ausgetauscht hatte.

„Weißt du eigentlich wie unfassbar hübsch du bist?“, hauchte ihr Liz ins Ohr.

Caro wusste mit diesem unverblümten Kompliment nicht umzugehen. Beschämt versuchte sie, Liz‘ Blick auszuweichen.

„Hey, du willst dich doch nicht vor mir verstecken, oder?“, sanft drehte Liz Caros Gesicht wieder in ihre Richtung. Sie betrachtete mit einem Schmunzeln Caros gerötete Wangen.

„Du bist sowas von gemein. Sagst solche Dinge, nur, um dich anschließend über mich zu amüsieren“, schimpfte sie halbernst.

„Ich mache mich nicht über dich lustig, falls du das denkst. Und ich sage solche Dinge, weil sie einfach der

Wahrheit entsprechen“, Liz strich ihr sanft über ihre heißen Wangen. Caro wollte ihr ebenfalls ein Kompliment zurückgeben, doch jede Formulierung, die ihr in den Sinn kam, klang schon in ihrem Kopf derart kitschig, dass sie am Ende kein Wort über die Lippen bekam. Stattdessen schob sie ihren Kopf vor und gab Liz einen dicken Schmatzer auf den Mund. Dann lief sie weiter und zog Liz hinter sich her. Einige Minuten später erreichten sie das Hotel. Liz bestand darauf, Caro noch bis vor ihre Zimmertür zu begleiten. Und da Caro sich über jede weitere gemeinsame Minute mit Liz freute, widersprach sie diesem Vorschlag nicht. Jetzt standen sie an Caros Tür, die sie bereits aufgeschlossen hatte und suchten nach Worten, mit denen sie sich für den heutigen Abend voneinander verabschieden konnten.

„Nun“, Caro räusperte sich, „Der Abend mit dir…war wunderschön.“

„Fand ich auch“, Liz schenkte ihr ein bestätigendes Lächeln.

„Sehen wir uns morgen?“, Caros Stimme klang schwach, da sie eine Absage befürchtete.

„Das hoffe ich doch“, war jedoch Liz‘ erleichternde Antwort. Caro atmete auf. Allerdings gab es nun nichts mehr zu klären. Es war für Liz Zeit zu gehen. Die beiden standen jetzt nur wenige Zentimeter voreinander. Caro wusste nicht genau, was es war, vielleicht war es diese eine winzige Geste, derer sich Liz sicher nicht mal bewusst war. Ganz kurz war sie mit ihrer Zunge über ihre Lippen gefahren, hatte sie befeuchtet, so dass ihre volle Unterlippe jetzt verführerisch und prall glänzte. Dieser Anblick wirkte auf Caro wie ein Trigger, als hätte Liz soeben einen Schalter umgelegt und bei ihr sämtliche Triebe aktiviert. Caro konnte dem Impuls nicht länger widerstehen. Sie griff nach Liz‘ Hüfte und schob sie mit einem einzigen geräuschvollen Ruck an die Wand des Hotelzimmers. Ohne von Liz abzulassen, drückte sie mit dem Fuß die Zimmertür zu. Liz‘ überraschter Blick zeigte sich nur für den Bruchteil einer Sekunde, bevor auch sie sich, lustvoll atmend, ihrem

Verlangen hingab. Ihre Lippen trafen sich hart, doch sie hatten sich nicht länger zügeln können. Ihre Zungen verschwendeten ebenfalls keine Zeit, um sich zu finden, um miteinander zu spielen und die Hormone ihrer Körper tanzen zu lassen. Caro vergrub genießerisch ihre rechte Hand in Liz' schwarzem Haar, ihre linke Hand hatte sie in Liz' Po gekrallt. Jetzt aber übernahm Liz die Führung, drehte Caro mit dem Rücken zur Wand, hielt ihre Arme fest und drückte ihr Becken gegen Caros Hüfte. Ihre Lippen ließen währenddessen nicht voneinander ab, wollten den schwer atmenden Lungen keine Erholung gönnen. Selbst Caros erregter Seufzer fand kein Ventil, sondern entlud sich vibrierend in Liz' Mund, was ihrerseits ein lustvolles Stöhnen auslöste. Caro wollte mehr, wollte Liz spüren, ihre nackte Haut berühren. Jetzt. Ihre Hände schoben sich unter Liz' Shirt, umschlossen ihre schmale Taille. Ihre Finger tasteten sich vor, fühlten bereits den unteren Rand des BHs. Der bloße Gedanke an Liz' unglaubliche Brüste, ließ Caro abermals in einen schwindelerregenden Rausch versinken. Sie versuchte Liz' Shirt hochzustreifen, doch Liz hielt keuchend ihre Hände fest: „Stopp!"

Caro ließ abrupt von ihr ab und sah sie verunsichert an: „Was? Habe ich etwas Falsches gemacht?"

„Nein", noch immer hielt Liz Caro fest, rang nach Atem, „Es ist nur...ich will nicht, dass..."

Jetzt löste sie ihren Griff um Caros Arme und legte zärtlich ihre Hände auf Caros Wangen.

„Ich will nicht, dass es sich wie ein One-Night-Stand anfühlt. Ich wünsche mir, dass es mehr ist. Verstehst du?", Liz Augen sahen Caro ernst an.

„Ich bin nicht den ganzen Weg hierhergekommen, nur um einen One-Night-Stand mit dir zu haben", versuchte Caro sie mit ihren Worten zu beruhigen.

Liz lächelte, doch gleichzeitig zeichneten sich Sorgenfalten auf ihrer Stirn ab: „Das glaube ich dir und du gibst mir auch nicht das Gefühl, dass es so ist. Aber vielleicht heben wir uns noch etwas für die nächsten Tage auf. Wäre das ok für dich?"

Caro hätte dagegen wohl kaum Einspruch erheben können. Schließlich konnte sie das nicht allein entscheiden. Aber vielleicht war Liz' Vorschlag tatsächlich ganz vernünftig. Und er zeigte, dass Liz nicht auf eine kurze Affäre aus war.

„Na schön", Caro schenkte ihr ein resigniertes, aber liebevolles Lächeln, „Allerdings gibt es ein Problem."

Liz stutzte: „Und das wäre?"

„Wenn du so Dinge machst, wie eben gerade, kann ich für nichts garantieren", grinste Caro.

„Dinge?"

„Na, mit der Zunge so aufreizend über die Lippen zu fahren", Caro deutete auf ihre Lippen.

Liz lachte: „Wie denn? So etwa?"

Sie wiederholte die Bewegung, blickte verführerisch in Caros Augen und forderte sie diesmal ganz bewusst heraus. Da Caro noch immer zwischen Wand und Liz gefangen war, blieb ihr nichts anderes, als reflexartig die Augen zu schließen, um Liz' Reizen nicht erneut zu erliegen. Doch nun spürte sie wieder Liz' Lippen auf ihren und damit war es erneut um sie geschehen. Ihre leidenschaftlichen Küsse gingen in die zweite Runde, ließen ihre Körper pulsieren. Erst als Caros das Gefühl hatte, ihre Hände nicht mehr kontrollieren zu können, ermahnte sie zu einem Stopp: „Halt. Wenn wir uns wirklich noch Zeit lassen wollen, dann sollten wir jetzt sofort aufhören."

„Verdammt, ich verfluche mich gerade selbst", lachte Liz, „Aber gut, ich habe es ja nicht anders gewollt."

Es fiel ihnen beiden schwer, doch nun würde Liz den Heimweg antreten. Caro verabschiedete sie an der Tür mit einem letzten, zärtlichen Kuss und blickte Liz mit einem wehmütigen Seufzer hinterher. Als sie die Tür hinter sich geschlossen hatte, lehnte sie sich kurz an die Wand und ließ mit einem kopfschüttelnden Lächeln die letzten Minuten revuepassieren. Diese Frau war einfach unglaublich. Buchstäblich atemberaubend. Caro hatte ja keine Ahnung, zu welchen Empfindungen ihr eigener Körper imstande war. Doch Liz hatte Caro, allein durch ihre Küsse, derart erregt, dass bis zu ihrem Höhepunkt nicht mehr viel gefehlt hatte. Noch immer spürte sie die pulsierende Erregung zwischen ihren Beinen. Sie griff sich prüfend in ihren Slip. Die eigene Berührung ihrer Fingerspitzen, die in ihre nasse Mitte eintauchten, ließen Caro abermals erregt aufkeuchen. Es wäre jetzt ein Leichtes, sich mit wenigen Handbewegungen zu erlösen, denn wenn Caro die Augen schloss, konnte sie Liz' Küsse auf ihren Lippen noch immer spüren. Einen kurzen Moment erlag Caro der Versuchung, war inzwischen in die Knie gegangen und hatte ihre Beine weit auseinandergespreizt. Doch dieser Orgasmus gehörte ihr nicht allein, er gehörte ebenso Liz und sie hatte versprochen zu warten. Es kostete sie alle Kraft, doch sie zwang sich, ihre Hand aus ihren Höschen zu nehmen und atmete nun erstmal tief durch. Aber wie sollte sie denn in dem Zustand maximaler Erregung je einschlafen können? Vielleicht sollte sie vor dem Zubettgehen noch kurz eine kalte Dusche nehmen. Bevor sie jedoch soweit kam, signalisierte ihr summendes Handy einen Anruf. Tamara rief an.

„Hey", begrüßte Caro sie.

„Ah, ich dachte schon, du würdest vielleicht bereits schlafen", erwiderte Tamara, „Störe ich?"

Caro musste grinsen. Tamara hatte ja keine Ahnung, wie hilfreich ihr Stören gerade war.

„Nein, tust du nicht. Ich bin im Hotel", erklärte sie ihr.

„Allein?"

„Ja, allein."

„Aber du klingst so...so freudig entspannt", versuchte Tamara Caros Tonfall zu interpretieren, „Ich gehe davon aus, dass du einen guten Tag hattest?"

„Oh ja", lachte Caro zufrieden und ließ sich rückwärts aufs Bett fallen.

„Und? Muss ich dir jetzt jeden Satz aus der Nase ziehen?", maulte Tamara, nachdem am anderen Ende

Schweigen herrschte.

„Schon gut, schon gut“, beschwichtigte Caro sie und begann damit, Tamara alles haarklein zu berichten. Bis sie mit ihrer Geschichte schließlich an jene Stelle gelangte, die soeben erst geschehen war.

„...und dann haben wir uns nochmal geküsst. Nicht so zurückhaltend, wie im Park“, betonte Caro, „Tamara, ich sage dir, ich kann noch immer nicht glauben, wie unglaublich gut sich das angefühlt hat.“

„Wow. Und ich kann mich nicht erinnern, dass du jemals so von jemandem geschwärmt hast“, staunte Tamara begeistert, „Ich denke, ich habe seit heute eine lesbische beste Freundin.“ Tamara kicherte über ihren eigenen Witz, während Caro noch grübelte, ob sie den Spruch witzig, oder total doof fand.

„Muss ich mich jetzt direkt in eine Schublade stecken lassen?“, brummte sie.

„Entschuldige. Nein, natürlich nicht“, ruderte Tamara zurück, „Ich wollte eigentlich auch nur sagen, dass ich mich sehr für dich freue. Und du bist sicher, dass sie es ernst meint?“

„Ja, ich denke schon“, Caro erzählte von Liz Vorschlag, es langsam angehen zu wollen. Davon, dass sie Caro mit zu dem Festival nehmen wollte und betonte, dass es keinerlei Anzeichen gab, die einen anderen Schluss zuließen.

„Das heißt also, dass du noch eine Weile in Amerika bleiben wirst“, fasste Tamara zusammen, „Dann wird es aber nicht einfach, mir Alexander so lange vom Hals zu halten.“

„Hat er sich etwa schon bei dir gemeldet?“, wollte Caro wissen.

„Ja, hat er. Er ist sogar persönlich bei mir aufgekreuzt“, Tamara klang wenig begeistert.

„Oh, das tut mir leid“, Caro bekam Tamara gegenüber ein schlechtes Gewissen.

„Ach, das ist ok. Ich habe ihm gesagt, dass du ihn nicht sehen willst. Ich glaube er hat verstanden, dass ihm ein erneutes Auftauchen sehr viel Ärger einbringen würde. Ich war ziemlich deutlich“, erklärte Tamara.

„Danke. Du bist echt die Beste“, Caro war Tamara für diese freundschaftliche Geste überaus dankbar.

„Aber was mache ich jetzt mit Nadja?“ fragte Tamara.

„Hat sie sich etwa auch nochmal bei dir gemeldet?“, wollte Caro wissen.

„Was glaubst du denn? Sie ist noch immer fix und fertig wegen der ganzen Sache. Sie hat mir eben geschrieben, dass sie morgen wieder in Deutschland ist und gern zum Reden vorbeikommen will. Ich weiß aber nicht, wie ich mich verhalten soll, verstehst du?“, Tamaras Stimme klang verzweifelt.

„Ach verdammt. Ich habe dich da voll zwischen die Stühle gebracht. Aber ich kann mit Nadja gerade nicht reden. Noch nicht. Als du sie gerade erwähnt hast, hat sich mein Hals zugeschnürt“, Caro wollte nicht über das Chaos nachdenken, was sie zurückgelassen hatte, „Aber natürlich bist du auch ihre Freundin und deshalb kann ich nicht von dir verlangen, dich auf meine Seite zu schlagen. Ich bitte dich nur, Liz ihr gegenüber nicht zu erwähnen. Sag ihr einfach, dass ich gerade meine Ruhe brauche. Und erinnere sie daran, dass sie dich nicht als Vermittler missbrauchen soll.“

„Ok“, erwiderte Tamara mit leicht belegter Stimme.

„Und sie soll jetzt nicht völlig überstürzt ihren Job hinschmeißen. Sie täte mir damit keinen Gefallen“, fügte Caro grummelnd hinzu, „Sag ihr aber nicht, dass dieser Hinweis von mir kam. Lass es wie deine Meinung klingen.“

„Ich hoffe, ihr bekommt das irgendwann wieder miteinander hin“, seufzte Tamara bekümmert.

„Das hoffe ich auch. Ich werde mit Nadja sprechen, sobald ich wieder in Deutschland bin“, versprach Caro.

Mit diesem Versprechen beendeten die Freundinnen ihr Telefonat. Als Caro auflegte, entdeckte sie eine neu eingegangene Nachricht. Sie klickte auf die App und erkannte, dass die Mitteilung von Liz war.

„Es war ein wahnsinnig schöner Abend mit dir. Und ich bereue unsere kleine Vereinbarung schon jetzt. Was würde ich darum geben, gerade neben dir einschlafen zu können", schrieb sie. Caro wurde bei diesen Worten direkt wieder warm ums Herz. Sie sprach Caro aus der Seele und es war schön zu wissen, dass es Liz genauso ging.

„Wir wissen beide, dass wir sicher nicht schlafen würden, wenn wir gerade gemeinsam in einem Bett lägen ;)", antwortete Caro.

„Du magst da vollkommen Recht haben. Aber danach würden wir sicher sehr tief und zufrieden schlummern... :D", folgte Liz Antwort nur wenige Sekunden später. Mit dem letzten Satz löste sie bei Caro unweigerlich wieder die Bilder aus, die Caro so mühsam losgeworden war.

„Du bist nicht gerade hilfreich, mich bei meiner Zurückhaltung zu unterstützen", gab Caro zurück.

„Vielleicht will ich das jetzt auch gar nicht mehr :P"

„Das werden wir sicher bald erfahren", Caro musste bei dem Gedanken an die kommenden Tage schmunzeln.

„Schlaf gut. Und träum was Schönes. Ich freue mich auf morgen", schrieb Liz abschließend.

„Ich freue mich auch. Gute Nacht", beendete nun Caro das Gespräch.

17. KAPITEL

Am frühen Morgen wachte Caro auf. Die Zeitverschiebung hatte ihre innere Uhr gehörig durcheinandergebracht. Sie hatte keine Ahnung, wie spät es war. Erst der Blick aufs Handy verriet, dass es in New York gerade 6.30 Uhr in der Früh war. Sie wusste, dass ein weiterer Einschlafversuch misslingen würde. Deshalb beschloss sie, den Tag mit einer ausgedehnten Dusche zu beginnen. Sie genoss das warme Wasser auf ihrer Haut, schäumte sich von Kopf bis Fuß ein und ging anschließend ihrer weiteren Körperpflege nach. Nachdem sie ihre Dusche beendet hatte, stieg sie aus der Duschwanne und begutachtete ihren nackten Körper im Spiegel. Lange hatte sie sich ihren Körper nicht so genau angesehen. Das Fitnessstudio hatte mehr zur Ablenkung gedient, doch jetzt erkannte sie, dass ihre Trainingseinheiten bereits erste Ergebnisse zeigten. Ihr Bauch war jetzt flacher, ihr Po etwas muskulöser und ihre Oberarme erschienen etwas straffer, als noch vor ein paar Monaten. Wieso war ihr das bislang gar nicht aufgefallen? Weil es keinen Grund gab, weil sie sich in den letzten Monaten niemandem gezeigt hatte. Doch jetzt gab es da einen Grund, einen sehr attraktiven Grund, wie Caro fand. Und sie stellte zufrieden fest, dass auch ihr Körper ein bisschen was hermachte. Nun überlegte sie, welche Kleidungsstücke aus ihrem Rucksack diesem Körper am besten schmeicheln würden. Die Auswahl der verbleibenden frischen Wäsche war ernüchternd. Sie musste dringend waschen oder sich neue Klamotten kaufen. Oder am besten beides. Mit diesen paar Teilen würde sie garantiert nicht über die nächsten Tage kommen. Die einzige frische Jeans und ein dunkelblaues T-Shirt waren schließlich das Ergebnis ihrer Wahl. Eine Stunde war inzwischen vergangen und Caro beschloss, sich auf den Weg zu Liz' Wohnung zu machen. Der Laden öffnete erst um zehn Uhr, das hatte sich Caro von dem Türschild gemerkt. Vielleicht konnte sie Liz und Carla mit einem kleinen Frühstück überraschen. Mit frischen Brötchen, einer kleinen Auswahl an Käse und einem frisch gepressten O-Saft traf sie vor dem Laden ein. Doch wie sollte sie reinkommen? Sie entdeckte auf Hüfthöhe, direkt unterhalb des Briefkastens einen kleinen Knopf und drückte. Es dauerte eine Weile, dann sah sie, wie Carla, bereits angekleidet und zurecht gemacht, herbeieilte. Sie schloss die Ladentür von innen auf und ließ Caro rein.

„Guten Morgen, meine Liebe", sie nahm Caro zur Begrüßung in den Arm, „Oh, du hast Frühstück mitgebracht. Da wird sich Liz sicher sehr freuen."

„Da sind auch Brötchen für dich dabei", erklärte Caro.

„Das ist lieb, aber ich muss jetzt los. Meinen ersten Termin habe ich schon um halb neun", Carla hatte ihre Aktentasche schon dabei, „Ach übrigens, es gibt hinter dem Haus noch einen zweiten Eingang, komm ich zeige ihn dir."

Carla zeigte Caro den alternativen Eingang und verabschiedete sich sogleich von ihr, so dass Caro nun allein in dem Laden stand. Sie nahm die Treppe nach oben. Es war mucksmäuschenstill in der Wohnung. Weder aus der Küche, noch aus dem Bad waren irgendwelche Geräusche zu hören. Liz schlief sicher noch. Sollte Caro also zuerst das Frühstück vorbereiten? Andererseits...Die Vorstellung, sich heimlich in Liz Schlafzimmer zu stehlen, war äußerst verlockend. Caro war sehr mit sich am Hadern und entschied sich doch zuerst für die Küche. Nach ein paar Minuten hatte sie einen ansprechenden Frühstückstisch gezaubert und wusste nicht, was sie jetzt tun sollte. Sie tigerte auf und ab und weil von Liz noch immer kein Lebenszeichen zu hören war, ging sie schließlich doch zu ihrer Schlafzimmertür. Sie versuchte es mit einem zaghaften Klopfen, doch es folgte keine Antwort. Jetzt drückte sie die Klinke nach unten und öffnete die Tür einen Spalt breit. Sie blickte auf eine tief schlummernde Liz, die quer in ihrem Bett lag, und das dünne Laken bis unter das Kinn hochgezogen hatte. Caro konnte einfach nicht widerstehen. Sie zog ihre Schuhe aus und schlich leise zu ihrem Bett.

Dann setzte sie sich vorsichtig auf die Bettkante und beobachtete einen Moment die schlafende Liz. Wie hübsch sie doch war. Sie brauchte weder Make-Up noch Schmuck. Ihre Natürlichkeit strahlte eine solch unvergleichliche Schönheit aus, dass Caro sich nun nicht länger zurückhalten konnte. Sie beugte sich vor und legte ihre Lippen vorsichtig auf Liz'. Eine erste zaghafte Reaktion folgte. Dann küsste Caro sie ein zweites Mal. Diesmal schlug Liz überrascht die Augen auf. Sofort als sie Caro erkannte, erschien ein Strahlen in ihrem Gesicht. Sie zog Caro an sich heran und begrüßte sie mit einem innigen Kuss. Diesmal glaubte Caro, ihr Körper würde direkt an der Stelle weitermachen, wo er gestern so unsanft unterbrochen wurde. Sie konnte gar nicht genug von Liz' Küssen kriegen, wollte sie aber auch endlich berühren dürfen.

„Was ist mit, wir lassen es langsam angehen?“, keuchte Caro, als sie sich für eine kurze Sekunde von Liz lösen konnte.

„Die Nacht hat lang genug gedauert, findest du nicht?“, erwiderte eine ebenfalls atemlose Liz.

Das ließ sich Caro nicht zweimal sagen. Wieder fanden ihre Lippen zueinander. Inzwischen hatte Liz Caro auf sich gezogen, doch trennte ihre Körper weiterhin das störende Laken, was Caro am liebsten sofort zur Seite gerissen hätte. Liz war in ihrer Position allerdings deutlich im Vorteil. Sie hatte bereits nach Caros T-Shirt gegriffen und schob es gekonnt nach oben. Caro erlaubte ihr, das Shirt über ihren Kopf zu streifen, so dass Caros Oberkörper nun nur noch von ihrem BHs verdeckt war. Liz Blick verriet, dass ihr dieser Anblick äußerst gut gefiel. Und noch bevor Caro hätte Einspruch erheben können, hatte Liz fingerfertig und mit einer einzigen Handbewegung die zwei Häkchen des BHs gelöst, so dass die Träger nun an Caros Armen heruntergleitten und den Blick auf ihre Brüste freigaben.

„Du siehst wirklich unglaublich aus“, wisperte Liz heiser.

„Aber nun bist auch du endlich dran“, ermahnte Caro

sie ungeduldig.

Caro rollte sich zur Seite, so dass ihr Körper das Laken nicht mehr blockierte, griff danach und zog es mit einer einzigen Bewegung zur Seite. Was zum Vorschein kam, ließ Caros Atem ins Stocken geraten, denn damit hatte sie nicht gerechnet. Entgegen ihrer Erwartung trug Liz diesmal keinen Pyjama. Sie trug auch kein Nachthemd, oder gar einen Slip. Sie lag vor ihr, wie Gott sie geschaffen hatte, splitterfasernackt.

„Ok, vielleicht hätte ich dich vorwarnen sollen. Ich schlafe eigentlich immer nackt. Berlin war eine Ausnahme. Ich wollte ja nicht mit der Tür ins Haus fallen“, Liz grinste Caro schelmisch an.

„Die Überraschung ist dir gelungen. Ich hoffe dir ist klar, dass ich jetzt eindeutig im Vorteil bin?“, wieder rollte sich Caro auf Liz, richtete sich auf und saß nun auf ihr. So selbstsicher, wie ihr Spruch es vermuten ließ, war sie aber plötzlich doch nicht mehr. Zu sehr war sie von dem, was ihr gerade widerfuhr, überwältigt. Ihr vor Erregung zitternder Körper verursachte Schwindel in ihrem Kopf, ließ sie ihre Hände nicht mehr steuern. Doch Liz kam ihr sogleich zur Hilfe. Auch sie richtete ihren Oberkörper auf, so dass ihre Arme sich um Caros Taille legten und sich ihr Kopf nun auf Höhe von Caros Brüsten befand. Genüsslich fuhr ihre Zungenspitze Kreise um Caros linke Brustwarze, so dass sie sich zu einer festen Knospe zusammenzog. Caros Kehle entfuhr dabei ein genüssliches Brummen. Ein Ansporn, dem Liz umgehend nachging, indem sie Caros harte Brustwarze nun mit ihren heißen Lippen einsaugte und daran zu knabbern begann. Caro legte vor Erregung ihren Kopf in den Nacken, schloss unwillkürlich die Augen, um keinen dieser lustvollen Blitze, die sich bis in ihren Unterleib verästelten, zu verpassen. Nun war es endgültig um Caro geschehen. Willenlos gab sie sich allem hin, was Liz aufbot, ließ Liz‘ Hände und Lippen ihren gesamten Oberkörper erkunden. Caro hatte das Gefühl, als sei Liz überall zur gleichen Zeit, würde sie einhüllen und ihre beiden Körper verschmelzen lassen. Caro gab sich ihr hin, ließ sich fallen, vertraute ihr blind. In Windeseile hatte Liz mit Caro die Position getauscht. Nun lag Caro unten, half Liz dabei, sich von ihrer Jeans zu entledigen. Ihren Slip streifte Liz bei dieser Gelegenheit ebenfalls ab. Jetzt trennte die beiden kein einziges störendes Textil mehr. Endlich konnten sich die beiden Frauen vollständig spüren. Mit Bedacht beugte sich Liz über Caro, ließ ihr Gewicht langsam auf Caro zum Liegen kommen. Das Gefühl von Liz warmen Körper vollständig umhüllt zu werden, war das Erotischste, was Caro je empfunden hatte. Als Liz außerdem ihre Hüfte zu kreisen begann, gab es für Caro kein Halten mehr. Sie presste ihre Hände auf Liz' Po, um ihre Scham noch intensiver an ihrer zu spüren, ging mit Liz' Bewegung mit, wurde dabei immer schneller. Ihre feuchten Klitoris glitten aufeinander, stießen rhythmisch mit steigendem Tempo zusammen und brachten ihre Körper der vollständigen Ekstase mit jedem weiteren Aufeinanderstoßen unaufhaltsam näher. Caros nach Erlösung flehendes Stöhnen nahm an Intensität zu und kündigte ihrer Gespielin den bevorstehenden Höhepunkt an. Schließlich waren es Liz' erregte Laute, die Caro den Impuls gaben und sie über die letzte Schwelle trugen. Jetzt kam es, jetzt genau jetzt. Unaufhaltsam rollte die Welle, die Caros Körper mit sich riss, die ihren Körper aufbäumen ließ, heran. Nur durch ein langes, erlösendes Aufstöhnen konnte Caro diesem überwältigenden Gefühl standhalten. Um sie herum existierte in diesem Moment nichts mehr. Es gab nur sie und Liz, verschmolzen zu einem einzigen Gefühl der Lust, das ihren Körper flutete, ihn überwältigte und ihn für diesen Moment dem Raum-Zeit-Gefüge entzog.

Liz hatte sich nun neben Caro gerollt und sie fest in ihre Arme geschlossen. Bislang hatte Caro ihre Augen noch nicht wieder geöffnet, doch jetzt, wo ihr Körper wieder zu Atem fand, blinzelte sie Liz mit einem Auge an. Liz strich ihr liebevoll durchs Haar.

„Geht es dir gut?“, hauchte sie Caro ins Ohr. Caro nickte nur, denn ihr Hals kratzte und ihre Kehle fühlte sich staubtrocken an.

„Ich glaube, das mit dem langsam machen, ist dann wohl hinfällig“, lachte Liz, die neben ihr Bett griff und Caro eine Wasserflasche reichte.

„Schlimm?“, fragte Caro schuldbewusst, nachdem sie einen großen Schluck genommen hatte.

„Total schlimm, denn jetzt werde ich nicht mehr genug von dir kriegen können“, strahlte Liz sie an und gab ihr einen Schmatzer auf den Mund.

„Also ich habe die nächsten Tage keine Termine. Meinetwegen können wir auch direkt in deinem Bett bleiben“, hob Caro herausfordernd grinsend eine Augenbraue.

„Was für eine wundervolle Idee. Dummerweise wissen meine Kunden, wo ich wohne“, lachte Liz, „Und außerdem freue ich mich darauf, mit dir auf dieses Festival zu gehen. Du willst doch noch mit, oder?“

„Nichts lieber als das. Das wird bestimmt toll“, stimmte Caro ihr zu, „Aber wenn wir sowieso nicht für immer in deinem Bett bleiben können, dann schlage ich vor, wir gehen mal in deine Küche und frühstücken, bevor ich dich an deine Kunden freigeben muss.“

Sie schlüpften in Slip und T-Shirt und gingen gemeinsam in die Küche. Liz freute sich sichtbar über den nett gedeckten Frühstückstisch. Sie genossen ihre Brötchen, redeten aber nicht viel, sondern warfen sich stattdessen immer wieder verstohlene Blicke zu. Nach dem Frühstück ging Liz duschen. Den Vorschlag einer gemeinsamen Dusche verwarfen sie, weil Liz dann garantiert nicht pünktlich zu ihrem ersten Termin erschienen wäre. Caro nutzte die Zeit, räumte den Frühstückstisch ab und erledigte anschließend den Abwasch.

„Ich werde mir heute mal ein paar Klamotten kaufen gehen. Ich hatte ja nur für zwei Tage Berlin gepackt“, rief Caro ins Bad, während Liz sich abtrocknete.

„Wenn du deine Sachen waschen willst, hier im Bad stehen Waschmaschine und Trockner“, bot Liz an.

„Danke, das werde ich auf jeden Fall heute noch tun. Ich muss dann vorher noch im Hotel vorbei“, überlegte Caro. Inzwischen stand Liz mit einem umgewickelten Handtuch hinter ihr und legte ihre Arme um sie.

„Ich hoffe doch, dass du bei der Gelegenheit direkt beim Hotel auscheckst“, Liz küsste Caro in den Nacken, was bei ihr ein sanftes Kribbeln auslöste. Nun wandte sich Caro zu Liz um: „Heißt das...?“

„Ja, ich würde mich freuen, wenn du ab jetzt bei mir übernachtest. Ich will heute Abend mit dir einschlafen“, erneut suchten sich die Lippen der beiden Frauen und Caro spürte, wie ihr Körper die Bereitschaft für eine zweite Runde signalisierte.

„Halt“, ermahnte Caro sich selbst und auch Liz, „Ich werde dich heute sonst nicht mehr gehen lassen.“

„Schon gut. Du bist ziemlich streng, weißt du das?“, maulte Liz, die aber gehorchte und nun im Schlafzimmer verschwand, um kurze Zeit darauf angekleidet wieder aufzutauchen.

„Ich muss jetzt leider runter“, Liz Tonfall gab unmissverständlich zu erkennen, dass sie darauf gerade überhaupt keine Lust hatte. Caro ging es ähnlich. Am liebsten hätte sie ihr die gerade erst angelegten Kleider wieder vom Leib gerissen und sie geradewegs wieder ins sicherlich noch warme Bett bugsiert, um eine zweite Runde einzuläuten.

„Ich sehe an deinem Blick, was du denkst“, grinste Liz ermahnend.

„Ach ja?“, Caros Mundwinkel verzogen sich zu einem schelmischen Lächeln. Sie ging langsam auf Liz zu und streifte dabei sinnlich und in aller Seelenruhe ihr T-Shirt von sich, warf es achtlos zu Boden und ließ Liz dabei nicht aus den Augen. Liz‘ aufblitzende Augen verrieten, dass sie Caros Absicht durchschaute, aber erst gar nicht versuchte sich zu wehren. Unverhohlen genoss sie den Anblick auf

Caros wippende Brüste, deren Brustwarzen sich inzwischen wieder zu festen kleinen Spitzen zusammengezogen hatten. Caro war für Liz jetzt zum Greifen nahe, sie hob bereits ihre Hände, um ihr reizvolles Gegenüber in Empfang zu nehmen. Doch in diesem Moment stoppte Caro, grinste sie frech an und sagte: „Behalt mich die nächsten Stunden genau so in Erinnerung, dann weißt du, was dich nach deinem harten Arbeitstag erwartet."

Flugs wandte sich Caro von Liz ab, griff im Gehen nach ihrem Shirt, dass sie sich nun schnell wieder überstülpte und verschwand im Schlafzimmer. Sie hörte noch Liz' ungläubiges Lachen, gefolgt von einem Gemurmel, das etwa nach sowas wie „Unfassbar fies, diese Frau" klang. Zufrieden ließ sich Caro auf Liz' Bett fallen und kuschelte sich unter die Decke, die nach Liz' Parfum und nach etwas anderem, äußerst Betörendem roch. Nach jenem Liebesspiel, das Minuten zuvor genau an dieser Stelle stattgefunden hatte. Sie schloss die Augen und sog die sexgeschwängerte Luft genüsslich in sich auf, ließ die Bilder von eben wieder aufleben, spürte erneut das anregende Kribbeln zwischen ihren Beinen. Sie konnte nicht genug davon kriegen, wollte dieses einzigartige Erlebnis erneut abrufen. Erst jetzt bemerkte sie, wo sich gegenwärtig ihre rechte Hand befand. Sie schmunzelte. Zwar bereitete sich Caro gelegentlich selbst Lust, sie fand das ganz natürlich. Doch in den letzten Monaten war ihre Libido arg auf der Strecke geblieben und jetzt war dieses Feuer nicht nur erwacht, sondern wie ein tobender Feuersturm über sie eingebrochen. Sie konnte sich nicht erinnern, jemals so kurz nach dem Liebesspiel bereits wieder Lust zu haben. Allerdings hatte sie auch niemals zuvor einen solch intensiven Orgasmus erlebt. Sie war zwar nicht der Meinung, dass ihre bisherigen sexuellen Erlebnisse schlecht waren, denn das waren sie ganz sicher nicht. Doch die ungeahnte Steigerung dessen, was ihr Liz soeben beschert hatte, stellte Altbekanntes in den Schatten. Kurz überlegte sie, ob sie ihrer Hand freien Lauf ließe, entschied sich aber dagegen und beschloss, sich das für den gemeinsamen Abend mit Liz aufzuheben. Stattdessen stand sie auf, ordnete das Bettlaken und ging ins Bad, um sich ein wenig frisch zu machen. Während sie ihren Gedanken nachhing, ertappte sie sich immer wieder dabei, wie sie schmunzelnd den Kopf schüttelte. Sie konnte noch nicht fassen, was da eben zwischen Liz und ihr passiert war. Sie hatte tatsächlich Sex mit einer Frau gehabt. Wundervollen, um nicht zu sagen, großartigen Sex. Caro fragte sich, ob es eine Rolle spielte, dass Liz eine Frau war, ob gerade dieser neue Aspekt den Ausschlag gab. Natürlich übte das Neue, das noch nie Gekannte einen gewissen Reiz aus. Allerdings konnte sich Caro nicht vorstellen, dass sie Liz selbst in hunderten Jahren, wenn sie jeden Zentimeter ihres Körpers bereits tausende Male studiert hatte, weniger reizvoll finden würde. Wow, hundert Jahre. Caro war über ihre weitgreifende Planung in ihrem Gedankenspiel selbst überrascht. War sie es? War Liz die eine? Bislang fand Caro kein Argument, das diese These widerlegen konnte. Was Liz darüber wohl dachte? So bald wollte sie Liz das besser nicht fragen, sie wollte sie schließlich nicht verschrecken. Doch alles, was Liz ihr bislang offenbart hatte, sprach dafür, dass auch sie es nicht auf ein kurzes Intermezzo angelegt hatte. Daher beschloss Caro, die Grübelei vorerst sein zu lassen und die kommenden Tage zu genießen. Sie ging wieder ins Schlafzimmer, wo ihre Klamotten um das Bett herum verteilt lagen. Sie sammelte ihre Kleidung auf und zog sich an. Während sie gerade ihre Jeans zuknöpfte, vernahm sie das rhythmische Brummen ihres Handys, das sich auf Liz' Nachttisch befand. Sie hatte keine Idee, wer sie um diese Uhrzeit anrufen sollte. Andererseits war es in Deutschland ja bereits Nachmittag. Als sie auf ihr Display sah, hielt sie kurz die Luft an. Nadja. Caro hatte insgeheim schon die ganze Zeit damit gerechnet, dass sie sich melden würde. Und nun war ihre Befürchtung eingetreten. Sie könnte den Anruf ignorieren, warten, bis das Telefonat abbricht. Aber vermutlich würde Nadja es wieder probieren, zu einem ungünstigen Zeitpunkt. Im Augenblick war Caro ungestört. Sie biss unwirsch die Zähne aufeinander, zögerte noch, griff aber schließlich zu ihrem Handy und nahm ab. Doch sprach sie kein Wort.

„Caro? Bist du dran?“, erklang nun Nadjas verunsicherte Stimme.

„Bin ich“, antwortete Caro tonlos.

„Ich wollte...ich wollte wissen, wie es dir geht?“, fragte Nadja zögerlich.

Caro ging es bis eben wunderbar. In ihrem Bauch tanzten seit heute Morgen Schmetterlinge und Caro tanzte mit ihnen. Seit langem hatte sie wieder das Gefühl, vom Glück beschenkt zu werden, den Lohn für ihren Mut, Liz nach New York gefolgt zu sein, einstreichen zu können. Doch an diesem Glück wollte sie Nadja keinesfalls teilhaben lassen. Sie hatte das nicht verdient. Sie war der trübe Fleck auf Caros rosaroter Brille, den sie bis eben prima ignorieren konnte. Doch jetzt war er in ihr Sichtfeld gerückt, genau mittenrein. Der einzige Grund, warum sich Caro um einen gemäßigten Ton bemühen wollte, war Tamara. Deshalb holte Caro vor ihrer Antwort noch einmal tief Luft und sammelte sich einen Moment.

„Mir geht es gut“, brachte sie schließlich über die Lippen.

„Das freut mich zu hören. Mir leider nicht so gut“, Caro hatte nicht nach ihrem Befinden gefragt, doch nun hatte Nadja ihr diese Information aufgedrängt und sie fühlte sich gezwungen, darauf zu reagieren.

„Das kann ich verstehen. Ich hoffe, es war es wert“, antwortete Caro traurig. Nadja konnte beim besten Willen kein Mitleid von Caro erwarten.

„Das war es sicher nicht. Es war alles ein dummer Fehler. Ich habe mit Alexander geklärt, dass...“, Caro ließ Nadja ihren letzten Satz nicht zu Ende sprechen.

„Nadja, nimm es mir nicht übel. Ich will das nicht wissen. Verstehst du? Ich will gerade meine Ruhe von alledem. Wenn du dir von mir irgendwas erhoffst, dann geht das nur, indem du mir Zeit lässt. Ich bin gerade mit meinem neuen Leben beschäftigt und da habe ich für diese Dinge keine Zeit", Caro stoppte nach dem letzten Satz, denn sie befürchtete, sonst zu viel von sich preiszugeben.

„Ist gut", Nadjas Stimme klang schwach und belegt.

Vielleicht war es nicht fair, Nadja in dem Glauben zu lassen, dass sich Caro gerade in einem Loch vergrub und Trübsal blies. Andererseits hatte Caro das ja auch gar nicht behauptet. Sie hatte lediglich verschwiegen, dass sie mit Liz gerade die aufregendsten Stunden ihres Lebens verbrachte, dass sie Alexander bereits weit hinter sich gelassen hatte und froh war, ihn gerade nicht sehen zu müssen. Es war für Nadja ein unglücklicher Umstand, sich nicht noch diese eine Nacht von Alexander ferngehalten zu haben. Vorausgesetzt es stimmte, dass vorher nichts zwischen ihnen gelaufen war. Doch so war es nun mal, dieses hinterhältige Schicksal, das zuvor über Monate mit Caro seine Spielchen gespielt hatte. Offenbar hatte es sich jetzt mit Nadja sein nächstes Opfer erwählt.

„Ich habe Tamara versprochen, mich auf ein Gespräch mit dir einzulassen, sobald ich wieder in D...", im letzten Moment stockte Caro, beinahe hätte sie ihr Geheimnis ausgeplaudert.

„Sobald ich wieder in der Lage bin", vervollständigte sie ihren Satz, in der Hoffnung, sich mit diesem kleinen Ausrutscher nicht verraten zu haben.

„Einverstanden", plötzlich klang Nadja wieder optimistischer, „Ich werde mich nachher mit Tamara treffen. Sie sagte, sie besteht darauf, dass sie zu mir kommt. Du musst dir also keine Sorgen machen."

Tamara hielt also nach wie vor Wort und ließ ihr Umfeld glauben, dass Caro bei ihr untergekommen sei. Caro tat diese Situation weiterhin leid, wollte sie ihr doch keinen Maulkorb verpassen oder gar zum Lügen anstiften. Würde Nadja jedoch Caros wahren Aufenthaltsort erfahren, könnte sie schnell eins und eins zusammenzählen. Danach erführe Alexander davon und schon hätte Caro das nächste

Familiendrama ausgelöst. Vermutlich würde das ohnehin passieren, aber vielleicht wäre es klüger, die Katze erst in Deutschland aus dem Sack zu lassen. Zumal noch völlig unklar war, was das nun zwischen Liz und ihr war. Und um sich genau diesem Druck nicht aussetzen zu müssen, sollte Liz' Familie vorerst nichts erfahren.

„Alles klar“, erwiderte Caro deshalb, „Dann mach‘s gut.“

„Du auch“, nun legten beide auf.

18. KAPITEL

Ein wenig hatte dieses Telefonat Caros Stimmung nun doch getrübt. Deshalb hoffte sie, vor ihrer geplanten Einkaufstour bei Liz noch ein aufmunterndes Küsschen abholen zu können. Als sie die Treppe zum Laden herunterkam, entdeckte sie Liz im Aufenthaltsraum, wo sie sich gerade mit Lisa unterhielt.

„Hey, störe ich gerade?", Caro lugte durch die halb geöffnete Tür.

„Nein, überhaupt nicht. Komm rein", strahlte Liz, die sich augenscheinlich über Caros kurze Stippvisite freute.

„Oh, hallo Caro. Ich habe die Türklingel gar nicht gehört", Lisa spähte nachdenklich an Caro vorbei zur Eingangstür. Liz und Caro mussten unweigerlich grinsen und blickten sich heimlich an. Erst als Lisa ihre Aufmerksamkeit wieder auf die beiden Frauen richtete und sie nun abwechselnd musterte, fiel der Groschen.

„Aha", jubelte sie triumphierend, „Daher auch die außerordentlich gute Laune."

Wieder einmal überraschte es Caro, wie locker der Umgang zwischen Lisa und ihrer Chefin war. Liz ging mit solchen kleinen Sticheleien völlig entspannt um und bot somit auch keine Angriffsfläche. Trotzdem, oder vielleicht genau deshalb wurde sie von ihren Mitarbeitern sehr geschätzt, wie Caro in Berlin beobachten konnte.

„Und nun zack, zack. Der Kunde kommt gleich und es muss noch einiges vorbereitet werden. Du willst doch nicht, dass meine Laune gleich wieder schlechter wird, oder?", lachte Liz.

„Auf keinen Fall, Boss", scherzte Lisa zurück und verschwand sogleich aus dem Zimmer.

„Du hast sie doch nicht extra meinetwegen so schnell verscheucht, oder?", schmunzelte Caro. Liz antwortete nicht, sondern schob stattdessen die Tür des Aufenthaltsraum zu und zog nun Caro an sich heran. Noch ehe Caro hätte protestieren können, was ihr ohnehin mehr als fern lag, hatte Liz ihre weichen Lippen auf Caros gelegt. Hingebungsvoll tauschten ihre Münder Zärtlichkeiten aus, brachten ihren Puls wieder auf Trab, gaben sich dem Moment hin. Es klopfte. Schweren Herzens lösten sich die beiden Frauen voneinander.

„Ich vermute, der Kunde ist da", mutmaßte Liz. Caro nickte. Ihr Anliegen hatte Liz mehr als zufriedenstellend erfüllt, so dass sie nun in den Tag starten konnte.

„Ich bin jetzt erstmal eine Weile unterwegs. Du bist ja wahrscheinlich bis nachmittags beschäftigt, oder?", wollte sie noch wissen.

„Meinen letzten Termin habe ich um drei und vermutlich dauert der bis etwa sechs. Danach habe ich Zeit. Du denkst daran, dass wir morgen sehr früh losfahren?", erinnerte Liz sie an die Fahrt nach Chicago. Tatsächlich war ihr nicht bewusst, dass die Reise schon so bald losgehen würde. Um so dringender musste sie sich um ihre Wäsche kümmern. Sie steuerte zuerst das Hotel an, um dort ihre Habseligkeiten einzusammeln und auszuchecken. Anschließend verschaffte sie sich einen Überblick über die umliegenden Einkaufsmöglichkeiten. Sie suchte brauchbare Kleidung zu einem annehmbaren Preis. Schnell stellte sie fest, dass es an Läden dieser Art in einer Stadt wie New York wahrlich nicht mangelte. Sie entschied sich für einen Abstecher in einer Mall inmitten von Manhattan. Die knapp vierzig Geschäfte, die sich auf drei Etagen verteilten, sollten genug Auswahl bieten und Caro nicht die halbe Stadt ablaufen lassen müssen. Beinahe zu viel, erkannte Caro schon bald. Die Dimensionen amerikanischer Malls ließen sich mit den vergleichsweise überschaubaren europäischen Einkaufszentren kaum gegenüberstellen. Immerhin fand sie schnell einige hübsche Oberteile und griff bei diesen Sonderangeboten ordentlich zu. Auch zwei kurze Hosen und eine schicke Jeans wanderten in ihre Einkaufstüte. Nun stand noch ein pikanter Artikel auf ihrer Einkaufsliste. Sie benötigte dringend Unterwäsche. Schon lange hatte sie sich über die Wahl ihrer Unterwäsche keine besonderen

Gedanken gemacht. Zuhause hatte sie eine Auswahl an hübschen Dessous, trug aber überwiegend die bequemen, sportlichen Teile. Liz hielt es mit ihrer Unterwäsche, soweit Caro das beurteilen konnte, klassisch schlicht. Caro hatte in ihrem Schlafzimmer einen schnörkellosen, schwarzen BH liegen sehen. Und mehr brauchte dieser ohnehin reichverzierte Körper auch nicht. Und vorhin hatte Liz ein knappes Panty getragen, das ihren knackigen Po exzellent zur Geltung gebracht hatte. Caro setzte bei diesem Gedanken ein verschmitztes Lächeln auf, denn schon bald würde sie diesen Anblick wieder genießen können. Doch zuerst musste sich Caro um ihr eigenes Erscheinungsbild kümmern. Ihr Körper konnte durchaus etwas Spitze vertragen. Allerdings sollte sie laut einer Farbberatung, die sie im Rahmen ihrer Hochzeitsvorbereitungen in Anspruch genommen hatte, mit ihren blonden Haaren und der hellen Haut eher auf Pastelltöne setzen. Bislang hatte sie diesen Rat ignoriert, diesmal wollte sie sich die Worte der Beraterin jedoch zu Herzen nehmen. Sie entschied sich für ein rosafarbenes und ein hellblaues Unterwäscheset, beide formten ein schönes Dekolleté und sollten, so hoffte Caro, ihre Wirkung nicht verfehlen. Außerdem kaufte sie noch einige weniger aufreizende, aber bequeme Teile. Damit waren ihre Einkaufstüten ausreichend gefüllt und ihr Geldbeutel dagegen geleert. Doch diese Investition würde ihr weitere Tage mit Liz bescheren, also war sie jeden Cent wert.

Für den Hintereingang fehlte ihr der Schlüssel, deshalb betrat sie das Tattoo Studio erneut durch den Kundeneingang. Lisa verriet ihr, dass Liz gerade am Tätowieren war, weshalb sie sich auf direktem Wege in die nächste Etage begab. Es war kurz nach vier Uhr Nachmittag, Liz war also noch eine Weile beschäftigt. Caro wollte die Zeit nutzen, um ihre Wäsche zu waschen. Nachdem sie die Maschine gestartet hatte ging sie in die Küche, um sich ein Getränk aus dem Kühlschrank zu holen. Außerdem war es höchste Zeit, bei Tamara anzurufen.

Immerhin hatte sie ihr versprochen, sich bald wieder zu melden. Doch Tamara ging selbst nach längerem Klingeln nicht ran. Da fiel Caro ein, dass sie vermutlich gerade bei Nadja saß und es gerade ungünstig war. Daher schrieb Caro ihr eine Nachricht. Sie ließ sie wissen, dass sie sich die nächsten Tage vermutlich nicht melden könnte, dass es ihr aber gut gehe und, dass sie interessante Stunden mit Liz erlebt hatte. Letzteres versah sie mit einem zwinkernden Smiley. Jetzt, wo sie alles Nötige erledigt hatte, machte sich ihr hungriger Magen bemerkbar. Sie ging erneut an den Kühlschrank. Bis auf ihren Frühstückseinkauf befanden sich nur wenige Lebensmittel in Liz' Kühlschrank. Vermutlich aß sie meistens außer Haus, was für einen Single durchaus nachvollziehbar war. Caro überlegte. Vielleicht könnte sie Liz mit etwas Selbstgekochtem begeistern. Schon kam ihr auch eine Idee für das Abendessen. Frikadellen und Kartoffelsalat, etwas typisch Deutsches nach einem Familienrezept. Caro konnte Liz' kulinarische Vorlieben zwar noch nicht einschätzen, aber sie konnte sich vorstellen, dass sie mit einem Gericht aus der Heimat einen Treffer landen würde. Da bis zu Liz' Feierabend noch ein bisschen Zeit blieb, schnappte sich Caro ihre Tasche und eilte zum Supermarkt um die Ecke. Schnell hatte sie alle Zutaten beisammen und kehrte zurück zur Wohnung, wo sie sich in der Küche direkt an die Arbeit machte. Sie brauchte für diese Mahlzeit kein Rezept, denn sie hatte es bereits unzählige Male, auch gern zu Geburtstagen, zubereitet. Als die ersten Frikadellen in der Pfanne brutzelten und ihre würzigen Röstaromen in der Wohnung verströmten, vernahm Caro lauter werdende Schritte von der Flurtreppe.

„Oh, was duftet hier denn so köstlich?“, Carla tauchte im Türrahmen der Küche auf, „Ich bin es gar nicht gewohnt, dass sich hier, außer mir, jemand am Herd zu schaffen macht.“

„Ja, ich dachte, wenn ich doch ohnehin Zeit habe, könnte ich mich um das Abendessen kümmern“, erklärte Caro.

„Eine wunderbare Idee. Kann ich dir denn zur Hand gehen?“, bot Carla an. Caro nickte und überließ ihr das Schälen der gekochten Kartoffeln. Caro mochte Carla. Sie war ein herzensguter, fröhlicher Mensch und sie war Caro sofort mit offenen Armen begegnet. Mittlerweile fand es Caro absurd, dass ausgerechnet sie diejenige war, auf die sie über die letzten Monate einen Groll gehegt hatte.

„Bleibst du eigentlich heute über Nacht?“, wollte Carla wissen. Caro war froh, Carla gerade ihren Rücken zuzuwenden, denn diese Frage zwang sie zu einem verräterischen und vermutlich dämlichen Grinsen.

„Mhmhm“, murmelte sie deshalb nur zu Bestätigung.

„Na endlich“, seufzte Carla erleichtert, was Caros sich dann doch interessiert herumfahren ließ.

„Wie meinst du das?“, fand Caro.

„Ach, ich freue mich einfach für Liz, für euch. Es ist schon lange her, dass ich Liz so strahlen gesehen habe. Und sie spricht eigentlich auch nicht besonders viel über Frauen, aber von dir hat sie erzählt. Da wusste ich, du bist was Besonderes“, Carla besah Caro mit einem warmherzigen Blick.

„Darfst du mir das überhaupt erzählen?“, grinste Caro, die Carla damit an die Vereinbarung des Schweigens erinnern wollte.

„Nun ja“, räusperte sich Carla, „Da ich davon ausgehe, dass ihr inzwischen miteinander gesprochen habt und ich mich somit nicht mehr wesentlich einmischen kann, ist das wohl in Ordnung.“

„Na ja“, hüstelte nun Caro und fügte zögernd hinzu, „Geredet haben wir jetzt nicht unbedingt.“

„Nein?“, fragte Carla verwundert und lachte dann, „Na klar, ihr hattet besseres zu tun. Aber mein Gefühl sagt mir, dass ihr in dieselbe Richtung blickt.“

Carla schien sich ihrer Meinung ziemlich sicher zu sein und Caro musste zugeben, dass sie ihre Zuversicht beruhigte. Trotzdem wollte sie das zarte, gerade erst aufgekeimte Pflänzchen zwischen Liz und ihr nicht überstrapazieren. Denn trotz aller Vertrautheit, die sie Liz gegenüber bereits empfand, wussten die beiden Frauen noch wenig voneinander. Umso mehr freute sich Caro auf die kommenden Tage, bei denen sie genug Zeit hatten, sich weiter kennenzulernen.

„Wow, was riecht denn hier so toll?“, hörten sie jetzt Liz rufen, „Bin ich hier wirklich in meiner eigenen Wohnung?“

„Wir sind gerade fertig geworden“, antwortete Caro, die soeben die letzten Frikadellen auf den Servierteller legte. Liz ließ es sich nicht nehmen, Caro gebührend mit einem Küsschen zu begrüßen.

„Meine Güte, da geht man kurz ein paar Stunden aus dem Haus und schon findet man hier ein altes Ehepaar vor“, machte sich Carla über den Anblick der beiden lustig.

„Etwa neidisch?“, konterte Liz und legte demonstrativ den Arm um Caro.

„Wäre ich der Frauenwelt zugetan, wäre ich ganz gewiss neidisch. Schaut euch an, ihr seid beide sowas von hübsch“, Carla machte eine präsentierende Handbewegung. Caro war die Aufmerksamkeit nun doch etwas zu viel. Mit erröteten Wangen nahm sie die Frikadellen und den Kartoffelsalat, stellte beides auf den Tisch und nahm auf einem der Stühle Platz. Liz dagegen fand die Situation amüsant. Sie wählte den Stuhl neben Caro, beugte sich zu ihr rüber und flüsterte: „Du bist sogar sehr hübsch.“

„Ok, ich korrigiere mich. Ihr seid kein altes Ehepaar. Ihr benehmt euch wie zwei verliebte Teenager“, rollte Carla gespielt mit den Augen.

Die drei ließen sich das Essen schmecken. Besonders Carla war von der deutschen Küche begeistert. Caro versprach ihr, das Rezept für sie aufzuschreiben.

„Kochst du eigentlich auch gern?“, wollte Caro von Liz wissen.

„Meine Küche spricht nicht gerade dafür, oder?“, lachte Liz, ergänzte aber dann, „Für mich allein lohnt sich der Aufwand nicht. Aber eigentlich macht mir kochen durchaus Spaß.“

„Ihre Spaghetti Bolognese sind legendär. Bloß kann ich sie selten zum Kochen überreden“, schimpfte Carla.

„Ich würde es dir ja glatt für morgen versprechen, doch dummerweise sind wir dann schon auf dem Weg nach Chicago“, grinste Liz gehässig.

„Ich reise doch morgen selbst wieder ab. Hatte ich das nicht erwähnt? Ich konnte das Interview mit dem Leiter vom Museum of Modern Art bereits auf heute vorverlegen. Ich habe also schon alles im Kasten“, Caro horchte bei Carlas Erzählung auf.

„Echt? Du schreibst einen Bericht über das Museum? Worum geht es da?“, fragte Caro interessiert.

„Das Museum feiert demnächst sein neunzigjähriges Bestehen und in meinem Artikel geht es um die Geschichte des Museums und darum, wie sich die Wahrnehmung moderner Kunst in den vergangenen Jahrzehnten verändert hat“, erklärte Carla.

„Das ist total interessant. Meine letzte Hausarbeit handelte über die moderne Kunst der siebziger Jahre. Es ist eigentlich eine Schande, dass ich mir das Museum noch nicht angesehen habe“, fand Caro.

„Das lässt sich ja alles nachholen. Ich bin Mitte nächster Woche nochmal für einen Abend hier. Ich wurde zu der Eröffnungsveranstaltung der kommenden Sonderausstellung eingeladen. Kommt doch einfach mit“, schlug Carla vor.

„Wow, wenn das denn geht?“, Caro war zuerst ganz begeistert, dann aber sah sie Liz fragend an, „Also natürlich nur, wenn ich so lange bleiben darf.“

Liz' leuchtende Augen verrieten schnell, dass sie von dieser Idee nicht überzeugt werden musste: „Du kannst bleiben, solange du willst. Und ich würde gerne mit dir dorthin gehen.“

Die drei Frauen plauderten noch eine Weile, bis Liz darauf hinwies, dass die Fahrt nach Chicago bereits um fünf Uhr morgens beginnen sollte. Carla bot daher an, sich um den Abwasch zu kümmern, während die beiden anderen sich ans Kofferpacken machten. Anschließend trafen sich alle wieder im Wohnzimmer, um sich von Carla zu verabschieden.

„Habt viel Spaß auf dem Festival. Wir werden uns ja dann erst nächste Woche wiedersehen", Carla nahm zuerst Liz und dann Caro in den Arm.

„Und du grüße Robert von mir. Und hab morgen einen guten Heimflug", erwiderte Liz.

„Ja, komm gut nachhause. Das Rezept gebe ich dir dann nächste Woche, ok?", Carla nickte bei Caros Vorschlag. Anschließend begleitete Caro Liz ins Bad, wo sie sich ihre Zahnbürsten schnappten, um sich zum Schlafen fertig zu machen.

„Ich glaube, ich werde jetzt noch schnell duschen. Dann sparen wir morgen früh Zeit", überlegte Liz, nachdem sie sich den Mund ausgespült hatte.

Caro grinste: „Allein?" Auch sie hatte ihre Zahnbürste zur Seite gelegt und verkürzte nun die Distanz zu Liz. Diese wandte sich sofort Caro zu, legte ihre Hände um Caros Hüften, um auch die letzten Zentimeter Raum zwischen ihnen verschwinden zu lassen.

„Du willst also auch duschen?", flüsterte sie, „Dann müssen wir dich aber dringend von deinen Klamotten befreien."

Sie schob Caros T-Shirt hoch und streifte es ihr über den Kopf. Caro tat es ihr mit ihrem T-Shirt gleich, so dass sie sich nun in ihren BHs gegenübersahen. Auch von ihnen befreiten sie sich schnell, ließen sie achtlos neben sich zu Boden gleiten. Jetzt zog Liz Caros Kopf zu sich und bedachte ihre Lippen mit einem zärtlichen Kuss. Ihre Oberkörper waren jetzt so dicht aneinander, dass sich ihre Brüste berührten. Caro konnte ein tiefes Seufzen kaum unterdrücken, obwohl ihr bewusst war, dass sich die Badezimmertür unmittelbar neben dem Sofa vom Wohnzimmer befand. Liz, die nicht von Caro abließ, griff mit einer Hand zum Duschhebel und drehte das Wasser auf.

Das würde die verräterischen Geräusche fürs Erste übertönen. Eilig entledigten sie sich noch ihrer Hosen und traten nun gemeinsam unter die Dusche. Das heiße Wasser benetzte ihre Haut, so dass dieses empfindsame Organ ihre Berührungen noch intensiver spürte. Sie streichelten sich über den Rücken und über den Po, mal zärtlich und dann wieder fester. Währenddessen bedeckte Liz Caros Hals mit leidenschaftlichen Küssen und löste in Caro diesen herrlichen, betörenden Schwindel aus, auf den sie sich bereits den ganzen Tag gefreut hatte. Auch Caros Hände wurden allmählich mutiger. Nachdem ihre Fingerspitzen Liz Pobacken abgefahren und damit bei Liz ein genussvolles Brummen ausgelöst hatten, wollte sie nun ihre Vorderseite näher inspizieren. Caros rechte Hand wanderte an Liz' Taille entlang, machte einen Bogen über Liz' Bauch und tastete sich nun langsam zu ihrer Scham herunter. Sie spürte die kurzen Härchen, die Liz zu einem schmalen Streifen zurechtgestutzt hatte. Caro wurde plötzlich ganz heiß, sie spürte ihr Herz bis zum Hals pochen. Zentimeter für Zentimeter wagten sich ihre Fingerspitzen weiter vor und betraten neugierig unbekanntes Terrain. Jetzt tauchten ihre Finger ein in die Spalte, die Liz' empfindsamste Stelle in sich verbarg und die das Ziel von Caros aufregenden Erkundungstour werden sollte. Als sie nun Liz' feste Erhebung berührte, erregte das Caro derart intensiv, dass sie das Gefühl hatte, selbst soeben an dieser Stelle berührt zu werden. Als nun noch Liz lustvoll die Luft einsog, durchzog eine weitere erregende Woge Caros Körper. Caro musste befürchten, dass sie, selbst ohne Liz' Zutun, noch vor ihr das Ziel erreichen könnte, so wurde sie von Liz' Körper angemacht. Doch sie wollte es riskieren, wollte Liz an ihr Ziel treiben, ihre Lust zur Explosion bringen. Ihre Finger glitten über Liz' Klitoris, bewegten sich kreisförmig im stetigen Rhythmus. Als Liz ihre Hüfte immer fester gegen Caros Hand drückte, wusste Caro, dass ihr Höhepunkt jeden Moment bevorstand. Mit einem unterdrückten Stöhnen und einem kräftigen Zucken klammerte sich Liz um Caro, hielt sich an ihr fest, weil ihre Beine drohten nachzugeben. Doch Caro hatte sie mit ihren Armen fest umschlossen und ließen Liz sich ihren lustvollen Nachwehen hingeben.

„Du bist unglaublich“, Liz rang noch immer nach Luft, ließ es sich aber dennoch nicht nehmen, Caro ein Küsschen zu schenken.

„Lass uns schnell ins Bett gehen, ich will mich an dich ran kuscheln“, hauchte Caro ihr ins Ohr. Sie wickelten sich Handtücher um ihre Körper und schlichen schnell, aber möglichst geräuschlos durchs Wohnzimmer, in dem das Licht bereits gelöscht war. Caro glaubte, kurz vor dem Schließen der Schlafzimmertür noch ein leises Kichern aus Richtung des Sofas wahrgenommen zu haben. Sie musste schmunzeln. Ein bisschen fühlte sie sich wirklich wie ein verliebter Teenager. Liz und Caro legten ihre Handtücher ab und schlüpften unter die gemeinsame Bettdecke. Sofort rollte sich Caro an Liz heran, die ihr ihren Arm angeboten hatte. Ihr Kopf ruhte nun auf Liz‘ Schulter. Sie fuhr mit ihrem Finger die Bilder auf Liz‘ Haut ab, die durch das Straßenlicht, das durch das Schlafzimmerfenster drang, noch schwach zu erkennen waren. Besonders das Motiv über Liz linker Brust, dass ihr Rose vorhergesagt hatte, zeichnete sie immer wieder mit dem Zeigefinger nach. Es war schon verrückt, dass Rose am Ende Recht behalten hatte. Caro hatte nie an sowas wie Wahrsagerei geglaubt, doch ganz offensichtlich lag sie damit falsch. Irgendwann wollte sie Liz davon erzählen. Ihr sagen, wie früh das Schicksal bereits wusste, dass sie und Liz auf diese Weise zusammenfinden würden. Vielleicht sogar füreinander bestimmt waren. Doch jetzt war sie zu müde und auch Liz atmete bereits ruhig und regelmäßig. Caro legte ihre Hand auf Liz Bauch ab, schloss die Augen und genoss es, ihren warmen Körper während des Einschlafens zu spüren.

19. KAPITEL

Der Wecker riss die beiden Frauen unsanft aus ihrem Schlaf. Nachdem Caro ihre Augen überreden konnte, sich zumindest einen Spalt breit zu öffnen, las sie die Ziffern auf der digitalen Anzeige des Weckers. Vier Uhr fünfzehn. Sie stöhnte, schloss ihre Augen wieder und drehte sich rum. Liz beendete das laute Dröhnen des Weckers und wandte sich nun Caro zu.

„Caro?“, flüsterte Liz ihr ins Ohr, doch Caro ignorierte sie, „Caro, wir müssen aufstehen.“

Sie fühlte, wie Liz ihr sanft über die Wangen strich. Doch sie wollte noch nicht aufstehen und kniff demonstrativ die Augen aufeinander.

„Na gut, dann müssen eben andere Maßnahmen her“, Caro konnte Liz freches Grinsen geradezu hören. Vorsichtig griff Liz nach ihrer Schulter und zog sie an sich heran, so dass Caro nun wieder auf dem Rücken lag. Dann spürte sie, wie Liz die Decke anhob und sich darunter bewegte. Caro brauchte einen Moment, doch dann begriff sie, dass Liz soeben vollständig unter der Decke verschwunden war. Caros leise Vorahnung von dem, was sie gleich zu erwarten hatte, ließ ihren Puls beschleunigen. Liz begann, die Innenseiten von Caros Oberschenkel zu streicheln und mit Küssen zu bedecken. Mit sanftem Druck bat sie Caro schließlich darum, zwischen ihren Beinen Platz zu schaffen. Caro widersetzte sich nicht, öffnete sich bereitwillig. Ihre aufgeregte Vorfreude ließ sie bereits ungeduldig werden, ließ sie ihr Becken Liz entgegenschieben. Doch noch hielt Liz inne, ließ sie zappeln, übersprang während ihrer Küsse eine entscheidende Stelle bewusst. Caro hielt es kaum noch aus. Schließlich legte sie ihre Hände auf Liz' Hinterkopf und dirigierte ihren Mund an jenen Ort, der bereits sehnlichst auf Liz' Liebkosungen wartete. Als Liz Lippen eintauchten, als ihre Zunge mit ihren Kunststücken begann, durchzog Caros Körper unmittelbar ein tobendes Inferno. Sie keuchte und stöhnte und hatte keine Ahnung, wie laut sie sich ihren Gefühlen hingab. Aber das war ihr egal. Sie hätte daran ohnehin nichts ändern können, zu sehr war sie Liz bereits verfallen. Sie ließ es geschehen, spürte den gewaltigen Höhepunkt auf sich zukommen. Sie genoss ihn, ließ ihn in sich ausbreiten, übergab ihm die Kontrolle über ihre zuckenden Muskeln. Dann ließ er allmählich wieder von ihr ab und ließ ihren erschöpften Körper in sich zusammensacken. Liz war inzwischen wieder unter der Decke aufgetaucht, hatte sich neben Caro gelegt und sie an sich herangezogen.

„Hui, das war mal...schnell“, grinste Liz, nachdem sie Caro wieder zu Atem hatte kommen lassen, „Und wahnsinnig schön.“

„Oh ja“, erwiderte Caro mit einem seligen Lächeln auf den Lippen. Ihr Blick fiel auf den Wecker, der eben über das abrupte Ende der Nacht entschieden hatte. Die Digitalanzeige zeigte vier Uhr zweiundzwanzig. Caro hob ungläubig die Augenbrauen.

„Sieben Minuten? Das Ganze hat nur sieben Minuten gedauert?“, sie konnte es kaum fassen.

„Ich sage doch, es ging schnell“, lachte Liz, „Ich habe kaum etwas machen müssen.“

„Wow, also normalerweise gehöre ich nicht gerade zu den Schnellen“, gab Caro zu und löste bei Liz ein verschmitztes Grinsen aus.

„Soll ich das also als Kompliment werten?“, wollte Liz wissen.

„Ja, kannst du“, Caro gab ihr ein bestätigendes Küsschen auf den Mund, „Und glaube mir, meine Erwartungen an dich waren bereits hoch.“

„Tatsächlich?“, Liz sah sie erstaunt an.

„Na ja, dass du gut mit deiner Zunge umgehen kannst, hattest du ja bereits unter Beweis gestellt“, erwiderte Caro und dachte an ihre unzähligen Küsse.

„Wenn du daraus deine Rückschlüsse ziehst, dann muss ich meine Erwartung an dich wohl auch ziemlich hoch ansetzen", grinste Liz schelmisch.

Caro wollte etwas Freches erwidern, doch hielt sie plötzlich inne. Tatsächlich hatte Liz da ein Thema angesprochen, bei dem es Caro an jeglichem Selbstbewusstsein mangelte. Sie fand die Vorstellung, Liz mit ihrer Zunge zu beglücken überaus reizvoll. Dennoch spürte sie gleichzeitig eine große Unsicherheit, denn hier war sie an einem Punkt, der ihr gänzlich neu und fremd war. Und nun hatte Liz zusätzlich den Druck erhöht, indem sie ihre hohe Erwartung an Caro verkündet hatte.

„Süße, weißt du, wie entsetzt du mich gerade ansiehst?", Liz blickte sie schuldbewusst an. Tatsächlich war sich Caro ihres Gesichtsausdrucks nicht bewusst, zu sehr war sie in ihren Gedanken vertieft.

„Ich habe das gerade nicht ernst gemeint. Das einzige, was ich erwarte ist, dass du dich wohl fühlst und wir nur das machen, was uns beiden Freude bringt. Ok?", versuchte Liz sie zu beruhigen.

Caro nickte: „Danke. Es ist halt so, ich habe sowas noch nie..."

„Das dachte ich mir. Und ich will diese Leichtigkeit, die wir bislang hatten, nicht mit irgendeiner Erwartung zerstören. Lass uns einfach so unbeschwert und ohne Druck weitermachen wie bislang, einverstanden?", Liz drückte Caro an sich heran. Ihre Worte hatten bei Caro genau den richtigen Nerv getroffen und ihre Befürchtungen, zumindest vorerst, beiseite geschoben.

Pünktlich um fünf hatten sich Timo und Mike, sowie Lisa, Liz und Caro vor Caros Van eingefunden. Schnell verluden sie ihr Reisegepäck. Die Ausrüstung, die sie für ihre Arbeit während des Festivals benötigten, hatten sie bereits am Vortag eingeladen.

„Warum hab ich mich bloß auf diese gottverdammte Uhrzeit eingelassen?", jammerte Mike, dessen Gesicht noch etwas verknautscht wirkte.

„Hier, trink einen Kaffee", Lisa hielt ihm einen

dampfenden Becher entgegen, „Wollt ihr anderen auch einen? Ich habe drei Thermoskannen mit dem Zeug. Das sollte für die Fahrt reichen.“

Nachdem Lisa alle mit Kaffee versorgt hatte, ging die Fahrt los. Erst jetzt wurde Caro bewusst, wie weit Chicago von New York entfernt war. Selbst ohne einen Zwischenstopp wären sie knapp zwölf Stunden unterwegs. Sie wechselten sich mit dem Fahren ab, machten nur kurze Pinkelpausen, so dass sie am frühen Abend schließlich die Stadt erreichten. Liz hatte, wie versprochen, eine weitere Person bei dem Veranstalter angekündigt und dafür gesorgt, dass auch Caro ein VIP-Ticket ausgestellt wurde. Die Tickets lagen in ihrem Hotel bereit, also steuerten sie zuerst die Unterkunft an. Je weiter sie sich ihrer Zieladresse näherten, desto mehr Menschen drängten sich durch die Straßen.

„Das Hotel liegt direkt gegenüber vom Grant Park“, merkte Mike an, nachdem sie sich über die Massen an Menschen gewundert hatten.

„Prima, dann können wir ja später zu Fuß zum Festival gehen“, schlug Liz vor. Da sie ihre Arbeit erst Morgen anbieten sollten, benötigten sie ihre Arbeitsutensilien noch nicht, sondern waren am heutigen Tag einfache Besucher. Das Hotel war nobler, als es Caro vermutet hatte. Sie verband Festivalbesuche eher mit Zelt, Schlafsack und eingeschränkten Hygienemöglichkeiten. Doch natürlich hatte sie keine Einwände, sich nach einem langen Festivaltag in ein gemütliches Bett zu kuscheln. Liz und Caro teilten sich ein Zimmer, was Liz offenbar ebenfalls im Vorfeld bereits organisiert hatte. Man hatte ihnen ein Zimmer im vierzehnten Stock mit Sicht auf den Lake Michigan und den Grant Park zugeteilt. Erst als Caro im Zimmer stand und einen Blick aus dem Fenster warf, wurde ihr bewusst, wie exklusiv ihre Unterkunft war. Natürlich verfügte das Hotel über eine elegante Einrichtung, immerhin handelte es sich um ein Luxushotel. Aber die Aussicht war für Caro eindeutig das i-Tüpfelchen.

„Schau dir diesen Ausblick an“, rief sie Liz zu sich. Sogleich kam sie zu Caro, nahm sie von hinten in den Arm und blickte über ihre Schulter hinweg nach draußen. Das Festival war bereits in vollem Gange. Die Sonne stand tief, so dass die beeindruckende Lichtshow der Bühne sogar aus der Ferne erkennbar war.

„Das ist wirklich beeindruckend“, stimmte Liz ihr zu.

„Warst du schon mal hier?“, wollte Caro wissen.

„Nein“, Liz schüttelte den Kopf, „Bislang war ich immer nur auf kleineren Festivals. Wir sollten auch bald mal los, sonst werde ich müde.“

Sie trafen sich mit den anderen am Empfang des Hotels und marschierten von dort gemeinsam Richtung Festgelände. Die Musik wurde mit jedem Meter lauter, die Menschenmenge größer und die Gruppe war froh, mit ihren exklusiven Pässen durch einen separaten Eingang eintreten zu können. Bevor sie allerdings die Bands genießen konnten, wollte Liz sich mit einem der Organisatoren treffen, um einige Fragen zum morgigen Ablauf zu klären. Caro und die anderen holten sich derweil Essen und Getränke, die mit ihren Pässen ebenfalls kostenfrei waren. Sie suchten sich ein ungestörtes Eckchen abseits des Gedränges, wo sie sich auf den Rasen setzen und in Ruhe ihr Essen genießen konnten. Auch Liz tauchte nach einer Weile auf und berichtete von dem bevorstehenden Tag. Danach genossen sie die Musik und die Show. Da es jedoch ein langer Tag war und sie morgen nicht völlig übermüdet ans Werk gehen wollten, traten sie noch vor dem letzten Auftritt den Rückweg an. Müde streiften Liz und Caro ihre Klamotten ab, um sich nun endlich aufs Bett fallen zu lassen. Sie hatten gerade noch so viel Energie, um sich einen Gute-Nacht-Kuss zu geben, sich anschließend aneinander zu rollen und unmittelbar darauf einzuschlafen.

Der Wecker klingelte diesmal erst um acht Uhr. Sie hatten beinahe neun Stunden durchgeschlafen und Caro fühlte sich wieder einigermaßen regeneriert. Auch Liz hatte ihre Akkus wieder aufgeladen und begrüßte Caro mit einem stürmischen Kuss.

„Wenn du dich nicht etwas zurückhältst, lasse ich dich gleich nicht mehr aus dem Bett", warnte Caro sie.

„Ach, wieso? Du brauchst doch nicht lange, wie wir jetzt wissen", feixte Liz, woraufhin sie einen finsteren Blick erntete, der sich bei ihrem nächsten Kuss bereits wieder in Luft aufgelöst hatte. Sie tauschten noch einige Zärtlichkeiten aus, bevor ihre Vernunft entschied, alles Weitere auf den Abend zu verschieben. Nachdem sie sich fertig gemacht hatten, trafen sie sich mit dem Rest zum Frühstück im Speisesaal. Danach fuhren sie mit dem Van zum Hintereingang des Festivalgeländes, um von dort ihr mobiles Tätowier-Studio zu dem vorgesehen Zelt zu bringen. Caro half ihnen dabei, denn etwas anderes gab es im Moment für sie ohnehin nicht zu tun. Nachdem der Van leer war, entschied Caro, sich erstmal auf dem Festivalgelände umzusehen. Bei dem Aufbau der Geräte hätte sie sowieso nur gestört. Das Wetter war traumhaft schön, der Himmel war wolkenlos und die Temperaturen noch angenehm mild. Da die ersten Bands erst gegen Mittag spielen würden, wollte sie die Zeit für ein Telefonat mit Tamara nutzen. Jetzt war es in Deutschland etwa kurz nach vier Uhr nachmittags, vielleicht hatte Tamara ja bereits Feierabend.

„Ah, da bist du ja", Tamara hatte bereits nach dem ersten Klingelzeichen abgehoben, „Erzähl. Was gibt es Neues?"

„Oh gut, du hast Zeit. Ich hatte schon befürchtet, dass du noch arbeitest", erwiderte Caro erleichtert.

„Im Moment steht wenig an, deshalb bin ich gerade ziemlich pünktlich im Feierabend. Aber nun erzähl mal lieber von dir. Deine Andeutung in der letzten Nachricht hat mich neugierig gemacht", drängelte Tamara.

„Ja, also...", Caro sah sich verstohlen um, um sicherzustellen, keine Zuhörer zu haben, „Ich...ich habe mit Liz geschlafen."

„Wahrhaftig?", schmunzelte Tamara, als hätte sie diese

Antwort bereits erwartet, „Und darf ich dazu Fragen stellen, oder lieber nicht?"

„Du darfst", stimmte Caro zu.

„War es anders...als, ich meine...war es gut?", fragte Tamara unbeholfen.

„Es war großartig und es war anders", grinste Caro, „Und wenn ich ehrlich bin, dann möchte ich darauf auch nicht mehr verzichten."

„Heißt das, ihr seid jetzt ein Paar?", schlussfolgerte Tamara.

„Na ja, ausgesprochen haben wir es noch nicht. Aber...es fühlt sich irgendwie ein bisschen danach an", musste Caro zugeben. Sich dessen klar bewusst zu werden, machte die unausgesprochene Tatsache wieder ein Stück realer und ließ Caros Herz einen erfreuten Hüpfer vollführen.

„Wow. Wer hätte das gedacht? Dabei hatte ich dich schon unter der Haube gesehen, mit drei Kindern und einem Hund. In einem Einfamilienhaus am Stadtrand", lachte Tamara, „Stattdessen erfindest du dich und dein Leben nochmal komplett neu."

Machte sie das? War Caro jetzt ein anderer Mensch? Sie fühlte sich gar nicht so. Natürlich war es anders mit einer Frau, aber so anders eben auch nicht. Und Caro war außerdem nicht der Meinung, dass sie durch Liz alle ihre Wünsche und Vorstellungen für die Zukunft über den Haufen werfen müsste. Ok, das mit dem Einfamilienhaus am Stadtrand könnte mit Liz schwierig werden. Caro war sich sicher, dass sie ihr Leben in der Stadt liebte und sie war auch nicht der Typ für dörfliche Vorstadtidylle. Aber ob Liz je heiraten oder Kinder haben wollte, das wusste Caro nicht. Für diese Themen war es auch deutlich zu früh. Vorher gab es da ganz andere Dinge zu klären.

„Ich will mir gerade gar nicht so viele Gedanken über morgen machen. Wie mein Leben in ein paar Jahren aussehen wird, das werden wir sehen. Gerade genieße ich das alles hier in vollen Zügen", schwärmte Caro.

„Das sollst du auch. Vergiss trotzdem nicht, dass dich

auch noch ein Leben hier in Deutschland erwartet. Ich weiß, du würdest am liebsten gleich in Amerika bleiben, aber leider wird das nicht gehen", seufzte Tamara und fügte maulend hinzu, „Und danke, dass du mich klingen lässt, wie meine eigene Mutter."

„Stimmt, du klingst wirklich nach ihr", kicherte Caro und ahmte nun die Stimme ihrer Mutter nach, „Kind, hab nicht so viele Flausen im Kopf. Du willst doch später mal ein anständiges Leben haben."

„Ah, hör auf damit. Du kannst ihre Stimme so gut nachmachen, ich bekomme sofort eine Gänsehaut", quiekte Tamara entsetzt, „Aber im Ernst, wie lange wirst du noch dort bleiben? Mir gehen hier bald die Ausreden aus. Nadja ahnt bereits, dass ich ihr nicht die ganze Wahrheit über dich sage."

„Wieso? Was hat sie gesagt?", fragte Caro.

„Nichts Konkretes. Sie hatte erwähnt, dass sie dich angerufen hat. Und sie fand, dass du am Telefon komisch geklungen hast. So weit weg", erinnerte sich Tamara, „Ich bin nicht darauf eingegangen, weil ich befürchtete, irgendwas zu verraten."

„Verstehe. Danke dafür. Ich schreibe ihr nochmal, dass sie dich nicht aushorchen soll, ok?", schlug Caro vor.

„Nein. Das ist erstmal nicht nötig. Sie fliegt am Montag wieder nach London und dieses Wochenende fährt sie mit ihrer Schwester und den Kindern weg", erwiderte Tamara.

„Ah, gut. Demnach hat sie ihren Job auch nicht hirnlos an den Nagel gehängt, immerhin", merkte Caro an.

„Nein, hat sie nicht. Wobei ich mir sicher bin, dass sie nicht mehr lange für Alexander arbeiten wird. Er hat sie ziemlich fertig gemacht, nachdem er nun nicht mehr an dich heran kommt. Sie hatten einen riesigen Zoff, bei dem er ihr vorwarf, alles kaputt gemacht zu haben", erzählte Tamara. Eigentlich wollte Caro das gar nicht hören, aber nun hatte Tamara sie wieder in ihre alte Welt geholt. Und was sie sagte, brachte Caro vor Wut zum Brodeln.

„Was ein Arschloch. Ich mag auf Nadja nicht besonders

gut zu sprechen sein, aber was er da mit ihr treibt, geht wirklich zu weit. Als ob sie ihn in die Situation gezwungen hätte. Das ist wirklich lächerlich, aber wieder so typisch für Alexander. Immer sucht er die Schuld bei anderen", grollte Caro aufgebracht.

„Immerhin wird sie nächste Woche nicht mit ihm in London sein. Er fliegt wohl am Montag nach China für fünf Tage", ließ Tamara Caro wissen.

„Gut für sie. Und auch für mich. Ich denke, ich werde vielleicht am Donnerstag nächste Woche zurückfliegen. Dann kann ich in Ruhe meine Sachen aus der Wohnung holen. Vielleicht sollte ich doch mal demnächst meine Familie informieren. Nicht, dass sie es am Ende doch von Alexander erfahren", überlegte Caro.

„Ja, mach das mal. Ich bin jetzt eh gleich zum Sport verabredet und muss noch meine Tasche packen" antwortete Tamara „Und halte mich auf dem Laufenden."

Die zwei Freundinnen verabschiedeten sich und nachdem Caro aufgelegt hatte, ließ sie das Gespräch nochmal revuepassieren. Vielleicht schaffte es Alexander noch, durch sein ungehobeltes Verhalten, Caro am Ende auf Nadjas Seite zu bringen. Caro musste zugeben, dass sie Nadja gerade ein bisschen vermisste. Gerne würde sie auch mit ihr über die aufregende Zeit in Amerika sprechen, würde gerne wissen, was ihre Freundin davon hielt, dass Caro jetzt mit einer Frau schlief. Im Gegensatz zu Tamara, die Neuem gegenüber zunächst verhalten gegenüber stand, war Nadja wesentlich aufgeschlossener. Caro erinnerte sich, dass Nadja sogar mal ein bisschen in ein Mädchen verknallt war. Damals war sie gerade fünfzehn und es blieb letztendlich bei einer Schwärmerei. Bestimmt würde sie Caro mit Fragen schonungslos löchern, würde jedes Detail wissen wollen. Und Caro würde sie irgendwann ermahnen und ihr sagen, dass sie ihre eigenen Erfahrungen mit einer Frau sammeln sollte. Solche Gespräche hatten sie früher als Teenager geführt und daran hatte sich bis heute nichts geändert. Caro rümpfte die Nase. Doch, es hatte sich zwischen ihnen vor ein paar Tagen gewaltig geändert und gerade bedauerte Caro das zutiefst. Die Wut war bereits etwas verebbt, doch brachte sie nun Traurigkeit zum Vorschein. Sie war traurig, weil sie keine Ahnung hatte, ob sie Nadja je wieder so vertrauen könnte. Ob sich dieser Fleck, der ihre Freundschaft beschmutzt hatte, irgendwann wieder wegwaschen ließe. Caro wollte das, nicht nur Tamara zuliebe. Aber es würde eben Zeit brauchen.

Das Festivalgelände hatte sich bereits wieder gefüllt, der Soundcheck war beendet und der erste Auftritt des heutigen Tages wurde angekündigt. Caro kannte den Namen der Künstlerin nicht. Sie hatte sich ein Programmheft eingesteckt und las nochmal nach. Clementine, Singer-Songwriterin aus New York. Caro sagte das nichts, aber sie war gespannt auf ihre Musik. Sie schlenderte gemütlich Richtung Tattoo-Zelt, mal sehen, ob sich schon die ersten Tätowierwilligen gefunden hatten. Und tatsächlich herrschte regelrechtes Gedränge um das Zelt. Caro hatte bereits damit gerechnet, dass die kostenlosen Mini-Tattoos gut ankommen würden. Dass sich aber so viele Freiwillige fanden, überraschte sie nun doch. Sie selbst liebäugelte ja ebenfalls mit ihrem ersten Tattoo, besonders jetzt wieder, wo sie sich doch von einer Meisterin ihres Fachs stechen lassen könnte. Doch sie traute sich nicht so recht, Liz danach zu fragen. Hatte sie doch die Befürchtung, Liz könnte glauben, dass sie ihr damit nur gefallen wollte. Wahrscheinlich waren ihre Bedenken übertrieben. Da ihr aber außerdem noch die passende Idee für ein Motiv fehlte, schob sie den Wunsch zunächst zur Seite. Caro drängte sich durch die Masse bis ins Zeltinnere durch. Protestierende brachte sie mit ihrem VIP-Pass zum Schweigen. Dann sah sie, wie Timo, Mike und Liz parallel an drei verschiedenen Oberarmen zugange waren. Alle drei Besucher hatten sich offenbar für das Festival-Logo entschieden. Um das Ganze im Rahmen zu halten, hatten die Tätowierer im Vorfeld eine kleine Auswahl möglicher Motive festgelegt. Liz würde noch eine ganze Weile beschäftigt sein, aber Caro war ohnehin davon ausgegangen, dass sie heute wenig Zeit zusammen hatten. Sicher würde nachher, wenn die bekannten Bands spielten, weniger Andrang herrschen. Sie ging zu Lisa, die im Hintergrund eifrig mit Zuarbeiten beschäftigt war.

„Scheint ja ein voller Erfolg zu sein, was?“, sprach sie Lisa an.

„Das kann man wohl so sagen“, Lisa pustete eine Haarsträhne aus ihrem Gesicht, „Ich hoffe, das wird irgendwann mal weniger. Liz wollte gegen eins eine kleine Pause machen, soll ich dir übrigens sagen. Sie wollte sich mit dir hinten im Cateringzelt zum Mittagessen verabreden.“

„Ach, ich dachte das ist das Catering für die Bands“, fragte Caro erstaunt.

„Ja, nein. Das ist für alle, die einen VIP-Pass haben. Wir dürfen uns damit auch Backstage bewegen. Hast du das nicht gewusst?“, fragte Lisa überrascht.

„Nein, das wusste ich nicht. Wow. Ich könnte mich also unter die Bands mischen und Autogramme jagen?“, scherzte Caro.

„Ja, das könntest du, wenn du ihnen unbedingt auf den Keks gehen willst“, lachte Lisa.

„Keine Sorge. Ich war noch nie Groupie und werde jetzt nicht damit anfangen. Ich weiß nicht mal genau, wer von den großen Namen auftritt. War es Bruno Mars? The Weeknd? Den würde ich wahrscheinlich gar nicht erkennen“, kicherte Caro.

Lisa schüttelte nur verständnislos den Kopf, als könnte sie es nicht fassen, wie wenig Ahnung man haben konnte.

„Merk dir wenigstens die Namen, wenn du dich mit jemandem im Backstage Bereich unterhältst. Dann kann ich dir wenigstens im Nachhinein sagen, mit welchem Superstar du dich unterhalten hast“, grinste Lisa.

Das versprach Caro und verließ das Zelt wieder. Sie holte sich ein Getränk von einem der Stände und suchte sich ein sonniges Plätzchen mit Blick auf die Bühne. Die erste

Künstlerin hatte bereits mit ihrem Auftritt begonnen. Sie saß mit ihrer Gitarre auf einem erhöhten Hocker und spielte ihre Musik, die eine Mischung aus Folk und Blues war. Ihre Stimme war glockenklar und dann wieder kratzig, was Caro ziemlich gut gefiel. Sie genoss die Lieder, stützte sich mit ihren Ellenbogen auf dem Rasen ab und schloss die Augen. Als der erste Auftritt beendet war, blickte Caro auf die Uhr. Kurz nach eins. Bestimmt würde Liz bereits im Cateringzelt auf sie warten.

Als sie das Zelt betrat, blickte sie sich suchend um. Liz war nirgends zu sehen. Vermutlich hatte sie sich doch nicht so schnell losreißen können. Caro hatte gerade den Entschluss gefasst, doch noch mal zum Tattoo-Zelt zu gehen, da betrat die Sängerin das Zelt, die eben noch auf der Bühne ihren Auftritt gehabt hatte.

„Hier soll es das leckere Essen geben?“, sprach sie Caro an.

Caro, die nicht damit gerechnet hatte angesprochen zu werden, fühlte sich etwas überrumpelt.

„Ähm, ja. Wobei, das weiß ich nicht“, lachte sie, „Ich habe es noch nicht probiert.“

„Na dann komm, wir testen es aus“, die Sängerin schenkte ihr ein gewinnendes Lächeln. Sie wollte ihr keine Absage erteilen, zumal Liz höchstwahrscheinlich bereits auf dem Weg war und es blöd ausgesehen hätte, jetzt abzulehnen, um eine Minute später doch wieder aufzutauchen.

„Trittst du hier auch auf?“, wurde Caro nun von ihr gefragt, während sich die beiden die Teller vollluden.

„Ich?“, erwiderte Caro erschreckt, „Um Himmels Willen, nein. Mein Gesang gleicht dem Gejammer einer rolligen Katze. Das wollen wir besser niemandem antun.“

Die Frau lachte: „Ich bin übrigens Clementine.“

„Ich weiß, ich habe dich eben auf der Bühne gesehen. Du warst toll, deine Musik ist toll. Ach ja, und ich bin Caro“, erwiderte Caro.

„Du kommst aus Deutschland, richtig?“, antwortete Clementine nun auf Deutsch mit deutlichem amerikanischen Akzent.

„Wow, ist das so offensichtlich? Ich dachte, mein Englisch sei nicht ganz so miserabel“, antwortete Caro erstaunt.

„Sorry. Nein, dein Englisch ist sogar ziemlich gut. Aber ich war schon des Öfteren in Deutschland. Vielleicht höre ich deshalb die Feinheiten raus“, versuchte Clementine sie zu beruhigen, „Ich dagegen tue mich mit deiner Sprache furchtbar schwer. Deutsch ist wahnsinnig kompliziert. Oder ich bin sprachlich einfach unbegabt. Meine Frau sagt immer, ich könne ja nicht in allem gut sein. Mein Talent läge eben in der Musik. Vielleicht hat sie Recht.“ Obwohl es keine Rolle spielen sollte, horchte Caro nun auf. Clementine war also ebenfalls mit einer Frau zusammen. Es war seltsam, aber irgendwie fühlte sie sich durch diese Tatsache schlagartig näher mit Clementine verbunden. Als wären sie plötzlich auf derselben Wellenlänge. Was für ein Quatsch, Caro ermahnte sich im nächsten Moment selbst. Warum sollte diese zufällige Gemeinsamkeit einen Unterschied machen?

„Ach, da bist du ja schon“, ertönte nun Liz Stimme hinter den beiden. Sie spürte, wie sie von hinten umarmt wurde und ihr Liz einen Schmatzer auf die Wange gab. Caro und auch Clementine drehten sich zu Liz um.

„Ja, wir haben uns schon mal über das Essen hergemacht“, antwortete Caro schuldbewusst, „Das ist übrigens Clementine. Und Liz ist...ähm...also sie ist meine...“

Caro geriet ins Stocken. Wie sollte sie Liz nun vorstellen? Sie hatten noch nicht definiert, was sie waren. Ein Paar? Das wünschte sich Caro zwar, war aber für diese Aussage zu feige. Freunde? Nein, diese Bezeichnung passte ganz sicher nicht. Eine Affäre? Gegen diese Formulierung würde Caro ganz klar Einspruch erheben.

„Ich bin ihre Freundin“, antwortete Liz zu Caros

Verblüffung ganz selbstverständlich. Sprachlos sah sie Liz an, was auch Clementine nicht entging, denn auf ihren Lippen formte sich ein erkenntnisreiches Grinsen.

„Freut mich, Liz. Also wenn ich euch nicht störe, könnten wir uns ja gemeinsam an einen Tisch setzen?“, schlug Clementine vor.

„Natürlich, gerne. Setzt euch doch schon mal, ich hole mir auch mal eben einen Teller“, antwortete Liz.

Die drei gerieten ins Plaudern, tauschten sich über das Festival aus und kamen schließlich auf das Thema New York, wo sowohl Liz, als auch Clementine wohnte.

„Irgendwie kommst du mir auch bekannt vor. Ich denke schon die ganze Zeit darüber nach“, grübelte Liz, „Trittst du auch manchmal in Bars auf?“

„Ja, früher vor allem. Inzwischen habe ich kaum noch Zeit dafür“, bestätigte Clementine.

„Mhm, warst du auch schon mal im Olivias?“, hakte Liz erneut nach.

„Ja klar. Ich war zwar meistens im Nox, aber ich habe auch im Olivias gespielt. Moment. Dann bist du die Liz? Die mit dem LuckyLizzy?“, bei Clementine war nun der Groschen gefallen.

Liz lachte: „Ja, der ist von mir. Siehst du, die Welt ist doch wirklich klein. Und ich finde es großartig, dass du inzwischen den Sprung auf die große Bühne geschafft hast“, fand Liz.

Jetzt plauderten die beiden über die anderen Bars, in denen sich Frauen üblicherweise trafen und stellten fest, dass es bei ihrem Bekanntenkreis einige Übereinstimmungen gab. Caro bekam gerade eine leise Ahnung, was gemeint war, wenn von der sogenannten Szene die Rede war. Diese Welt schien sogar in New York so überschaubar zu sein, dass man sich bereits über zwei Ecken kannte.

„Und was hat dich nach New York gebracht?“, wollte Clementine jetzt von Caro wissen. Caro räusperte sich.

Diese Geschichte war nichts, was Caro mal eben Preis geben wollte. Sie überlegte, wie sie zu einer Antwort kam, die alles um Alexander und den mit ihm verbundenen Umständen ausließ. Doch bevor sie antworten konnte, ertönte Liz' Handy und unterbrach das Gespräch. Sie zog es aus ihrer Hosentasche und blickte auf das Display. Caro registrierte, wie Liz stutzte: „Entschuldigt mich bitte einen Moment. Ich muss da rangehen."

Eilig stand sie auf und verließ das Zelt. Caro sah ihr kurz nach, widmete sich dann aber wieder ihrer Gesprächspartnerin.

„Ihr seid noch nicht lange zusammen, habe ich Recht?", nutzte Clementine die Vier-Augen-Situation.

Caro errötete: „Ehrlich gesagt, haben wir darüber noch nicht mal gesprochen."

„Oh, wow. Dann hat deine Freundin es wohl mit der Aussage von eben offiziell gemacht. Herzlichen Glückwunsch", gratulierte Clementine dazu.

„Ja, ähm. Danke. Ist für mich alles ganz neu", gab Caro schüchtern zu.

„Du meinst, ganz, ganz neu?", grinste Clementine. Caro nickte.

„Das ist doch etwas Wunderbares", Clementine legte Caro zur Beruhigung die Hand auf die Schulter, „Meine Frau brauchte auch erst eine waschechte New Yorkerin, um dem Charme einer Frau zu verfallen." Caro wollte sie gerade darüber aufklären, dass Liz gar keine geborene New Yorkerin war und Clementine mit ihre Theorie falsch lag, da tauchte Liz wieder auf. Sofort erkannte Caro an ihrer Miene, dass etwas nicht stimmte. Mit versteinertem Gesicht trat sie an den Tisch heran.

„Ich muss wieder zurück zum Tattoo-Zelt", informierte sie Caro in einem etwas zu sachlichen Ton.

„Ist alles ok?", Caro musterte sie nachdenklich.

„Ja…ähm...ja. Ich muss jetzt mal gehen", antwortete Liz fahrig und drehte sich zum Gehen um, ohne Caro gebührend zu verabschieden. Caro sah ihr irritiert hinterher.

„Stimmt etwas nicht?“, fragte Clementine, die Liz ebenfalls nachblickte.

„Ich habe keine Ahnung.“

Clementine hatte Verständnis, dass Caro sich kurzerhand von ihr verabschiedete. Caro hatte ihr erklärt, dass sie doch mal lieber nach Liz schauen wollte.

„Vielleicht laufen wir uns ja in New York über den Weg“, hatte ihr Clementine bei der Verabschiedung mitgegeben. Caro hielt das, nach dem Gespräch zwischen Liz und Clementine, für gar nicht mal so unwahrscheinlich. Doch nun waren ihre Gedanken bei Liz. Als sie das Zelt betrat erkannte sie, dass der Stuhl vor Liz noch frei war. Sie konnte also noch kurz ein Wort mit ihr wechseln.

„Liz? Ist wirklich alles ok mit dir?“, fragte sie besorgt. Liz blickte ihr nur zögernd in die Augen.

„Ja. Ich muss nur...“, sie stockte, „Der Tag ist noch lang und ich habe hier wirklich zu tun. Aber wir haben nachher noch Zeit, ok?“

Caro verstand nicht warum Liz das tat, aber sie verstand, worum Liz sie gerade indirekt gebeten hatte. Sie hatte Caro aus dem Zelt herauskomplimentiert, sie wollte Caro gerade nicht sehen. Der Stich saß tief, weil Caro überhaupt nicht verstand, womit sie das verdient hatte. Trotzdem nickte sie und noch bevor ihre Tränen sichtbar werden würden, hatte sie sich bereits umgedreht und das Zelt verlassen.

Ziellos lief sie über den Festplatz, registrierte die Musik und die Menschen um sie herum gar nicht. Erst als sie am hinteren Ende der Absperrung ankam, blieb sie stehen und ließ sich aufs Gras sinken. Was war passiert? Es musste mit dem Telefonat zusammenhängen, so viel stand fest. Und es musste mit Caro zu tun haben. Aber wer war der Anrufer? Katharina. Nur sie kannte beide. Soweit Caro wusste, war Katharina nicht über den neuesten Stand informiert. Sie konnte höchstens von Alexander erfahren haben, dass sie sich von ihm getrennt hatte. Aber das war für Liz keine

Neuigkeit und würde vor allem eine solche Reaktion nicht erklären. Egal wie lange Caro darüber nachgrübelte, es machte alles keinen Sinn. Caros Handy vibrierte. Sie hoffte, Liz' Namen im Display zu lesen. Doch es war...Caros Mutter. Nein, nicht jetzt. Sie wollte sie wegdrücken, entschied sich aber im letzten Moment dagegen.

„Mama?“, rief Caro in den Hörer.

„Kind? Wo bist du denn? „, erklang eine aufgewühlte Stimme.

„Wieso? Wo sollte ich denn sein?“, fragte Caro skeptisch.

„Alexander war hier. Er sagt...er sagt, dass ihr euch getrennt habt. Stimmt das etwa?“, Caros Mutter schien darauf zu hoffen, etwas missverstanden zu haben.

„Ja. Das stimmt. Und ich habe keine Lust, jetzt groß darüber zu reden“, stöhnte Caro.

„Ja...aber. Sag mir wenigstens warum. Und wo bist du denn jetzt?“, hakte ihre Mutter nach. Caro zögerte. Was mit ihr und Liz war, darüber wollte sie mit ihrer Mutter vielleicht doch erst bei ihrer Rückkehr sprechen. Doch es hatte sich ja noch ein weiterer Grund für eine Trennung gezeigt. Aber wollte sie ihrer Mutter tatsächlich das mit Nadja erzählen? Für sie würde eine Welt zusammenbrechen. Nadja war früher fast wie eine zweite Tochter, ging zuhause ein und aus, verbrachte mit ihnen zusammen die Familienurlaube.

„Weil...weil er untreu war, Mama. Deshalb“, diese Antwort musste genügen.

„Aber...das hat er so gar nicht gesagt“, erklang eine entrüstete Stimme.

Caro seufzte: „Natürlich hat er das nicht. Er würde doch niemals sein makelloses Schwiegersohn-Image besudeln.“

„Willst du zu uns kommen? Du weißt, den Bügeltisch und den Staubsauger haben wir schnell aus deinem alten Zimmer geräumt. Daran soll es nicht liegen“, schlug sie vor.

„Das ist lieb. Aber Tamara hat ja auch genügend Platz“, es war im Grunde keine Lüge. Tamara hätte wirklich Platz für sie gehabt. Dass sie den nicht in Anspruch nahm, musste ihre Mutter ja nicht wissen. Wenn die Situation mit Liz in diesem Moment nicht gerade so komisch gewesen wäre, hätte Caro vielleicht sogar etwas mehr durchblicken lassen. Doch der Zeitpunkt ihres Anrufs war eben denkbar unglücklich.

„Aber ist damit denn jetzt alles hinfällig. Die Hochzeit und so?“, Caro war nicht sicher, ob sie richtig hingehört hatte. Hatte ihre Mutter das ernsthaft gefragt? Ja, hatte sie. Sowas war sogar ganz typisch für ihre Mutter. Etwas, was sich außerhalb ihrer Vorstellungskraft befand, musste doppelt und dreifach hinterfragt werden.

„Mama!“, schimpfte sie, „Hast du mir nicht zugehört? Er hat mit einer anderen rumgemacht. Ich werde doch jetzt nicht mehr zu ihm zurückkehren.“

„Ist ja schon gut. Du hast ja Recht“, gab sich ihre Mutter geschlagen, „Kommst du uns trotzdem bald besuchen? Wir haben uns jetzt drei Wochen nicht gesehen und ich will mit eigenen Augen sehen, dass es dir auch wirklich gut geht.“

„Ich habe gerade viel um die Ohren. Wie wäre es mit übernächsten Sonntag. Kaffee und Kuchen?“, schlug Caro vor, obwohl sie eigentlich gar keine Lust darauf hatte.

„Ja, Kind. So machen wir das“, jetzt klang ihre Mutter wieder zufriedener.

Caro drängte jetzt auf ein Ende des Telefonats, bevor ihre Mutter weitere unangenehme Fragen stellen würde. Zum Glück rief auf der anderen Leitung in dem Moment die Nachbarin von Caros Mutter an, so dass sie ohnehin auflegen mussten. Am liebsten hätte Caro ihr Handy für heute ausgeschaltet. Für einen weiteren unliebsamen Anruf fehlten ihr gerade die Nerven. Doch vielleicht wollte Liz wissen, wo Caro gerade war. Sie schaute, ob sie eine Nachricht von ihr verpasst hatte. Aber sie fand keine neue Mitteilung. Caro wollte aber auch nicht schon wieder zum Zelt zurückkehren. Also versuchte sie sich, mit den Auftritten der Bands abzulenken. Zwei furchtbare Stunden hielt sie durch, bis sie es kaum noch aushielt. Sie sah auf die Uhr. Halb fünf. Bis um sieben wollten sie tätowieren, so war es mit dem Veranstalter abgemacht. Caro könnte so lange nicht mehr warten. Sie musste Liz vorher sprechen. Wenigstens kurz.

Als sie das Zelt abermals am heutigen Tag betrat, blickte sie sich überrascht suchend um. Liz war nicht da. Sie ging zu Lisa, die noch immer fleißig beschäftigt war: „Weißt du, wo Liz ist?“

„Das ist eine gute Frage. Sie hat eben einen Anruf bekommen und ist seither nicht wieder aufgetaucht“, erwiderte Lisa schulterzuckend.

Schnell zückte Caro ihr Handy und wählte Liz' Nummer. Sofort sprang die Mailbox an. Entweder sie telefonierte noch, oder sie hatte das Handy ausgeschaltet. Sie musste Liz suchen.

Nach einer Stunde des Suchens war sich Caro sicher, das gesamte Festivalgelände einmal abgelaufen zu sein. Zwischendurch hatte sie immer wieder das Tattoo-Zelt aufgesucht in der Hoffnung, Liz sei inzwischen wieder eingetrudelt. War sie aber nicht und inzwischen begannen sich auch die anderen Sorgen zu machen.

„Ich werde im Hotel nach ihr sehen“, informierte sie Lisa. Die beiden tauschten noch Handynummern aus, damit sie sich gegenseitig informieren konnten, sollte Liz bei einem von beiden wieder auftauchen. Sie machte sich direkt auf den Weg. Als Caro das Hotel betrat begab sie sich zuerst zur Rezeption: „Entschuldigen Sie, wissen Sie, ob Liz Beck zwischendurch hier war?“

Der Mann hinter dem Tresen sah sie fragend an: „Ist sie Gast in unserem Haus?“

„Ja ist sie“, antwortete Caro.

„Kennen Sie auch ihre Zimmernummer?“, fragte er weiter.

Allmählich wurde Caro ungeduldig: „Ja. Denn das ist auch zufällig meine. 1407“

Er blickte in seinen Computer, tippte und sah dann auf: „Tut mir leid. Mir liegen keine entsprechenden Informationen vor.“

Genervt bedankte sich Caro und ging zum Aufzug, der ihr gerade ausgesprochen langsam vorkam. Endlich öffneten sich die Türen und sie fuhr in den vierzehnten Stock. Oben angekommen, eilte sie durch den Flur zu ihrem Zimmer. Sie hielt die Eingangskarte vor die Tür, die sich mit einem Klacken öffnete. Als sie das Zimmer betrat, entdeckte sie sofort Liz' Schuhe, die achtlos vor dem Bett lagen. Doch das Bett war unbenutzt. Jetzt vernahm sie Geräusche aus dem Bad. Die Dusche war aufgedreht. Sollte sie einfach rein gehen? Caro entschied sich, zu klopfen.

„Liz? Darf ich reinkommen?", rief sie so laut, dass sie sicher war, dass Liz sie gehört hatte.

„Ich komme gleich raus", erhielt sie zur Antwort.

Es dauerte ein paar Minuten, da trat Liz, bekleidet mit T-Shirt und Slip, aus dem Bad heraus. In ihren Augen zeigte sich Wut, aber vor allem wirkte Liz geknickt.

„Was ist los?", fragte Caro vorsichtig. Liz presste die Lippen aufeinander und blickte zu Boden. Sie ging zur Minibar und nahm sich eine Flasche Wasser. Caro musste unweigerlich an die Situation in London denken. Auch sie hatte sich aus Alexanders Minibar eine Flasche Wasser genommen, kurz bevor sie mit ihm Schluss gemacht hatte. Sicher nur ein blöder Zufall, trotzdem musste Caro unwillkürlich schlucken.

„Bin ich nur zweite Wahl?", presste Liz plötzlich hervor. Jetzt sah sie Caro wieder direkt in die Augen.

„Was?", Caro verstand die Frage nicht.

„Na, ob ich nur die zweite Wahl bin? Nach Alexander", den Namen ihres Bruders auszusprechen kostete sie augenscheinlich Überwindung.

„Ob du?...nein, natürlich nicht", antwortete Caro, ohne überlegen zu müssen, „Wie kommst du denn auf sowas? Ich habe deinetwegen mit ihm Schluss gemacht. Erinnerst du dich?"

„Ist das so?", antwortete Liz verbittert. Caro verstand die Welt nicht mehr. Was war passiert, dass Liz jetzt alles in Zweifel stellte? Caro war plötzlich völlig verunsichert:

„Ähm...ja. Das habe ich. Warum bin ich denn sonst nach London gefahren?"

„Weißt du, wer mich vorhin angerufen hat? Du weißt schon, in der Mittagspause", wollte Liz wissen. Caro schüttelte den Kopf.

„Alexander", der Name klang in Caros Ohren wie ein böser Fluch. Ihr war klar, dass er Liz nicht angerufen hatte, um ihr mit Caro alles Gute zu wünschen. Und bei näherer Überlegung bekam Caro eine leise Ahnung, was der Grund seines Anrufs war. Trotzdem wollte sie es zuerst von Liz hören.

„Was genau hat er dir gesagt?", fragte sie misstrauisch.

„Er hat mich vor dir gewarnt. Nein. Genaugenommen hat er sich über mich lustig gemacht. Er sagte, dass du nur deshalb bei mir bist, weil du ihn in flagranti mit deiner besten Freundin erwischt hast. Das sei der eigentliche Grund, weshalb du mit ihm Schluss gemacht hättest. Er behauptet, du wärst ursprünglich nach London gereist, um ihm das mit unserem Kuss zu beichten. In der Hoffnung, er würde dir verzeihen", es wirkte, als würde Liz diese giftigen Worte geradezu ausspucken, um daran nicht zu ersticken. Caros Kopf konnte nicht zwischen der überschäumenden Wut, die sie gerade auf Alexander empfand und dem Entsetzen darüber, was seine derben Lügen verursacht hatten, entscheiden. Würde Alexander jetzt vor ihr stehen, würde sie ihm mit absoluter Sicherheit eine Faust in den Magen rammen und vielleicht, weil er es absolut verdient hatte, noch zwischen seine Beine. Beides hatte er sich redlich verdient. Doch vor ihr stand Liz, die ihm diese Lügengeschichte offensichtlich bereit war abzunehmen.

„Glaubst du Alexander tatsächlich mehr als mir?", Caro konnte ihre Tränen nicht länger zurückhalten. Auch Liz' Augen glänzten, jedoch kämpfte sie noch gegen sie an.

„Natürlich war ich skeptisch. Deshalb habe ich eben auch noch mit Katharina gesprochen. Und sie hat mir seine Geschichte bestätigt", erwiderte Liz tonlos. Katharina hatte sich auf Alexanders Seite geschlagen? Irgendwie konnte

Caro das kaum glauben.

„Liz, Katharina kann nur das wissen, was Alexander ihr erzählt hat", versuchte sie Liz klarzumachen, „Von mir weiß sie gar nichts. Nichts von Silvester und auch nichts von Berlin. Ich wollte nicht, dass sie zwischen den Stühlen steht."

„Aber ich dachte...", Liz hielt inne, „Du hast ihr wirklich gar nichts von uns erzählt?"

„Nein."

„Aber sie hat immer wieder so Andeutungen gemacht, als wüsste sie...Als würdet ihr über alles reden", erklärte Liz.

„Und ich dachte, sie sei deine Vertraute", antwortete Caro.

„Liz, ich hatte den Entschluss, Alexander zu verlassen, bereits getroffen, bevor ich von der Affäre erfahren habe. Ich habe dir von seiner Affäre nichts erzählt, weil ich es einfach nicht konnte. Wegen Nadja, nicht wegen Alexander. Ich habe meine beste Freundin an diesen Idioten verloren, verstehst du?", wieder liefen die Tränen in Strömen von Caros Wangen herab. Liz musste ihr das einfach glauben. Doch dann fiel ihr noch etwas ein. Sie nahm ihr Handy und suchte in ihren Nachrichten.

„Hier, bitte lies das", sie reichte Liz das Telefon. Liz nahm das Handy an sich und setzte sich aufs Bett, bevor sie nun ihren Blick auf das Geschriebene richtete.

Caro: „Bin in London gelandet."

Tamara: „Du bist wirklich völlig verrückt."

Caro: „Ja, du hast Recht. Aber mein Gefühl sagt, dass ich das Richtige tue."

Tamara: „Und das wäre?"

Caro: „Ich werde das mit Alexander beenden"

Liz blickte zu ihr auf. Die Angst in ihrem Blick war verschwunden und Caro glaubte stattdessen neue Zuversicht zu erkennen. Sie stand auf und kam langsam auf Caro zu, mit jedem Schritt wanderten ihre Mundwinkel ein weiteres Stück nach oben. Caro atmete erleichtert auf. Sie hatte Liz' Befürchtungen entkräften können. Caro streckte Liz ihre Hände entgegen und Liz legte ihre Hände sofort in sie hinein. Jetzt zog Caro sie näher an sich heran, so dass ihre Gesichter nur noch wenige Zentimeter trennten.

„Ist jetzt wieder alles gut zwischen uns?“, flüsterte Caro.

Liz strahlte sie an und nickte: „Ich war ja so ein Idiot.“

„Nein, warst du nicht. Ich hätte vermutlich genauso reagiert. Und ich hätte dir das mit Nadja und Alexander einfach vorher sagen müssen“, räumte Caro ein.

„Ich habe dir doch auch nicht alles gesagt“, erwiderte Liz. Jetzt horchte Caro irritiert auf: „Wieso? Was hast du mir denn verschwiegen?“

„Ich hätte dir schon viel eher sagen können, dass...“, schüchtern grinste Liz sie an, „...dass ich mich bereits an Silvester in dich verliebt habe.“

Caro hätte die Menge der Schmetterlinge, die mit einem Mal in ihrem Bauch mit ihrem wilden Flügelschlag begonnen hatten, kaum zählen können. Sie tanzten, breiteten sich aus, umkreisten ihr Herz. Liz Worte, nach denen Caro sich insgeheim so gesehnt hatte, rührten Caro zutiefst, erlösten sie und gaben ihr die Bestätigung, nach der sie seit über einem halben Jahr gesucht hatte.

„Mir ging es genauso. Ich wollte es mir zuerst nicht eingestehen, aber ich habe mich auch sofort in deine klugen, blauen Augen verliebt“, lächelte Caro.

„Nur in meine Augen?“, protestierte Liz, schenkte ihr aber ein schelmisches Grinsen.

Caro lachte: „Na ja, dein Hintern ist auch ziemlich heiß.“

Caro zog Liz nun noch näher an sich heran und griff mit der rechten Hand nach ihrer Pobacke.

„Aha, mein Po also“, Liz hob die Augenbrauen.

„Und ich stehe auf deine Haare“, jetzt wuschelte Caro mit der linken Hand durch Liz Nacken, „Und auf deine Brüste natürlich auch.“

Diesmal senkte Caro ihren Kopf und küsste Liz' Dekolleté.

„Und weißt du, worauf ich bei dir am meisten stehe?“, fragte Liz, woraufhin Caro neugierig den Kopf schüttelte.Statt eine Antwort zu geben, beugte sich Liz vor und legte ihre weichen Lippen auf Caros. Beide schlossen gleichzeitig die Augen und gaben sich diesem emotionsvollen Kuss hin, der den unglücklichen Zwischenfall von gerade eben endgültig vergessen ließ. Sie liebten sich leidenschaftlicher und inniger, als sie es zuvor getan hatten. Sie liebten sich wie zwei Menschen, die sich zueinander bekannt hatten, die von nun an zueinander gehören würden.

20. KAPITEL

Die folgenden Tage in Chicago waren die schönsten Tage, die Caro mit Liz bislang erlebt hatte. Seit ihrem gegenseitigen Liebesbekenntnis hatten sich Caros Gefühle zu Liz noch weiter vertieft, hatte sich das Vertrauen zueinander gefestigt. Sie genossen jede gemeinsame Minute, denn auch, wenn keiner von beiden es wagte darüber ein Wort zu verlieren, war ihnen bewusst, dass ihre gemeinsame Zeit begrenzt war. Nur einmal hatte Caro erwähnt, dass sie plante, am kommenden Donnerstag abzureisen. Liz hatte das kommentarlos zur Kenntnis genommen, dann aber beschlossen, dass sie sich bis dahin an den Nachmittagen freinehmen wollte. Sonntagmittag waren sie den Rückweg nach New York angetreten und auch dort verbrachten Caro und Liz noch viele schöne, gemeinsame Stunden. Liz ließ sich sogar zu einer Sightseeing-Tour überreden, obwohl sie nicht unbedingt als Tourist ihrer eigenen Stadt erkannt werden wollte. Sie besuchten das Empire State Building, was für Caro bereits der zweite Besuch war. Doch sie bestand darauf, New York im Sommer und diesmal bei Tageslicht betrachten zu können. Liz hatte zugeben müssen, dass auch sie die dortige Aussicht sehr beeindruckend fand.

„Warst du etwa noch nie hier oben?“, Caro sah Liz fassungslos an.

„Ich bin eben kein Tourist“, zuckte Liz nur mit den Schultern.

Auch der Freiheitsstatue statteten die beiden einen Besuch ab, hatten sich von dem Ausflug aber mehr versprochen. Danach, als sie es sich auf einer kleinen Parkbank bei einem Hot Dog gemütlich machten, waren sie sich darüber einig, dass die Freiheitsstatue eine Sehenswürdigkeit war, die man doch besser aus der Ferne genießen sollte. Neben den touristischen Hotspots zeigte Liz Caro auch noch ihr persönliches New York. Sie besuchten kleine, unscheinbare Cafés, machten Spaziergänge entlang des Hudson Rivers und trafen sich an einem Abend mit Liz' Freunden im Olivia O'Sullivan. Die Zeit flog mit einer Leichtigkeit dahin, so dass es inzwischen Mittwochmorgen war. Caro bereitete gerade das Frühstück vor, während Liz unter der Dusche stand. Heute war der Tag, an dem sie mit Carla zur Eröffnungsveranstaltung der neuen Ausstellung des Museum of Modern Art gehen würden. Seit Carla diese Einladung ausgesprochen hatte, hatte sich Caro wahnsinnig darauf gefreut. Allerdings gesellte sich jetzt, wo ihr immer bewusster wurde, das dies gleichzeitig der letzte Abend in New York sein würde, das bedrückende Gefühl des bevorstehenden Abschieds hinzu. Unzählige Male hatte sie darüber nachgedacht, einfach eine weitere Woche dranzuhängen. Ihre Vernunft, die ihr unmissverständlich sagte, dass sie auch noch ein Leben in Deutschland hatte, brachte sie immer wieder davon ab. Liz hatte ihr versprochen, sie in Deutschland zu besuchen, sobald sie ihre Dinge mit Alexander geregelt und eine eigene Unterkunft gefunden hatte.

„Ich freue mich über jeden Tag, den ich mit dir habe. Aber ich will auch nicht, dass du meinetwegen deinen Laden vernachlässigst“, hatte Caro schweren Herzens erwidert. Caro wusste, dass auch Liz nicht über unbegrenzte Ressourcen verfügte, dass die Miete des Ladens und der Wohnung teuer waren, von dem Leben in New York mal ganz abgesehen.

„Wir werden schon eine Möglichkeit finden“, hatte ihr Liz daraufhin versprochen.

Für den Moment zwang sich Caro, die trübsinnigen Gedanken beiseite zu schieben und den letzten Tag mit Liz zu genießen. Sie musste schmunzeln, als sie Liz völlig unbekleidet ins Schlafzimmer huschen sah.

„Meinetwegen kannst du dich auch erst nach dem Frühstück anziehen“, rief sie ihr schmachtend hinterher.

„In ein paar Minuten wird Carla hier aufschlagen. Bist du also sicher, dass du das willst?“, erfolgte aus dem Schlafzimmer prompt die Antwort. Caro rümpfte die Nase. Nein, dieser Anblick gehörte nur ihr. Zwar hatte sie vor

Carla nichts zu befürchten, trotzdem wollte sie den Anblick von Liz' unverhüllten Körper nicht mit ihr teilen. Artig angekleidet nahm Liz nun am Küchentisch Platz.

„Dann müssen wir heute Nacht ja wieder leise sein“, Caro schürzte schmollend die Lippen.

Liz lachte: „Das kannst du gern versuchen. Ich nehme die Herausforderung sehr gern an.“

„Ach ja? Ich würde an deiner Stelle ja nicht so große Töne spucken. Ich glaube, ich habe da inzwischen auch ein paar Tricks auf Lager, die dich auch nicht gerade stumm bleiben lassen“, grinste Caro sie spitzbübisch an. Liz hob amüsiert eine Augenbraue, erwiderte aber nichts. Caro wertete das als stille Zustimmung und biss zufrieden in ihr Brötchen.

„Und du und Carla wollt euch heute um deine Abendgarderobe kümmern?“, fragte Liz.

„Ach, wollen wir das?“, blickte sie Liz überrascht an.

„Das wollt ihr. Sie sagte, es sei zwar nicht explizit verlangt, aber der stille Dresscode fordert ein dem Anlass entsprechendes Outfit“, erklärte Liz.

„Also ein Abendkleid?“, wollte sich Caro vergewissern.

„Für dich schon“, grinste Liz.

„Aha. Und du?“, Caro war jetzt neugierig. Sie hatte Liz noch nie in einem Kleid gesehen. Ihre übliche Kleidung war durchaus feminin, ihre Shirts und Blusen betonten ihre Rundungen durchaus. Doch ein Kleid? Sicher würde sie darin fantastisch aussehen.

„Wir werden sehen“, murmelte Liz geheimnisvoll.

Carla traf erst kurz nach ihrem Frühstück ein. Als sie von Caro erfuhr, dass dies ihr letzter Abend in New York war, bestand sie darauf, die heutige Nacht im Hotel zu verbringen. Sie erklärte außerdem, dass sie vormittags noch etwas in der New Yorker Redaktion erledigen müsste. Sie verabredeten sich zum gemeinsamen Mittagessen, um sich anschließend um Caros Abendkleidung zu kümmern. Caro hatte vorgeschlagen, die Garderobe nicht zu kaufen, sondern für den Abend zu leihen. Carla fand die Idee sinnvoll, also steuerten sie nun den ersten Laden mit dem entsprechenden Angebot an.

„Was wirst du denn tragen?“, wollte Caro wissen.

„Ach, ich habe einfach mein dunkelgrünes Etuikleid dabei. Das trage ich am liebsten und soweit ich mich erinnere, hatte ich das hier in New York auf noch keiner Veranstaltung an“, erklärte sie, „Es ist schlimm, aber die Leute achten auf sowas. Vor allem in der heutigen Medienwelt wird ja sofort alles dokumentiert.“

„Immerhin habe ich dann wohl die freie Auswahl. Mich kennt hier niemand“, lachte Caro.

„Ja, das ist ein Vorteil. Trotzdem werden wir dich nicht in ein pinkfarbenes Ungetüm stecken“, erwiderte Carla streng.

Erst im zweiten Laden wurden die beiden Frauen fündig. Ein schulterfreies Cocktailkleid in apricot, das knapp unterhalb der Knie abschloss. Dekolleté und Bund waren mit einer dezenten Spitze gesäumt und gaben dem Kleid die gewisse Raffinesse und Eleganz, die dieses Kleidungstück für den Abend qualifizierte.

„Das steht dir großartig. Damit wirst du Liz umhauen“, war sich Carla sicher. Und auch die Dame, die sie so kompetent beraten hatte, pflichtete Carla bei. Auch die passenden Schuhe konnte Caro in diesem Laden, allerdings zum Kauf, erstehen und ließ sich nun beides von der Verkäuferin verpacken. Zufrieden, alles für den Abend vorbereitet zu haben, verließ Caro mit Carla den Laden, um jetzt in ein Taxi einzusteigen.

„Und jetzt?“, wollte Caro wissen.

Carla grinste: „Und jetzt kümmern wir uns um den Rest.“

Carla durchlief gemeinsam mit Caro ein regelrechtes Beautyprogramm. Angefangen von einer Wellness-Massage, über eine vitalisierende Schlammmaske, gefolgt von einem Hairstyling mit anschließender Make-Up

Behandlung.

„Wow, ich hatte keine Ahnung, dass ich so aussehen kann“, verblüfft begutachtete sich Caro im Spiegel.

„Rede keinen Unsinn. Du bist eine wunderschöne Frau. Sie mussten nur noch ein wenig deine Vorzüge betonen“, erwiderte Carla und sah nun auf die Uhr, „Ach du meine Güte, wir sind schon viel zu spät dran. Wir können unmöglich nochmal in Liz‘ Wohnung vorbei.“

„Aber wir haben uns doch noch gar nicht umgezogen“, erinnerte Caro sie.

„Mein Hotel ist ganz in der Nähe des Museums, wir können uns dort schnell umziehen“, entschied Carla nach kurzem Überlegen.

„Und was ist mit Liz?“, wollte Caro wissen.

„Wir sagen ihr Bescheid, dass wir uns beim Museum treffen“, Carla zückte bereits ihr Handy und tippte eine Nachricht ein.

Mit ein wenig Verspätung trafen Carla und Caro vor dem Museum ein. Liz hatte ihnen geantwortet, dass auch sie sich verspäten werde und, dass sie nicht draußen auf sie warten sollten. Daher betraten die zwei Frauen nun den großzügigen Eingangsbereich des Museums. Am Empfang wurden sie nach ihren Namen gefragt. Caro überließ Carla das Reden. Offenbar hatte sich Carla darum gekümmert, dass auch Caros Name auf der Liste hinterlegt war. Als sie den Raum mit der Sonderausstellung betraten, hielt ein Redner am Pult soeben eine Ansprache.

„Das ist der Leiter, mit dem ich das Interview geführt habe“, erklärte Carla.

Nachdem er seine Ansprache beendet hatte, applaudierten ihm die Gäste zu und widmeten sich danach den Ausstellungsstücken. Gezeigt wurde die Kunst und Technologie im einundzwanzigsten Jahrhundert. Interessiert sahen sich auch Carla und Caro die ausgestellten Objekte an.

„Ah, Charlotte. Schön, dass sie es geschafft haben“,

erklang nun eine männliche Stimme hinter ihnen. Zuerst war Caro irritiert, denn sie wusste nicht, wen er mit diesem Namen meinte. Doch dann erinnerte sie sich, dass Carla ja eigentlich gar nicht Carla hieß, sondern nur von Liz so genannt wurde.

„Hallo Peter, ja ich freue mich auch“, begrüßte sie den Mann, der eben noch am Rednerpult gestanden hatte.

„Ich habe die Voransicht ihres Artikels erhalten und bin sehr begeistert“, schwärmte er.

„Das freut mich. Dann steht der Veröffentlichung ja nichts mehr im Weg“, erwiderte sie, jetzt blickte sie kurz zu Caro und sah dann wieder Peter an, „Ach, entschuldigen Sie meine Unhöflichkeit. Ich habe sie beide noch gar nicht vorgestellt. Peter, das ist Caro. Eine gute Freundin. Sie studiert in Deutschland Kunstgeschichte.“

„Freut mich, Sie kennenzulernen. Dann sind Sie also auch vom Fach“, er reichte Caro die Hand.

„Freut mich auch. Ihre Ausstellung ist großartig“, erwiderte Caro.

„Sie kommen aus Deutschland. An welcher Universität studieren Sie denn?“, wollte er nun wissen.

„Ich studiere in Frankfurt“, erklärte sie.

Sofort fielen ihm die Namen einiger Professoren ein, die in Frankfurt einen Lehrstuhl hatten. Caro war erstaunt, wie gut er Bescheid wusste. Sie gerieten ins Plaudern. Sie bekam nur beiläufig mit, dass Carla nun auf andere bekannte Gesichter getroffen war, mit denen sie sofort ins Gespräch kam. Erst, als Peter von einem anderen Gast angesprochen wurde, beendeten sie ihre Unterhaltung.

„Es hat mich außerordentlich gefreut, ihre Bekanntschaft zu machen. Grüßen Sie Norman und David von mir, wenn sie sie das nächste Mal sehen“, verabschiedete er sich bei Caro. Natürlich würde sie die Grüße an ihre Professoren weitergeben, wenngleich sie die beiden sicher nicht bei ihren Vornamen ansprechen würde. Sie wusste nicht, wie lange sie sich unterhalten hatte, aber allmählich sollte Liz endlich auftauchen. Sie sah auf ihr

Handy, doch eine neue Nachricht fand sie nicht. Da Carla ohnehin in einem Gespräch vertieft war und Caro gerade keine Lust auf weiteren Smalltalk hatte, wollte sie in der Eingangshalle auf Liz warten. Sie verließ die Sonderausstellung und betrat die Halle. Die große Glasfront bot einen großzügigen Ausblick nach draußen. Sie ließ ihren Blick schweifen, vielleicht würde sie Liz ja irgendwo erspähen. Sie entdeckte mehrere Frauen mit dunklen Haaren, doch sie trugen allesamt Kleider, deshalb überflog sie sie schnell mit ihrem Blick. Doch...Moment. An einer blieb sie eine Sekunde haften, richtete ihre Augen also nun ein zweites Mal auf sie. Ist das wirklich...? Caro traute ihren Augen kaum. Die Frau mit dem taillierten, dunklen Kleid und den schicken schwarzen Pumps, die eleganten Schrittes auf sie zuhielt, war tatsächlich Liz. Auch ihre Haare hatte sie anders als üblich gestylt, sie hatte sie glatt nach hinten gekämmt, was Caro äußerst sexy fand. Ihre Augen hatte sie sich dunkel geschminkt und ihre Lippen waren tiefrot gefärbt. Caro konnte es noch immer nicht fassen. Sie hatte mit allem gerechnet, aber nicht damit. Ihr war natürlich auch vorher bereits bewusst, dass sie eine außerordentlich attraktive Freundin an ihrer Seite hatte, aber die Frau, die gerade vor ihr Stand, war eine echte Granate.

„Du siehst...wow, also du siehst unfassbar sexy aus", keuchte Caro heiser.

„Und du erst. Lass dich anschauen", Liz hob eine Hand von Caro hoch und betrachtete sie von allen Seiten.

Als sie nun zu zweit die Ausstellung betraten, fand Caro schnell heraus, dass sie mit ihrem Kompliment nicht übertrieben hatte. Sämtliche Männer drehten sich nach Liz um. Demonstrativ griff Caro nach Liz Hand, um die Fronten damit eindeutig zu klären. Leider erzeugte sie damit nur noch mehr Aufmerksamkeit. Aber immerhin wagten sich die Herren nicht näher heran. Die Zwei gesellten sich zu Carla, die ihnen noch einige Bekannte vorstellte. Es war ein angenehmer Abend und es war schön, mit Liz nun einmal in New Yorks Kunstszene eingetaucht zu sein. Doch zu fortgeschrittener Uhrzeit hatten beide das dringende Bedürfnis, noch einige Stunden allein zu verbringen. Sie verabschiedeten sich von Carla und fuhren mit einem Taxi zu Liz' Wohnung. Kaum hatten sie die Wohnung betreten, fielen sie gierig übereinander her. Den ganzen Abend hatten sie sich zwingen müssen, die Hände voneinander zu lassen. Caro war Liz im Museum sogar heimlich auf die Toilette gefolgt, nur um sich einige erleichternde Küsse abzuholen, was es allerdings danach nur noch schlimmer gemacht hatte. Jetzt, in Liz' Wohnung, entluden sich ihre aufgeheizten Körper aneinander. Ihre unachtsam weggeworfenen Kleidungsstücke bildeten einen Pfad, der direkt zu Liz' Bett führte. Ihr Liebesspiel dauerte die halbe Nacht. Zwischendurch gönnten sie sich kurze Erholungspausen, aßen Sandwiches und Eis, bis ihre Akkus für eine weitere Runde aufgeladen waren. Selig und erschöpft schliefen sie schließlich ein, eng aneinander gekuschelt mit so viel Hautkontakt wie möglich.

Liz begleitete Caro am nächsten Tag zum Flughafen. Sie hatte darauf bestanden, obwohl Caro fand, dass ihnen der Abschied so noch schwerer fallen würde. Seit dem Morgen versuchten sie, sich gegenseitig immer wieder aufzumuntern, machten scherze miteinander und lenkten sich von dem näher rückenden Abflugtermin ab. Doch in ihrem Inneren, das sahen sie sich gegenseitig an, ging es beiden hundsmiserabel. Caro hatte sich fest vorgenommen, erst zu weinen, wenn sie im Flieger saß. Doch schon während der Fahrt zum Flughafen, war ihr ein heimliches Tränchen entwichen. Nun standen sie vor der Sicherheitskontrolle, die Caro beim Überschreiten unwiederbringlich von Liz trennen würde.

„Wir werden eine Lösung finden, das verspreche ich dir“, flüsterte Liz ihr ins Ohr, nachdem Caro zum wiederholten Male vor sich hinmurmelte, dass sie es nicht ohne Liz aushalten würde.

„Ja, aber was machen wir bis dahin?“, waren Caros

verzweifelte Worte, „Ich will keine einzige Nacht mehr ohne dich verbringen.“

„Das will ich auch nicht. Und wenn du nicht dauerhaft in New York bleiben kannst, dann komme ich wieder nach Deutschland“, versprach Liz ihr. Caro nickte, obwohl sie wusste, dass sie Liz niemals dazu zwingen würde, ihr geliebtes New York für Caro aufzugeben.

„Ah, ich habe hier noch etwas für dich“, fiel es Liz ein und holte aus ihrer Tasche eine kleine weiße Schachtel hervor. Caro wusste nicht, was das sein mochte und nahm das Geschenk neugierig entgegen.

„Mach auf“, forderte Liz. Caro hob den Deckel des Kästchens an und als sie den Inhalt erblickte, musste sie sofort lächeln.

„Ich dachte, wenn du mich das nächste Mal spontan besuchen kommst, kannst du einfach die hintere Eingangstür benutzen“, grinste Liz.

„Das ist wirklich süß von dir“, Caro gefiel die Idee mit dem Schlüssel, „Aber jetzt habe ich gar nichts für dich.“

„Das brauchst du auch nicht. Du allein bist doch Geschenk genug“, erwiderte Liz übertrieben dramatisch, so dass beide über die furchtbar schnulzige Antwort lachen mussten. Doch plötzlich verstummten beide. Gerade erklang der wiederholte und diesmal auch letzte Aufruf für Caros Flug. Die zwei Frauen hielten sich im Arm, hatten die Köpfe aneinander gelehnt. Ein letztes Mal wollte Caro noch Liz Lippen spüren, wollte das Gefühl abspeichern, konservieren, damit sie später davon zehren konnte. Zärtlich liebkosten sich ihre Lippen, schmeckten salzig von den Tränen, die nun beide nicht mehr zurückhalten konnten.

„Du musst los“, Liz Stimme versagte beinahe, „Ich liebe dich, Caro.“

„Ich liebe dich auch“, antwortete Caro unter Tränen. Sie löste sich nun hastig aus der Umarmung und eilte zur Sicherheitskontrolle. Sie wagte es nicht, sich noch einmal zu Liz umzudrehen, denn sie wusste, dass sie anderenfalls den

Flieger nicht besteigen würde. Sie schlüpfte in allerletzter Sekunde durch die Tür des Fliegers, bevor sie vom Flugpersonal geschlossen wurde. Jetzt war es besiegelt. Jetzt konnte Caro nicht mehr umkehren.

EPILOG

Kleine tanzende Schneeflöckchen wehten Caro ins Gesicht, als sie vor die Tür trat und sie diese hinter sich ins Schloss fallen ließ. Sie folgte dem schneebedeckten Gehweg des Vorgartens, hinterließ Fußspuren auf der frischen Schneedecke, die augenscheinlich seit gestern Abend niemand mehr betreten hatte. Ihr Weg führte sie zur nächstgelegenen Bushaltestelle, von der sie zum Frankfurter Hauptfriedhof fahren wollte. Die letzten Monate waren aufwühlend und nervenzehrend gewesen. Seit sie sich im Sommer von Liz am Flughafen verabschiedet hatte, hatten sich die beiden Frauen nicht mehr wiedergesehen. Caro hatte nicht geglaubt, dass sich der Schmerz, den sie bei ihrem Abschied empfunden hatte, mit jedem weiteren Tag ohne Liz kontinuierlich verschlimmern würde. Obwohl sie täglich miteinander telefonierten und unzählige Nachrichten austauschten, konnten sie damit die körperliche Sehnsucht kaum kompensieren. Das mit dem Videochat und dem Versuch, sich gemeinsam virtueller Sexualität hinzugeben, hatten sie bereits nach dem ersten Mal aufgegeben. Es hatte sich gezeigt, dass diese Form des Sex nicht nur äußerst unbefriedigend war, sondern außerdem dazu führte, dass sich ihre Laune die darauffolgenden Tage endgültig am Boden befand. Jeder Versuch, sich gegenseitig zu besuchen war an den verschiedensten Gründen gescheitert. Liz hatte bereits einen Flug gebucht, als ein Wasserrohrbruch den halben Laden unter Wasser gesetzt hatte. Zum Glück konnte sie das Flugticket stornieren und ihren Laden hatte sie gut versichert. Aber die Schäden mussten schnell behoben werden, was dazu führte, dass sie sich erst einmal um die Reparatur kümmern musste. Drei Wochen konnte sie nicht richtig arbeiten, hatte sie keinerlei Einnahmen verzeichnen können. Zwar würde auch hierbei die Versicherung einspringen, aber die Mühlen drehten sich in diese Richtung bekanntlich sehr langsam und ließen Liz noch immer auf ihr Geld warten. Caro ihrerseits musste sich nach ihrer Rückkehr in Deutschland zunächst um eine neue Unterkunft kümmern. Wieso sie nicht sofort auf die Idee kam, in das Haus ihrer Omi zu ziehen, war ihr im Nachhinein ein Rätsel gewesen. Es hatte die Familie gefreut, dass sie das Haus damit in guten Händen wussten und, zumindest vorerst, keine fremden Mieter einziehen würden. Caros Plan, ihre Habseligkeiten in Alexanders Abwesenheit aus der gemeinsamen Wohnung zu holen, war zum Glück aufgegangen. Trotzdem hatte Alexander schnell herausgefunden, wo Caro anschließend untergekommen war. Eines Tages, als Caro gerade von der Uni kam, hatte er wartend auf der Eingangstreppe gesessen. Sie hatte sich zu einer letzten Aussprache überreden lassen, wo sie ihm schonungslos die ganze Wahrheit über sie und Liz servierte. Er wusste ja bereits, dass Caro nach ihrem Auftauchen in London nicht zurück nach Deutschland, sondern geradewegs in Liz‘ Arme geflogen war. Nadja war als Erste dahintergekommen, hatte die wenigen Informationen, die ihr bekannt waren, klug kombiniert. Und Alexander hatte ihr dann in ihrem Streitgespräch die entscheidenden Hinweise entlockt, die er danach, bei dem Telefonat mit Liz, gegen Caro verwendet hatte. Caro hatte ihm das noch lange nicht verziehen und deshalb keine Scheu gehabt, auch die letzten, fehlenden Details dieser Geschichte auf den Tisch zu legen. Das hatte ihn ein weiteres Mal auf die Palme gebracht, aber das war ihr egal. Und auch Liz hatte ihr für den Fall, dass Alexander bei Caro aufkreuzen und um genau dieses Gespräch bitten würde, ebenfalls freie Bahn gegeben. Sie hatte ihren Bruder aufgegeben, das hatte sie bereits an dem Silvesterabend getan. Und spätestens jetzt, wo er sich in seinen Vorwürfen gegen Liz endgültig bestätigt sah, war die Chance auf eine Versöhnung ohnehin für immer verwirkt. Eine Überraschung hatte Katharina noch bereitgehalten. Weder Liz noch Caro hatten sie während der gesamten Zeit in das Geheimnis ihrer heimlichen Schwäche füreinander eingeweiht. Doch als Caro mit Katharina an einem warmen Spätsommerabend bei einem guten Tropfen Wein auf Katharinas Terrasse saß, gestand sie Caro, dass sie bereits damals im Olivias eine gewisse Chemie zwischen den beiden Frauen gespürt hatte. Allerdings hatte sie sich nicht einmischen wollen, wollte den Dingen ihren Lauf lassen.

„Ihr habt sämtlichen Hürden getrotzt und seid unbeirrt euren Gefühlen gefolgt. Ich denke, daran erkennt man, wie viel ihr einander bedeutet", hatte sie an dem Abend zu Caro gemeint. Caro rührten diese Worte, mit denen Katharina den Nagel auf den Kopf getroffen hatte. Seit sie und Liz sich ihre Liebe gestanden hatten, war sich Caro ihrer Sache absolut sicher. Es stand fest, dass sie ihr Leben mit Liz verbringen wollte. Es war nur noch die Frage, wie die beiden das bewerkstelligen konnten. Als hätte sie das Schicksal mittlerweile vollends auf ihrer Seite, erreichte Caro die unverhoffte, frohe Botschaft Ende Oktober. Caro hatte Peter, den Leiter des Museum of Modern Art, während ihres Gesprächs im Sommer so schwer beeindruckt, dass er sich bei der Suche nach einem Praktikanten an sie erinnerte. Den Kontakt zu ihr hatte er über einen ihrer Professoren aufgenommen, der Caro nach einer Vorlesung abfing, um ihr dieses unerwartete Angebot zu präsentieren.

„Er hat in den höchsten Tönen von Ihnen geschwärmt", hatte Caros Professor ihr verraten, „Wenn Sie die Möglichkeit haben, greifen Sie zu. Diese sechs Monate werden sich ausgezeichnet in ihrem Lebenslauf machen. Und vielleicht, wer weiß, wird ihnen Peter danach zu einer festen Stelle verhelfen können."

Natürlich hatte ihr Professor nicht den geringsten Schimmer, wie großartig diese Chance auch noch in ganz anderer Hinsicht war. Sechs Monate. Sechs wundervolle Monate, die sie mit Liz verbringen konnte. Das war vielleicht noch keine Lösung auf Dauer, aber es war ein erster Schritt. Wenn ihr Professor nicht übertrieb, dann gab es nach dem Praktikum die eventuelle Aussicht auf eine dauerhafte Beschäftigung. Sie müsste dazwischen noch ihren Abschluss machen, aber da sie inzwischen scheinfrei war, fehlte nur noch ihr Abschluss, auf den sie sich auch von Amerika aus vorbereiten konnte. Sie hatte Peter, nachdem sie von seinem Angebot erfahren hatte, sofort kontaktiert und sie einigten sich darauf, dass sie ihre Stelle zum neuen Jahr beginnen sollte. Jetzt galt es, ihrer Familie reinen Wein einzuschenken und ihnen klar zu machen, dass sie für wenigstens ein halbes Jahr nach Amerika ginge. Dass Caro nun mit einer Frau zusammen war, hatte ihre Familie erstaunlich gut aufgenommen. Kurz nach ihrer Rückkehr von Amerika hatte sie sich ein Herz gefasst und ihrer Mutter bei dem sonntäglichen Kaffee und Kuchen über die Ereignisse der vergangenen Monate aufgeklärt.

„Ich muss darüber vielleicht ein paar Tage nachdenken, aber wenn du damit glücklich bist, dann soll es wohl so sein. Heiraten kannst du zum Glück heutzutage dann immer noch“, hatte die Mutter nach Caros Geständnis erwidert. Dass es sich bei Liz um Alexanders Zwillingsschwester handelte, hatte ihre Mutter dann zwar doch zuerst etwas verwirrt. Als Caro ihr dann aber ein Foto zeigte, verzog sich ihr Mund sofort zu einem Lächeln: „Sie wirkt sehr nett, vielleicht etwas zu bunt an den Armen. Aber das ist ja bei den jungen Leuten von heute nichts Ungewöhnliches.“

Dass Caro ihretwegen Deutschland den Rücken kehren wollte, hatte ihrer Familie anfangs weniger gut gefallen. Doch auch sie erkannten, wie unglücklich Caro ohne ihre Freundin in Deutschland war. Also gaben sie Caro ihren Segen und wollten sie bei ihren Entscheidungen unterstützen. Am härtesten hatte die Nachricht Tamara getroffen. Zwar hatte sie von Caros Plänen gewusst, aber insgeheim wohl gehofft, dass der Tag ihrer Abreise in ferner Zukunft liegen würde. Die einstmals innige Freundschaft zu Nadja hatte Caro nicht wiederherstellen können, aber immerhin hatten sie sich ausgesprochen und sich danach ein paar Mal zusammen mit Tamara getroffen. Es hätte noch vieler weiterer Treffen bedurft, um sich weiter anzunähern. Allerdings blieb bis zu Caros Abreise keine Zeit mehr. Die

Weihnachtsfeiertage waren gerade überstanden. Caros Familie hatte diese drei Tage zum Anlass genommen und eine kleine Abschiedsfeier für Caro veranstaltet. Damit hatte ihre Mutter sich zwar gegen Caros ausdrücklichen Wunsch aufgelehnt, aber letztendlich das Richtige getan. Es waren reichlich Tränen geflossen, denen Caro immer wieder entgegensetzte, dass sie ja eigentlich nur sechs Monate weg wäre. Doch wussten alle, dass sie langfristig einen Weg finden würde, um für immer bei ihrer Liz zu bleiben. Eindringlich hatte sie ihre Familie darum gebeten, mit dieser Feierlichkeit ihren Abschied abzuschließen und sie an dem Abflugtag nicht zum Flughafen zu begleiten. Ähnlich hatte sie es mit Tamara gehandhabt, bei der sie sich am Vorabend bei einer Flasche Wein verabschiedet hatte. Jetzt befand sie sich in dem Bus, der sie nun zur letzten Station ihrer Verabschiedungsreise bringen würde. Sie stieg am Frankfurter Hauptfriedhof aus. Der leichte Schneefall hatte sich während der Fahrt zu einem kräftigen Schneegestöber ausgeweitet. Caro zog die Mütze ihres Mantels über ihren Kopf und schob den Reißverschluss bis zum Anschlag hoch. Trotzdem fröstelte sie, als sie sich ihrem Ziel näherte. Sie war seit ihrer Rückkehr nach Deutschland jede Woche am Grab ihrer Omi gewesen. Auch wenn sie nun keine Antwort mehr erhielt, hatte sie nie aufgehört, sich mit ihrer Urgroßmutter zu unterhalten. Caro glaubte zu wissen, wie ihre Omi auf ihr neues Leben reagiert hätte. Im Grunde hatte sie alle Antworten mit ihren letzten Worten an Caro bereits mitgegeben. Caro hatte ihre Worte und Wünsche beherzigt, hatte befolgt, worum ihre Omi sie im Krankenhaus gebeten hatte. Sie hatte es riskiert, hatte den bequemen Pfad verlassen und wurde am Ende mit dem Menschen belohnt, den sie jetzt über alles liebte und von dem sie geliebt wurde. Ihre Omi wäre stolz auf sie gewesen, da war sich Caro sicher. Zu wissen, dass der heutige Besuch vorerst ihr letzter wäre, machte Caro allerdings doch etwas wehmütig. Andererseits wäre ihr der Abschied von ihrer Omi noch viel schwerer gefallen, wenn sie jetzt noch leben würde. So trug Caro sie in ihrem Herzen mit auf den Kontinent, der vielleicht schon bald ihr endgültiges Zuhause werden sollte. Mit ihren Handschuhen befreite sie das Grab vom groben Schnee, auch wenn der nachrieselnde Schnee ihre Arbeit vermutlich schnell zunichte machen würde. Dann stellte sie eine windgeschützte Kerze auf, hielt einige Minuten inne, verabschiedete sich mit einem Tränchen von ihrer Omi und verließ den Friedhof schließlich. Ihre drei Koffer hatte sie bereits am Vortag eingecheckt. Tamara hatte sie zum Flughafen gefahren, denn sie hätte die schweren Dinger unmöglich allein transportieren können. In ihrem Rucksack, den sie jetzt wieder als Handgepäck mitnehmen würde, hatte sie nur die allernötigsten Unterlagen verstaut, die sie brauchte, um an ihr Ziel zu kommen. Jetzt wartete sie ungeduldig in der Schlange der Sicherheitskontrolle. Ihr Flieger würde schon bald, um neunzehn Uhr dreißig abheben. Der gleichen Uhrzeit wie vor exakt einem Jahr. Es war schon verrückt, wie viel sich in diesen zwölf Monaten verändert hatte. Damals kam sie als Touristin, war verlobt und mit einem Mann zusammen. Bald wäre sie eine New Yorkerin, mit einem tollen Job und einer wundervollen Frau an ihrer Seite. Bereits mit dem Betreten des Flughafens war Caros Aufregung gestiegen. Und mit jedem weiteren Schritt wuchs ihre Vorfreude weiter an. Bevor sie ihr Handy auf Flugmodus stellen musste, hatte sie Liz noch eine kurze Nachricht geschickt: „Sitze jetzt im Flieger. Es ist für dich jetzt endgültig zu spät, um einen Rückzieher zu machen. ;)“ Natürlich bestand kein Zweifel daran, dass Liz sich mindestens genauso auf diesen Tag gefreut hatte wie Caro. Sie hatte ihr schon am Telefon angedeutet, dass sie in ihrer Wohnung bereits Platz für Caros Klamotten geschaffen hatte. Sie bald wieder in die Arme schließen zu dürfen, sie zu riechen, sie zu schmecken, ließ Caros Herz Purzelbäume schlagen. Diesmal würde sie auf ihrem Flug nach New York sicher kein Auge zu tun. Zu wild trieben die Glückshormone in ihrem Inneren ihr Unwesen. Der Flug zog sich quälend lang hin, besonders während der letzten Stunde sah Caro alle fünf Minuten auf die Uhr, nur um festzustellen, dass doch erst zwei Minuten verstrichen waren. Dann endlich setzte ihr Flieger zur Landung an. Als eine der Ersten erreichte sie die Gepäckausgabe und verließ sie, zu ihrem Ärger, als eine der Letzten, weil der dritte Koffer ewig auf sich warten ließ. Liz würde draußen auf sie warten, das wusste Caro. Sie musste jetzt nur noch durch diese eine Tür gehen. Und tatsächlich. Da stand sie, die Hände hinter ihrem Rücken, als würde sie etwas verbergen. Als sich ihre Augen trafen, zeigten sie sofort Liz‘ kleine Lachfältchen, die Caro über alles liebte. Das Strahlen ihrer Augen sprach mehr, als tausend Worte hätten sagen können. Sie kam Caro die letzten Schritte entgegen, um keine weiteren, wertvollen Sekunden verstreichen zu lassen. Sie fielen sich in die Arme, ihre Lippen feierten ihr Wiedersehen und Caro beschloss, diese Frau nie mehr in ihrem Leben loszulassen.

„Ich habe dich so unfassbar vermisst“, seufzte Liz ihr ins Ohr.

„Oh ja, ich hätte keinen weiteren Tag warten können“, erwiderte Caro ergriffen.

„Ah, ich weiß, es ist kitschig. Aber beim letzten Mal hast du mir Blumen mitgebracht. Da dachte ich, dass ich jetzt an der Reihe bin“, Liz hielt ihr eine einzelne rote Rose entgegen.

„Du bist wirklich süß“, bedankte sich Caro mit einem Küsschen.

Ihr Wiedersehen feierten die beiden in Liz‘ Bett mit unzähligen Küssen und vielen Zärtlichkeiten. Zu mehr war Caro nach der langen Reise vorerst nicht imstande. Nachdem die Anspannung der letzten Tage und Stunden von ihr abgefallen war, wurde Caro so unglaublich müde, dass sich nur noch an Liz herankuschelte und sie bis zum nächsten Morgen durchschliefen. Frisch erholt und mit neuer Energie, holten sie direkt an diesem Morgen nach, was sich über die letzten Monate an sexuellem Hunger angestaut hatte. Sie trieben es wild, dann wieder zärtlich, genossen sich in vollen Zügen und nutzten dabei jeden Quadratzentimeter ihres Bettes aus. Sie ließen die Zeit an sich vorüberziehen, als ginge sie die beiden nichts an, blieben in ihrer kleinen rundum perfekten Welt, versteckten sich in ihr bis in die Abendstunden. Erst dann erinnerten sie sich, dass in dieser Nacht der Jahreswechsel bevorstand und sie vorhatten, wieder an jenen Ort zurückzukehren, an dem alles angefangen hatte.

„Es werden eine ganze Reihe Freunde und Bekannte kommen. Ein paar davon kennst du auch schon. Vor allem natürlich Carla. Dieses Jahr auch mit ihrem Mann Robert. Und Steve kennst du ja ebenfalls schon“, erklärte Liz.

Caro freute sich auf den Abend, ihr war jedoch gleichzeitig etwas mulmig zumute, weil der Abend im letzten Jahr so unglücklich geendet hatte. Doch diesmal gab es keinen Alexander, der ihr eine Szene machen würde, keine Heimlichkeiten, nichts, was sie verstecken müsste. Im Gegenteil. Stolz würde sie sich mit ihrer Freundin zeigen, würde es genießen, die Blicke auf sich und Liz zu ziehen. Sie nahmen ein Taxi zu der Bar, bei der sich die beiden Frauen vor genau einem Jahr das erste Mal geküsst hatten. Dieses Jahr herrschten in der letzten Nacht des Jahres milde Temperaturen. Entsprechend belebter ging es an diesem Silvesterabend auf den Straßen zu. Caro hatte ihre Hand auf Liz Bein abgelegt und sah durch die Seitenscheibe des Taxis nach draußen. Die Straße, in die der Fahrer nun einbog, war Caro wohlbekannt. Hier hatte sie Paul, der Chauffeur, vergangenes Jahr entlanggeführt, hier war sie mit Katharina in den kleinen Stau geraten, wodurch Caro überhaupt erst auf das Antiquitätengeschäft aufmerksam geworden war. Gleich würden sie den Laden passieren. Caro rückte dichter an die Scheibe, vielleicht könnte sie ihn bereits sehen. Und da erkannte sie die Glasfront des Ladens wieder. Doch was war mit dem Geschäft passiert? Entgeistert blickte sie auf den Inhalt des Schaufensters. Statt alten Vasen und vergilbten Büchern erblickte sie Digitalkameras, die mit neongelben Preisangebotsschildern ausgezeichnet waren. Sie sah Bilderrahmen, die im Set als Schnäppchen angeboten wurden. Auch Handys mit dem passenden Zubehör führte dieses Geschäft.

„Aber…wo ist denn? Was ist denn mit dem alten Laden passiert?“, fragte sie Liz enttäuscht.

Liz richtete ihren Blick nun ebenfalls auf das Geschäft: „Das ist ja seltsam. Ich könnte schwören, dass es das Antiquitätengeschäft letzte Woche noch gab“

Als sich das Taxi für einen kurzen Moment auf Höhe der angrenzenden, schmalen Seitengasse befand, versuchte Caro abermals einen eiligen Blick zu erhaschen. Wieder wurde sie enttäuscht, obwohl sie nicht wirklich damit gerechnet hatte, das geheimnisvolle Zelt, in das sie von Rose vor einem Jahr geleitet wurde, wieder zu erblicken. Sie würde Rose vermutlich nie wieder sehen, würde sich nicht bei ihr bedanken können. Es war schon verrückt. Manchmal glaubte Caro, dass sie sich Rose einfach nur eingebildet hatte. Aber die Karte bewies wohl das Gegenteil. Sie fühlte in ihre Jeanstasche. Da war sie, als kleiner Glücksbringer für das kommende Jahr. Sie war der einzige Beweis dafür, dass Caro damals keiner Sinnestäuschung auferlegen war. Jetzt, wo selbst das Antiquitätengeschäft scheinbar über Nacht verschwunden war, hätte Caro ohne die Karte tatsächlich an ihrem Verstand gezweifelt. Wobei Liz ja soeben bestätigt hatte, dass es zumindest diesen Laden tatsächlich gegeben hatte. Sie hatte dort außerdem Caros Geschenk gekauft, bei dem sich Caro bis heute fragte, wie sie es dem alten Griesgram entlocken konnte.

„Sag mal, wie hast du es eigentlich geschafft, dass du…?“, Caros Frage wurde durch das Klingeln von Liz‘ Handy unterbrochen.

„Entschuldige. Das ist Carla, sie fragt sich bestimmt, wo wir bleiben“, Caro nickte verständnisvoll und Liz nahm ab.

„Wir sind auf dem Weg, es dauert vielleicht noch zehn Minuten“, erklärte sie Carla, „Ja, Steve hat uns einen Tisch reserviert. Wir treffen uns dann oben."

Liz horchte auf Carlas Antwort, bevor sie erneut zu ihr sprach: „Ach so, der Code. Warte, den habe ich irgendwo im Handy abgespeichert."

Sie suchte eine gefühlte Ewigkeit nach dem Zugangscode, ohne den sie den Aufzug nicht bedienen könnten.

„Weißt du was, ich rufe Steve mal eben an. Ich finde den Code gerade nicht. Ich schreibe dir dann", beschloss Liz und beendete das Telefonat mit Carla. Bis sie endlich an die Zahlenkombination herankam, fuhr ihr Taxi bereits vor. Caro hatte die Frage, die sie eigentlich noch stellen wollte, inzwischen wieder vergessen. Vor dem Aufzug warteten bereits Carla und ihr Mann, den Caro heute zum ersten Mal sah. Er schien mindestens genauso nett wie seine Frau zu sein. Sie begrüßten sich alle herzlich und fuhren nun gemeinsam mit einem der Aufzüge nach oben. Caros mulmiges Gefühl hatte sich mit dem Betreten der Bar bereits verflüchtigt, Liz Freundeskreis hatte sie sofort freundlich aufgenommen und sie fühlte sich rundum wohl. Sie stießen an, tranken und plauderten und zwischendurch holten sich Liz und Caro abwechselnd kleine Küsschen voneinander ab. Zu späterer Stunde konnte Caro ihre Freundin, womöglich aufgrund ihres angeheiterten Zustands, zu einem gemeinsamen Tänzchen überreden. Jetzt verkündete der DJ, dass das neue Jahr noch fünf Minuten von ihnen entfernt war und drehte die Musik ein weiteres Stück lauter. Liz griff nach Caros Hand und bedeutete ihr, Liz zu folgen. Sie nahmen die Treppe zu der zweiten Terrasse, die für das normale Publikum nicht zugänglich war. Caro folgte ihr ohne Protest. Sie hatte sogar insgeheim ein bisschen darauf gehofft, dass Liz sie um zwölf an diesen erinnerungsbehafteten Ort entführen würde. Kaum zu glauben, wie viele Umstände nötig waren, damit sie mit Liz heute erneut hier stehen konnte. Caro wäre womöglich nicht spontan in den Flieger nach Amerika gestiegen, wenn diese Frau am Londoner Flughafen nicht so dringend ihr Flugticket hätte loswerden wollen. In England war sie nur deshalb gelandet, weil sie Liz in Berlin zuvor zu ihrem Flieger begleitet, sie dort geküsst und in allerletzter Sekunde noch Liz‘ Zwillings-Tattoo entdeckt hatte. Die Reise nach Berlin war sie angetreten, weil sie kurz zuvor den Liebesbrief ihrer Oma entdeckt hatte und dieser Brief ihr den entscheidenden Schups gegeben hatte. Und natürlich war es Liz‘ Geschenk, ohne das Caro die Hoffnung auf ein Wiedersehen mit Liz endgültig aufgegeben hätte. Caro musste schmunzeln. Dieses antike Kartenspiel hatte also diese Kette unzähliger Ereignisse ins Rollen gebracht. Wer hätte das gedacht? Im Hintergrund hörten sie, wie die Gäste der Bar den Countdown begannen herunterzuzählen. Caro und Liz lagen sich in den Armen und strahlten sich verliebt an. Bevor sie sich gleich ins neue Jahr küssen würden, wollte Caro noch diese eine Frage beantwortet wissen.

„Wie bist du nun eigentlich an das Kartenspiel gekommen?“, fragte Caro ihre Freundin.

Liz schmunzelte unergründlich: „Das, meine Liebe, bleibt für immer mein und Rose‘ Geheimnis.“

Dann legte sie zärtlich ihre Lippen auf Caros, während im Hintergrund das Feuerwerk den Nachthimmel von New York aufleuchten ließ.

ÜBER DIE AUTORIN

Ann I. Noll ist 1981 im nordhessischen Kassel geboren, ist dort zu Schule gegangen, bevor sie mit Anfang zwanzig nach Marburg umzog. Sie ist gelernte Mediengestalterin und arbeitet hauptberuflich im Bereich Marketing / Webdesign. 2017 hat sie ihre Frau und langjährige Partnerin geheiratet. Im darauffolgenden Jahr haben sie ihr erstes gemeinsames Kind bekommen. Seit 2015 veröffentlicht die Autorin, zunächst als Printmedium im regionalen Umfeld, ihre ersten Kurzgeschichten und Romane mit überwiegend lesbischem Inhalt.

Printed in France by Amazon
Brétigny-sur-Orge, FR

20170727R00181